긴카는 칭찬해 달라는 양 코를
실룩거렸다. 레아는 까치발을 들고
그 턱을 쓰다듬어줬다.

황금의 경험치 III
the golden experience point

특정 재해 생물
「마왕」 미궁 마개조 업데이트

『얼음 마법』의 상위 마법인『스노 스톰』이나『대한파』,
『다운버스트』를 대형 골렘 중심에 뿌려 돌덩이를 깎아내렸다.

"얼굴이 없으니까
대미지가 얼마나 들어가는지
알 수가 없네."

"그럼 밖으로 나가서
가볍게 휘둘러 볼까."

황금의 경험치

the golden experience point

특정 재해 생물
「마왕」 미궁 마개조 업데이트

✦✦✦

III

하라준
Harajun

illustration
fixro2n

✦✦

contents

◆ ◆ ◆

the golden
experience point

MAP ❖ ❖

the golden experience point

N

4

휴겔컵

튀어 초원

리플레

▲웰스 왕국 방면

힐루스 왕도

오랄 왕국

▼포트리 왕국 방면

아부온메르카토 고지

에른타르

베르데수드

알토리바

토레 숲

루르드

라콜린느

리베 대삼림

에어파렌

코네트르

힐루스 왕국

힐루스 왕국 지도

Kingdom of Hillus

Boot hour, shoot curse

／ Player Profile

레아

「치료」「투척」「익격」

「지배자」「비상」「마안」

「조제」「연금」「맨손」「해체」

「조교」「소환」「사령」

「회복 마법」「어둠 마법」

「식물 마법」「신성 마법」

「공간 마법」「빛 마법」

「정신 마법」「부여 마법」

「땅 마법」「번개 마법」「얼음 마법」

「불 마법」「물 마법」「바람 마법」

개방한 스킬 트리∴

「알비니즘」「약시」

「날개」「뿔」「마안」

특성∴「미형」「초미형」

종족∴마왕(※특정 재해 생물)

홈∴리베 대삼림

주요 권속∴

◆세계수

◆비탄의 지크/불사자의 왕 (이모탈 룰러)

◆분노의 디아스/불사자의 왕 (이모탈 룰러)

◆켄자키 이치로~고로/디바인 암

◆요로이자카씨/디바인 포트리스

◆스가루/퀸 아스라파다

◆긴카/하티

◆하쿠마/스콜

◆라일리/수인(살쾡이 도적단)

◆레미/수인(살쾡이 도적단)

◆마리온/수인(살쾡이 도적단)

◆케리/수인(살쾡이 도적단)

※현재까지 판명된 정보입니다.

프롤로그

《플레이어 여러분께.

항상 본사의 『Boot hour, shoot curse』를 플레이해 주셔서 진심으로 감사합니다.

제2회 공식 대규모 이벤트 「대규모 공방전」은 여러분의 성원에 힘입어 성황리에 마칠 수 있었습니다. 많은 참여와 관심에 진심으로 감사드립니다.

앞으로도 플레이어 여러분이 즐길 수 있는 다양한 이벤트를 계획할 예정입니다.

다음에도 꼭 적극적인 참여를 부탁드립니다.

앞으로도 『Boot hour, shoot curse』를 즐겨 주시기 바랍니다.》

◆ ◆ ◆

《점검 안내

항상 본사의 『Boot hour, shoot curse』를 플레이해 주셔서 진심으로 감사합니다.

대규모 이벤트 종료 후, 아래 일정대로 시스템 점검을 실시합니다.
또한, 이번 점검으로 플레이어 여러분께서 많이 요청하신 대로 아래 콘텐츠가 변경됩니다.

· 캐릭터가 캐릭터를 업으면 일시적으로 장비 상태로 인식되는 현상. 장비 상태로 판정되는 기준을 재검토하여 캐릭터가 캐릭터를 장비했다고 판정되는 조건을 제한했습니다.

앞으로도 『Boot hour, shoot curse』를 즐겨 주시기 바랍니다.

점검 일정
모 월 모 일 10:00~19:00(※연장될 수 있습니다.)》

◆ ◆ ◆

《자주 있는 질문

고객님께서 보내 주신 「자주 있는 질문」이나 「문제 해결 방법」을 모아 두었습니다.
해당 페이지를 검색하시면 의문이나 문제가 해결될 수 있으므로 문의하시기 전에 확인해 주시기 바랍니다.
그리고 게임 내용과 관련된 질문이나 일부 시스템 관련 질문에는 답변을 드리기 어려운 점 양해 부탁드립니다.

Q: 공식 사이트에서 6대국이 5대국으로 수정되었는데, 이유가 뭔가요?

A: 공지가 늦어서 죄송합니다. 게임 내 국가 「힐루스 왕국」이 멸망한 것으로 판정되어 수정하였습니다.

Q: 국가가 멸망했다고 판정되는 기준은 무엇인가요?

A: 아래 조건 중 하나 이상을 충족한 국가는 멸망했다고 판정됩니다. 이 기준은 시작의 대륙에만 해당하며, 다른 대륙이나 섬에는 적용되지 않습니다.

· 국토 절반 이상을 상실.
· 국민 절반 이상을 상실.
· 왕가 단절.

Q: 공격하고 싶은 지역이 있는데 안전 구역이 멀어서 접근성이 나쁩니다.

A: 다른 안전 구역과 일정 이상 거리가 떨어져 있고 안전이 확보된 상태에서만 사용할 수 있는, 임시 안전 구역을 생성하는 아이템을 도입할 예정입니다. 점검 후 적용될 예정이지만, 다른 아이템과 마찬가지로 제작 방법은 공개되지 않으므로 게임 내에서 확인해 주시기 바랍니다.

앞으로도 『Boot hour, shoot curse』를 즐겨 주시기 바랍니다.》

◆ ◆ ◆

《플레이어 여러분께.

　항상 본사의『Boot hour, shoot curse』를 플레이해 주셔서 진심으로 감사합니다.
　새롭게 추가될 수도 있는 서비스와 관련해 설문조사를 실시합니다.
　많은 협조와 참여를 부탁드립니다.

　· 과금 아이템에 관해서
　일부 과금 아이템 판매를 검토하는 중입니다.
　같은 성능의 아이템은 모두 게임 내에서 입수할 수 있지만, 게임에서 구매하신 아이템은 제삼자에게 양도할 수 없으며, 인벤토리에서 꺼낼 수 없는 대신 인벤토리에서 직접 사용하실 수 있습니다.
　판매를 검토 중인 아이템은
　· 각종 초기 선택 종족으로 전생할 수 있는 아이템(전 7종).
　· 빠른 안전 구역을 설치하는 아이템.
　※발동할 때 등록한 다섯 명까지 이용할 수 있습니다.
　· 이미 습득한 스킬을 제거하는 아이템.
　※습득에 사용한 경험치는 반환되지 않습니다.

　· 상시 전이 서비스에 관해서
　이번 이벤트에서 시험적으로 전이 서비스를 운용하였습니다.

게임 세계의 유통 체계를 파괴할 우려가 있기 때문에 이벤트 기간처럼 모든 도시에서 운용할 예정은 없습니다.

이벤트로 정세가 크게 변한 지역이 있으며, 특히 막 게임을 시작한 플레이어분들을 위한 편의 기능으로 설치할 예정입니다.

예정된 전이 서비스의 자세한 내용은 아래와 같습니다.

· 기본적으로 모든 안전 구역에서 이동할 수 있지만, 일방통행이며 목적지는 정해져 있습니다.

· 목적지는 아직 검토 중이지만, 초보자부터 현재 평균적인 플레이어가 성장할 수 있도록 지역을 설정할 예정입니다.

해당 서비스에 관한 의견이 있으시다면 아래 양식에 맞춰 작성해 주십시오.

앞으로도 『Boot hour, shoot curse』를 즐겨 주시기 바랍니다.》

《플레이어 이름【블랑】님께.

항상 본사의 『Boot hour, shoot curse』를 플레이해 주셔서 진심으로 감사합니다.

제2회 공식 대규모 이벤트에 참가해 주셔서 정말로 감사합니다.

앞으로 게임 운영과 관련해 블랑 님께 협력을 구하고자 연락드렸습니다.

블랑 님이 계신 구 힐루스 왕국 북서부의 에른타르 및 알토리바, 베르데수드의 각 도시는 현재 블랑 님의 세력 범위입니다.

따라서 해당 지역의 필드를 다른 플레이어가 습격할 수 있도록 운영진 측에서 서포트할 수 있게 허가를 내주십사 합니다.

현재, 주로 구 힐루스 왕국에서 대규모 정세 변동이 일어나, 게임을 시작한 지 얼마 되지 않은 플레이어분들의 쾌적한 플레이가 어려운 상황입니다.

그래서 운영진은 적당한 난이도의 단일 세력 지배 지역으로 플레이어 희망자를 전송하는 한정적 전이 서비스를 도입하고자 검토하는 중입니다.

이 전이는 일방통행이며 돌아올 수 없습니다.

이에 따라 해당 필드 내의 안전 구역을 해당 필드 인근으로 이동시켜 집약하고, 이 안전 구역을 전이 서비스의 목적지로 설정할 예정입니다.

가능하다면 신규 플레이어분들의 성장을 위하여 블랑 님의 양해와 협조를 구하는 바입니다.

만약 협력해 주실 경우, 해당 필드 내에서 블랑 님의 캐릭터가 사망했을 시 사망 페널티를 변경하는 등 블랑 님의 지역 운영에 도움이 되는 방안을 검토하고 있습니다.

부디 긍정적으로 고려해 주시면 감사하겠습니다.

※이 메시지는 조건에 부합하는 필드를 지배하는 모든 플레이어분

께 발송됩니다.

『Boot hour, shoot curse』 개발 · 운영진 일동》

◆ ◆ ◆

"이게 뭐야……."

점검이 끝나고 하루 만에 로그인해 보니 운영진에게서 메시지가
무더기로 와 있었다.

전부 대충 읽고 넘겼지만, 그중 하나는 답변용 페이지로 이동하는
배너가 있고 답하지 않으면 읽음으로 표시되지 않는 구조였다.

그 메시지가 이것이다.

"조건에 부합하는 필드를 지배하는 모든 플레이어…… 그럼 레아
도 받았으려나? 그래도 초보자용 필드라……. 레아네 구역이 초보
자용이긴 한가? 뭐, 아무렴 어때. 레아가 오면 상담해 보자."

레아와 라일라에게는 며칠간 접속할 수 없다는 말을 들었다.

아마 집안 사정일 것이다.

자매가 화해했다고 집안 상황이 크게 변할지는 의문이지만, 가정
에서 그녀들의 영향력이 어느 정도인지 모르니까 함부로 판단할 수
는 없다.

신경은 쓰여도 화해했다면 일단 마음은 놓았다. 블랑에게 중요한
점은 그것 하나뿐이었다.

"운영진 메시지는 잠시 무시하고, 이벤트도 끝났으니까 일단 백

17

작 선배나 만나러 갈까. 레아에게 빌린 퀸 비틀도 그대로 있고, 자기가 없을 때는 마음껏 부려 먹어도 된다고 했으니까 잠깐 에른타르를 봐 달라고 부탁하자."

"그럼 백작님의 고성, 거성으로 가실래요?"

"고성이라고 하면 선배 화낸다?"

"발음을 잘못했을 뿐이에요."

블랑은 아잘레아 세 자매만 데리고 『비상』으로 백작의 성까지 날아갔다.

◆ ◆ ◆

"다녀왔어요!"

"흐하하! 보아하니 성공했나 보군! 도시를 몇 군데나 제압했지?"

백작과는 꽤 오랜만에 만난 기분이지만, 백작은 그렇지도 않은 것 같았다. 그가 지금까지 살아온 기나긴 세월 덕분에 블랑과는 체감 시간이 다른가 보다.

어쩌면 체감 시간의 차이는 최근 열흘의 밀도 높은 체험 덕분인지도 모르겠다. 정말로 많은 일이 있었다.

"제압한 도시는, 세 곳인가? 적어도 지금 제가 지배하는 도시는 세 곳이에요. 그보다 많은 일이 있었다구요. 들어 보세요, 선배."

"내게는 썩어 넘치는 것이 시간이다. 이야기보따리를 마음껏 풀어 보거라."

◆ ◆ ◆

　백작의 고성을 떠난 블랑은 실로 파죽지세로 인류 도시를 제압했고 순식간에 세 도시가 그녀의 손아귀에 떨어졌다.

　그 여세를 몰아 잔해더미로 뒤덮인 도시로 진격한 것까지는 좋았으나, 그곳에는 끝판 대장이나 다름없는 무서운 정예 집단이 모여 있었다. 잔해의 어쩌고라는 이름부터 최종 던전 느낌이 물씬 나니까 어떻게 보면 당연한 배치인지도 모르겠다.

　블랑의 모험이 여기서 막을 내리는가, 라며 패배를 각오한 그때, 운명적으로 등장한 마왕 레아의 활약으로 그녀는 목숨을 부지할 수 있었다.

　그 후, 의기투합한 블랑과 레아는 함께 대륙 중심부에 위치한 고도(古都) 휴겔컵으로 소소하게 여행을 떠났다. 그런데 이게 웬일인가, 휴겔컵을 다스리던 사람은 레아와 생이별한 언니였다. 사려 깊은 블랑의 도움으로 감동적인 재회를 연출한 두 사람은 화해의 증거로 오랄 왕국에 혁명을 일으킨 것이었다.

◆ ◆ ◆

　"……기다려라. 어디서부터 따져야 할지 모르겠다만, 뭐? 마왕……이라고?"

　"맞아요. 친구 등로…… 친구가 됐거든요. 엄청 착한 아이……는 아니고 그럭저럭 착한 아이…… 으음, 엄청 귀여운 아이예요."

레아는 블랑에게는 무척 다정하지만, 라일라에게는 조금 가시가 돋쳐 있었다. 그 외의 플레이어에게는 더욱 심했고, NPC는 길바닥의 돌멩이 정도로밖에 보지 않았다.

보통은 그런 아이를 착하다고 말하지 않는다.

하지만 귀여운 외모에는 흠잡을 곳이 없었다.

"그런가……. 여전히 무슨 짓을 할지 모를 녀석이로군. 잘 들어라. 마왕은 우리의 맹주, 진조 흡혈귀와 동급으로 여겨진다. 우리는 감히 범접할 수 없는 존재지. 물론 태어난 지 얼마 되지 않았다면 아직 그런 경지까지 이르지 못했겠지만……. 언젠가 이 대륙을 지배할 존재로 거듭날지도 몰라."

"와아, 대단하네."

뭔지는 몰라도 대단해 보인다고는 생각했지만, 설마 그 정도일 줄이야.

확실히 레아의 능력은 유난히 강력했고 레아와 함께 다니면서 블랑의 성장 곡선도 우상향을 그리고 있었다.

"그나저나 사천왕이라. 이미 그토록 우수한 부하를 갖추었나."

"그중 하나가 저예요!"

"……그토록 우수한 부하를 세 명이나 갖추었나."

"응?!"

"본디 마왕이란 부하를 그다지 두지 않는 종족이다. 부하를 지배하는 기술에 능하지 않아. 강력한 부하가 몇 명 있기는 하지만, 그 사천…… 세 명 말고도 많은 부하가 있다고 했지? 그런 대규모 세력을 거느리는 건 오히려 사왕(邪王)이나 성왕 쪽이 특기였을 거다."

21

"뭐가 달라요?"

"근간이 되는 종족의 차이다. 마왕의 기본 종족은 본래『사역』에 그다지 능하지 않아. 그에 비해 사왕이나 성왕의 기본 종족은 상위 종족이 하위 종족을『사역』하면서 성장하는 타입이 많지. 그런 차이다."

"……그럼 부하가 엄청나게 많은 마왕이라면?"

"내가 아는 한 상당히 위험한 존재일 거다. 아직은 몰라도, 언젠가는 그리되겠지. 종극에는 극점에 봉인된 황금룡에 대항할 수 있지 않을까?"

처음 듣는 이름이 줄줄이 나왔다. 레아라면 알까? 아니, 생각해 보면 황금룡은 들어 본 것 같기도 하다.

"황금룡."

"그건 이 세계 밖에서 온 존재다. 우리의 상식이 통하지 않지. 하지만 덕분에 봉인에 대한 저항력도 낮았기에 일단 봉인해서 변화가 적은 극점에 둔 거다. 당시 성왕이 전 세계에서 세력을 불문하고 협력자를 모아 봉인했었지. 우리의 맹주께서도 참가하셨어. 나는 아직 어려서 이야기를 들었을 뿐이지만."

"그 성왕은 지금 어디 있어요?"

"이제는 없다. 그때 세상을 떠났고, 그로부터 새로운 성왕은 태어나지 않았어. 사왕은 참가하지 않았지만, 우리의 맹주께서 말씀하시길 원래 방구석에서 나오지 않는 녀석이라고 하더군. 아마 오랜 세월 지상에조차 나오지 않았을 테지. 나도 모른다."

적어도 장래의 레아와 동급인 존재가 지금도 여럿 있는 모양이다.

"무슨 대천사? 라는 것도 있죠? 그건 어떤 녀석이에요?"

"대천사라……. 그건 최근에 태어났다. 일찍이 이 대륙을 지배하던 정령왕이 세상을 떴을 무렵이겠군. 무서운 속도로 성장한 그 녀석은 어디선가 천공성이라는 것을 끌고 와서는 이 대륙의 도시를 변덕스럽게 습격하지. 면식이 없어서 목적도 알 수 없지만, 적어도 이 성은 공격받은 적이 없기에 방치하고 있다."

"공격받으면 반격해요?"

백작은 가증스럽다는 듯 눈살을 찌푸렸다. 이토록 표정이 변하는 일은 드물다.

"……분하지만, 아마 나로선 닿을 수 없겠지."

"앗, 저 이제 하늘 날 수 있어요!"

"─훗. 닿을 수 없다는 건 그런 뜻이 아니다, 이 녀석아. 흐하하."

"아무튼 그런 다음에 쿠데타에 참가해서 휴먼 국가의 정권을 전복시켰어요!"

이 이야기를 들은 백작은 어리둥절하게 눈을 깜빡이며 아잘레아 자매 쪽을 봤다.

"발언을 허락해 주십시오. 주인님의 말씀대로 라일라 님이라는 인간 귀족에게 협력하여 그 나라의 왕을 폐위하고 라일라 님이 괴뢰 정권을 수립하셨습니다. 그 라일라 님도 주인님과 방금 이야기에 나온 레아 님의 친구분입니다."

"─하하하! 이게 웬 말이냐! 과거 이 대륙의 인간들이 정령왕에게 저지른 짓을 지금의 왕족이 똑같이 당했다는 말인가! 이리도 유쾌할 수가!"

기분이 썩 좋아 보인다.

딱히 정령왕과 사이가 좋았다는 말투는 아니지만, 면식은 있는 분위기였다. 지인을 죽인 이 대륙의 국가들을 그다지 좋게 보지 않는지도 모르겠다.

그러고 보니 도시를 습격하고 싶다고 말했을 때도 평소 이상으로 들떠 있었다.

"기뻐해 주셔서 다행이긴 한데, 계획한 건 그 라일라 씨라는 귀족과 마왕 레아예요. 백작님은 직접 인류 국가를 공격하지는 않아요?"

백작은 서서히 웃음을 멈추더니 먼 곳을 바라보듯 말했다.

"아아⋯⋯. 그래. 내가 직접 간섭하는 행위는 금지되어 있으니까. 그 금제는 오래된 맹약이지만⋯⋯. 이대로 간다면 머지않아 내가 지상으로 내려가게 될지도 모르겠군."

"정말요?! 인류 멸망의 예감?!"

"맹약이 소실될 정도의 사태라면 그렇게 되지는 않겠지만. 그날이 오면 네 거취는 자유롭게 결정해라. 너는 세계에서도 얼마 되지 않는, 스스로 흡혈귀에 도달한 자니까."

그렇게 말해도 와닿지 않았다. 그건 백작에게 『사역』을 당해 저항에 실패해서 벌어진 일이었다.

결과적으로 『사역』 당하지 않았지만, 그건 어디까지나 블랑이 플레이어이기 때문이다.

블랑이 적당히 게임 설정에 맞춰서 설명하자 백작은 웃으며 말했다.

"결과가 전부다. 세상사가 대개 그렇지."

◆ ◆ ◆

　"아무튼 열흘 동안 그런 일들이 있었어요. 그래서 말이죠, 방까지 얻어 놓고 이런 말씀을 드리기 죄송하지만, 저쪽 도시에서 살려고 하는데……."

　"그래. 그게 좋겠군. 나를 신경 쓸 필요는 없다. 내가 하고 싶어서 한 일이니까. 그리고 독립이란 으레 그런 법이지."

　안심한 반면, 뭐라고 말하기 어려운 쓸쓸함이 밀려왔다.

　생각해 보면 백작과는 게임을 시작한 첫날부터 함께 지냈다. 딱히 다시는 보지 못할 것도 아니지만, 지금의 블랑이 있는 것은 틀림없이 백작 덕분이었다.

　"어지간해서는 그럴 일이 없겠지만, 급한 일이 생기면 말해 주세요. 당분간은 에른타르라는 도시에 있으니까요."

　"현대의 도시 이름을 말해도 모른다. 됐으니까 신경 쓰지 말거라."

　"앗, 그렇지!"

　블랑은 에른타르에서 스파르토이 하나를 『소환』했다.

　"가끔 이 애를 대상으로 저 자신을 『소환』해서 놀러 올게요!"

　"……무슨 소리를 하는 거냐?"

　"이런 소리죠. 잠시 기다려 보세요!"

　방 밖까지 달려가서 『술자 소환』으로 옥좌 앞에 둔 스파르토이 옆으로 출현했다.

　"……그건 무엇이냐! 전이 마법?! 아니, 다른가? 어떻게 했지!"

　전이 마법. 그런 것도 있나.

25

하지만 물어볼 분위기가 아니다. 물어보려면 먼저 백작의 질문에 답해야 한다.

간결하게, 블랑의 어설픈 말주변으로는 시간이 조금 걸렸지만, 일단 필요한 전제 스킬을 알려줬다.

"……호오. 이런 기술이 있었나. 이건, 후후후."

백작이 참지 못하고 웃음을 흘렸다. 그렇게나 기쁜 것일까.

"아니, 후후. 설마 너에게 무언가를 배울 줄은 몰라서 말이지. 하하. 오래 살고 볼 일이군. 그럼 어디."

백작이 옆을 힐끗 보자 집사가 고개를 한 번 끄덕이고 앞으로 나왔다.

"이 녀석을 너에게 붙여 두마. 그러면 나도 네 도시에 쉽게 가 볼 수 있겠지."

"외출해도 돼요?! 그리고 집사까지 받아도 돼요?"

"내가 직접 싸우지 않으면 문제없다. 게다가 이 녀석을 주겠다고 하지는 않았다. 맡겨 둘 뿐이야."

"그래도 시중들 사람이 필요하지 않아요?"

"원래 직접 했었다!"

집사가 백작에게 예를 표한 뒤 블랑 옆에 섰다.

아잘레아 자매가 영 거북해 보인다.

"앞으로 너희가 성장해 그 녀석의 능력이 따라가지 못하게 되면 여기로 와라. 너희에게 맞춰 성장시켜 주마."

애프터서비스까지 지극정성이다.

블랑은 그다지 익숙하지 않지만, 게임답게 설명하면 동행하는 NPC

같은 감각일까.

'원래 게임을 잘 안 하니까 모르겠네. 이건 분명 백작님 나름의 자식 사랑일 거야.'

그래서 최대한 감사를 표하기로 했다.

"감사합니다!"

"후후. 소중히 다뤄라. 기본적으로 너희의 말을 듣도록 지시했지만, 도가 지나치면 거역할지도 모르니."

"앞으로 블랑 님을 위하여 봉사하겠습니다. 잘 부탁드리겠습니다."

집사는 그렇게 말하며 아잘레아 자매에게 눈길을 주고 미소 지었다.

하지만 그게 코웃음이라도 치는 것처럼 보였는지, 세 자매는 밉살스러운 표정을 지을 뿐이었다.

"그러고 보니 너, 이름이 뭐였더라?"

"네가 새롭게 지어 주도록 해라. 내 권속이라는 사실에는 변함이 없지만, 그리하면 너와의 결속도 생길 테지."

"으음…… 흰 흡혈귀…… 화이트…… 드라큘라……. 아, 눈이 빨갛네……. 레드 아이즈 화이트 드라……?"

집사는 가끔 떨떠름한 표정을 지으면서도 일단 잠자코 듣고 있었다.

"아, 그렇지. 바이스는 어때? 어느 나라 말인지 모르지만, 아마 흰색이었을 거야!"

"감사합니다잘부탁드립니다!"

조금 득달같이 고개를 숙였다. 괴상한 이름을 붙이기 전에 얼른 정해 버리려는 것처럼.

아잘레아 자매마저 동정의 눈길을 보냈다.

"그럼 백작님, 전 이만……."

"그래. 또 오거라."

"네! 또 올게요!"

처음에는 정체 모를 지하 동굴을 통해서 이 성으로 들어왔다.

그냥 폐허라고 생각했지만, 사실 그렇지 않다는 사실을 지금은 안다.

그때 백작은 유적이라고 말한 블랑에게 화를 냈지만, 아마 지금 블랑이 다른 사람에게 같은 말을 들으면 똑같이 화낼 것이다.

그런 확신이 들 만큼, 이곳은 블랑에게 무척 소중한 장소가 됐다.

성의 정면 현관이나 지하 수맥으로 이어진 동굴로 걸어서 나갈 필요는 없다. 지금 블랑이라면 이 창문으로도 날아갈 수 있다.

성장한 모습을 보여 주고 싶다는 마음도 조금 있었다.

"블랑 님."

하지만 창틀에 발을 걸친 블랑에게 바이스가 말을 걸었다.

"죄송하지만, 저는 날 수 없습니다……."

"뭐야, 맥 빠지게!"

백작에게 부탁해 바이스에게도 『비상』을 익히게 한 뒤 다섯 명은 줄지어 하늘로 날아올랐다.

블랑에게서 보이는 아슬아슬한 거리에서도 백작은 창가에 서서 그들이 있는 곳을 보고 있었다.

제1장 새 아침이 밝다

오랜만에 로그인해 보니 시스템 메시지가 몇 통 와 있었다.

오랜만이라고 해 봤자 접속하지 못한 날은 며칠에 불과했다. 지금까지 매일 게임을 한 탓에 불과 수일이 몹시도 길게 느껴졌다.

시스템 메시지에는 흥미로운 내용이 많았다.

일단 레아 본인에게 온 메시지에 승낙한다는 취지의 답장을 보내고 침대에서 일어났다.

생각해 보면 이 게임 안에서 제대로 침대에 누워 로그아웃한 경우는 클로즈 베타 이후 처음일지도 모르겠다. 얼리 액세스를 시작한 뒤로는 줄곧 동굴 속 바위 옥좌에서 자고 일어났었다.

날개가 거치적거릴 줄 알았지만, 몸에 감고 누우면 크게 신경 쓰이지 않았다.

"안녕, 레아. 방금 보고 또 보네? 아니, 이럴 때는 잘 잤냐고 해야 할까. 슬슬 이쪽에서 깨어날 시간이라고 생각해서 와 봤어."

"……안녕, 라일라. 노크는 하고 들어와."

이곳은 오랄 왕성의 객실이었다.

살아남은 왕족과 국정을 운영하는 주요 귀족은 이미 라일라가 지배하는 터라 레아도 더는 모습을 감출 필요가 없었다. 현 정권이 「제7 재앙」과 협력 관계라는 사실은 이미 성내에서 모르는 사람이 없을 정도다. 『사역』 등으로 예속된 NPC 외에는 모습을 보여 줄 수 없지만.

"레아, 시스템 메시지 봤어?"

"봤어. 어떤 걸 말하는지는 모르겠지만."

"국가 멸망 조건이 확정된 거. 왕족만 살려 두면 된다는 말은, 아티팩트는 마음대로 해도 된다는 뜻이겠지?"

"그렇겠지. 하지만 그렇다면 왕족을 정의하는 기준은 뭘까? 역시 왕위 계승권인가?"

"……만약 그러면 현 정권에서 나에게 왕위 계승권을 부여하면 내가 왕족으로 편입될 수도 있나?"

그게 된다면 참 편하겠지만, 가벼운 마음으로 시험할 수는 없는 노릇이었다. 그걸 검증하려면 라일라의 왕위 계승권을 인정받은 뒤 왕가를 몰살해야 하는데, 만약 조건이 성립하지 않는다면 돌이킬 수 없다.

"……가능할지도 모르지만, 시험하기에는 위험이 너무 커. 게다가 이미 권속이 됐으니까 안 죽지 않아?"

"권속을 해제하려면, 아아, 권속이 메일을 보내야 했던가? 그럼 NPC를 권속으로 삼을 경우, 해제할 수 없다는 뜻?"

이 문제는 운영진에게 확인할 필요가 있겠다.

"공식 FAQ에 실릴 가능성을 생각하면 함부로 질문하기도 어려워. 현재 우리 말고 그런 플레이어가 있다고 해도 SNS에서는 보이지 않아. 아마 우리와 비슷한 생각으로 침묵하고 있거나 NPC인 척하고 있겠지."

혹은 블랑처럼 아무 생각이 없고 SNS에 글을 쓰는 습관도 없는 인물일 가능성 또한 있다.

"……아차. 블랑에게 인사를 해야지. 개별 시스템 메시지는 아마 블랑한테도 갔을 테니까."

"개별 메시지? 레아한테도 뭔가 왔어?"

"응?"

라일라에게도 개인적인 메시지가 온 모양이었다.

확인해 본 결과, 레아에게 도착한 메시지와 라일라에게 도착한 메시지는 다른 내용이었다.

레아에게 도착한 메시지는 요약하면 운영진이 던전 경영을 돕겠다는 내용이었지만, 라일라에게 도착한 메시지는 인류종 국가 경영에 관련된 내용이라고 했다.

"이건 쉽게 말해 게임에서 특정 조건을 만족한 나에게 국가 경영 시뮬레이션 모드가, 레아에게는 던전 경영 시뮬레이션 모드가 해금됐다고 보면 될까?"

게임 시스템으로 비유하면 그럴 것이다.

레아의 경우 이 메시지에 적힌 리베, 에어파렌, 루르드, 토레, 라콜린느, 그리고 구 힐루스 왕도 내에 있는 한 사망 페널티가 변경된다. 죽어서 경험치를 잃기 싫으면 던전에 틀어박혀 보스로 살라는 뜻이다.

"일단 승낙은 했어. 나에게는 장점밖에 없으니까. 밖에 나가서 놀 때는 지금과 다를 바 없고. 요컨대 평범한 플레이어와 달리 홈에 있어도 습격받지만, 거기서 죽어도 경험치 손실은 없다는 뜻이야."

이 던전이라는 새로운 시스템은 명백히 플레이어가 공격하는 것

31

을 전제로 디자인되어 있었다.

이는 반대로 말하면 던전을 홈으로 정한 플레이어가 습격받는 건 운영진의 의도라는 뜻이기도 하다.

"그래? 나는 어떻게 할까. 도시 운영 경험은 나름대로 있지만, 국가는……. 내 도시는 상업 도시인데 주된 거래 상대인 힐루스는 이미 멸망했으니까 운영 방침도 바꿔야겠지. 생각해야 할 문제가 많아."

"다른 나라와는 거래를 안 해?"

"하기야 하지만, 무역량은 많지 않아. 판로가 좁고 위험 부담이 크니까."

신선도 문제도 있고, 라며 라일라는 끝맺었다.

"그것도 그런가. 그럼 국가를 오가는 행상인 플레이어도 있겠네. 인벤토리 안에 넣으면 안전하잖아."

"게다가 국가 간 유통 자체가 적어서 관세라는 개념조차 없어. 잘만 하면 돈을 쓸어 담을 거야."

SNS에는 이벤트 기간의 전이를 이용해서 유사한 돈벌이를 하던 플레이어가 많았다는 이야기가 적혀 있었다.

그 때문인지 처음 예상만큼 레미의 포션이 팔리지 않았지만, 그녀는 시세 파악에도 익숙해서 그럭저럭 흑자를 냈다.

"인류종 국가끼리 분쟁도 일어났다고 하니까 거기서 한몫 챙기려는 플레이어도 있을 거야. 돈이든 경험치든."

"……그거, 라일라는 아무것도 안 했어?"

그거란 페아레 왕국과 셰이프 왕국의 대립이었다. SNS에 따르면 페아레 왕국의 노이슈로스와 셰이프 왕국의 아인파라스트라는 도시가 파괴되면서 두 나라의 대립 구도가 확실시됐다고 한다.

그 이벤트는 공식적으로 인류와 마물의 충돌이 주된 테마였을 것이다. 그 이벤트 도중에 인류 국가끼리 대립한다는 것은 조금 부자연스러웠다.

레아는 힐루스 왕국과 오랄 왕국에서만 활동했고 그건 블랑도 마찬가지였다. 그렇다면 수상한 사람은 라일라 정도인데…….

"안 했어. 하지만 부자연스럽긴 해. 무언가가 그렇게 유도한 것처럼. 그래도 나는 아니야. 셰이프는 교역을 하는 곳도 아니고. 애초에 그 시기에는 휴겔컵에서 같이 흉계를 꾸몄잖아?"

"……그 무언가가 플레이어라면 성가시겠어."

"NPC라도 성가셔. 저번에도 말했지만, 평범한 인간은 하지 못하는 발상을 하는 NPC는 위험하기 짝이 없어."

확실히 그렇다. 하지만 지금 생각해도 알 수 없다.

전쟁을 유도한 자가 있다면 그자의 목적은 뭘까.

"그게 누구든 일단 확실한 점은 나처럼 국가 중추에 접근할 수 있는 인간은 아니라는 거야. 수상한 사건은 전부 도시 단위로 일어났어. 그 노이슈로스라는 도시의 전서구를 조작하려면 그 도시의 영주와 어느 정도 가까워야 해. 혼란을 틈타 전서구를 날리는 인물을 살해해 편지를 바꿔치기했을 뿐인지도 모르지만. 그리고 리사이아였나? 노이슈로스 영주가 그곳으로 도망친 것도 영주나 측근의 생각을 살짝 유도해 주면 돼. 내가 힐루스에 한 것처럼 말이야. 다음으로 들고일어난 혈기 왕성한, 후후, 수인 젊은이들은 제일 간단하겠지. 원래 그런 기질이 있다면 술집 같은 곳에서 신경 긁는 말을 떠들고 다니면 그만이야."

"그걸 어떻게 전부 동시에 해? 애당초 노이슈로스가 함락된 직접적인 원인은 마물 습격이야. 그 이유를 밝혀내지 않는 한은……."

"그럼 습격한 마물과 노이슈로스의 비둘기 가까이 있던 인물, 리사이아로 영주를 도망치게 한 인물, 수인을 선동한 인물이 전부 플레이어고, 채팅으로 연락을 주고받는 게 가장 쉬운 방법이겠지."

처음부터 계획된 일이었다면 그게 가장 확실할지도 모른다.

무엇보다 실제로 그렇게 힐루스와 오랄을 손아귀에 넣은 자매가 여기 있다. 물론 이쪽은 처음부터 연계한 건 아니지만.

"몇 가지는 의도했을지도 모르지만, 거의 우연이 아닐까? 목적도 아마 전쟁은 돈이 된다는 정도의 이유겠지. 특히나 플레이어라면."

"……그것도 그런가."

하지만 이 노이슈로스를 함락했다는 고블린, 그걸 조종한 마물이 플레이어라면 틀림없이 『사역』을 배울 수 있는 상위종으로 전생한 자일 것이다. 도시 하나를 함락했다면 충분히 재해 클래스라고 볼 수 있다.

"아 참, 라일라."

"왜?"

"이 도시에 교회 같은 곳 없어? 종교 관련 시설이나 조직."

힐루스에서는 별생각 없이 싹 쓸어버리고 말았지만, 신탁이라는 정체불명의 스킬은 간과할 수 없었다.

그것 때문에 레아의 존재가 온 대륙에, 더 나아가면 전 세계에 알려졌을 가능성이 있다. 또, 반대로 정령왕 쪽 속성의 거물이 나타났을 때의 알림으로 쓸 수 있을지도 모른다.

"종교 조직? 있어. 내…… 휴겔컵에도 교회가 있지만, 오랄 성교회라는 곳이야. 거기 수장은 회식에 몇 번 초대했었지, 아마. 제법 검소하고 청빈한 사람이었어. 인상이 나쁘지 않아서 딱히 건드리지 않는데, 설마 복수라도 하게? 신상이 들통 나서?"

"그런 이유로 복수할 리가 없잖아. 나…… 정확히는 마왕 탄생을 어떻게 알았는지 알고 싶을 뿐이야. 그게 누구나 얻을 수 있는 스킬인지 검증하고 싶고, 재해 생물의 정의나 특정이라는 말이 붙는 조건 등등 알고 싶은 게 한두 가지가 아니야."

라일라는 씩 웃으며 짓궂게 대답했다.

"오호라. 모르는 단어가 많이 나왔는걸? 레아, 마왕이야?"

레아의 눈이 동그래졌다. 그러고 보니 말한 적이 없었다.

"내가 말 안 했어? 안 했었나……. 말한 줄 알았어."

자기소개는 블랑에게 했던가. 라일라에게는 굳이 자기소개할 필요가 없어서 잊고 있었다.

"레아, 플레이 일기를 써 주지 않을래? 언니가 궁금해서 그래."

"안 써. 그래도 정보를 한번 대조해 봐야 하나……."

물론 숨길 건 숨기겠지만. NPC가 인벤토리를 사용한다는 정보가 라일라에게 새어 나가면 무슨 일이 벌어질지 모른다.

하지만 그 정보를 빼면 『사역』에 관해서도 이미 말했으니 이미 발설하면 안 되는 사실도 없을 것이다.

현자의 돌 이야기는 불안하지만, 마왕에 관해 설명하려면 피해 갈 수 없는 길이다.

"내가 이 도시에 소환할 수 있는 병력은 설명했지? 그 외에 보유한 병력, 아니, 세력이라고 해야 하나, 아무튼 세계수라는 게 있는데—."

◆ ◆ ◆

"—그렇게 해서 마왕으로 전생한 거야. 그리고……."

"잠깐, 아직 더 있어? 그 그레이트 어쩌고라는 아이템."

라일라만큼은 아니라고 스스로 생각하지만, 레아도 말허리가 끊기는 것을 좋아하지 않는다.

레아가 은근히 불만스러운 어조로 답했다.

"……있긴 한데, 이야기 안 들을 거면 안 줘."

"이야기만 들어도 준다고?! 악랄한 조건이라도 걸 줄 알았는데! 와…… 내가 얼마나 고생해서 『푸른 피』를 얻었는 줄 알아? 그거 완전 상위호환 아이템이잖아……."

얼마나 힘들게 얻었는지는 장광설을 들어서 안다.

하지만 본인의 주장만큼 고생했다는 인상을 받지 않는 것은 그 말투 때문일까, 라일라의 성격 때문일까. 애초에 라일라가 무언가에 애를 먹는 상황이 머리에 잘 그려지지 않았다.

"있긴 한데, 있으면 쓰게? 그보다 지금 경험치 얼마나 남았어? 노블 휴먼이 하이 엘프와 동급이라면 아마 현자의 돌 그레이트를 썼을 때 네 자릿수 경험치를 요구할 텐데."

어차피 쓰겠다면 레아도 해 보고 싶은 것이 있었다.

신탁과 쌍을 이루는 스킬을 자신이나 부하가 익힌 뒤에 라일라를 전생시키는 것이다.

라일라가 어떤 종족이 될지 모르지만, 라일라가 『사역』한 여왕도 노블 휴먼이라는 점을 생각하면 아마 그게 휴먼의 정통파 전생일 것이다. 엘프에서 다크 엘프 같은 변칙적인 루트로 가지 않는 한, 이대로 전생하면 정령왕에 가까운 진영의 종족이 되지 않을까.

신탁 계열 스킬이 있으면 그 순간을 알 수 있을지도 모르고, 그렇게 되면 그 스킬을 시험해 볼 수도 있다.

"네 자릿수?! 잠깐만. 참고로 마왕은 얼마나 필요했어?"

"3천."

"너무 비싸! 너 속은 거 아니야? 괜찮아?"

누가 무슨 이유로 사기를 친다는 말인가.

"참고로 세계수는 5천이었고, 그 외에도 천씩 쓴 사람이 둘, 3천이 한 명 더 있어."

"……뭘 하면 경험치가 그렇게 벌려……?"

"테마파크 경영이라고 해야 하나? 궤도에 오를 때까지는 목장을 꾸리면서 근근이 먹고 살았지만, 초보용 공식 서비스라고 오해가 퍼지면서 집객력이 확 올랐어."

물론 처음에는 그런 오해가 있는 줄도 몰랐지만.

"나도 국가 경영을 진지하게 생각해 봐야 하나……."

"모이면 말해. 싼값에 팔게. 어쨌든 마왕이 된 후로는—."

레아는 자신에게 붙은 명칭「특정 재해 생물」이나 스가루의「재해 생물」에 관해서 설명했다. 그리고 누군가의 지배하에 있는 캐릭터는 이러한 존재로 전생해도 전체 알림이 가지 않는다는 가설을 이야기했다.

"이처럼 다른 세력에서 위험한 존재가 탄생했을 때를 대비해서 신탁이나 그와 유사한 스킬을 갖고 싶은 거야."

"이해했어. 그럼 이 나라의 성교회 총주교를 부하로 만들게. 그리고 레아를 신봉하게 하자. 나도 들어가야지."

"뭐래."

또 정신 나간 소리를 한다고 생각했지만, 객관적으로 신앙 대상=재앙이라는 사실이 외부에 알려지지만 않는다면 나쁘지 않은 계획이었다.

일단 우상 숭배는 금지하고, 상징물을 만들더라도 더 추상적이고 간단한 심벌로 해야겠지만, 잘하면 온 대륙에 스파이를 퍼뜨릴 수 있을지도 모른다.

"좋은 제안이라고 생각하는데 어때? 물론 단순한 흑심만 있는 건 아니야. 함께 연계하면 내 국가 운영에도 크게 도움이 될 거라는 목적도 있어."

"어느 쪽이건 흑심뿐이잖아."

솔직히 말하면 그런 일에 관여할 시간은 없지만, 라일라가 국가를 운영하면서 겸사겸사해 준다면 맡겨도 괜찮지 않을까?

"……알았어. 그 제안, 받아들일게. 이 나라의 총주교라는 인간을 불러서 『사역』하자. 그런 다음, 왕국 각지에서 주교급을 불러들여서 총주교로 사역하는 게 좋겠어."

"레아는 모습을 감출 수 있잖아? 그거 써서 날아가면 되지 않아? 그거 혹시 나도 안 보이게 할 수 있어?"

"대상은 본인 한 명이니까 안 될 거야."

"날아가려면 업고 가야 하는데, 그 상태라면 같이 감춰 주지 않을까?"

어떨까.

시스템 메시지에 따르면 사람을 업으면 장비 상태로 인식하는 현상은 수정됐다. 시스템상 허점이 있다고 생각하기는 어려웠다.

"……그만두자. 됐어, 나 혼자 가면 되니까."

"쳇. 싫으면 어쩔 수 없지. 그럼 잘 다녀와. 장소는 알아?"

"하늘에서 보고 모르겠으면 채팅으로 물어볼게."

거울 앞에서 가볍게 차림새를 다듬고 창문으로 날아올랐다.

이때 처음으로 자기 모습을 봤다.

케리 말대로 굉장히 성스럽지만, 원판이 자기 얼굴인지라 그다지 낯선 느낌은 없었다.

어릴 적, 어머니의 화장품으로 놀다가 파운데이션인지 페이스 파우더인지가 폭발해 얼굴이 새하얗게 됐을 때가 떠오를 정도였다. 속눈썹과 눈썹까지 새하얘져서 호되게 야단을 맞은 기억이었다.

◆ ◆ ◆

하늘에서 오랄 왕도를 내려다보자 힐루스보다 전체적으로 투박한 경관이 펼쳐져 있었다.

힐루스 왕도는 왕성을 중심으로 원을 그리며 도시가 형성된 반면, 오랄 왕도는 각진 형태로, 바둑판처럼 질서 정연하게 깔린 길을 따라 건물이 늘어섰다.

도시의 전체 형태는 십자형이었다. 성벽이 원형이 아니라 각진 이유는 현실의 성형 요새처럼 돌출 지점에 장거리 포격이 가능한 무기나 병종을 배치하려는 목적일까?

그런 관점에서 보면 이 도시는 힐루스 왕도에 비해 단순히 방어능력이 뛰어나다고 볼 수 있겠다.

이번에는 내부에서 쿠데타를 일으켜서 공성전을 피했지만, 정상적으로 공략하려면 힐루스처럼 간단하지는 않았으리라.

하늘에서 보자 대성당 같은 건물이 금방 눈에 들어왔다.

도시 중심에 있는 가장 큰 건축물이 왕성이고, 도시 남쪽에 왕성과 마주 보듯 선 건물이 아마 대성당일 것이다.

이 위치 관계로 보아 성교회는 국가 권력에 아첨할 생각이 없다는 강한 의지가 느껴졌다.

모습을 감추고 대성당으로 내려가서 가장 큰 창에 붙어 안쪽을 살폈다. 내부는 천장이 높게 뚫린, 아주 넓은 예배당 같았다. 아래에는 거대한 물체가 자리 잡았고, 그 거대한 물체에 기도하는 인물이 몇 명 보였다.

옷차림만 봐도 그들은 제법 지위가 높을 듯했다. 라일라에게 들은 바로는 이곳의 교의는 청빈을 미덕으로 삼는다고 한다. 그런 곳에서 저만큼 고급스러운 옷을 입었다면 아마 틀림없으리라.

"……그래도 들어갈 수단이 없어. 나중 일을 생각하면 소란을 일으키고 싶지는 않아."

창문이나 지붕으로 침입할 수 없다면 어쩔 수 없다.

모습을 감춘 채 일단 지상으로 내려가서 뒷문이든 뭐든 다른 출입구를 찾아야겠다.

바로 하나 발견하기는 했으나, 그 앞에 남자가 서 있었다. 바닥을 청소하는 것처럼 보이지만, 주위를 경계하는 것은 명백했다.

귀찮아서 『자실』로 한순간 의식을 빼앗고 재빨리 침입했다. 문이 잠겨 있으면 이 남자를 『매료』해서 조종해야겠지만, 다행히 문은 열려 있었다.

건물 안으로 침입한 레아는 하늘에서 본 건물 전체의 위치 관계를 머리에 그리며 예배당이 있는 방향으로 향했다.

그렇게 도착한 예배당에서는 방금 본 이들이 아직도 꿇어앉아 기도하고 있었다.

"……감탄스러운 신심이지만, 오늘부터 기도할 대상을 바꿔줘야겠어."

『위장』을 해제하고 날개를 활짝 펼쳐서 『식익 결계』를 발동했다.

흩날리는 레아의 깃털을 발견한 성직자들이 한꺼번에 돌아보지만, 이미 늦었다.

"『매료』, 『지배』. ……걸렸나? 그럼 다음 것도 통하겠지."

한 명씩 『사역』을 걸어 제압을 완료했다.

「미형」, 「초미형」, 「뿔」의 보정이 걸린 『매료』에는 국왕 클래스조차 저항하지 못했다. 그들은 『사역』의 성질상 일반인보다 경험치를 얻기 쉬운 입장이고, 그런 그들이 우선해서 저항치를 높였는데도 불구하고 함락된 것이다. 이미 이 나라에서 저항할 수 있는 캐릭터는 없다고 생각해도 무방하리라.

만약을 위해서 확인해 보니 역시 총주교와 측근들이었다.

"—그런 연유로, 너희는 앞으로 나를 숭배해 줘. 그리고 당장은 이 나라의 왕족……을 지배하는 라일라라는 귀족에게 복종해 주면 좋겠어."

"알겠습니다, 나의 주인이시여."

아주 자연스럽게 무릎을 꿇고 머리를 숙였다. 너무 망설임이 없어서 레아가 불안해질 정도였다.

혹시 몰라서 총주교의 INT를 높이며 스킬을 확인했다.

총주교는 휴먼이며 귀족은 아니었다. 국가 권력과 연관이 없다는 것은 이를 통해서도 알 수 있었다.

레아는 총주교가 가진 스킬을 전부 기억하고 총주교와 측근들을 일으켜 세웠다.

"그럼 만약을 위해서 이걸 줄게. 그리고 다른 곳에도 네가 필요하다고 판단하면 써도 돼."

인벤토리에서 현자의 돌을 꺼내서 인원수보다 조금 더 많이 넘겨 줬다. 처음에는 지크에게 줬다가 이미 필요한 만큼 사용했다는 이유로 돌려받은 물건이었다.

『사역』은 일반적인 버전을 가르칠까 고민했지만, 당장은 노블 휴먼의 『사역』으로 충분하리라.

레아는 자신들에게 베푼 은혜에 감격해 오체투지하려는 총주교를 막고 전생과 스킬 습득만 마친 후 성으로 돌아왔다.

성으로 돌아온 이유는 그저 진행 상황을 알리기 위함일 뿐, 다른 용건은 없었다.

대성당에 있던 주교급 이상의 인간은 모두 지배하에 들어온 것, 그자들을 노블 휴먼으로 전생시킨 것, 라일라에게 복종하도록 지시했으니까 뒷일은 알아서 하라고 말을 전했다.

"응? 내가 돌봐야 해? 하긴, 내가 꺼낸 이야기니까 책임은 져야겠지……. 일단 내 부하로 써먹어도 되지?"

"당연하지. 나는 이제 볼일이 없으니까 마음대로 써. 또 시간이 생기면 상황을 보러 올게."

이제 왕도에서 해야 할 일은 모두 마쳤을 것이다.

겨우 블랑에게 인사하러 갈 수 있겠다.

"아, 맞아. 라일라."

"왜 그래?"

"그 얼굴 숨기고 생활해."

"왜?!"

"아니, 내가 플레이어들과 싸울 때 얼굴을 보였거든. 라일라의 얼굴을 보면 누가 봐도 관계자라고 들킬 거 아냐? 우리 둘 다 NPC인 척 플레이하려면 둘 중 한 명은 얼굴을 숨겨야지. 나는 이미 들켰으니까 라일라가 숨길 수밖에 없어."

"으으…… 어쩔 수 없나. 그래도 실수로 들키더라도 화내지 마. ……좋아, 그때는 생이별한 동생이 잔악무도한 네크로맨서의 인체 개조로 키메라 언데드가 되어 재앙으로 변했다고 할까."

"하고 싶은 대로 해."

그게 어떻게 하면 신앙 대상이 된단 말인가. 하지만 스토리만 잘 붙이면 의외로 나쁘지 않은 계획이라는 생각이 들었다. 아무 말 대잔치로 얼어걸리는 데는 선수다.

"그럼 나는 블랑을 만나러 에른타르에 갈게."

"잠깐만."

"……왜?"

"이 성 보물고에 있던 보물, 전부 주겠다고는 안 했잖아? 두고 가."

"오랜만이야, 블랑. 며칠이나 자리를 비워서 미안해. 잘 지냈어?"

"어서 와! 이제 괜찮아?"

"응. 당분간은 계속 들어올 수 있을 거야."

레아는 『소환』으로 에른타르 영주 저택으로 왔다. 대상은 디아스였다.

디아스는 전에 부탁한 이후로 쭉 에른타르에 머물고 있었다.

"어서 오십시오, 폐하. 쿠데타는 성공하셨나 보군요."

"다녀왔어, 디아스."

디아스의 입장에서는 정령왕을 시해한 반역자 중 하나를 완전히 굴복시켰으니까 감회가 남다를 것이다.

데리고 가 주고 싶은 마음도 있지만, 디아스는 눈에 띄기 때문에 단념했다. 또 느닷없이 분노할까 봐 불안하다.

"아 참. 레아, 운영진이 보낸 메시지 봤어?"

그 개인 발신 메시지 말일까?

역시 블랑도 받았나 보다.

"봤어. 아마 같은 내용일 텐데, 일단 수락했어. 단점도 크지 않으니까."

"그럼 나도…… 수락."

블랑의 경우, 이 에른타르를 포함해 알토리바, 베르데수드가 해당 필드일까.

"그런데 이거, 예를 들면 폐인? 이라고 하나? 그런 사람들이 이 서비스를 써서 전이해 오면 곤란하지 않아? 초보자용으로 조정하면 그런 사람들이 와서 깽판 부리지 않을까?"

"이렇게 말하면 그렇지만, 그건 포기해야지. 평범한 PvP와 똑같아. 우리만 항상 일방적으로 팰 수는 없어. 상대방이 강하면 지는 게 당연한 거야."

그보다 아까 라일라와는 이야기하지 못했지만, 전생 아이템 판매도 신경 쓰이는 부분이었다.

물론 레아와 라일라, 블랑에게는 아무런 의미도 없는 아이템이지만.

자신밖에 쓸 수 없다면 권속에게도 쓸 수 없을 테고, 지금 레아가 어느 종족으로 전생하든 다운그레이드밖에 되지 않는다.

하지만 아직 한 번도 전생하지 않은 플레이어는 사정이 다르다.

예를 들어 어제까지 드워프였던 인물이 있다고 치자. 그 인물이 다음 날 엘프가 되어 나타나면 주변 인물— 특히 NPC는 그를 동일 인물로 인식할까?

즉, 현실의 돈으로 엄청난 고성능 변장 아이템을 구할 수 있는 셈이다.

다만, 문제도 있다.

우선 그 아이템을 아는 플레이어에게는 여러 번 통하지 않는다는 것. 금방 추측해서 간파당할 것이다.

게다가 그런 아이템은 게임 안에서도 얻을 수 있다고 적혀 있었다. 그렇다면 그 존재를 아는 NPC도 있을지 모른다.

한 가지 더, 조금 더 정상적이지만 신경 쓰이는 사용법도 있었다.

예를 들면 라일라처럼 노블 휴먼으로 전생한 플레이어가 과금 아이템을 써서 엘프가 된 후 하이 엘프로 전생하고, 거기서 드워프로 전생한다고 치자. 그렇게 상위 종족에 한 번씩 발을 걸치면 각 종족의 『사역』이나 특유의 스킬들을 얻을 수 있지 않을까.

레아 본인도 『신성 마법』을 습득한 마왕이라는 제법 희귀한 존재라고 생각하는데, 전생 아이템을 쓰면 그런 빌드를 의도적으로 만들 수 있을지도 모른다.

물론 스킬 삭제 아이템도 함께 판매하는 것을 보면 운영진의 의도는 어디까지나 리빌드를 통한 구제 조치일 테니까 그런 물약 남용이 가능할지는 아직 알 수 없다.

전생한 순간 습득한 종족 특유 스킬이 전부 경험치로 전환되어도 이상하지 않다.

상식적으로 생각해서 레아가 드워프로 전생한다고 『익격』을 쓸 수 있을 리 없다.

검증은 해 보고 싶지만, 위험 부담에 비해서 이득이 너무 미미하다.

"그런데 레아는 앞으로 어떻게 할 거야? 이벤트 끝나고 뭐 할지 정했어?"

"어떡할까. 플레이어가 내 지역에 쳐들어온다면 맞받아칠 준비를 해야겠지만, 그건 아직 미래의 이야기일 테고……. 일단 리베 대삼림 남쪽에 화산 지대가 있으니까 그쪽을 공략할까."

"힐루스 왕국의 다른 도시는 제압할 생각 없어? 아직 많이 남았는데."

"해도 상관은 없지만…… 생각해 보면 내 원래 목적은 6대국 멸망이야. 그러려면 모든 도시를 마물의 영역으로 잠식해야 하나, 라고 생각했는데 국가 멸망 조건이 생각보다 널널하더라고. 왕가만 처리해도 된다면 그러는 편이 빠르고, 아마 플레이어에게 어그로도 덜 끌릴 거야."

"그런 평판 같은 거 신경 쓰지 않는 줄 알았어."

"신경 쓴다기보다 온 대륙에서 도시가 사라지면 인류 플레이어가 가만히 있지 않을 테니까. 그러다가 모든 인류 플레이어 vs 모든 마물 플레이어로 싸움이 번지면 귀찮아. 대국이 여섯 곳 있는 상태에서 도시 국가가 무수하게 있는 상태로 변한들 큰 영향은 없지 않을까. 마물의 위협에서 국민을 보호한다는 국가의 의무는 영주의 기사나 플레이어도 충분히 수행할 수 있으니까."

"……으음, 그러니까 마물에 대항할 플레이어가 많아지면서 국가의 존재 의의가 약해지고 있다는 뜻?"

"그런 경향도 있지만, 이 대륙은 지금이 시대의 전환기라고 생각해."

"전환기."

블랑은 어리둥절한 표정을 지었다. 뭐, 그렇겠지.

어떻게 설명해야 할까.

"어디 보자…… 우선 대륙의 귀족 제도와 각 도시의 통치에 관해서 생각해 볼까? 라일라가 귀족이 된 경위를 생각하면 도시를 다스리는 귀족의 선조를 처음 임명한? 만들어낸 사람이 그 나라의 왕족이라는 건 거의 확실해."

"흐음……."

"이 대륙의 나라는 지방으로 갈수록 마물의 영역이 늘어나고 위험도도 높아져. 그 지방을 개척하는, 혹은 개척한 사람에게 그 토지의 지배권을 주고 귀족으로 임명한 다음, 그 대가로 세금 일부를 상납받는다. 그런 지배 체제라면 흔히 말하는 봉건 국가야. 중세 유럽이나 일본과 비슷해. 다만, 힐루스 왕국은 이번에 꽤 대군을 준비했는데 오히려 그게 실책이 된 감이 있어. 나를 치려고 군대를 파견한 탓에 지방에 원군을 보낼 여력을 잃었으니까. 이번 공세를 버텨낸 지방 도시는 왕도의 지원이 없어도 위기를 극복할 수 있다고 생각할 테고, 온 대륙이 혼란에 빠진 가운데 지원도 해 주지 않는 중앙 권력이라면 있으나 마나라는 불신이 퍼지겠지. 심지어 실제로 습격받아서 파멸한 도시는 대부분 나와 블랑 때문이야. 왕도에서 열심히 모은 대군을 전멸시킨 것도 나고. 바꿔 말하면 국가가 총력을 다해 저항해도 의미가 없다는 사실이 증명된 셈이야. 국가에 대한 신뢰도는 하한가로 폭락하겠지."

"하한가! 무슨 말인지는 잘 모르지만, 아무튼 왕창 떨어졌다는 건 알겠어!"

"가격 제한폭이 없으니까 엄밀히 따지면 더 심각하겠지만. 어쨌거나 실제로 왕도가 함락되고부터 게임 시간으로 약 2주가 지났는데 구 힐루스 왕국의 정세가 크게 흐트러지지는 않았지? 내란이 일어나서 도시가 붕괴하거나 하지 않았으니까. 중앙 권력이 사라져도 대다수 도시에 큰 영향이 없다는 건 곧 다들 깨달을 테고, 그렇게 귀족과 민중의 의식이 변해 버리면 더는 지금 같은 사회를 유지할 수 없어. 그런 이유에서 지금이 시대의 전환기라고 생각하는 거야."

종종 SNS에서 어딘가의 영주가 독립을 선언했다는 이야기를 듣는데, 사실상 구 힐루스 왕국의 모든 도시가 독립한 상태이기 때문에 그런 성명에는 의미가 없다.

무역으로 먹고사는 도시는 변함없이 주변 도시와 무역을 하고 있고, 타국과 거래를 하는 도시도 사정은 마찬가지다. 라일라가 말한 것처럼 관세라는 개념이 없는 탓에 국가라는 조직에 묶이지 않아도 아무런 변화가 없다.

이 대륙에서 국가란 이미 유사시에 아티팩트를 효과적으로 사용한다는 역할밖에 없다는 생각마저 든다.

아니, 그것이 있기 때문에 6대국이 지금까지 존속했다고 생각해야 할까. 본래는 더 빨리 시대가 변화했어도 이상하지 않다. 아티팩트는 고대 중국의 옥새나 일본의 삼종신기와 달리 명확한 힘과 목적을 가진 전략 병기다. 그건 실제로 당해 본 레아가 가장 잘 안다.

이 대륙의 현재가 봉건 사회 말기라고 생각한다면 페아레와 셰이프의 전쟁도 조금 다르게 보인다.

수인들이 노이슈로스의 원한을 갚겠다고 날뛰거나 드워프 귀족들이 분개하는 것도 애국심보다는 단순히 종족 내부의 연대 의식이나 다른 종족에 대한 경쟁심 때문이지 않을까.

"뭐, 이건 어디까지나 내 개인적인 의견이지만."

"······역시 피는 못 속이는구나."

"응? 뭐가?"

"설명 좋아하는 게 똑같다 싶어서······. 뭐, 대충 화해해서 다행이라는 뜻이야."

◆ ◆ ◆

"그러고 보니 뭐 없어? 표창이라거나."

"응? 뭐라고? 웬 표창?"

블랑이 느닷없이 영문 모를 소리를 꺼냈다.

하지만 이 짧은 만남 속에서 블랑을 조금 이해하게 됐다. 블랑은 표현력이 부족할 뿐, 의미도 없는 이야기를 하지는 않는다. 대개는.

"저번 이벤트 때는 뭔가 있었다고 하지 않았어?"

"······아아! MVP 같은 거?"

"그래, 그거! 열심히 하면 주는 상!"

MVP와 노력상은 의미가 극과 극이지만, 하고 싶은 말은 알겠다.

"적어도 이번에 받는 사람은 내가 아닐 거야."

"왜? 져서?"

푹.

그런 이야기를 구체적으로 블랑에게 한 기억은 없다. 하지만 블랑

앞에서 라일라와 한 적은 있다. 만약 블랑이 사정을 알고 있다면 라일라에게 들었거나 SNS에서 봤을 것이다.

그래도 지금 생각하면 그다지 괴로운 기억도 아니다. 그 플레이어들은 발견하는 족족 죽이겠지만.

"······아니, 그건 관계없어. 오히려 나를 해치운 사람들에게 MVP를 줬으면 좋겠어. 나는 이제 전혀 신경 쓰지 않으니까. 전혀. 어쨌든 그건 넘어가고, 나는 이번에 운영진의 제안으로 마물 쪽 세력에 참가했어. 그걸 승낙한 시점에서 나는 플레이어가 아니라 운영진 편에서 참가했다고 봐야 할 거야. MVP는 Most Valuable Player의 약자고, 말 그대로 가장 가치 있는 플레이어를 말해. 보통은 가장 우수한 성과를 남긴 플레이어에게 주어져. 그 기준으로 생각하면 나는 후보에서 탈락이지 않을까?"

"그렇구나. 그럼 나도 후보에 들어가지 못하나?"

"아니, 블랑은 어디까지나 하나의 플레이 스타일로 마물 측에 참가했을 뿐이니까 성과가 좋으면 선발될 만도 해."

레아가 접속하지 않는 동안 이미 발표했을 줄 알았는데 아직 아무런 이야기도 없나 보다.

"만약 침공 팀과 방어 팀을 따로 평가한다면 나도 꽤 가능성 있다고 생각해! 자력으로 도시 두 곳이나 함락했으니까."

"그러게. 두 곳이나 함락한 사람은 아마 블랑뿐일 거야. ······그래도 특이한 사건이 많았으니까 집계와 선별에 시간이 걸릴지도 몰라. 그보다 블랑은 앞으로 어떻게 할 거야? 백작이라는 사람한테 돌아가? 거기가 홈 아니야?"

"아, 홈이라면 이미 에른타르로 옮겼어. 이 영주 저택이 내 홈이야! 백작 선배님에게는 잠깐의 이별을 고하고 선물로 집사를 받았어!"

방구석에 대기하던 백발 집사가 이쪽으로 다가와서 인사했다.

"만나 뵙게 되어 영광입니다."

의식의 바깥에 있어서 배경의 일부라고 생각하던 레아는 적잖게 동요했다.

"어, 아아. 나야말로 반가워. 웬 낯선 사람이 있다고 생각했는데, 혹시 블랑의 새로운 부하야?"

"엄밀히 말하면 아닙니다. 제 지배자는 여전히 드 하빌랜드 백작 각하입니다. 하지만 지금은 블랑 님을 주인으로 모시고 있으므로 뭐든 가벼운 마음으로 말씀해 주십시오."

즉, 파견 사원인가.

옛날에는 인재 파견이라는 사업이 성립하던 시대가 있었다고 어디선가 읽은 적이 있다. 공식 행사조차 VR에서 진행하는 것이 당연해진 현대에는 사장된 시스템이지만, 그렇지 않은 시대에는 부부 동반 행사에 참가하려고 배우자 대행 서비스를 이용하는 경우도 있었다고 한다.

딴 생각을 하는 사이에도 블랑은 백작과 나눈 이야기를 들려줬다.

"—그런 이유로 선배는 바이스를 나에게 맡긴 거야."

블랑은 태연하게 설명하지만, 아마 제동 장치 겸 감시역일 것이다.

"그러면 나도 부탁할게. 블랑을 잘 돌봐 줘. 가끔 불안한 언동을 보일 때가 있으니까."

"잘 알고 있습니다."

"잘 알지 마!"

블랑이 불만을 표출하지만, 이제 걱정 없이 화산으로 원정을 갈 수 있다. 이 도시에 플레이어가 쳐들어와도 디아스와 퀸 비틀을 두고 갈 예정이다. 바이스라는 유능해 보이는 캐릭터도 있으니까 어지간하면 문제는 없으리라.

"디아스는 여기서 대기. 블랑을 부탁할게. 데리고 갈 사람은— 예정대로 케리네랑 현지에서 기다리는 하쿠마, 긴카로 하자."

디아스가 눈썹을 살짝 찌푸렸지만, 케리 일행을 데리고 간다는 말에 수긍한 것처럼 머리를 숙였다.

여기서 하쿠마가 있는 곳으로 날아가서, 거기서 케리 일행을 부르면 될 것이다.

이 멤버로 행동하는 것은 정말로 오랜만이다. 처음에 멧돼지를 사냥한 후로 처음일지도 모른다.

"그럼 블랑, 다음에 봐. 필요하면 언제든지 연락해. 일이 정리되면 라일라도 불러서 이야기라도 나눌까. 어쩌면 다른 곳에도 마물 플레이어와 인류 플레이어가 손잡은 세력이 있을지 모르니까 우리도 협력해서 더 큰 이익을 얻을 방법을 생각해 보자."

"오케이~! 이래 봬도 나는 사천왕이니까! 아, 라일라 씨는 무슨 역할이야? 상담역?"

"……상담역이라고 하니까 갑자기 외부 고문 같네. 그래도 재미있어 보이니까 다음에 만났을 때 본인에게 말해 봐. 나도 어떻게 반응하나 보고 싶어."

◆ ◆ ◆

웨인, 길가메시, 멘타이리스트는 이벤트 중반이 지나고서야 가까스로 합류했다. 합류한 뒤에는 멘타이리스트의 제안에 따라서 자금보다 경험치 벌이를 우선했고, 웨인도 두 사람을 따라잡을 정도는 아니더라도 함께 싸울 수 있을 만큼 성장했다. 참고로 사냥은 길과 멘타이리스트가 거점으로 삼은 웰스라는 나라에서 진행했다.

지금은 카네몬테라는 도시의 여관 라운지에서 남자 셋이서 조용히 차를 마시는 중이었다.

카네몬테는 웰스에서도 상당히 큰 도시인데도 마물의 영역이 가까워서 플레이어가 활동하기 좋은 곳이기도 했다.

게임 점검이 끝난 직후라 다들 막 로그인해 객실에서 나온 참이었다.

"그보다 웨인은 슬슬 장비를 바꿔야 하지 않냐? 그거 철이랑 마물 가죽이지? 오히려 그거로 지금까지 따라온 게 용하네. 스킬이나 능력치뿐 아니라 순수 피지컬도 꽤 좋아졌나?"

"아니, 내 장비가 구린 건 멘타이가 나중으로 미루라고 하니까 그렇지. 솔직히 이 장비로 다른 파티에 들어가면 멤버가 줄줄이 부모님이 부른다면서 탈출할걸."

몇 번이나 불평했지만, 멘타이리스트는 매번 장비는 나중에 맞추라며 이야기를 들어주지 않았다.

물론 그만큼 전투에서 서포트해 줬고 파티 멤버인 멘타이리스트와 길이 괜찮다고 한다면 웨인도 강하게 나갈 수 없었다. 걸림돌이라는 자각도 있고 두 사람이 헌신적으로 이끌어 준다는 것도 알기 때문이었다.

"그래도 이제 그만 알려 줘. 정말로 어떻게 할 생각이야? 아무런 이유도 없이 웨인을 거지꼴로 놔두진 않았을 거 아냐?"

길의 말을 듣고 멘타이리스트는 컵의 내용물을 비우고 일어났다.

"좋아. 그럼 내 방으로 가서 설명할게."

저마다의 방에서 의자를 가지고 와서 멘타이리스트 방에 모인 세 사람은 작은 테이블에 둘러앉았다.

"우선 확인부터 할게. 우리는 재앙 레이드에서 드롭한 아이템, 그 금속 덩어리를 못 챙겼어. 그건 이미 참가자 전원에게 솔직히 말해서 양해도 구했고 다들 무보수라도 괜찮다고 합의했어. 여기까진 좋아."

웨인에게도 씁쓸한 기억이었다. 재앙이 다시 나타나기 전까지 그 것만이라도 챙겨 뒀어야 했다. 구 힐루스 왕도는 이미 재앙의 세력이 되어 버린 탓에 그 금속도 이미 재앙의 손아귀에 들어갔을 것이다.

"그랬지……. 미안하게 생각해."

"어쩔 수 없잖아. 그건 딱히 웨인만의 책임이 아니니까. 그보다 멘타이, 너는 몇 개 주웠다고 하지 않았어?"

"말했지. 지금도 가지고 있어."

그렇다면 다 같이 나누자고 한순간 생각했으나, 그건 어디까지나 멘타이리스트가 개인적으로 왕도 안에서 주운 아이템이지, 레이드 보스에게서 드롭한 아이템은 아니었다. 고생해서 주운 멘타이리스트가 가지는 게 맞다.

"역시 빈틈이 없네. 그래서 그 금속은 결국 뭐였어? 마철(魔鐵)이나 뭐 그런 거? 혹시 그걸 써서 웨인 장비를 만들 생각이야?"

"대충 맞지만, 한 가지 틀렸어. 이건 마철이 아니야."

멘타이리스트는 인벤토리에서 금속을 한 덩어리 꺼내서 테이블에 올려놨다.

"이건 이 도시 대장간에서 만든 주괴야. 지금까지 거쳐 온 작은 도시에서는 취급할 수 없다고 하더라. 이 도시에서도 중심부 근처의 노포 대장간 외에는 거절당했어."

"정말로? 그게 대체 뭔데?"

"아다마스라는 금속이래."

아다마스. 웨인도 들은 적이 있다. 원래는 고대 그리스의 헤시오도스가 쓴 서사시 「신통기」에 등장하는 단어로, 문맥으로 보아 강철 같은 금속을 나타낸다고 알려져 있다. 어원은 정복할 수 없다는 뜻이며 무진장 단단하다는 이미지의 단어다.

"이 게임에서는 어떤 물건이야? 길, 들은 적 있어?"

"아니, 없어. 아마 다른 게임에서 흔히 보이는 아다만타이트나 아다만티움이겠지. 이 게임에도 그런 게 있었어?"

"있었나 봐. 대장장이가 말하기로는 보통 금속 중에서 특히 경도와 강도가 높고, 마법 금속과 비교해도 상당히 상위에 들어가는 성능이라고 해. 뭐라고 했더라, 전설의 어쩌고 칼쿰— 아마 오리할콘이라고 생각하는데, 아무래도 그거보다는 조금 떨어진다더라."

그만큼 조사한 것도 대단하다.

하지만 그 정보가 사실이라면 이건 상당히 희귀한 금속이라는 뜻이다.

그게 왕도에 왕창 떨어져 있었다.

"진짜냐······. 드롭 아이템 장난 아니네, 재앙. 이게 알려지면 플레이어들이 전부 구 힐루스 왕도로 몰려가는 거 아냐? 그 도시 안에 있던 언데드를 해치우면 이게 떨어진다는 말이잖아."

"그럴지도····· 모르지만, 나는 그다지 공표할 마음이 없어."

"······그래? 미안, 멘타이리스트."

사과하는 웨인에게 길이 미심쩍은 표정을 지었다.

"왜 갑자기 사과야?"

"길. 다들 그때는 수긍하고 포기했지만, 재앙의 드롭 아이템을 잃은 건 명백히 내 실수였어. 그게 이제 와서 고가의 금속이라고 판명되면, 다들 어떻게 반응할지 몰라. 멘타이리스트는 그걸 걱정해서 지금까지 침묵하다가 이렇게 우리에게만 말해 준 거야."

"그렇군······. 그런데 그건 너만의 실수가 아니라고 말했잖아. 그리고 그 금속은 언데드에게서만 나오고 재앙의 드롭 아이템은 다를지도 몰라."

"그러면 더 안 좋지. 다들 그 금속 덩어리는 재앙에게서 나왔다고 믿고 있어. 그게 설마 부하인 언데드에게서 떨어지는 소재 아이템이라고 누가 생각이나 할까? 재앙의 드롭 아이템이 따로 있다면 더 상위 아이템이라고 생각하는 게 자연스러워."

웨인도 마음 같아서는 레이드 멤버들에게 솔직하게 털어놓고 사과하고 싶었다. 하지만 그랬다가는 길과 멘타이리스트도 자기 책임이라고 주장할 테고, 멘타이리스트의 경우 이미 가공했다고는 하나

현물을 가지고 있었다. 진흙탕 싸움으로 번질 가능성도 있었다.

"공개할 생각이 없다면 왜 지금 꺼냈어? 몰래 팔면 되잖아."

"이미 알고 있겠지만, 이걸로 웨인과 길의 장비를 새로 만들고 싶어. 함부로 시장에 풀어 버리면 일이 커질 것 같으니까."

"……어떡하지, 웨인."

솔직히 말하면 마음이 괴로웠다. 다른 레이드 멤버를 속이는 셈이라 미안하기도 하고, 애초에 멘타이리스트의 소유물에 자신이 참견할 권리는 없었다.

하지만 말을 꺼낸 사람 또한 멘타이리스트고, 웨인의 장비가 안 좋아서 파티 전체의 발목을 잡는 것도 엄연한 사실이었다. 파티 전체의 전투력을 끌어올리기 위해서 이야기를 꺼냈다고 볼 수도 있으며, 아마 웨인이 미안하다는 이유로 거절하면 실제로 그렇게 대답하리라.

길의 장비를 새로 만들자고 제안한 것도 참으로 치밀했다.

전투 스타일상 길이 사용하는 금속이 더 많을 테니까 그만큼 웨인의 심적 부담은 가벼워진다.

두 사람의 성격을 철저하게 파악한 사람의 제안이었다.

"……네가 적이 아니라서 다행이야, 멘타이리스트."

"칭찬해 줘서 영광이야, 리더. 그럼 승낙했다고 봐도 될까?"

"그래. 미안하지만 부탁할게."

다르게 생각하자. 지금의 목표는 언젠가 다시 재앙을 해치우는 것. 레이드 멤버에게는 그때 보수를 나눠 주자. 이 금속은 그날을 위해 빌려 두는 것이다. 웨인은 그렇게 생각하기로 했다.

"좋아! 그럼 지금 갈까? 그 대장간에."

"그러자. 거기서도 우리를 목 빠지게 기다릴 테니까 빨리 가는 편이 낫겠지."

"그렇게 열정적인 대장장이야?"

"아니, 아다마스는 이 도시에서도 희귀한 금속이라서 이렇게 대량으로 다룰 기회가 거의 없대."

"아아, 그런 이유?"

그 뒤 방문한 대장간의 주인은 이 나라에선 보기 드문 드워프였다.

과묵하고 까탈스러워 보이는 외모와 달리 밝고 싹싹한 성격이었다. 다만, 목청이 굉장히 커서 차분한 대화에는 어울리지 않았다.

"좋아좋아좋아! 그럼 바로 시작하지! 거기서 기다려! 금방 끝나……지는 않겠지만, 오늘 안에는 끝나니까!"

그렇게 말하고는 금속 덩어리와 일행의 장비를 죄다 끌어안고 공방 안으로 들어가 버렸다.

"……이 근처에서 하루 종일 기다리라는 거야 뭐야?"

"길, 들리겠어. 그래도 난감하긴 하네. 치수를 잰다며 장비도 다 가져가 버려서 사냥도 못 가는데. 어떡하지?"

"뭘 어쩌겠어. 가끔은 도시를 관광하는 것도 괜찮잖아? 나는 서점에나 갈까. 조사하고 싶은 것도 있으니까."

멘타이리스트는 검증 스레드에서도 활동했다. 이벤트 정리 스레드에도 글이 종종 보이던데, 국가의 성립 과정이라도 조사하려는 걸까.

59

"서점이라. 나는 그다지 인연이 없는 곳이라······. 웨인은 어떡할래?"

"나는 멘타이리스트를 따라갈까. 게임 안에서 서점은 가 본 적이 없어서 어떤 곳인지 궁금해."

서점에서 알 수 있는 정보라면 일반적으로 알려진 지식일 것이다.

재상이 말한 6대— 7대 재앙의 이야기는 처음 들었지만, 사실 일반적인 지식일 가능성도 있었다.

"혼자 있어 봤자 할 일도 없고, 그냥 나도 따라가련다. 그나저나 지금까지 필요 없어진 장비는 전부 팔았는데 주문 제작이면 이런 경우도 생기는구나. 앞으로는 팔지 말고 갖고 있어야겠어."

그 의견에는 동의한다.

어차피 플레이어에게는 인벤토리가 있다. 물건이 많다고 곤란해지지 않는다.

"이때 양아치나 PK한테 걸리면 위험하겠지만, 여기는 도시 중심부에 가까운 구역이니까 여관에 돌아가는 것보다는 여기서 시간을 보내는 편이 안전해. 게다가 나는 장비를 빼앗기지 않았고, 위험해지면 마법으로 지킬 테니까 괜찮아."

대장간 접수처에 선 여성에게 서점 위치를 듣고 그곳으로 걸음을 옮겼다. 그녀는 세 사람의 대화를 듣고 있었는지, 사람이 많고 알기 쉬운 큰길을 위주로 알려줬다.

서점은 생각보다 컸다. 튼튼한 문이 달리고 창문도 없는 건물은 얼핏 보면 창고 같았다. 간판이 나와 있지 않았다면 알아차리지 못했을 것이다.

문은 생긴 대로 무거워서 STR에 거의 투자하지 않은 멘타이리스트는 여는 것도 조금 힘겨워 보였다. 이 비쩍 마른 팔로 그 금속 덩어리는 용케도 챙겼구나 싶었다.

가게 내부는 어두울 줄 알았으나, 예상과 달리 밝았다. 마법 조명 같은 것이 곳곳에서 빛나고 있었다.

"……가격은…… 그렇게 비싸지는 않네. 인쇄 기술이 있나."

웨인도 같은 생각을 했던 터라 멘타이리스트의 말에 수긍했다.

종이가 어느 정도 유통되는 것은 알고 있었고, 용병 조합 게시판을 봐도 식자율이 일정 수치 이상이라고 짐작할 수 있었다. 그렇다면 도서는 비교적 구하기 쉬운 환경이며 대량 생산을 위한 인쇄 기술은 이미 존재할 것이다.

"……뭐야, 책 처음 봐? 시골에서 왔나? 거기 꽂힌 책은 『복제 마법』으로 늘린 거야. 원본을 보고 싶으면 왕도 도서관에라도 가 봐."

가게 주인으로 보이는 안경 쓴 노인이 입매를 비틀며 말했다.

드워프 대장장이와 달리 척 보기에도 성미가 까탈스러운 노인이었다. 말투에서부터 괴팍함이 묻어났다.

길과는 죽이 맞지 않겠다 싶어서 돌아보자 처음부터 상대할 마음이 없는지, 무시하고 근처의 책을 펼쳐 보고 있었다.

"『복제 마법』……! 그런 게 있나! 주인장, 미안한데 자세하게 알려줄 수 있을까?"

한편, 멘타이리스트는 이곳에 온 목적을 잊고 노인에게 질문했다.

물론 진짜 목적은 책이 아니라 시간 때우기니까 잘못됐다고 할 수는 없다.

어쩔 수 없이 웨인은 혼자서 조사에 착수했다. 아니, 길도 그 정도는 해 주고 있지만.

가게 안을 어슬렁어슬렁 둘러보자 책은 내용별로 분류되었는지 생각보다 질서 있게 꽂혀 있었다.

웨인이 알고 싶은 것은 재앙과 관련된 전승인데, 그런 내용은 무엇으로 분류될까.

"이쪽인가……?"

전설이나 전승과 관련 있어 보이는 책이 나열된 책장에서 한 권을 꺼내 봤다.

제목은 「대발견! 재앙은 여섯 마리가 아니었다?! 어둠에 묻힌 드래곤의 전설!」.

책장을 가볍게 훑으며 넘기자 알기 쉽게 크고 두꺼운 글자로 표제가 박힌 페이지나 재앙으로 추측되는 여섯 마물이 뭔가 시원찮게 그려진 페이지가 있었다. 삽화 수준이 워낙 미묘한 탓에 책 자체의 신빙성이 의심됐다.

삽화를 찾으며 일단 마지막까지 훌훌 넘겨 봤지만, 드래곤에 관한 정보는 보이지 않았고 상상도조차 없었다.

"책 수준하곤……."

전혀 도움이 되지 않지만, 재앙에 관해 지식이 일반적으로 알려졌다는 사실 하나는 알 수 있었다. 그렇지 않고서야 이런 책이 나올 리 없었다.

"포트리에는 길거리에서 설법하는 사람도 있다고 하니까 당연히 다 알겠지."

"이봐! 그렇게 오래 읽을 거면 사서 봐!"

가게 주인이 호통치는 바람에 허둥지둥 책을 돌려놨다.

화낼 만도 하다. 심심풀이로 전부 읽어 버리면 장사가 안 된다. 이런 행위를 「서서 읽기」라고 하던가. 현대에 서점은 이미 픽션 속에나 등장하는 시설이라서 잘 모르는 습관이지만.

"뭔가 좋은 정보 있었어?"

멘타이리스트였다. 가게 주인이 웨인에게 주의했다는 것은 멘타이리스트와 이야기를 마쳤다는 뜻이기도 했다.

"너는?"

"흥미로운 사실을 알았어."

멘타이리스트가 주인에게 캐낸 정보는 『복제 마법』이었다.

우선 미리 복제하고 싶은 물건과 그 물건을 처음부터 제작하는 데 필요한 재료를 전부 준비한다. 책이라면 장수만큼의 종이와 이를 묶기 위한 끈, 경우에 따라서는 표지에 쓸 가죽이나 잠금장치, 그리고 잉크다.

실물을 대상으로 『복제 마법』을 발동하면 MP와 준비한 아이템을 소비해서 복제품이 완성된다.

단, 『복제 마법』으로는 완벽하게 동일한 물건을 만들 수 없으며, 최고 효율로도 한 등급 아래의 아이템만 나온다고 한다.

"퀄리티가 떨어지나. 아, 설마 그래서 글자도 그림도 이상했나!"

원본에 비해 글자와 그림의 질이 떨어진다면 책으로서 품질이 저하됐다고 볼 수 있다. 책의 가치란 그런 게 아니라는 생각도 들지만, 게임 시스템이 그렇게 판정한다면 그러려니 할 수밖에.

"그런 이유로 비용에 비해 질이 떨어지는 경우가 많아. 게다가 스킬이 있으면 생산 시간이 단축되니까 재료가 있으면 평범하게 만드는 편이 나아. 거의 책에만 사용되는 기술이래."

"그래……. 아, 나도 알고 싶은 건 알았으니까 됐어. 멘타이리스트는 애초에 뭘 보러 서점에 온 거야?"

"나는 그거. 시스템 메시지에 나온 『전생 아이템』."

그러고 보니 과금 아이템으로 도입하느냐 마느냐는 설문조사가 있었다. 웨인은 당연히 찬성으로 답했다. 출근으로 플레이 시간이 제한되는 웨인은 현금으로 해결할 수 있는 선택지가 늘어난다면 뭐든 환영이었다.

"그게 왜?"

"메시지에 따르면 과금 아이템이라도 기본적으로는 게임 안에서 구할 수 있다고 했어. 그렇다면 한번 찾아볼까 싶어서."

그 정보를 얻으려고 서점에 왔다는 말이었다. 그 말대로 이미 존재하는 아이템이라면 관련 문헌이 있을 만도 했다.

"그거 좋은데? 찾아볼까."

"그렇지? 길도 불러서 같이 찾자."

그로부터 수 시간, 세 명은 화가 난 서점 주인에게 쫓겨날 때까지 서점에 죽치고 있었다.

입수 방법은 알아내지 못했지만, 적어도 그런 아이템의 존재를 암시하는 책은 있었다.

결국 이번 시간 떼우기는 멘타이리스트의 가설을 뒷받침하는 선에서 마무리됐다.

"—결국 강매당했군……. 이 미묘한 책."

어찌나 불같이 화를 내던지, 그 박력에 못 이겨 웨인은 수상쩍은 책을 사 버렸다. 재앙이니 드래곤이니 적혀 있던 그 책이었다. 어차피 훑어볼 때는 거의 삽화밖에 보지 않았으니까 완전히 헛돈을 쓴 것은 아니었다.

멘타이리스트가 산 것은 전생 관련 아이템에 관해 적힌 책이었다. 이쪽도 전부 읽지는 않았으니까 어쩌면 입수에 관련된 내용도 있을지 모른다.

길이 산 책은 의외로 요리책이었다. 얼굴에 어울리지 않게 요리가 특기라고 한다.

"남자가 해 주는 요리라……."

"불만 있어? 누가 만들든 똑같잖아."

웨인은 딱히 멘타이리스트 같은 거부감은 없었다. 평소 노점에서 사 먹는 음식도 대부분 남자가 만든다.

"그보다 슬슬 완성됐을지도 모르니까 한번 돌아갈까? 서점에서 보낸 시간과 이동 시간을 생각하면 완성됐어도 이상하지 않아."

만약 완성되지 않았어도 곧 저녁이었다. 이 이상 거리에서 시간을 보내기는 어려우므로 대장간에서 기다리는 수밖에 없다.

대장간으로 돌아가자 접수처에 드워프 대장장이가 서 있었다.

그렇다면 작업이 끝났다는 뜻이리라. 현실적으로 판금 작업을 마치기에는 너무 이르지만, 생산 스킬이 있는 게임에서는 그것이 가능하다.

대장장이는 씩 웃더니 턱짓으로 안쪽 방을 가리켰다.

대장장이를 따라서 방으로 들어가자 작업장 같은 공간 한복판에 둔탁하게 빛나는 전신 갑옷이 위풍당당하게 서 있었다. 그 옆에는 작은 금속 조각들을 가죽끈으로 엮은 찰갑이 있었다.

전신 갑옷은 길, 찰갑은 웨인의 것이다.

바로 착용해 봤다.

대장장이가 벨트와 버클 따위를 조절해 갑옷을 두 사람의 몸에 맞춰 줬다.

길의 전신 갑옷은 생각만큼 두껍지 않았고 요철을 통해 구조적 강도를 높인 듯했다. 플루티드 아머라고 하던가. 그 덕분에 보기보다 무겁지 않은지, STR와 VIT이 높은 길은 움직임이 가뿐했다.

하지만 방어력은 이전과는 비교가 되지 않아서 웨인이 아침까지 허리춤에 차고 다니던 철검으로는 흠집도 낼 수 없었다.

웨인의 찰갑은 반대로 보기보다 약간 무겁다고 느꼈다. 작은 금속 조각이라도 사용되는 양도 많고 가죽끈의 무게도 있기 때문일까. 하지만 방어력은 생각 이상이라서 단순한 베기나 찌르기에 대한 내성은 길의 갑옷과 견주어도 손색이 없었다.

대신 이 갑옷은 기민성을 중시한 탓에 겨드랑이와 고간, 팔다리 오금은 다소 크게 뚫려 있어서 주의가 필요했다. 그래도 지금의 웨인이라면 능숙하게 대처할 수 있으리라.

"……이거 대단한데."

"……그러게."

대장장이에게 세세하게 사이즈를 조정받으며, 길이 흘린 말에 맞장구쳤다.

그야말로 최고의 소재와 최고의 기술이 만들어낸 걸작이었다.

"어허, 이쪽을 잊으면 섭섭하지!"

대장장이가 작업대에 놓인 검과 방패를 엄지로 가리켰다.

검 두 자루 중 크기가 조금 작은 쪽은 브로드 소드. 주로 한 손에 쥐고 방패와 함께 사용하기 위한 검이었다. 이건 길의 무기다.

다른 하나는 롱 소드. 한 손으로도 다룰 수 있지만, 자루를 길게 만들어 양손으로 쥘 수도 있다. 바스타드 소드라고도 불리는 타입이었다.

방패는 스쿠툼이라고 하며, 휘어진 사각형 모양의 대형 방패였다. 원래는 나무와 가죽으로 만들지만, 이렇게 전체를 금속으로 만들면 무거워서 도저히 들고 다닐 수 없다. 하지만 이 세계의 용병이나 기사처럼 STR나 VIT이 높으면 충분히 활용할 수 있다. 물론 이건 길의 장비였다. 갑옷과 마찬가지로 이 방패는 철검으로는 흠집조차 낼 수 없다고 한다.

새로운 검도 얼마나 잘 드는지 시험해 보고 싶지만, 여기에는 마땅히 벨 물건이 없었다.

"근처에서 마물이라도 썰어 보는 수밖에 없나."

"저기 있는 장작을 써! 세로로 잘라 주면 나도 장작을 안 패도 되니까 좋지!"

농담이 지나치다. 장작은 팰 수 있을지 몰라도 나무는 검으로 자를 게 못 된다.

"장작은 직접 패. 옆으로는 해 보겠지만……."

길이 검을 상단으로 들었다. 거기로 대장장이가 장작을 포물선으로 던졌다.

보통은 공중에 뜬 장작을 검으로 치면 상처는 생길지언정 절단되지 않고 바닥에 나동그라진다.

하지만 길 본인이 순간 의아한 표정을 지을 만큼 검은 소리도 없이 허공을 갈랐고, 장작은 바닥에 처박히지 않고 그대로 포물선을 그리며 떨어졌다.

떨어진 장작은 거의 정확하게 두 동강 나 있었다.

"……오오, 소름 돋았어."

옆에서 보던 웨인도 말문이 막혔다. 그저께 점검 전까지 매일같이 본 길의 칼솜씨였다. 지금 갑자기 기량이 높아진 것도 아니었다.

"너도 해 봐, 웨인."

길이 떨어진 장작을 집어 포물선으로 던졌다. 장작의 길이가 절반으로 줄어들어 길이 베었을 때보다 난이도는 높아졌다.

길처럼 검을 상단으로 들고 내리칠 타이밍을 쟀다.

"흡!"

아무런 저항감도 없이 휘두른 탓에 칼끝이 바닥에 닿을 뻔해서 필사적으로 팔을 멈췄다.

STR도 어느 정도 높여 둔 덕분에 꼴사나운 모습은 보이지 않았지만, 조심하지 않으면 제 발을 벨지도 모르겠다. 이제 와서 그런 초보자 같은 실수를 할 수는 없다.

"……굉장한데, 이거……."

바닥에 떨어진 장작은 또 절반으로 나뉘어 있었다. 칼을 확인해 보아도 날은 전혀 나가지 않았다. 말 그대로 판타지 금속이었다.

이거라면 마물도 뼈째로 썰어 버릴 것이다.

"문제없나 보군! 후우! 덕분에 재미있는 일을 했어!"

"고마워, 주인장! 멋진 장비야."

"나도 고마워! 우리도 강해졌다고 자부했는데, 분수에 안 맞는 옷을 입은 느낌이야. 더 강해져야겠어."

웨인과 길은 대장장이에게 최대한의 감사를 표하고 헌 장비도 돌려받았다. 원한다면 길의 장비는 중고로 사 주고 웨인의 장비는 처분해 주겠다고 했지만, 오늘처럼 여분의 장비가 필요할지도 모르므로 가지고 있기로 했다.

그것을 본 멘타이리스트가 흡족한 표정으로 대화를 마무리 지으려고 했다.

"좋아! 둘 다 만족한 것 같아서 다행이야. 그럼 계산은……."

"그거 말인데, 이번에 맡긴 재료가 아직 좀 남았어. 너희만 괜찮다면 그거만 받고 작업료를 공짜로 해 줄게."

웨인과 길은 멘타이리스트를 봤다. 그건 원래 그의 소유물이었다.

"……우리, 정확히는 용병에게서 샀다는 사실을 함구해 주신다면 상관없습니다. 독자적인 루트로 우연히 구했다고 해 주세요."

"걱정하지 않아도 그런 걸 물어보는 인간은 거의 없어! 소재가 있어도 가공하지 못하면 의미가 없으니까."

"우리 이야기가 새어 나가지 않는다면 뭐든 괜찮습니다. 정말로 그거면 되나요? 고급 기술이 많이 사용된 것 같은데."

작업 시간은 사실상 반나절로 말도 안 되게 짧았지만, 품질은 틀림없이 최고급이었다. 생산 스킬 같은 판타지스러운 능력으로 완성했겠지만, 보통은 품질을 떨어뜨리지 않고 납기를 단축하면 비용은 늘어나게 마련이다.

"그건 어르신이 흥이 올라서 제멋대로 품질을 높였을 뿐이니까 손님들은 신경 쓰지 않으셔도 돼요. 게다가 남은 아다마스의 값어치를 계산하면 그다지 차이도 없어요."

접수처에 있던 여성이 작업장에 얼굴을 내밀며 답했다. 경리는 그녀가 담당하는 모양이었다. 문이 반쯤 열려 있어서 이야기가 들렸나 보다.

"그렇다면 기꺼이 제안을 받아들이죠."

이렇게 웨인과 길은 장비를 일신했다.

당분간 실력보다 장비로 싸우는 감각이 사라지지 않겠지만, 그 기간이 조금이라도 짧아지도록 노력해야 한다.

게다가 결국 비용은 전부 멘타이리스트의 주머니에서 나갔다.

접수원의 말에 따르면 소재 자체가 상당히 비싼 모양이니까 웨인은커녕 길도 변제에 시간이 걸릴 듯했다.

"굳이 그런 걸 따져야 해? 나는 왕도부터 파티원으로서 행동했어. 드롭 아이템을 줍는 것도 단체 행동의 일환이야. 정 갚고 싶다면 현물로 돌려주면 돼."

"……알았어. 장비도 갖춰졌으니까 슬슬 힐루스를 치자. 우선 시험 삼아 에른타르로 갈까. 거기도 재앙의 부하에게 파괴됐을 거야."

"좀비와 붉은 스켈레톤이 있다고 했나? 그리고 거대한 사슴벌레."

"간이 지도로는 그다지 멀어 보이지 않아도 웰스에서 가려면 그 고지를 우회해야 해. 멀리 돌아가야 하지만, 달리 방법이 없군."

곧 이 도시 주변의 난이도로는 경험치도 얻을 수 없게 된다.

새 장비를 길들이면서 경험치도 벌 겸 구 힐루스를 목표로 이동하고, 전이 서비스이란 것이 도입되면 골까지 날아가면 될 것이다.

웨인 일행은 구 힐루스 왕도 공략을 새로운 목표로 내걸고 여행 계획을 짜기 시작했다.

제2장 사도(邪道)를 걷는 자

〈보스, 기다리고 있었습니다.〉

화산으로 원정을 가기로 결정한 레아는 하쿠마를 대상으로 자신을 『소환』했다.

하쿠마에게는 목적지 옆에 가 있으라고 지시해 뒀다. 하지만 막상 도착해서 주변을 돌아보니 숲속이었다. 기온은 높은 편이지만, 상상하던 화산 지대와는 차이가 있었다.

"더운 숲이네. 너희에게는 힘들지 않아?『소환』."

케리 일행을 부르면서 노고를 위로했다.

하쿠마는 웃으며 고개를 저었다.

스콜로 전생했을 때 얻은 열 내성은 상당히 높은 듯했다. 스콜은 태양을 쫓아 하늘을 달린다는 전설의 생물이다. 열에 약하면 이름값도 못 한다.

하티인 긴카도 똑같이 내성을 갖췄다. 이 게임 세계에서는 하티를 달을 쫓는 자가 아니라 태양의 앞을 달리는 자로 해석한 것일까. 그렇다면 달을 쫓는 자로 마나가름이 별개로 존재할 가능성도 있다.

이건 일반론이지만, 친구가 적은 젊은이는 대부분 북유럽 신화를 잘 안다. 레아도 예외는 아니었다.

"그럼 출발할까. 하지만 어디에 뭐가 있는지도 모르겠네."

"요로이자카 씨가 없어도 괜찮으신가요, 보스?"

"어떻게 할지 고민했는데, 요로이자카 씨는 재앙 제1 형태로 왕도에서 버티고 있어야 해. 게다가 너희가 있으면 문제없을 테니까. 믿고 있어, 케리."

케리는 태연한 얼굴로 가볍게 고개를 숙였다. 하지만 귀가 움찔거리고 꼬리도 살랑거렸다.

귀엽다. 하지만 어쩌면 다른 사람에게는 레아의 날개도 이렇게 보일지 모른다. 타산지석이라는 말도 있지 않은가. 레아는 케리에게 남몰래 감사했다.

〈보스, 목적지인 화산은 저쪽입니다.〉

긴카가 코로 방향을 가리켰다. 나무밖에 보이지 않지만, 긴카가 말한다면 믿어도 될 것이다.

레아 일행은 대열을 이루어 이동했다. 선두는 긴카, 그 뒤를 케리와 라일리가 따르고, 한가운데 레아, 그 뒤로 레미와 마리온, 후미는 하쿠마가 맡았다.

그래도 숲속을 지나기에는 긴카와 하쿠마가 너무 컸다. 마침 이 대열이 지날 수 있는 길이 있어서 다행이라고 생각하는데, 쓰러진 나무들이 눈에 들어왔다. 아마 예전 리베 대삼림 외곽에서 그랬던 것처럼 하쿠마가 힘으로 길을 개척한 듯했다.

〈덤벼드는 마물은 있더군요. 반격하고 놈들의 소굴까지 찾아내서 리더를 먹어 치웠죠. 보십쇼, 저기서 옆길로 빠지면 리더의 소굴이 있습니다.〉

하쿠마가 가리킨 곳에는 지금 걷는 길보다 거친, 몇 번 밟지 않은 듯한 갈림길이 있었다.

"······원래 목적은 이 화산 일대의 제압이야. 너희가 이미 해치운 마물이 이 영역의 보스라면 이미 목적을 달성한 셈인데."

〈아, 그건 아닙니다. 먹어 치운 마물은 언데드니까요. 그 이벤트인지 뭔지로 튀어나온 녀석일 테죠.〉

언데드를 먹어도 괜찮은가.

아니, 스켈레톤 계열이었는지도 모른다. 개는 뼈를 물어뜯기 좋아한다는 지식은 레아도 알고 있었다.

"그렇다면 이 영역에서는 새롭게 발생한 언데드 보스와 원래 이곳의 보스가 충돌하지 않았나. 왜지?"

비슷한 사례로 토레 숲이 떠올랐다.

그 숲에서도 엘더 캄파 트렌트와 지크는 싸우지 않았다. 이유는 서로 활동 시간이 다르고 절망적으로 상성이 안 좋았기 때문이었다. 이 숲도 같은 문제를 안고 있다는 뜻일까.

"아무튼 한 번 봐야 알겠어. 일단 지금 화산으로 가고 있는데, 원래 이 영역의 보스는 거기 있을까?"

〈화산 방향으로 가 보기는 했는데 가까이 가지 않아서 모르겠군요.〉

〈하쿠마는 가고 싶어 했지만, 제가 말렸습니다. 시키지도 않은 짓을 해서 보스의 기분이 상하는 것도 문제니까요.〉

딱히 그 정도 일로 기분이 상하지는 않지만, 긴카는 칭찬해 달라는 양 코를 실룩거렸다. 레아는 까치발을 들고 그 턱을 쓰다듬어 줬다.

숲속에 보스가 없다면 화산에 있다고 생각하는 편이 타당할 것이다.

화산으로 간다는 방침을 유지한 채 일행은 다시 걸음을 옮겼다.

하지만 생각해 보면 마물의 영역에는 보스가 있다는 것도 선입견

이 아닐까. 레아가 아는 곳이라고 해 봤자 사실 리베 대삼림과 토레 숲뿐이었다.

굳이 다른 예를 찾자면 블랑의 스폰 위치인 아부온메르카토 고지가 있지만, 거기 사는 보스는 흡혈귀 백작이었다. 블랑에게 들은 이야기만으로도 다른 곳과는 급이 다르다.

머지않아 나무들이 줄어들면서 화산이 보이기 시작했다.

여기까지 오자 상당히 더웠다. 마리온이 조금 전부터 마법으로 주위를 식혀서 망정이지, 그게 아니었으면 다들 땀범벅이 됐다.

"만약 화산에 보스가 있다면⋯⋯."

그저 암석밖에 없는 산을 올려다봤다.

"이 일대 어딘가에 있겠지⋯⋯."

도무지 정상적인 생물이 살 것 같지 않았다.

케리 일행을 선두에 세우고 일행은 화산을 올랐다.

직선으로 올라간다면 빠르겠지만, 높게 솟은 바위도 있어서 지그재그로 바위를 피하거나 때로는 옆으로 이동하며 천천히 위로 올라갔다.

산을 타고는 있어도 높은 능력치 덕분에 평지를 걷는 것과 다를 바 없었다.

그리고 레아는 날아가면 그만이므로 사실 걸을 필요조차 없었다.

문득 좋은 생각이 들어 하쿠마와 긴카의 스킬을 확인했다.

전에 전생시켰을 때는 달리 전생할 권속이 많아 시간이 없었고, 주목적은 환경 적응력을 조금이라도 높이는 것이었기 때문에 자세하게 확인하지 못했다.

그런데 하나하나 조사해 보니까 역시나 있었다. 하늘을 나는 스킬이. 그들 종족의 전승을 생각하면 있는 게 당연하기는 했다.

『천구(天驅)』라는 이름의 그것은 정확히는 하늘을 달리는 스킬이었다. 『비상』은 습득한 뒤 특별한 조건이 없이, 설령 날개를 접고 있어도 날 수 있는 매지컬한 스킬인데 반해, 『천구』의 효과는 「하늘을 달릴 수 있다」이므로 아마 하늘을 날려면 다리가 필요할 것이다.

이 스킬들을 굳이 나눠 둘 필요가 있었나, 하는 의문이 머리를 스쳤다. 어쩌면 『천구』에는 공중에서 몸을 지탱하는 효과도 있을지 모른다. 『비상』에는 그런 효과가 없어서 공중에서 직접 주먹질을 하면 몸이 빙글 돌아 버린다.

만약 그렇다면 앞으로 하늘을 나는 스킬을 부하에게 가르칠 때 주의가 필요하다. 플레이어 중에서도 그런 스킬을 얻는 사람은 늘어날 테고, NPC 중에는 이미 천사라는 비행하는 적의 존재가 확실시됐다. 공중전은 피할 수 없다.

〈보스! 이거 멋지군요!〉

〈허공을 밟는 상황에 익숙해질 필요는 있겠지만, 엄청난 능력이에요!〉

"마음에 든다니까 나도 기뻐."

스콜과 하티는 태양의 앞과 뒤를 달리는 늑대다. 하늘을 달리지 않으면 직무 유기다.

그렇게 생각해서 두 마리에게 바로 스킬을 가르쳤다.

처음에는 쩔쩔매는 눈치였지만, 야생의 감인지 어떤 능력치 덕분인지 금방 익숙해져 하늘을 달리기 시작했다.

레아는 스스로 날 수 있어서 앞서가는 긴카에게 케리와 라일리, 뒤따르는 하쿠마에게 레미와 마리온을 태우고 하늘에서 탐색을 재개했다.

태양의 앞을 달린다는 하티와 태양을 뒤쫓는 스콜. 하쿠마와 긴카가 그 역할을 알고 대열을 짰는지는 알 수 없지만, 만약 그렇다면 레아를 태양에 빗댔다고 할 수 있겠다.

"화산에는 돌과 바위밖에 없네요. 움직이는 물체는 안 보여요."

눈이 좋은 라일리가 보고하여 시답잖은 생각을 그만뒀다.

"하늘에서는 확인할 수 없는 마물인가? 이 근처에는 딱히 하늘을 나는 마물이 안 보이니까 하늘에서 보이지 않는 위장 능력은 필요 없다고 생각하는데."

마물의 생태는 종종 매지컬한 경우도 있으므로 무조건 합리적으로 생각할 필요는 없을지도 모른다.

"만약을 위해서 가끔 내려가서 주변을 살피자. 귀찮겠지만 계속 걸어 다니는 것보다는 빠를 거야."

◆ ◆ ◆

"……난감하네, 정말로 아무것도 없어."

그로부터 얼마간 화산을 탐색했지만, 그럴싸한 마물은커녕 움직이는 물체조차 보이지 않았다.

화산 부분은 조사하지 않았지만, 어차피 열과 가스 때문에 접근할

수 없었다. 더 강력한 내열 스킬과 호흡하지 않고도 활동 가능한 스킬이 필요했다.

"분화구에 있다면 지금 당장은 손쓸 방도가 없겠어."

만약 뭔가 있더라도 현재 레아 일행은 다가갈 수도 없는 환경에서 태연하게 생존하는 마물이라는 뜻이었다. 유효한 공격 수단이 떠오르지 않았다.

일단 땅으로 내려가서 다른 일행의 의견도 듣고 철수할지 더 찾을지 정하기로 했다.

"이제 어떻게 할까? 여기서 계속 탐색해도 얻을 게 있을까?"

"글쎄요. 지금은 마리온과 하쿠마, 긴카가 마법으로 주위 기온을 낮춰주지만, 이대로 가면 이 세 명의 MP는 계속 줄어들 테죠. 그만두면 전원의 LP에 영향을 줄 우려가 있으니까 장시간 이 산에서 활동하는 건 피하는 편이 좋을 겁니다."

케리의 말이 옳았다. 이렇게까지 뜨거울 줄은 몰랐다. 레아는 자신이 이 대륙을 전체적으로 우습게 봤다는 것을 부인할 수 없었다. 깊이 반성해야겠다.

초기 대륙이라도 중반 이후에 개방될 난이도의 지역도 있을 것이다. 이 화산 지역을 예로 들면 주위 숲까지는 평범한 난이도고, 이 바위산부터 적정 레벨이 확 뛰어오를 가능성도 있다.

"……공인 던전 시스템이 들어오고 경험치를 더 번 뒤에 올까."

재앙이라고까지 불리는 종족인 레아지만, 블랑의 보호자인 백작의 반응이나 옛 정령왕의 아티팩트에 전혀 저항하지 못하고 사망한 것을 생각하면 지금 자신에게 재앙에 걸맞은 힘이 있다고는 도저히 생각할 수 없었다.

전생한 지 얼마 되지 않아 아직 젖먹이나 다름없는 수준이 아닐까.

"……좋아, 오늘은 이만─."

"보스! 뭔가 다가옵니다!"

오늘 쭉 조용하던 레미가 소리쳤다. 하쿠마와 긴카도 몸을 긴장시켰다.

이 조합이라면─.

"소리인가!"

곧 레아도 들을 수 있을 정도의 소리가 울렸다.

심상치 않은 소리에 마치 땅이 흔들리는 착각마저 들었다.

"착각, 이 아니야! 바닥이 흔들려?!"

이 상황이 되고서 겨우 깨달았다. 발밑의 거대한 암반이 희미한 마력을 띠고 있었다. 그리고 그 마력이 서서히 짙어졌다.

"이건, 바위가 아니라 마물이었나!"

당장 케리네를 하쿠마와 긴카에게 태우고 하늘로 대피했다. 머지 않아 아래의 돌덩이가 띤 마력이 뚜렷하게 드러나고 땅을 뒤흔들며 일어섰다.

"거인…… 아니, 골렘인가! 처음 봤어……."

이런 가혹한 환경에서 어떤 생물이 살아갈 수 있을지 의문이었는데 애당초 정상적인 생물이 아니었다.

이어서 이 대형 골렘의 기동에 호응하듯 주위 암석도 차례차례 깨어났다.

눈에 보이는 모든 암석이 골렘은 아니지만, 그래도 상당한 숫자였다.

"이 상태에서는 하쿠마와 긴카가 접근전을 펼칠 수 없겠어."

그들은 등에 떨어뜨리면 안 되는 짐을 싣고 있었다.

기승 전투가 가능하다면 얘기가 다르지만, 기승전 장비도 없을 뿐더러 노하우도 없었다.

상공에 머무는 한 공격받지는 않겠으나, 이쪽에서 공격할 수단도 마법 포격으로 제한된다.

"항공병과 포병을 부르면 쓸어버릴 수도 있겠는데……. 여기로 부른 뒤에 대열을 짤 여유는 없겠지."

돌덩어리에 유효한 마법은 뭐가 있을까.

아마 『땅 내성』을 얻는 스킬 트리는 『얼음 마법』이었을 것이다.

"개미들은 얼음에 약했어. 개미는 따지고 보면 땅 속성이 강한 종족이니까 시험이라도 해 볼까."

"그럼 제가 하죠."

마리온이 하쿠마의 등에서 얼음덩어리 몇 개를 떨어뜨렸다. 단발 마법인 줄 알았는데 그런 형태의 범위 마법 같았다.

크기 차이 때문인지 대형 골렘에는 큰 피해를 주지 못한 것 같지만, 주위의 소형 골렘에는 강력한 효과를 발휘했다. 소형이라도 보통 인간보다는 상당히 크지만.

바위가 얼음보다 약할 리는 없지만, 얼음이 닿은 부분이 부서지며 골렘은 큰 피해를 입었다.

마리온은 쿨타임을 기다릴 겸 피해 정도를 관찰하고는 공격이 통한다는 것을 확인한 뒤로는 재사용 시간이 돌아올 때마다 같은 마법을 사용했다. 재사용을 기다리는 동안에는 하쿠마와 긴카가 같은 마법으로 공백을 메웠다. 이대로 가면 얼마 가지 않아서 잔챙이는 정리될 것이다.

하늘에서 일방적으로 공격한다는 이점은 무시무시했다.

"하지만 그걸 허용해 줄 리 없지……! 일단 공격을 멈춰! 산개!"

대형 골렘이 발치의 바위를 쥐더니 하늘로 던졌다.

상당히 빠르다. 맞으면 그대로 땅에 처박힐 것이다.

"대공 공격까지 갖췄나. 저게 이 구역 보스인가?"

보스든 아니든 현시점에서 일반적인 플레이어가 상대할 수 있을지는 의심스러웠다. 적어도 레이드 보스급이라는 점은 틀림없었다.

하쿠마와 긴카를 더 높은 곳으로 피신시키고 레아가 홀로 마주했다.

레아는 지금까지 제대로 공중전을 한 적이 없었다. 상대는 땅에 서 있지만, 대공 공격과 상대의 크기를 고려하면 공중전이라고 봐도 무방하리라.

언제 다시 찾아올지 모를 플레이어 레이드에 대비해 레아 혼자서 싸우는 훈련도 필요했다.

"너희는 주변 잔챙이를 노려줘. 이 보스는 내가 상대할 테니까."

"보스……."

"괜찮아. 오늘은 거의 아무것도 안 했고, 정 위험하면 『캐슬링』도 있어. 최소한 죽지는 않아."

사망에 대비해서 경험치를 남겨 두는 보험도 중요하지만, 그보다도 죽지 않기 위한 보험도 필요했다. 『캐슬링』은 본래 그러기 위한 스킬이었다. 순간적으로 사용할 수 있도록 준비하고 대상은 오미너스 군으로 지정했다. 이것을 사용할 때는 레아도 죽을지 모르는 공격이 날아올 때다. 레아와 교체될 오미너스 군은 확실하게 죽는다. 그에게는 미안하지만, 다른 권속은 대개 다른 일을 맡고 있으므로 불가피한 선택이었다.

"그럼 우선『얼음 마법』의— 으악, 위험해!"

간발의 차이로 피한 바위에서 갑자기 팔다리가 자랐다. 하마터면 공격에 맞을 뻔했다.

대형 골렘은 발치에서 바위를 주워 던졌는데, 그중에 일정 확률로 골렘이 섞여 있는 모양이었다. 투석의 위험도가 더 늘어났다.

"이게 계산된 행동이라면 굉장히 까다로운 적인데 어떨까, 판단이 안 서."

적당한『얼음 마법』으로 견제하면서 유효한 수단을 강구했다.

"『페더 개틀링』."

골렘의 몸체에 미세한 구멍이 무수하게 뚫렸다. 통각이 없는지 꿈쩍도 하지 않지만, 제법 깊이 뚫렸는지 투석의 궤도는 어긋났다. 하지만 그것도 몇 번 반복하는 사이 처음 뚫린 구멍은 어느샌가 사라졌다. 자동 회복으로 수리되는 모양이었다.

"이 게임, 대형에 LP가 높은 보스는 무조건 귀찮은 거 아니야……? 처음부터 단기 결전을 노리거나 약점에 총공격을 가하지 않으면 끝이 안 나겠어."

보스 몬스터의 LP가 비율로 자동 회복된다면 상당히 버겁다. 그것 자체는 크든 작든 모든 캐릭터가 보유한 기본 능력이지만, 레이드 보스가 그런 식으로 나오면 플레이어가 좌절한다.

『페더 개틀링』을 연속해서 쏘면 언젠가 쓰러지겠지만, 시간을 대체 얼마나 잡아먹을지 모른다. 게다가 이 스킬은 LP를 소비한다. 최악의 경우 포션을 마시면서 싸우면 이길 수야 있을지라도 마왕이 영양제를 입에 물고 소모전을 펼친다? 살짝 체면 구기는 일이다.

『마안』으로 마법을 연동해 『다크 임플로전』을 발동했다. 왕도에서 도 쓴 이 마법은 범위 안의 모든 캐릭터, 오브젝트를 한곳으로 모아 으깨 버리고 어둠 속으로 소멸시키는 『암흑 마법』이었다. 소비 MP 도 크고 재사용 시간도 긴 대신 지금까지 이 마법을 정통으로 맞고 살아남은 자는 없었다. 구체적인 대미지는 알 수 없지만, 현재 레아 가 가진 공격 수단 중에서 가장 공격력이 강한 기술이었다.

"어라?"

하지만 불발로 끝나고 말았다. MP는 소비됐지만, 발동하지 않은 것이다. 발동 조건이 충족되지 않아서 공정이 진행되지 않은 느낌이 었다. 범위 마법이라서 특정 범위를 대상으로 지정해야 하는데, 그 범위 안에 들어가지 않는 물체가 있을 경우 아무래도 불발로 그치는 모양이었다. 어떤 일부만 떼어내서 내파를 일으킬 수는 없나 보다.

"역시 그 정도로 만능은 아니었나."

그렇다면 정직하게 『얼음 마법』이나 그와 유사한 마법으로 차근차 근 공략하는 수밖에 없다. 『얼음 마법』의 상위 마법인 『스노 스톰』이 나 『대한파』, 『바람 마법』과 『얼음 마법』의 상위 범위 마법을 양쪽 모 두 습득해야 해금되는 『다운버스트』를 대형 골렘 중심에 뿌려 돌덩 이를 깎아 내렸다.

"음?"

하지만 이건 예상 이상의 효과였다.

예상보다 훨씬 큰 대미지를 주고 있었다.

"혹시 몸이 큰 캐릭터는 LP에 보너스가 붙는 대신 약점이 있나? 범위 마법에 다단 히트한다거나."

재사용 시간을 기다리는 동안 『페더 개틀링』으로 적의 자연 회복량을 무마하면서 생각했다.

확실히 그런 기믹이라도 없다면 인류 사이즈의 캐릭터가 거대한 적에게 대항하기는 어렵다.

"얼굴이 없으니까 대미지가 얼마나 들어가는지 알 수가 없네."

이 게임에서는 대미지가 수치로 보이지 않으므로 대부분 표정이나 손상도로 추측하는 수밖에 없었다.

어쩌면 대미지나 LP가 수치 같은 시각 정보로 나타나는 스킬도 있을지 모르지만, 적어도 현재 레아는 찾아내지 못했다.

대형 골렘의 움직임은 제법 둔해졌다. 하지만 그것이 기온 저하로 인한 상태 이상인지, 대미지 축적으로 인한 행동력 저하인지는 판단할 수 없었다.

"그럼 아직 LP는 남았다는 뜻이겠지? 다단 히트한다면 이미 상당한 대미지를 줬을 텐데."

LP는 경이적이지만, 무서운 적은 아니었다.

유효한 공격 수단은 이미 판명됐으니까 이제는 투석을 피하며 마법을 뿌리는 단순 작업만 남았다. 마법 사이사이에 회복을 방해하는 견제도 잊지 않았다.

레아가 상시 체공하는 탓에 상대의 공격 수단이 투석으로 제한되어 전투를 거저먹고 있지만, 지상에서 싸우면 더 귀찮았을 것이다.

적이 이런 사이즈면 발로 밟는 평범한 물리 공격마저 피하기 어려운 범위 공격이 된다.

움직임은 그다지 빨라 보이지 않지만, 그건 레아가 거리를 두고 싸우기 때문이었다. 저 크기로 평범하게 움직이는 것처럼 보인다면 인간의 수십 배 속도로 움직인다는 뜻이다.

하늘을 날지 못할 경우, 움직이지 못하는 상태에 빠뜨려 일방적으로 공격하거나 상당히 실력을 쌓지 않는 한 싸움이 되지 않을 것이다.

그 후로 시간이 꽤 걸렸지만, 대형 골렘이 마침내 무릎을 꿇었다.

"여유가 있으면 다른 속성 마법이 통하는지 시험해 보고 싶지만, 대미지가 얼굴에 드러나지 않으니까 검증은 어렵겠지……. 뭐, 얼음이 통하면 그걸로 됐어."

대형 골렘은 아직 죽지 않았다. 애초에 살아 있다고 표현이 적절한지 모르겠지만, 아무튼 LP가 0이 되지 않은 것은 확실했다. 무릎을 꿇은 지금도 팔다리로 버티며 일어서려는 것을 보면 알 수 있었다.

"이쯤 되면 나한테 굴복했다고 봐도 되지 않나? 자, 그만 포기하고 내 것이 되어라. 『사역』."

골렘 계열에는 평범한 『정신 마법』이 통하지 않는다. 『혼박』으로 저장한 혼을 사용해서 『정신 마법』을 걸까 생각했지만, 이번에는 레아 본인의 전투 능력을 확인하기로 했다.

『정신 마법』의 유용성은 이미 실증한 반면, 다른 공격 마법의 전투력은 충분히 파악하지 못했다. 『정신 마법』에 저항하는 상위 존재에게 속수무책으로 당하는 상황은 피하고 싶었다.

그리고 경험치를 벌어 레아 본인을 강화할 기회가 있다면 앞으로도 적극적으로 시험해야 한다.

감각적으로 아직 저항하는 의지가 느껴지지만, 「뿔」 보너스 앞에서는 무력했다. 이 상태에서도 미약하게나마 저항한 것을 보면 온전한 상태에서는 『사역』이 통하지 않았을지도 모른다. MND가 상당히 높았다.

"종족명은…… 엘더 록 골렘. 그럼 주변의 꼬마들은 그냥 록 골렘인가."

사역 관계는 아닌지, 엘더 록 골렘을 권속으로 삼아도 주변 골렘들이 부하가 된 느낌은 들지 않았다. 애초에 엘더 록 골렘에게는 『사역』이 없었다. 물론 주변의 소형 골렘도 하쿠마와 케리 일행의 공격으로 대부분 그냥 돌이 되어 버렸지만.

골렘은 죽으면 시체가 아니라 아이템이 남는다는 글을 SNS에서 봤는데, 땅에 흩어진 이것이 시체인지 바위를 드롭한 것인지 판단이 서지 않았다.

"엘더라면 나이를 먹은 골렘이 자연히 거대해지는 건가? 마리모 같은 생태네."

종유석이나 산호초 같은 건지도 모르겠다.

"세계수는 엘프에게 사역되면서 태어났는데…… 이건 어떨까. 드워프에게 사역되면 전생 조건을 만족하나?"

현자의 돌을 사용해서 강제로 전생해도 되지만, 또 경험치를 네 자릿수나 요구하면 곤란하다. 지금은 그럴 여유가 없다.

"하더라도 더 나중이지. 수입이 발생하려면 아직 멀었는데 지출 예정만 늘어나네."

구 힐루스 왕도나 라콜린느에는 드문드문 플레이어가 쳐들어오지만, 매일은 아니었다.

본격적으로 전이 서비스를 이용한 던전 부흥 프로젝트가 시작되거나 빠른 안전 구역을 설치하는 과금 아이템이 판매될 때까지는 큰 벌이가 되지 않을 것이다.

"됐어. 일단 너는 앞으로도 여기서 살아. 주변의 작은 골렘들도 지배하고 싶은데…… 특별한 이유가 없는 한 같은 종족끼리는 싸우지 않는다고? 그렇다면 방치해도 괜찮나."

의외로 온화한 종족 같았다. 살아가기 위해서 다른 생물을 잡아먹지도 않고 가만히 있으면 덩치가 커지기 때문에 다툴 필요가 없기 때문이라고 생각한다.

평소에는 아무것도 하지 않고 바위로 위장해서 가만히 있을 뿐이라고 한다.

오직 이 산에 온 플레이어를 공격하기 위해서만 존재하는 듯한 마물이었다.

적대 세력까지는 아니라도 아직 따르지 않는 마물이 많아서 화산 지대를 완전히 제압했다고 말하기는 어려웠다. 하지만 이 대형 골렘을 지배했다면 일단 목적은 달성했다고 봐도 무방하리라.

"좋아, 돌아갈까. 설문조사 집계가 끝날 때까지 내 영역을 돌면서 오픈 준비를 해야지. 힐루스 왕도, 라콜린느, 토레와 리베인가. 각 영역의 보스를 정하고 그 보스에게 운영을 맡기자."

◆ ◆ ◆

　하쿠마와 긴카는 리베 대삼림으로 보냈다. 이곳은 지금 스가루의 후임이 된 퀸 베스파이드가 개미를 부려 목장을 관리하고 있었다. 빙랑 꼬마들은 목장에서 양치기견 흉내를 내는 모양이었다. 말을 듣지 않는 경우는 많이 줄었고, 요즘은 세력에 공헌하고 싶은지 일을 돕고 싶어 한다고 들었다. 순조롭게 성장하는 것 같아서 다행이다. 그밖에도 퀸 비틀과 퀸 아라크네아도 몇 마리 있는데, 연수를 겸해 부하를 낳거나 숲 관리를 돕고 있었다.

　토레 숲에도 여왕급 권속이 몇 마리 있어서 비슷한 연수를 받는 중이었다. 영역의 넓이나 본디 난이도를 고려하면 이 숲들에 두기에는 과한 병력이기도 했다.

　"갑충이 개미보다 열 내성이 높네. 화산에는 들어가지 않더라도 기슭 숲이라면 관리할 수 있을까? 리베에서 연수를 마친 퀸 비틀이 있으면 파견하자."

　연수까지 얼추 마친 퀸 비틀을 화산 지대의 숲 ― 지도에도 이름이 실리지 않았는데 임의로 정해도 될까 ― 으로 보내고, 거기서 둥지를 트고 부하를 늘려서 숲을 관리하도록 전했다.

　다음으로 라콜린느에 들러 스가루에게 상황을 확인했다.

　〈이쪽은 순조롭습니다, 보스.〉

　이미 잔해더미 언덕이라는 인상은 탈피했다.

　식물과 폐허가 조화를 이루어 실로 환상적인 숲으로 성장했다. 하늘에서는 때때로 거대한 벌레가 날아다녔다. 갑충으로도 개미로도 거미로도 보이지 않는데, 저건 대체 뭘까.

〈저건 메가타이로스라는 종족입니다. 여왕종이 없어서 한 마리씩 제가 직접 낳을 수밖에 없지만, 그만큼 전투력이 타 종족에 비해 뛰어납니다.〉

그 모양새를 한마디로 표현하면 지네의 몸을 가진 뱀잠자리일까? 이름으로 추측건대 고대 곤충 마조타이로스가 모티브 같지만, 원형을 알아보기 힘들 정도였다.

"라콜린느에는 여왕급도 몇 마리 있었지?"

〈종류별로 모여 있습니다. 이미 영역을 맡을 수준은 됩니다. 마찬가지로 트렌트도 가능한 한 범위에서 불어나고 있다고 합니다. 항공병들이 리베 대삼림에서 벌레 계열 마물의 먹이로 번식시키기 쉬운 쥐 마물을 옮겨 이미 번식에 성공했습니다. 쥐 먹이는 트렌트들의 열매인데, 이건 LP를 소비해서 만들어내므로 더 필요한 것도 없습니다.〉

그렇다면 스가루가 없어도 괜찮을 것이다.

확인을 마친 레아는 스가루와 함께 구 힐루스 왕도로 갔다.

"처음에는 왕도를 거점으로 쓸 생각이 아니었어. 그래도 입지나 던전 운영을 고려하면 이곳을 거점으로 삼는 것도 나쁘지 않겠더라고."

거짓말은 아니지만, 진실도 아니었다.

가장 큰 이유는 블랑의 영주 저택이나 라일라의 왕성을 보고 살짝 부러웠기 때문이었다.

물론 실리적인 이유도 있었다.

레아의 지배지 중에서 플레이어가 가장 중요한 목표로 삼을 곳이 이 왕도이기 때문이다. 왕도를 제압한 경위를 생각하면 제7 재앙을 상징하는 장소이기도 하다.

단서를 찾고자 라콜린느도 공격하겠지만, 그쪽도 방비는 충분했다. 여왕급이 세 마리나 있으니 이전 리베 대삼림을 능가하는 전력이며, 심지어 숲을 이루는 나무는 대부분 트렌트였다.

"사실은 왕도 주변에도 트렌트들을 심고 싶지만……. 언데드와의 궁합이 절망적으로 안 좋아."

토레 숲에서 그랬던 것처럼 낮과 밤으로 역할을 나누면 되겠지만, 언데드가 활발해지는 밤이 된다고 하여 딱히 트렌트가 사라지는 것은 아니었다. 그저 독기에 당해 휴면할 뿐.

"부하한테 그런 비인간적인 노동 환경을 강요할 수는 없지. 블랑의 에른타르처럼 낮에는 벌레들이 힘써 줘야겠어."

〈그럼 잠시 후 여왕급을 몇 마리 낳아 두겠습니다.〉

"부탁할게. 정말 경험치는 아무리 많아도 부족하네."

여왕급을 낳으려면 다른 벌레와 달리 경험치가 든다. 지출이 은근히 부담스럽다.

레아 본인의 성장에도 경험치를 쓰고 싶건만.

"앞으로 벌면서 맞춰 나가는 수밖에 없겠지."

레아는 옥좌로 폴짝 뛰어올라 앉았다.

전에 앉던 옥좌보다 상당히 높아지긴 했어도 그것 말고는 편해졌다고 생각했는데, 요로이자카 씨의 무릎이었다. 지시한 대로 레아 대신 이곳에 가만히 앉아 있었나 보다.

요로이자카 씨는 엄밀히 말하면 생물이 아니라서 움직이지 않아도 몸이 굳지 않고 본인도 딱히 괴롭지 않다고 했다.

"무릎 담요를 덮어 줄까."

인벤토리에서 대형 마수의 모피를 꺼내서 요로이자카 씨의 무릎을 덮었다.

이제 레아가 무릎에 앉아도 엉덩이가 아프지 않으리라.

"……그럼 『신탁』이라고 불리는 스킬에 관해서 생각하자."

겨우 고찰할 시간이 생겼다.

오랄 왕도에 있을 총주교의 스킬 화면을 불러내면서 생각했다. 부하의 스킬 창은 거리와 관계없이 조작할 수 있었다. 자신의 부하 목록에서 원하는 캐릭터를 골라서 머릿속에 전용 창을 열면 끝이었다.

총주교에게 가볍게 물어봤으나, 정확히 어떤 스킬의 효과로 신탁을 받는지는 알 수 없었다.

사실 「신탁」이라는 이름의 스킬은 존재하지 않으며, 그는 안내 메시지를 들은 것도 이번이 처음이었다.

다만, 레아가 보기에 수상한 스킬은 있었다.

그것이 『영지(靈智)』였다.

확인한 결과, 『영지』 트리의 첫 번째 스킬 『인지(人智)』는 「전 세계에 발신되는 안내 메시지 중 일부를 수신할 수 있다」라는 효과였다.

설명으로 보아 틀림없이 이거다.

안내 메시지 중 「일부」라고 표현했으니까 들리는 정보는 제한적일 것이다.

그리고 그 범위를 정하는 것이 『인지』 다음에 있는 『진지(眞智)』다.

이 스킬은 단독으로는 효과가 없고, 다른 스킬의 성능을 강화하는 타입이었다. 『혼박』이 부가 효과만 있는 느낌이라고나 할까.

『진지』의 효과는 단순명쾌하게 『『영지』로 수신할 수 있는 안내 메시지의 정보량이 확대된다』였다.

총주교의 『영지』 트리는 『진지』까지만 개방되어 있어서 이것이 재앙의 탄생을 알려주는 스킬인지는 알 수 없었다.

"……설마 재앙급 존재가 탄생하는 건 알려 주지만, 그걸 인류의 적으로 볼지 말지는 엿장수 마음대로인가?"

이 대륙의 이전 지배자는 정령왕이었다.

그가 태어났을 때, 종교인 중에서 이 안내 메시지를 들은 사람이 있을 것이다. 그 후 정령왕이 대륙을 지배하면 메시지가 가리킨 자가 정령왕임을 알게 되리라.

만약 과거의 종교인이 정령왕의 탄생을 안내 메시지로 들었다고 치자.

정령왕은 인류 국가의 지배자며 꽤 오랜 기간 대륙을 통치했다고 한다.

이 통치 기간에는 안내 메시지가 알린 「정령왕의 탄생」이 인류를 향한 경고로 인식되지 않았을 것이다.

하지만 그의 통치가 끝날 무렵 — 블랑이 백작에게 들은 말이 사실이라면 — 대천사가 탄생했다. SNS에서는 이 대천사와 정령왕이 가까운 세력이 아니냐는 말이 나돌았다.

이 정보를 종합하면 당시 정령왕과 대천사가 나타났을 때 비슷한 내용의 안내 메시지가 나왔으리라고 추측할 수 있다. 그리고 안내 메시지가 구체적인 종족까지 알려주지 않는다는 것은 레아가 NPC 에게 한 번도 「마왕」이라고 불리지 않은 사실로 미루어 짐작할 수 있다.

이 상황에서 대천사만 「재앙」으로 인식된 것은 인류가 같은 안내 메시지를 받고도 개체에 따라서 위험도를 다르게 받아들인다는 뜻이다.

그런데도 레아는 단박에 「인류의 적」으로 낙인찍혔다.

SNS에 올라온 각국 플레이어의 이야기로 봐도 특별히 대화를 나누지도 않았는데 모든 나라가 동일한 인식을 공유하는 듯했다.

"……실제로 어떻게 들리는지 한번 확인해 봐야겠어."

스킬만 얻으면 된다고 생각해서 총주교를 라일라에게 떠넘겨 버렸지만, 아무래도 다시 볼일이 생긴 것 같았다.

◆ ◆ ◆

친구 채팅으로 라일라에게 예정을 확인한 뒤, 총주교를 구 힐루스 왕성 알현실로 『소환』했다.

원래는 『사역』했을 때 확인하면 그만이었을 문제지만, 그날은 며칠 만에 로그인한 터라 블랑에게 인사를 한다거나 여러모로 할 일이 많아서 결국 뒷전으로 미루고 말았다.

"알겠습니다, 주인님. 신탁이 들릴 때의 내용이군요. 저도 처음 겪는 일인지라 선명하게 기억합니다. — 사도 루트의 레이드 보스가 힐루스 왕국 리베 대삼림에서 탄생했습니다 — 라고 들렸지요. 다른 주교들에게는 일부 단어나 장소가 들리지 않았다고 하니까 내용에 개인차가 있을 수 있습니다."

만약 정령왕이 「정도 루트의 레이드 보스」로 안내되어 문헌에 기록됐다면, 레아의 「사도」는 수상하기 짝이 없게 들릴 것이다.

"……너는 오랄 성교회의 총주교지? 그럼 오랄 왕국에서 그 『사도 루트 레이드 보스』를 인류의 적, 재앙으로 판정한 사람은 너라는 뜻인데, 이유가 뭐야?"

"죄송합니다!"

"아니, 그런 건 됐고."

"성교회에 전해지는 문외불출의 문헌에는 『레이드 보스』라는 자에 관한 기록이 있습니다. 거기서 이르길, 어떤 때는 인류를 이끄는 자비로운 지도자이며 어떤 때는 인류를 위협하는 두려운 재앙이다. 인간이 그러하듯 선한 자가 있는가 하면 악한 자도 있다. 그렇기에 실제로는 처음 들은 말이지만, 『레이드 보스』라면 그 성정을 판별해야 한다고 생각했습니다. 하지만 판별하고 싶어도 만약 재앙이라면 접촉하는 것만으로 국가 존망을 걱정해야 합니다. 함부로 만날 수도 없지요. 다만, 이번 신탁에는 『사도 루트』라는 표현이 있었습니다. 이건 오랄 성교회에서 저밖에 듣지 못한 말입니다. 어쩌면 수행의 성과로 얻은 『진지』로 본질을 꿰뚫어 본 것이 아닐까, 라고 생각했습니다."

제정신인가, 라고는 생각하지 않았다.

오히려 어쩔 수 없지 않을까. 이곳은 현대 법치 사회가 아니다. 무죄추정이 아니라 유죄추정으로 사형까지 직행하는 것이 이 세계의 도리다.

어쨌든 전체 알림의 개요는 파악했다.

진영에 따라서 다른 스킬이 있는 게 아니었다.

단지 들리는 안내 메시지를 해석하는 자가 다를 뿐이었다.

"그나저나 사도라……."

다시 말해 인류 세력이 정도고 마물 세력이 사도라는 뜻일까.

"이해는 되지만, 심정적으로 받아들이기 어려워."

윤리를 논할 마음은 없지만, 일개 생물로서 휴먼과 고블린 사이에 그리 큰 차이가 있다고는 생각하지 않는다.

애초에 휴먼이나 고블린이나 창조주는 게임 개발진 및 운영진이다. 그들의 척도에 따라 종족 자체가 「정도」와 「사도」로 나뉘는 것이 굉장히 석연치 않다. 플레이어와 달리 NPC는 자기 종족을 고를 수 없지 않은가.

그들에게 주어진 선택권은 기껏해야 무엇으로 전생하느냐고, 그것도 평범하게 성장하면 기본적으로 정규 루트밖에—.

"응? 정규 루트…… 정도……."

한 번 더 전체 알림이 들린 사건을 돌이켜 봤다. 그래도 레아에게는 스킬이 없어서 자신과 관련된 사건뿐이었다.

우선 레아 본인의 「마왕」 전생. 그때는 분명히 「특수 조건을 만족했습니다」라는 메시지가 나오고 「특정 재해 생물」이라고 불렸다. 인류 국가에 알려진 것도 이때였다.

총주교의 말을 빌리면 마왕은 「사도 루트의 레이드 보스」라고 한다.

다음으로 디아스와 지크의 전생. 이때는 「조건을 만족했습니다」라고만 나왔지만, 언데드가 감정이 격앙되어 조건을 만족한다는 상황 자체가 비상식적이었다. 어쩌면 디아스와 지크는 처음부터 감정을 가진 언데드라서 태어난 순간부터 특수했다고 볼 수도 있겠다.

그런 그들이 전생할 때 들린 안내 메시지도 「특정 재해 생물」이었다. 사실 언데드가 생물은 아니니까 편의상 붙은 분류일 뿐이겠지만.

그리고 스가루의 「퀸 아스라파다」 전생. 이때는 현자의 돌 그레이트와 경험치만으로 전생했다. 특수한 조건도 없으니까 아마 정규 루트였을 것이다. 그리고 안내 메시지에 나온 분류는 「재해 생물」이었다.

"정도가 설마 정규 루트 전생자고, 특수한 조건으로 전생한 종족은 전부 사도 루트인가?"

그렇다면 정도, 사도라는 표현도 이해하지 못할 것은 아니다. 정규 루트에서 옆길로 샌다는 의미라면 얼추 뜻도 들어맞고, 본인의 선택한 길이므로 심정적으로도 받아들일 수 있다.

"그렇다면 스가루가 전생했을 때 만약 안내 메시지가 퍼졌다면 『정도 루트의 레이드 보스』라고 불렸겠네."

이건 라일라에게 현자의 돌을 사용할 때도 나올 가능성이 있으니까 조만간 검증될 것이다.

즉, 처음 레아가 생각했던 것처럼 인류, 마물, 중립으로 세력이 나뉘지는 않는다는 뜻이다.

"하지만 그런 스킬이 하나밖에 없다면 굳이 급하게 얻을 이유는 없겠어. 여기에 스킬을 가진 권속이 있으니까."

결국 해금 조건이 무엇인지는 밝혀지지 않았다. 주교들에게 물어도 자랑스럽게 수행의 소산이라고만 말하는 탓에 도움이 되지 않았다.

"아 참, 기왕 온 김에 너에게는 알려 둘게—."

레아는 총주교에게 인벤토리와 친구 채팅을 가르치고 라일라에게 돌려보냈다.

눈알이 튀어나오도록 놀라며 또 오체투지하려던 것은 말렸다. 대신 입단속을 단단히 하도록 당부하고, 그래도 불안해서 INT와 MND에도 경험치를 다소 투자했다. 또 친구 채팅을 사용하는 모습을 절대로 남에게 보여서는 안 된다고도 일러뒀다.

다시 요로이자카 씨의 무릎에 앉아서 생각에 빠졌다.

지금까지 신경 쓰지 않았던 레아 본인에 관한 일이었다.

레아는 엘프에서 하이 엘프로 전생하고, 다크 엘프, 마정을 뛰어넘어 마왕이 됐다.

현자의 돌 그레이트의 효과가 「대상의 랭크를 최대 두 단계 높인 다」였으니까 다크 엘프는 하이 엘프와 같은 랭크고, 한 단계 위가 마정, 두 단계 위가 마왕일 것이다.

즉, 다크 엘프로 전생이 가능하다는 메시지가 나온 시점에서 사도 루트로 진입했다는 뜻이었다.

"그 조건은 뭐였을까. 전혀 짐작 가는 게 없는데."

그 알 수 없는 조건을 만족하지 않았다면 여기 있는 것은 정령왕이었을 테고, 아마 힐루스 왕국과 정면충돌을 빚지는 않았을 것이다.

힐루스 왕국을 습격한다는 행동은 변하지 않았겠지만, 플레이어 레이드 파티와는 싸우지 않았다. 그건 레아가 재앙이기 때문에 소집된 파티니까.

"이건 아예 짐작도 안 가서 검증할 방법이 없네……."

스킬 구성이 이유라고는 생각하기 어려웠다. 지금이야 『어둠 마법』과 『암흑 마법』을 유용하게 써먹고 있지만, 당시에는 그런 마법을 배우지도 않았다.

부하에 언데드가 많기 때문일까. 뭔가 이유가 있다면 이게 가장 그럴싸했다.

하지만 블랑을 통해 건너들은 백작의 정보에 따르면 마왕은 부하를 그다지 거느리지 않는 종족이라고 하니까 부하의 수가 조건이라고 생각하기는 어려웠다.

"……됐어. 모르면 앞으로도 태어나지 않겠지, 뭐."

만에 하나 레아의 후배가 태어나면 그 후배를 사로잡아서 레아와의 공통점을 찾으면 될 뿐이다.

제3장 던전 컨버전

제2회 공식 이벤트의 정식 결과가 발표됐다.

"……뭐, 알고는 있었어."

MVP는 방어 포인트 — 처음 듣는 용어지만, 눈에 보이지 않는 포인트가 있다고 한다 — 획득량 부문에서 길가메시가 1위, 아마틴이 2위, TKDSG라는 플레이어가 3위를 차지했다.

그 이하의 순위는 발표되지 않았지만, 개인에게는 순위가 통지된 모양이었다.

레아에게도 「선별 대상 외」라는 결과가 도착했다.

한편, 침공 포인트 부문에서는 1위가 블랑, 2위는 라일라, 3위는 뱀부라는 플레이어였다.

레아는 이쪽에서도 「선별 대상 외」였다.

"쿠데타를 일으킨 탓에 침공자 쪽에 라일라 이름이 떡하니 실렸잖아……."

이벤트에서는 어디까지나 방어, 침공으로 획득한 포인트로 순위가 집계됐다. 플레이어의 종족과는 무관했다. 라일라와 블랑은 레아와 손잡고 오랄 왕국을 전복시켰다고 해도 과언이 아니며, 현재 오랄의 국가 원수는 라일라의 부하였다. 그런 행동이 포인트로 가산되어 랭킹에 들어가고 만 것이다.

"라일라한테 얼굴뿐 아니라 이름도 숨기고 생활하라고 해야겠어……. NPC에게는 휴겔쿱 경이라고 불리던가? 그럼 우리가 남들 앞에서 부르지 않으면 되나."

블랑도 그랬다. 그녀가 플레이어라고 탄로 나도 좋을 게 없었다.

"다음에 주의하라고 일러두자. 그건 그렇고 이 뱀부라는 플레이어가 그 도시를 제압한 고블린인가? 그러면 적어도 라일라보다 많은 포인트를 벌었을 거라고 생각했는데……."

그 도시란 이벤트 중반에 고블린 무리에게 파괴된, 페아레 왕국의 노이슈로스였다. 라일라의 쿠데타는 거의 무혈 혁명에 가까웠으니까 부하 고블린을 이용해 도시를 쑥대밭으로 만든 쪽이 포인트는 높으리라고 생각했다.

"일단 다른 나라의 일이니까 무시하자. 최악의 경우, 하늘에서 울루루를『소환』해서 도시와 함께 뭉개 버리면 누군지 알 수 있겠지."

울루루란 그 엘더 록 골렘에게 붙인 이름이었다. 하나밖에 없다면 세계수처럼 종족명으로 불러도 되겠지만, 아무래도 엘더 록 골렘은 너무 길었다. 참고로【울루루】란 호주에 있는 유명한 바위다. 구시대에는「에어즈 록」이라고 불리기도 했다고 한다.

어쨌든 그 파괴 공작을 위해서라도 울루루를 전생시키는 게 좋을 듯했다. 지금 울루루를 도시 한복판에 떨어뜨리면 허무하게 퇴치당할지도 모른다.

그건 그렇고 우선 보수를 확인하자.

레아의 특별 보수는 공개된 이벤트 MVP의 3위 보상보다 조금 적은 정도였다. 선별 대상이 아닌데도 받았다고 생각하면 아주 큰 보상이지만, 참가하면 1위도 가능했을지 모른다고 생각하면 아쉽기도 했다.

"……그건 너무 근거 없는 자신감인가."

특별 보수는 「마법 금속 미스릴 주괴」 세 개였다.

사실 이름만 봐서는 그 가치를 전혀 알 수 없었다. 자주 쓰는 아다만이 꽤 상위 금속이라는 사실은 알지만, 그것에 비해서 좋은지 나쁜지 모르겠다.

물론 외부와 거래할 생각이 없는 레아에게는 시장 가격 따위 의미가 없지만. 쓸만한지 아닌지가 가치 기준의 전부다.

"좋은 생각이 날 때까지 인벤토리에 박아 두자."

아무튼 사실상 거의 무보수였던 제1회 이벤트에 비하면 보수가 있는 게 어디냐는 생각도 들었다.

그리고 레아에게는 보수보다 더 기대되는 것이 있었다.

한정 전이 서비스 도입, 즉, 공인 던전 개방이었다. 이건 내일 단기 점검이 끝나고 도입될 예정이었다.

이날 로그인하고 받은 시스템 메시지에서는 구체적인 설명과 함께 플레이어 의견의 최종 확인이 이루어졌다.

구체적 설명이란 주로 사망 페널티 변경에 관해서였다.

그 내용은 「자신이 지배하는 필드 안에서 사망할 경우, 게임 내 시간으로 세 시간 동안 리스폰할 수 없다」라는 것.

솔직히 너무 큰 페널티였다. 생각하기에 따라서는 경험치 10퍼센트가 더 나을 지경이었다.

게임 내의 세 시간은 현실의 두 시간에 해당한다. 이건 딱히 상관없다.

하지만 「로그인할 수 없다」라면 또 모를까, 리스폰할 수 없다는 건 세 시간 동안 사망 상태가 유지된다는 뜻이다. 이러면 자신이 지배하는 권속은 네 시간 동안 살아날 수 없다.

그렇게 오래 사망 상태가 지속되면 시체를 남기는 개미나 트렌트에게서 마음껏 소재를 채집할 수 있고, 리빙 몬스터들도 소재를 그 자리에 남긴 채 아무도 없는 지역을 적에게 내주게 된다.

지배지 복구에는 방대한 시간이 필요할 테고 레아가 부활할 때 눈앞에 플레이어 집단이 있으면 상황은 최악으로 치닫는다.

리스폰 포인트를 들키면 세 시간 사이에 사람을 모으고 정비를 마친 뒤, 단순 작업처럼 스폰킬을 반복할 것이다. 어디서든 전이할 수 있는 플레이어라면 그게 가능하다.

"절대로 죽으면 안 되겠어."

덧붙이면 적용 지역이 「자신이 지배하는 필드」라는 부분도 까다로웠다. 예를 들어 왕도는 던전으로 만들지만 리베는 그러지 않는다, 같은 개별 설정을 할 수 없다.

전에 생각한 것처럼 승낙해 버리면 마이홈은 두 번 다시 만들 수 없을 것이다. 던전 보스에게 안식의 땅은 없다.

하지만 그걸 알면서도 레아는 승낙했다.

레아가 지배하는 도시에 호구들이 쉽게 찾아온다는 이점을 포기할 수 없기 때문이었다.

자신의 지배지에 있는 한 어차피 사망 페널티로 인한 경험치 손실은 신경 쓸 필요가 없다.

그래서 레아는 남은 경험치를 전부 쏟아부어 메이드와 와이트, 수송병 개미 등 두뇌파 부하의 INT와 MND를 최대한 높였다.

"두뇌파 책임자를 만들려고 와이트와 세트로 강화했지만, 가만히 생각해 보면 메이드한테 그 정도 지능은 필요 없잖아."

레아의 혼잣말을 듣고 시중들던 메이드 레버넌트가 충격받은 표정을 지었다.

하지만 레아는 알고 있었다. 이건 연기다. 정말로 쓸데없는 잔머리만 늘었다.

"이미 엎질러진 물이야. 권속에게 사망 페널티가 없는 한 투자한 경험치를 줄일 방법도 없어. 기본적으로 권속의 성장은 돌이킬 수 없다고 봐야겠지."

더욱이 점검 전에 마지막으로 왕성 무도회장에 모여서 면밀한 논의와 책임자들의 친구 카드 교환도 마쳤다.

지금까지는 레아가 일방적으로 카드를 건넬 뿐이었지만, 권속끼리만 대화하려면 조치가 필요했다. 일일이 레아가 중계해 주면 레아가 로그아웃했을 때 대응할 수 없기 때문이었다.

개미 마물은 간헐적으로, 그것도 단 몇 분의 짧은 수면을 반복하면서 활동할 수 있었다.

그래서 같은 생태를 가진 스가루를 총감독으로 세우고 스가루 직속 부하를 각 지역에 배치했다. 유사시에는 스가루가 『소환』으로 현장에 날아가서 지휘하거나 직접 싸우기 위함이었다. 이건 레아도 똑같이 소환용 권속을 배치해 스가루의 부하와 레아의 부하가 항상 짝을 지어 행동하도록 규칙을 만들었다.

그러나 리스크를 생각하면 레아와 스가루, 그리고 지크가 직접 전투에 뛰어드는 상황은 웬만해선 피해야 했다. 이 세 명이 쓰러졌을 때의 피해는 상상을 초월한다. 그 외의 여왕급이나 언데드, 트렌트가 전부 쓰러졌을 때만 직접 전투를 허용했다. 그런 사태가 벌어지면 이미 이 세 명만 남은 것이나 다름없기 때문이었다. 부하가 전부당했는데 자신들만 도망치는 것도 자존심이 허락하지 않는다.

그보다도 걱정거리는 블랑이었다.

사전에 설명한 대로 리스크가 크니까 조심하라고 연락했지만, 그때는 이미 운영진의 제안을 승낙한 뒤였다.

사망 페널티가 세 시간 휴식이라면 오히려 좋다, 라는 말까지 했다.

당장 쳐들어가서 차근차근 설명해 줘야 하나, 라고 생각했지만, 그쪽에는 디아스가 머무르고 있고 퀸 비틀도 배치했다. 게다가 바이스라는 브레인도 있었다. 그들에게 맡길 수밖에 없다.

"남을 걱정하기 전에 내 앞가림이 먼저지. 어디서든 전이할 수 있다면 거리 제약이 없어질 테니까 블랑보다 내 쪽으로 오는 플레이어가 많을 거야."

◆ ◆ ◆

단기 점검이 예정 시각대로 끝나고 마침내 전이 서비스가 도입됐다.

플레이어들이 대거 몰려드는 상황도 생각해서 왕도 상공에 오미너스 군을 띄워 시야를 빌렸지만, 아직까지 그런 사람은 보이지 않았다.

"······아무도 안 오나? 다른 내 지역은······. 아무 곳에도 안 왔어······?"

그때 깨달았다. 애초에 전이 서비스로 개방되는 전이 지역이 어디인지 확인하지 않았다. 그렇게 사전 협의를 해 놓고 레아의 지배지를 제외했다고는 생각하기 어렵지만, 플레이어에게 더 매력적인 놀이터가 있었는지도 모른다.

"실수했네. 확인할 걸 그랬어. 아니지, 애초에 나한테 확인할 방법이 있나······? 설명에 따르면 전이 서비스는 초보자용 지역으로 보내 준다고 했는데, 그게 어디지?"

레아 본인이 확인할 수단이 없다면 물어보는 수밖에 없다.

하지만 블랑도 같은 상황일 테고 라일라도 국가 운영으로 경황이 없을 것이다.

그렇다면 손님의 입장이 되어 SNS를 들여다보는 것이 가장 빠르다.

◆ ◆ ◆

【업데이트】너희 어디 갈래?【던전 도입】

001: 써모스
던전 도입 기념으로 스레드 팠음.
너네 어디 던전 갈 거냐?
어느 도시에 있건 어디로든 갈 수 있다면 이 스레드를 파티 모집용으로 써도 됨.

아래는 전이 리스트에 나오는 던전.

수가 많으니까 메모 추천.

⋮

⋮

【페아레 왕국】

노이슈로스 ☆☆☆☆

⋮

⋮

【기타】

구 힐루스 왕도 ☆☆☆☆☆

리베 대삼림 ☆☆☆☆☆

라콜린느 숲 ☆☆☆☆☆

토레 숲 ☆☆☆☆☆

에른타르 ☆☆☆

알토리바 ☆

베르데수드 ☆

002: 노기스

엄청 많네요…….

〉〉001 님 수고하셨습니다.

그런데 별표는 뭐죠?

003: 아론슨

>>002 난이도.

공식 설명을 보면 던전 클리어 난이도가 아니라 던전 안에서 돌아다닐 수 있는 전투력이 기준이래.

그리고 예고 없이 난이도가 변경될 가능성도 있다더라.

어차피 가 보기 전까지는 모르는 거지.

004: 아마틴

현재 난이도의 척도가 될 만한 곳은 재앙이 있을 게 확실한 구 힐루스 왕도야.

재앙이 있는 왕도에서 싸울 수 있는 수준은 저번 이벤트의 방어군 상위 랭킹 레이드 파티를 상상하면 될 거야.

005: 컨트리팝

구 힐루스는 난이도 격차가 심하네.

근데 【기타】 지역은 뭐야? 힐루스가 아니야?

006: 써모스

>>005 전이 목록에 그렇게 적혀 있길래 그대로 옮겨 씀.

이미 멸망해서 나라가 아니니까 기타 지역이 된 거 아냐?

007: 마니호

>>004 난이도 기준을 최대치인 ☆5로 잡으면 어쩌라고.

아무런 참고도 안 되잖아.

이딴 게 초보자용 콘텐츠······?

008: 강하고 안 벗겨짐

만약 ☆5가 맥스라면 구 힐루스 왕도는 「실제로는 그 이상이지만, 5까지만 표시되니까 5」일 가능성도 있어.

솔직히 재앙이 있는 지역에서 소규모 파티로 마음 편하게 사냥하기는 어렵지.

009: 익명의 엘프 씨

선행 추가된 리베 대삼림에서도 던전 안에 너무 오래 있으면 알 수 없는 공격으로 사망했어. 그런 시스템을 더 현실적으로 재현했다면 오래 머물수록 재앙의 출현율이 오르거나 절대로 이길 수 없는 보스로 어슬렁거릴지도 몰라.

010: 아마틴

>>009 불가능한 이야기는 아니군.

일단 힐루스 왕도는 지켜봐야겠어.

던전의 정보가 어느 정도 밝혀진 다음에 가도 안 늦으니까.

별 개수로 봐서 재앙과 관계가 있어 보이는 리베도 피하는 편이 나을 거야.

011: 컨트리팝

그렇게 생각하면 같은 난이도인 라콜린느 숲이나 토레 숲도 가기 힘들어.

사망 페널티도 부활했으니까 너무 위험한 곳은 좀…….

운영진의 의도는 ☆1, 2가 초보자용이고 ☆3, 4가 중견, ☆5는 챌린지 모드 아닐까?

012: 노기스

초보자가 가려면 ☆1 필드가 좋다는 거네요.

013: 쿠라아쿠

그래도 ☆5 필드면 잡몹 하나만 잡아도 경험치가 꽤 벌리지 않을까?

입구 근처에서 하나씩 낚아서 사냥하면 비교적 안전할 것 같은데.

014: 강하고 안 벗겨짐

>>013 가능할지도 모르지만, 실패했을 때 손해가 막심해.

힐루스 왕도의 잡몹을 한 마리라도 잡으려면 중견 이상 파티가 필요해. 만약 중견 이상 파티가 전멸하면 엄청난 경손실이야.

015: 아론슨

경손실이라는 말은 또 처음 듣네.

근손실이냐.

016: 오린키

한때는 초보에게 대삼림 선생님이라고 불리던 리베 대삼림이 ☆5
이라…….

이걸 축하해야 하나, 슬퍼해야 하나…….

◆ ◆ ◆

"……아하, 이해했어. 정성스럽게 난이도까지 표시해 뒀나. 이러
니까 안 오지."

이벤트 기간처럼 사망 페널티가 완화됐을 때라면 모를까, 제 발로
지옥행 편도 열차를 타는 사람은 많지 않다.

레아가 지배하는 필드는 어디든 별이 다섯 개가 붙었고, 현재 상
황에서는 최고치였다. 당장은 손님이 찾아올 리 없었다.

"내가 너무 열심히 했나……. 하지만 왕도의 난이도를 낮출 수는
없고 토레 숲도 세계수가 있으니까 너무 깊이 들어오는 건 막고 싶
어. 리베 대삼림도 목장이나 꼬마들이 있고……. 라콜린느의 난이도
를 조금 낮출까."

라콜린느는 원래 도시였지만, 지금은 숲으로 표기되는 모양이었
다. 물론 지금 그곳을 보고 도시라고 생각하는 사람은 없을 것이다.
운영진의 유연한 대응에 놀랄 따름이었다.

"하지만 화산 지대나 그 주변의 숲으로 보이는 필드는 등록되지
않았어. 그야 세계의 모든 지역이 대상은 아니겠지만, 적어도 승낙
한 플레이어의 지배지는 전부 대상이 될 줄 알았는데."

그렇다면 그 화산 지대는 레아의 지배지가 아니라는 말이 된다.

주위 숲은 권속 벌레들로 점거했고 화산 중턱에는 울루루가 있었다.

다른 골렘이나 살아남은 언데드가 있기 때문일까? 그 정도 조건이라면 목장이 있는 리베나 먹이용 마물을 풀어둔 라콜린느도 매한가지가 아닌가.

"역시 다른 지배자가 있다는 뜻인가. 분화구 같은 곳에."

가령 분화구에 뭔가 있을 경우, 현재 그 구역은 그것과 울루루가 함께 지배하고 있을 것이다. 시스템 메시지에서 말하던 「단일 세력」에 해당하지 않는다.

레아는 라콜린느를 관리하는 퀸 아라크네아에게 연락해 난이도를 낮추도록 지시했다. 스가루에게도 그 메가타이로스라는 대형 벌레와 다른 강한 권속을 왕도로 물리라고 명령했다.

스가루는 살짝 아쉬워했지만, 플레이어들은 자신감이 붙으면 금방 왕도까지 넘볼 테고 활약할 기회가 찾아올 것이다.

라콜린느에는 최하급 거미나 개미 따위를 남기고, 강력한 부하 중 절반을 왕도로, 나머지 절반을 토레 숲으로 이동시켰다.

SNS를 수시로 확인하면서 진행했는데, 마침내 난이도가 ☆3이 되었다는 글이 올라왔다.

"간접적으로밖에 난이도를 확인할 수 없는 게 답답해. 뭐, NPC 던전 보스는 그마저도 알 수 없으니까 불평할 수 없지."

☆3이라면 객관적으로 보아 블랑의 에른타르와 동급이었다.

그곳은 그곳대로 디아스나 퀸 비틀이 있어서 쉽게 함락되지는 않겠지만, 영주 저택까지 가지 않는 한 그들이 나오지는 않으리라.

도시 안에서 싸울 때의 난이도를 별 개수로 나타낸다는 설명이 맞다면 주로 갑충 계열 몬스터나 스파르토이와 싸우는 난이도까지 내려왔다고 봐도 될 것이다.

라콜린느의 난이도가 갑자기 내려간 점에 관해서 SNS에서는 사냥터를 분산하기 위한 운영진의 밸런스 패치라는 의견이 주류였다.

SNS를 보는 한, 플레이어들은 ☆1부터 ☆3 필드에 집중되는 경향이 있었다.

보아하니 라콜린느에도 곧 손님이 올 듯했다.

"라콜린느에 직접 가서 상황을 보고 싶지만…… 그러다가 난이도가 다시 올라가면 귀찮으니까 오미너스 군을 보낼까."

오미너스 군 한 마리가 늘어난다고 난이도에 영향은 주지 않을 것이다.

레아는 라콜린느의 퀸 아라크네아 곁으로 『술자 소환』을 사용하고, 그곳으로 오미너스 군을 『소환』한 뒤 다시 왕도 알현실로 돌아왔다.

"지금 한순간 난이도가 널뛰기했다는 이야기는…… 딱히 안 보이네."

계속 감시하는 플레이어가 있을 리도 없을 테고, 설사 누가 봤더라도 한순간에 지나갔으니까 착각이라고 생각하고 넘어가리라.

◆ ◆ ◆

"오오. 라콜린느에 손님이 오셨네. 이건…… 왕도 방면도 에른타르 방면도 아니야. 내가 모르는 곳에 새로운 안전 구역이 있나."

라콜린느는 많은 가도가 교차하는 교통의 요지였던 곳이다.

왕도 방면은 당연히 알고, 전에 블랑을 배웅한 에른타르 방면도 알고 있다. 그중 어디도 아닌 방향으로 이어진 가도 옆에 아마 운영진이 새롭게 설정한 안전 구역이 있나 보다.

방금 SNS에서 본 스레드에는 파티를 모집하는 글이 보이지 않았다. 그렇다면 여기에 나타난 플레이어들은 급조 파티가 아니라 평소부터 함께 행동하는 멤버일 것이다.

"이 타이밍에 나타났다면 아마 첫 도전이겠지. 시작부터 ☆3 던전에 뛰어들 정도니까 실력에 어지간히 자신이 있나 봐."

난이도를 조절하느라 시간이 다소 걸렸기로서니 다른 ☆1, ☆2 지역을 구경하고 올 시간은 없었을 것이다.

그게 아니더라도 신규 안전 구역으로 이동하는 전이 서비스는 일방통행이니까 어차피 다른 던전에서는 전이해 올 수 없다.

그런 게 가능하면 국가 간 장거리 이동도 눈 깜짝할 사이에 이루어질 테고, 이는 곧 운영진도 우려하고 있을 유통 체계 파탄으로 이어진다. 이런 허점을 용납할 리가 없다.

"어디, 실력 좀 볼까."

어느 정도 실력이 있는 파티라면 좋은 바람잡이가 되어 줘야 수지가 맞는다.

그러기 위해서는 이 랭크의 플레이어들이 즐겁게 사냥하고, 죽어도 흑자라고 느낄 만큼 접대해 줄 필요가 있다.

리베 대삼림에서 초보자를 상대로 했던 것보다는 어렵겠지만, 레아도 인재에 상당한 경험치를 투자했고 노하우도 쌓였다. 분명 할 수 있을 것이다.

 이번 방문객은 5인 파티였다. 탱커 전사 한 명, 창을 든 전사 한 명, 활을 든 전사 한 명, 그리고 마법사 두 명. 모든 상황에 대응할 수 있는, 더할 나위 없이 균형 잡힌 구성이었다.

 플레이어들은 궁병을 선두에 세워 숲속을 나아갔다.

 이따금 나무에 상처를 내고 함정이나 기습을 경계하면서 서서히 안쪽을 향해 가는 모습이었다.

 아마 궁병이 척후도 겸하는지, 덤불이나 잔가지를 쳐서 마법사의 옷이 걸리지 않게끔 신경 쓰고는 했다. 꽤 노련미가 돋보이는 파티였다.

 하지만 아쉽게도 그 조심성은 이곳에서 거의 의미가 없었다.

 여기에는 딱히 함정도 설치하지 않았다. 나무 기둥에 상처를 내는 건 진입 루트를 기억하기 위함이겠지만, 이곳의 나무는 대부분 트렌트라서 채 몇 분도 지나지 않아 상처가 자동 회복으로 사라진다. 나뭇가지를 자른 부분도 마찬가지였다.

 선두에 선 궁병이 손을 들었다. 일동은 그것을 보고 제자리에 멈췄다.

 "소형 마물이야. 아마 쥐. ☆3치고는 잔챙이가 나오는군. 게임 시작할 때 나오는 토끼와 비슷한 수준일 거야."

 "내가 처리할게. 화살은 아끼고 싶어."

 한 걸음 뒤에 있던 창병이 앞으로 나와서 창으로 재빠르게 쥐를 꿰뚫었다.

궁병이 말한 대로 그건 초반에 나오는 쥐였다. 벌레와 트렌트의 먹이로 쓸 겸 데리고 와서 번식시켰을 뿐이었다.

"좋아. 그럼 이건 어떻게 할까? 여기까지 와서 쥐 소재를 챙겨?"

"……정말로 그냥 그레이트 래트야. 두고 가자. 파는 것도 시간 낭비야."

인벤토리가 있어서 가지고 갈 수는 있지만, 그의 말대로 해체를 하건 판매를 하건 처리하려면 품이 든다.

레아로서는 고마울 따름이었다. 그 쥐는 먹이라서 살았든 죽었든 별 차이는 없다. 사체를 버리고 가준다면 나중에 개미나 거미가 찾아서 배를 채울 것이다.

"쥐밖에 없는 곳……일 리는 없겠지. ☆3인데."

"아식 초입에서 얼마 걷지도 않았어. 조만간…… 앗, 납셨군. 소리가 나. 적어도 쥐보다는 커."

궁병이 귀에 손을 댔다. 『청각 강화』를 가진 것 같았다.

숲의 나무는 대부분 트렌트라서 개미나 거미는 마음만 먹으면 소리를 내지 않고 이동할 수 있다. 장애물인 트렌트 쪽에서 소리 나는 잎이나 가지를 치워줄 수 있기 때문이다. 그런데도 굳이 소리를 내는 이유는 아마 감독인 퀸 아라크네아의 서비스일 것이다.

"……온다…… 왔어! 이 녀석은…… 거미야!"

"너무 커서 한순간 못 알아봤어! 타란툴라인가!"

"거미줄 주의해!"

현실이든 게임이든 거미는 어떤 종이든 실을 분비할 수 있다.

그러니까 리더로 보이는 탱커의 경고는 틀리지 않았다. 틀리진 않았지만, 조금 부족했다.

털이 많은 땅거미 계열 거미 중에는 드물게 배의 털을 날리는 종류가 있다. 털북숭이 거미를 발견하면 우선 그 점을 경계해야 한다. 그 털은 자극모라고도 불리며 접촉하면 염증을 일으킨다.

현실의 거미는 다리로 배를 차서 털을 날리지만, 이 마물 레서 타란텔라는 아무런 동작도 없이 갑자기 털을 날린다. 불합리하게 느껴지지만, 『페더 개틀링』도 비슷한 방식이니까 생각하지 않기로 했다.

그리고 그 털의 독성도 염증을 일으키는 귀여운 수준이 아니었다.

"으악! 뭘 날렸어!"

"윽! ……독침이야! 맞으니까 독 상태가 돼!"

"괜찮아?! 『해독』!"

뒤에 있던 마법사 중 한 명은 힐러 같았다.

독에 걸렸다는 스카우트에게 다가가서 『해독』을 발동해 회복했다.

『해독』은 『치료』 트리에 있는 스킬로, 『모든 독 상태를 해제한다』라는 올라운더에 매지컬한 스킬이었다. 독 자체는 게임 안에도 신경독이나 출혈독, 근육독 등 종류가 많지만, 이 『해독』 스킬만 있으면 그 모든 것이 해결된다.

이 레서 타란텔라의 독은 근육독의 일종이다. 근육 세포 사이로 침투해서 세포를 파괴한다. 증상은 근육통과 비슷하지만, 방치하면 경련이나 호흡 곤란을 일으키고 사망에 이른다.

게임답게 설명하면 지속 피해를 주고 시간이 지나면 즉사 효과를 부여한다고 해야 할까. 같은 맥락으로 출혈독은 지속 피해에 더 특화한 독이고, 신경독은 대미지와 마비를 부여하는 상태 이상이라고 할 수 있겠다.

이 레서 타란텔라의 독은 독 상태에 걸리기만 하면 고통과 대미지를 주지만, 마지막 즉사 효과는 따로 VIT 판정이 들어간다. 초보라면 죽을지도 모르겠으나, 이 수준의 플레이어라면 어지간해서는 저항에 막히고 끝난다.

"아! 이거 그다지 안 강해! 저항했어!"

"애초에 찔리지도 않아."

레서 타란텔라는 보병 개미보다는 훨씬 강하지만, 그래봤자 저급 개미와 비견될 수준이었다. ☆3에 자신만만하게 쳐들어오는 플레이어에게 대적할 재간은 없었다.

창병은 독침에 찔리기는 했어도 독에 걸리지는 않은 듯했다. 탱커에 이르러서는 피부조차 뚫지 못했다. 순수한 VIT로 튕겨 버린 모양이었다.

"이거나 먹어!"

심지어는 궁병의 나이프에 처리당하고 말았다.

이래 봬도 예전 리베를 찾던 초보들이라면 전멸시키고도 남을 마물이었다. 그렇게 생각하면 이 플레이어들의 강력함이 더욱 돋보였다.

레아는 자기 생각은 하지도 않고 플레이어의 파워 인플레에 개탄을 금치 못했다.

"이 거미 몬스터는 처음 봐. 가지고 갈까?"

"멈춰. 내 기억에 타란튤라는 먹을 수 있어."

"너나 멈춰!"

파티는 평화롭게 담소를 나누며 레서 타란텔라 사체를 인벤토리에 넣고 다시 걸음을 옮겼다.

"그나저나 꽤 가까이 올 때까지 눈치채지 못했어."

"그래. 이 숲, 왠지 나무 흔들리는 소리가 계속 들려서 청각에 집중하기 힘들어. 바람이 부는 것 같지도 않은데 말이야."

그건 분명 트렌트의 소행이다.

거미나 개미가 이동할 때 소리를 내지 않는 것과 같은 원리로 아무도 없는 곳에서 소리를 내기도 했다.

이 궁병처럼 『청각 강화』에 기대어 탐색하는 자를 속이는 것쯤 식은 죽 먹기였다.

그 뒤로도 지속적으로 거미와 개미가 찾아왔고, 때로는 떼로 덤벼들기도 하지만, 언제나 어렵지 않게 대처했다.

그들의 자신감을 뒷받침하는 것은 그 실력과 경험이리라.

그러는 사이에도 다른 플레이어들이 속속 모여드는 것 같았다.

SNS를 뒤져보자 라콜린느에서 보자는 글도 종종 보이고 파티 모집 글도 많았다.

일단 다른 파티는 퀸 아라크네아들에게 감시를 맡기고 레아는 계속해서 이 기념비적인 첫 파티의 마지막을 지켜보기로 했다.

약한 적을 상대로 다섯 명이 덤볐다고는 하나, 총 퇴치 수를 생각하면 경험치도 소재도 제법 벌었을 시기였다.

이번에는 정찰이 주목적이었는지, 그들은 슬슬 돌아가려고 하고 있었다.

하지만 이대로 그냥 돌려보낼 수는 없다.

"……위험할지도 몰라."

"왜, 뭔가 있어? 어차피 슬슬 퇴각할 생각이었으니까 문제가 있으면 빨리 돌아가자."

궁병의 말을 듣고 리더인 탱커가 대답했다. 하지만 궁병은 표정을 펴지 않았다.

"……아니, 미안한데 진짜 위험해."

"뭐야, 왜 그래? 무슨 소리라도 들렸어? 엄청나게 큰 몬스터가 움직이는 소리라거나."

"아니야. ……돌아가는 길을 모르겠어."

"뭐?! 아니, 표시해 뒀잖아! 그것만 따라가면—."

"잠깐! 잘 봐. 이 나무, 방금 쟤가 상처를 냈었잖아. 그런데 상처가 어디에도 없어."

창병이 소리치지만, 마법사— 힐러가 냉정하게 나무를 가리키며 변론했다.

그의 말대로 나무에 낸 상처는 깨끗하게 사라져 버렸다.

트렌트의 자연 치유였다.

"젠장. 힘들게 경험치를 벌어 놓고 사망 워프로 돌아가긴 싫은데."

"미안……. 젠장, 내 실수야."

"처음 온 곳이잖아. 여기가 그런 던전인가 보지, 뭐. 좋은 정보를 얻었다고 생각하자. 현시점에서 이걸 아는 사람은 우리뿐이야. 자책하지 마."

굉장히 인성 바른 리더였다. 창병도 별생각 없이 내뱉은 말이었는지, 궁병의 어깨를 토닥였다.

"······잠깐만. 응? 우리 이쪽에서 왔지? 어라?"

잠시 왔던 길을 되돌아가던 그들은 얼마 가지 않아 멈춰 섰다.

당연했다. 그들이 지나온 길은 이미 그곳에 없었다.

플레이어와 거리가 멀어진 트렌트가 들키지 않게 천천히 이동해 그들이 지난 길을 막아 버린 것이다.

도중에 버리고 온 마물 사체도 이미 회수했다.

그들의 기억에 있는 흔적들은 이제 어디에도 남아 있지 않았다.

"······아무리 봐도 길이 변했어. 앗, 그런 건가······! 어쩐지 ☆3인데 적이 너무 약하다 싶더라! 여기는 몬스터 난이도가 아니라 기믹 때문에 ☆3으로 판정된 던전이야!"

"미로 숲······ 같은 건가······."

"왠지 발밑의 풀들도 자란 것 같지 않아?"

다만, 트렌트들이 이동하면 땅이 파헤쳐져서 들키고 만다.

그것을 감추기 위해 도처에 위치한 엘더 캄파 트렌트가 주기적으로 약한 『축복』을 뿌린다. 세계수의 『위대한 축복』만큼 무지막지한 효과는 없지만, 풀을 조금 성장시킬 수는 있다.

대책 없이 이 숲에서 탈출하기는 굉장히 어렵다.

덧붙이면 ☆3이면서 적이 약하다고 느낀 이유는 아마 난이도 판정에 지대한 영향을 미쳤을 무수한 트렌트가 전투에 참여하지 않았기 때문이리라.

"······망했네, 이거."

"젠장, 죽어서 돌아가는 수밖에 없나."

"우리가 들어오고 제법 시간이 지났지······. 아, 역시나. 여기 들어온 파티가 제법 있어…….”

“늦었을지도 모르지만, 일단 주의하라고 써 둘게.”

주의 환기는 해도 상관없다. 어차피 곧 만인에게 알려진다.

하지만 자살로 돌아가는 것은 간과할 수 없다.

그러면 레아에게 경험치가 들어오지 않는다.

주위에서 대량의 실이 파티를 향해 분사됐다.

“으악! 뭐야?! 실?!”

“거미인가! 어느새!”

“어떻게 된 거야?! 아무런 소리도…….”

“위험해! 포위당했어……!”

트렌트가 경로를 변경하며 움직이는 소리는 아마 듣지 못했을 것
이다. 왜냐면 가만히 있을 때도 항상 그런 소리를 내도록 지시했기
때문이었다. 거미들은 그 소리에 섞여서 들키지 않고 파티를 포위
했다.

그리고 포위한 거미는 레서 타란텔라가 아니었다. 그레이터 타란
텔라였다. 크기가 훨씬 크고 색도 짙었다.

“방금 그 녀석들이 아니야! 제길…… 실이!”

탱커는 실을 잡아 뜯어서 방어하려고 하지만, 간발의 차로 늦었
다. 갑옷 사이로 독털침에 찔려 괴로워하기 시작했다.

괴롭다고 해 봤자 현실의 통증처럼 강하지는 않을 텐데, 마비도
함께 걸린 탓일까? 다시 몸에 감긴 실을 떨쳐내려고 하지 않았다.

“부탁해, 해독을…….”

하지만 힐러는 탱커와 달리 처음 날아든 실조차 풀지 못했다. 순

식간에 실에 감겨 이미 타란텔라들에게로 끌려가고 있었다.

다른 마법사도, 그리고 궁병도 사정은 마찬가지였다.

창병은 실에서는 탈출한 모양이지만, 탱커처럼 독침에 당해 움직이지 못하는 상태였다.

그레이터 타란텔라가 상위종이라고는 하나, 한두 마리 정도였다면 그들에게 허무하게 퇴치당했을 것이다.

하지만 다수로 포위하고, 기습으로 행동을 막고, 상태 이상을 걸면서 안전권에서 일방적으로 공격하면 숙련된 파티라도 사냥할 수 있다.

거미들은 실에 감긴 플레이어의 숨통을 차례대로 끊었다. 그 시체가 리스폰으로 사라진 것을 확인한 레아는 오미너스 군에게서 시야를 해제했다.

◆ ◆ ◆

"소재도 얻었을 테고 경험치도 꽤 남았을 테니까 그들에게는 꽤 좋은 첫 던전 탐험이 아니었을까. 적이 강해서 공략할 수 없는 게 아니라 탈출할 수 없는 점이 문제라고 인식한다면 분명히 또 도전하러 올 거야. 너무 강한 적으로 채워 버리면 다른 곳에서 경험치를 벌어서 강해질 때까지 재도전하지 않을지도 몰라."

그런 플레이어를 어떻게 안쪽까지 유도하느냐도 던전 운영자의 실력이다. 안쪽에 보물상자 같은 아이템을 배치하는 등 방법은 많다.

"다른 파티도 거의 비슷하게 흘러가나."

급조 파티라도 방금 파티처럼 그럭저럭 성과를 낸 뒤 퇴장했다.

이미 SNS에 주의 권고가 퍼져서 필요 이상으로 경계하는 파티도 종종 나왔지만, 그런 파티에는 그레이터 타란텔라를 보내지 않고 그대로 돌려보내기도 했다.

발을 들인 파티는 예외 없이 전멸한다는 소문이 퍼지면 곤란하므로 방심하면 전멸한다는 정도의 인식이 가장 기쁘다.

그렇지만 레아도 이용료를 받고 싶어서 가끔 기습으로 한두 명을 죽이기도 했다.

"이제 막 추가된 컨텐츠인데 이 정도면 순조로운 출발 아닐까."

하지만 신장개업이니까 고객의 반응 조사는 중요했다.

◆ ◆ ◆

【구 힐루스】던전 공략 정보 스레드【기타 등등】

001: 쿠라아쿠
지역별 던전 공략용 정보 공유 스레드.
다른 지역은
【오랄】던전 공략 보고 스레드
【페아레】던전 공략 보고 스레드
【셰이프】던전 공략 보고 스레드
【포트리】던전 공략 보고 스레드

【웰스】던전 공략 보고 스레드

로 가세요.

002: 마니호

〉〉001 감사.

003: 탓토

구 힐루스 어디든 공략 중인 사람 있어?

004: 노기스

〉〉003 ☆1 알토리바라는 도시에 있어요. 지금부터 들어갈게요.

⋮

⋮

122: 노기스

☆1 알토리바

조금만 들어가 봤는데, 좀비밖에 없네요. 다만, 수는 많으니까 둘러싸이면 죽을 거예요.

낮에는 집 안에 있는 것 같으니까 건물에 들어가지 않으면 마음대로 탐색할 수 있지만, 그냥 평범한 도시라서 탐색해 봤자 별 의미는 없었어요.

123: 아론슨

〉〉122 보고 감사.

보스는 밤에 나오나?

⋮

⋮

231: 화이트 씨위드

구 힐루스 쪽 던전 보고는 여기에 하면 되나?

☆3 라콜린느에 관해서 보고, 정확히는 경고할 게 있어.

232: 아론슨

경고라고 하니까 무섭네.

뭐라도 있어?

233: 화이트 씨위드

라콜린느 숲은 ☆3치고 몬스터가 강한 편은 아니라고 생각해.

이건 다른 보고를 보고 비교했을 뿐이니까 정확하진 않지만, 틀림없어.

문제는 이 숲은 다른 던전과 달리 길이 계속 변해.

그래서 탈출할 방법을 못 찾고 마지막엔 포위당해서 죽었어.

이 숲에 갈 때는 주의해.

234: 아론슨

랜덤 생성 던전까지 있나.

235: 화이트 씨위드

〉〉234 그 정도가 아니야.

내가 설명을 잘못했나 보네.

들어갈 때마다 바뀌는 게 아니라 실시간으로 변해.

침입한 길로 돌아가려고 했더니 길이 사라지고 경치도 확 변해 있었어.

나무에 낸 흔적도 사라지고 도중에 방치한 마물 사체도 없어졌어.

숲속은 계속 나뭇가지가 흔들리는 소리가 나서 주위 상황을 파악하기 힘들고, 태양도 확실히 보이지 않아서 방향도 알 수 없게 돼.

236: 클램프

미로 숲인가?

237: 탓토

다른 곳에서는 그런 이야기를 들은 적이 없는데, 개발진도 특별히 힘을 줬나?

원래 도시가 있던 곳에 갑자기 생긴 숲이었지?

어쩌면 그 숲을 공략하면 배경 스토리도 알 수 있을지 몰라.

238: 마니호

오, 던전마다 스토리!

그거 멋진데.

239: 강하고 안 벗겨짐

재앙에 국가 멸망에 고난이도 던전에 랜덤 던전까지.

힐루스 왕국만 뭔가 편애받는 거 같지 않아?

240: 써모스

플레이어 관점에선 그렇지.

NPC는 나라가 망했는데 편애받는다고 하면 화병 날 듯.

"나쁘지 않은 반응이야. 더 많은 플레이어가 힐루스…… 아니, 구
힐루스로 와 주면 내 주머니도 두둑해지겠지."

라콜린느는 넘어가더라도, 처음에 잠깐 나온 알토리바라는 던전
은 블랑이 지배하는 곳이었다.

특별히 뭔가를 했다는 이야기는 못 들었으니까 아마 도시 주민을
좀비로 바꾸고 그대로 방치했을 것이다. 어쩌면 까먹었을 가능성마
저 있었다.

어쨌거나 그들은 전부 블랑의 권속이니까 죽어도 한 시간 뒤에는
부활한다. 초보자가 경험치를 벌기 좋은 필드라고 할 수 있겠다.

"운영진이 의도한 형태는 혹시 블랑 같은 방치 던전인가……. 아
무것도 없는 황야에 트렌트 숲을 만들고 거기에 개미를 풀어 놔도
내 영역으로 인식되나?"

왕도나 라콜린느 등 레아의 지배 영역에 인접한 전이 포인트 옆에

그런 저난이도 숲을 만들면 초보자부터 중급자, 더 나아가 상급자까지 폭넓은 플레이어가 이용하는 전이 포인트로 인기를 끌지도 모른다.

"시험이나 해 볼까. 선전할 수단은…… 당장은 생각나지 않지만, 조만간 누가 눈치채겠지."

〈그럼 준비해 두겠습니다.〉

"부탁할게."

스가루에게 전부 떠넘기기로 했다.

그러는 사이에도 플레이어들은 줄줄이 라콜린느로 모여들었다.

아무래도 SNS에서 나온 랜덤 던전이니 배경 스토리니 하는 헛소문이 사람을 불러 모은 모양이었다.

언덕을 둘러쌀 크기의 도시를 전부 둘러싸고도 남는 숲이었다. 어지간히 강력한 플레이어라도 없는 한 충분히 대응할 수 있다.

"─응? 이 녀석은 전에 본 적이 있어."

오미너스 군의 시야를 통해 어떤 엘프 여자가 보였다.

"내 기억에 있다는 건 아마 그 레이드 파티 멤버인가? 그렇다면 꼭 직접 놀아주고 싶은데. ……굳이 라콜린느까지 가서 상대하는 건 너무 위험 부담이 커. 내가 왕도와 라콜린느를 오가고 라콜린느를 감시한다는 사실을 누가 알아차리기라도 하면 곤란해."

그런 레이드 보스라고 납득해 준다면 괜찮지만, 누가 눈치채면 순식간에 고민거리가 늘어난다.

〈그렇다면 적당한 시기에 퀸 아라크네아를 보내도록 하지요. 보스께 패배를 안겼을 정도라면 녀석은 상급 플레이어겠죠? 일정 수

준 이상의 실력자에게는 그에 걸맞은 보스가 나온다, 그런 기믹으로 생각한다면 문제없을 겁니다.〉

나쁘지 않은 제안이었다.

처음부터 살려서 돌려보낼 생각은 없었다. 자신을 쓰러뜨리고 얻었을 경험치를 조금이라도 돌려받겠다.

그레이터 타란텔라들은 적수가 되지 못해도 퀸 아라크네아라면 충분히 승산이 있다.

"그렇게 하자. 트렌트들까지 동원해서 총력을 다해 죽이고 싶지만…… 미로 오브젝트라고 생각한 나무가 마물이라고 알려지면 위험해. 벌레들만으로 처리해 줘."

〈알겠습니다.〉

직접 응징할 수 없는 건 아쉽지만, 오랜만에 찾아온 복수의 기회였다.

실제로 퀸 아라크네아와 전투에 돌입하면 시야를 오미너스 군이 아니라 퀸 아라크네아에게로 옮기는 편이 더욱 박진감 넘칠 것이다.

◆ ◆ ◆

"조금 소란스럽긴 하지만…… 생각보다 평범한 숲이네."

익명의 엘프 씨는 숲을 내다보며 중얼거렸다.

이곳은 구 힐루스 왕국의 라콜린느에 생긴 거대한 숲이었다. 운영진이 내놓은 공식 명칭은 「라콜린느 숲」이었다.

지금까지 그녀는 포트리에서 활동했지만, 그 나라에는 지금 ☆1

던전과 ☆4, 5 던전밖에 존재하지 않았다.

최상위권 플레이어로 꼽히기도 하는 그녀가 이제 와서 ☆1 던전 같은 초보자 사냥터를 휩쓸고 다닐 수는 없는 노릇.

그렇다고 다짜고짜 ☆4, 5 던전에 들이박을 만큼 무모하지도 않았다. 일단 포트리용 공략 스레드를 들여다봤는데, 적어도 중견급으로 추정되는 플레이어 파티조차 이렇다 할 성과 없이 전멸하고 있었다.

익명의 엘프 씨 파티라면 더 잘할 수 있겠지만, 초반부 잡몹의 정보밖에 없는 던전에 갈 바에야 경향이 파악된 ☆3 던전에 가는 게 유익하다는 판단이었다.

"거미 계열 마물은 우리 포트리 영역에선 잘 안 나오지. ☆4 숲에는 있다고 들었지만, 입구 근처에서 잡몹만 잡고 빠지기도 좀 그래."

"아니, ☆3 던전의 정보가 어느 정도 모일 때까지는 상황만 살피는 것도 충분히 겁쟁이 같은데……."

파티 멤버인 하루카가 말꼬리를 잡았다.

이 파티는 전열 세 명, 후열 한 명으로 구성된 4인 파티였다.

후열은 물론 마법계 직업인 익명의 엘프 씨, 전열은 하루카, 쿠루미, 램프. 전원 엘프 여성으로 뭉친 화려한 팀으로, 전열은 명확하게 탱커라는 역할을 정하지 않고 근접 물리 직업 세 명이 항상 번갈아 공격하고 교대로 어그로를 관리해 탱커와 딜러를 겸하는 희귀한 전투 스타일을 가졌다.

굉장히 테크니컬한 움직임을 요구하지만, 즉사급 공격이 적은 이 게임에서는 일정 수준의 성과를 내고 있었다.

전에 재앙과 싸울 때는 전열 세 명이 익명의 엘프 씨를 포트리에서 옮겨 주기 급급해 레이드에는 참가하지 못했다.

"재앙처럼 공격이 전부 즉사급인 밸붕 적이 나오면 우리로선 막을 수 없어. 어느 정도 정보 수집은 필요해."

"그러게~. 우린 방어구가 종잇장이니까."

쿠루미와 램프가 하는 말에도 일리가 있었다. 그녀들의 방어력과 회피 능력을 의심하지는 않지만, 전문 탱커보다는 뒤떨어진다.

"뭐, 그건 그렇지만."

"하루카도 알아들었으니까 본격적으로 공략을 시작하자. SNS를 봤는데 중견 파티면 충분히 싸울 만하다고 해. 우리에게는 의외로 편한 사냥터일지도 몰라."

항상 내부가 변동하는 던전이라서 아직 공략법은 발견되지 않았다.

다만, 탈출한 플레이어 파티는 방위만 확실히 기억했다가 설령 길을 헤매도 들어온 방향으로 무작정 걸어서 생환하는 경우가 많았다.

그 과정에서 멤버가 사망한 파티도 많지만, 그들과 비교하면 익명의 엘프 씨 파티가 기본 능력은 뛰어났다. 잘하면 피해 없이 탈출할 수 있을 것이다.

방위를 더 정확하게 알기 위해서 미리 포트리에서 나침반을 사 왔다.

커다란 항해용 나침반밖에 팔지 않아서 들고 다니려면 몹시 거추장스럽지만, 확인할 때만 인벤토리에서 꺼내면 문제없다. 가격도 꽤 나갔지만, 이 숲의 거미에게서 나온다는 실 등 소재를 팔면 본전은 충분히 건질 것이다.

처음부터 이 숲에는 그 거미 소재를 구하러 온 것이나 다름없었다.

전열 세 명의 장비는 가죽과 금속을 혼용한 코트 오브 플레이트 같은 형태의 방어구였다. 모피를 주는 마수는 다양한 난이도에 널리 분포하여 가죽은 비교적 자신의 실력에 맞춰 선택하기 쉬운 소재다. 금속 소재도 돈만 있다면 조달이 가능하다.

하지만 익명의 엘프 씨가 입은 로브처럼 방어력 높은 천 소재는 거의 유통되지 않는다.

이번에 이 숲에서 발견된 거미는 포트리의 깊은 숲에 산다는 거미형 몬스터의 하위종으로 추정되며, 귀족들 사이에서 고가에 거래되는 거미줄 소재의 염가판을 구할 수 있다고 한다. 염가판이라고 해도 유통량이 적어서 현재는 성능에 맞지 않게 비싼 가격이 붙었다.

게다가 이 라콜린느 숲에서는 상위종 거미 몬스터도 확인됐다.

경계할 것은 기습뿐. 탱커처럼 전속 스카우트도 없는 익명의 엘프 씨 파티에는 오히려 고마운 이야기였다.

파티는 방해되는 가지나 덤불을 최소한으로 쳐내며 발이 나무뿌리에 걸리지 않게 조심조심 전진했다.

진행 속도는 숲을 걷는 것치고 빠른 편이었다. 초반부에 나오는 마물은 대강 파악됐고, 그 마물 외에는 주의를 기울일 필요가 없었다.

"아, 뭔가 있어."

"정보가 옳다면 개미나 거미 아닐까."

개미 소재는 과거 리베 대삼림이 초보자 던전이던 시절에 풀린 양이 많아 시장에는 아직 물량이 대량으로 남아 있었다. 최대 유통국이었던 힐루스 왕국은 이미 사라졌지만, 의욕 넘치는 상인들이 타국으로 유통한 양도 적지 않았다.

"거미가 더 좋지만, 개미라도 상관없어. 팔리기는 하니까."

풀숲에서 나타난 것은 생각대로 거미였다.

거미는 나오자마자 털침을 날렸다.

"『거스트』."

하지만 미리 알고 있으면 대처하기는 쉽다.

『바람 마법』의 저급 마법 『거스트』로 날려 보냈다.

공격력 없이 돌풍을 일으킬 뿐인 마법이지만, 이런 소형 투사체를 날려 버리거나 흙먼지를 일으켜 시야를 차단하는 등 전문 마법사에게는 꽤 유용한 마법이었다. MP 소비도 적고 쿨타임도 눈 깜짝할 사이다.

"합!"

"에잇!"

좌우에서 하루카와 램프의 무기가 파고들어 거미의 숨통을 끊었다.

쿠루미는 증원군을 경계하지만, 아무래도 한 마리뿐인 듯했다.

"……오버킬 같네. 한 방으로 충분했겠어."

"그러게~. 이 정도면 떼로 달려들어도 괜찮겠는데?"

전열 세 명의 장비는 한 손 검에 둥근 방패로, 공방을 모두 챙기는 스타일이었다. 물론 회피도 중요하기 때문에 비교적 가벼운 갑옷을 입었다. 즉, 모든 능력이 평균보다 높으나, 공격력이 특출하게 높지는 않았다. 그래서 만약을 위해 처음 보는 적은 두 명 이상이 공격하기로 정해 놓았다.

"사냥 속도가 빨라서 나쁠 건 없지. 자, 그 사체를 챙기고 계속 가자."

나오는 적이 개미든 거미든 상관없었다.

첫 전투 이후로 적은 한 마리만 나오지 않고 항상 여러 마리로, 때로는 개미와 거미 혼합 집단에게도 습격받았다.

숲으로 들어갈수록 적의 수는 서서히 늘어났다.

방금 전멸시킨 집단은 나무 사이에서 끊임없이 기어 나와 무한 스폰이라고 생각했을 정도였다. 몬스터 하우스가 따로 없다.

다만, 그것도 익명의 엘프 씨 파티 앞에서는 위협이 되지 못했다. 오히려 제 발로 찾아오는 봉이었다.

"……귀찮지만, 사냥 효율은 뭐 나쁘지 않네."

"개미와 거미가 공생하는 건가? 숲에 침입하는 인간을 잡아먹으려고 같이 싸우나? 아니면 그런 설정이랑 상관없이 던전이라서 그런가."

"낫…… 게임인데 뭘 그런 걸 일일이 신경 써?"

"낫이라고 하지 마."

그야 억지스럽고 비합리적인, 게임이라서 가능한 괴상한 생태를 가진 마물도 있었다.

하지만 짐승이나 벌레 등 현실의 생물을 모델로 한 마물은 의외로 현실적인 생태계를 이룬 것이 이 게임이었다. 이런 고찰을 무시할 수 없었다.

"그런데 SNS에 적힌 것보다 난이도가 높지 않아? 집단전 인카운터 확률이 이렇게 높은 이미지가 아니었는데. 이상하게 적이 많이 나와."

듣고 보니 그것도 그랬다.

"처음에 나온…… 일단 쥐는 빼고, 처음에 나온 몬스터가 똑같이 거미 한 마리였다는 점을 생각하면 적어도 그 시점에는 같은 난이도였을 거야. 거기서부터 서서히 우리만 난이도가 오른 건가? 그렇다면 도전하는 플레이어의 전투력을 측정하고, 거기에 맞춰서 나오는 마물도 변하나? 변화하는 던전이라고는 들었지만, 설마 난이도까지 변한다는 뜻……?"

정말 그렇다면 무서운 던전이다.

"플레이어가 강해질수록 적도 강해지는 게임, 먼 옛날에 있었지."

"재앙이 현실판 여왕이라고 불렸지~? 그 여왕이 나오는 게임이 그런 시스템 아니었어?"

"부하도 개미고 패러디인가. 언데드나 거미는 잘 모르겠지만."

전열 3인조의 태평한 대화는 넘어가더라도, 만약 이게 사실이라면 예상이 어설펐다는 뜻이다.

중견 파티가 한두 명만 죽고 탈출했다면 자신들은 무피해로 나올 수 있다.

그렇게 예상하고 이곳에 도전한 것이었다.

플레이어에게 맞춰 적이 강해진다면 무피해로 탈출할 수 있다는 보장이 없다.

"……오늘은 그만 철수할까."

"응? 아직 더 갈 수 있어."

"맞아맞아. LP도 MP도 충분해~."

"공복도— 스테미너도 충분하고."

"아니, 일단 새로운 정보도 얻었고 진행 속도와 시간을 생각하면 꽤 깊은 곳까지 들어왔을 거야. 예정 시각까지 아직 시간이 남았지만, 돌아가는 길에도 사냥은 할 수 있으니까 이 이상은 다음에 하자."

"뭐, 낫이 그렇게 말한다면."

"낫이라고 하지 마."

세 사람 모두 성격은 제각각이지만, 기본적으로는 순순했다. 파티 리더인 익명의 엘프 씨가 결정하면 일단 따른다. 호칭만은 고치지 않지만.

하지만 왔던 길을 돌아가자고 말해도 그 길은 이미 없었다.

길이 변한다는 건 이런 뜻인가 보다.

플레이어들에게서 가까운 곳, 보이는 범위에서 변하지는 않는 모양이지만, 조금만 깊이 들어가면 바로 변하는 듯했다. 대규모 마법이라도 걸려 있는 것일까?

대규모 마법이라고 하니까 그 순백색 재앙이 떠올랐다.

아티팩트라는 강력한 이벤트 아이템의 영향을 최대로 받았을 텐데도 놈의 마법은 모두 즉사급 위력을 지녔었다. 전열을 맡은 선택받은 소수의 플레이어 중에서는 버텨낸 자도 있었지만, 약화하지 않았다면 무조건 즉사했을 것이다. 탱커가 즉사하는 범위 마법이라니, 악몽일 뿐이다.

제1회 이벤트 우승자도 대단한 마법사였지만, 지금의 자신이라면 비슷하게 따라 할 수 있다.

언젠가는 재앙에게도 이렇게 느끼는 날이 올까.

이 숲에 원래 있었던 도시를 파괴한 자는 재앙이라고 했다. 그렇다면 재앙이 모종의 마법으로 숲을 만들고 이곳을 던전으로 바꿨을 가능성은 충분히 있었다. 정말로 있을지는 모르겠지만, 배경 스토리 같은 것이 있다면 그러한 사정도 알 수 있으리라.

"언젠가 공식 서브 스토리 정리본 같은 전자 서적이 나오려나? 게임 아이템을 특전으로 넣거나 해서."

"오, 특전 아이템으로 그거 나오면 좋겠다. 외형 변경 아이템. 살짝 여기, 턱선을 손보고 싶거든."

"나는 머리색 바꾸고 싶어~."

"머리색 변경은 평범하게 할 수 있지 않아? 연금 아이템 같은 거로."

네 명은 잡담을 나누면서도 경계를 늦추지 않았다.

SNS에 올라온 정보에 의하면 돌아가려는 이 타이밍에 포위당했다고 한다.

논리적으로 생각하면 나무가 내는 소음에 숨어 마물 집단이 그들을 쭉 미행했다고 봐야 할 것이다. 그래서 돌아서면 바로 전방을 가로막고, 앞으로 나아가면 만났을 집단이 후방에서 덤벼든다.

그럼 이번에는 어떨까.

"―역시나!『사이클론』!"

예상대로 뒤에서 기습해 왔다. 전방에서도 뭔가가 다가오는 것이 보였다.

일단은 범위 마법을 후방으로 쐈다. 이러면 뒤에서 날아오는 실이나 털침은 흩어졌을 것이다.

돌아보자 의도대로 후방 적이 날린 투사체는 무력화됐다. 전방의 공격은 전열 세 명이 검과 방패로 잘 막아 주고 있었다.

곧 거미들이 모습을 드러냈다. 정보에 나온 대로 덩치가 크고 색이 짙은 타입이었다. 분명 상위종이다.

"우선 이 포위망을 빠져나가는 게 첫 번째 관문인가……."

연속으로 범위 마법을 뿌려 우선 후방의 적을 줄이는 데 전념했다. 전방은 전열 세 사람이 막아주니까 일단 믿고 맡길 수밖에 없었다. 그쪽에 마법을 쓰면 도리어 아군이 말려들 우려가 있었다.

거미들은 지금까지 싸운 하위종보다 확실히 내구력이 좋아서 마법 한 방에 죽지 않는 개체도 있었다.

강력한 마법으로 공격하면 소재가 손상되어 수익이 줄어든다. 하지만 가장 중요한 것은 누가 뭐래도 생환이다.

범위 마법을 몇 발 날린 덕분에 다행히 상위 거미도 죽은 듯했다. 전열을 보자 그쪽도 순조롭게 적의 머릿수를 줄이고 있었다.

"핫!"

하루카가 실을 피하며 파고들어 거미의 배를 벴다. 일격에 해치우진 못했지만, 그 직후 날아든 독털침은 방패로 막으며 교묘하게 회피했다.

물기 공격은 검으로 튕겨 내며 틈을 보고 방패로 아랫부분을 쳐올렸다.

상체가 떠오른 순간, 옆에서 뻗친 검이 거미의 배, 그것도 하루카가 지금 막 공격한 위치에 꽂혔다.

옆에서 싸우던 쿠루미의 지원 공격이었다. 그렇게 쓰러진 거미의 두흉부에 하루카가 검을 꽂아 확실하게 숨통을 끊었다.

하루카는 곧장 램프가 싸우던 거미를 옆에서 방패로 가격해 자세를 무너뜨렸다.

이 세 사람의 역할은 호흡을 맞춰 전열을 유지하는 것이었다. 하나의 적이 아니라 각자 다른 적을 공격할 때도 그 점은 변함이 없다.

그리고 세 사람이 전선을 유지하는 사이에 적을 마무리하는 것이 익명의 엘프 씨의 역할이었다.

"『브레이브 랜스』!"

쿨타임이 끝나 엄호용으로 단일 대상 마법을 시전했다. 적의 증원을 경계해 이번에는 쿨타임이 길어지지 않도록 연발은 피했다.

그렇게 체감상 꽤 오랜 시간을 싸웠고……

"……지금 적이 마지막, 인가?"

"그런가 봐. 후유, 어떻게든 버텨냈네."

상위종 거미의 기습은 넘겼다.

사전 정보 덕분이었다.

그게 없다면 실과 털침으로 기선 제압을 당해 페이스를 잃었을 것이다.

"……증원을 경계하면서 철수를 재개하자."

인벤토리에서 나침반을 꺼내서 방향을 확인했다. 지금 나아가려던 방향은 처음 목표한 방향에서 조금 어긋나 있었다.

"여기 상당히 까다롭네……."

숲속에서는 방향을 알기 어렵다는 사실은 잘 알고 있었다. 그래서 보통은 표식을 남겨 귀로를 확보하는데, 이 숲에서는 그 방법이 통하지 않는다.

"일직선은 힘들더라도 최단 거리로 탈출하자."

나침반이 무겁고 부피가 크지만 어쩔 수 없었다. 방향은 항상 확인해야 한다.

일행은 가끔 멈춰서 방향을 수정하며 숲을 나아갔다. 빽빽이 들어선 나무뿐 아니라 커다란 건물 잔해 따위도 길을 막아섰다. 숲이 생기기 전부터 있었을 잔해 사이로 나무가 들어찬 곳에서는 진로를 크게 변경해야만 했다.

올 때는 이런 풍경을 보지 못했다. 던전 내부의 구조가 변하면서 이런 경치가 되었으리라.

들어오기는 쉽지만, 나가기는 어려운 숲이었다.

"개미지옥 같은 던전이야……."

개미가 운영하는 개미지옥이라니, 웃기지도 않는다.

"낫, 잠깐 멈춰!"

"낫이라고 하지…… 마……."

실수였다. 나침반에, 방향에 너무 정신이 팔려 있었다.

진로를 방해하는 잔해나 나무를 우회했다고 생각했는데 그 앞은 막다른 길이었다.

심지어 단순히 막다른 길이 아니었다. 작은 광장만 한 공간이 있었다. 이 구역만 부자연스럽게 나무가 자라지 않았다.

"일단 돌아—."

돌아보기 무섭게 커다란 소리가 났다. 어디선가 떨어진 거대한 건물 잔해가 지금 지나온 길을 막아 버렸다.

"아니, 이런 게 어디서……."

올려다봐도 위쪽은 나뭇가지가 얽히고설켜 하늘을 막고 있을 뿐이었다.

"어떤 몬스터가 우리를 여기 가두려고 퇴로를 막았다……라고 생각해야 할까?"

"역시 낫이야. 정답 같아. 저거 봐."

호칭을 바로잡을 때가 아니었다.

쿠루미가 가리킨 방향, 즉, 광장 중앙 쪽을 돌아보자 그곳에는 거대한 거미가 있었다.

"보스전인가……."

"……이러니까 도망칠 수 없지. 그게 보스전이니까……."

다른 던전의 공략 보고도 봤지만, 보스전에서 도망칠 수 있는지는 알 수 없었다.

현시점에서 보스다운 몬스터와 만났다는 보고 자체가 없기 때문이었다.

"우리가 1등이야~?"

"해치운다면 말이지."

하루카가 구태여 한마디 보태지만, 맞는 말이었다.

밸런스형 파티가 아니라 밸런스형 전열을 모았을 뿐인 익명의 엘프 씨 파티는 정보가 없는 강적에게 불리했다.

상대는 지금까지 싸웠던 상위 거미보다도 컸다. 다리는 길고 얇아 보이지만, 단순히 크기가 커서 그렇게 보일 뿐이었다. 자세히 보니 지금까지 만난 거미보다 조금 더 굵을 듯했다.

다리 형태도 다른 거미처럼 뭉뚝하지 않고 날카로우며 마디마다 가시 같은 것이 돋쳐 있었다. 색도 어두운 단색이 아니라 노란색이나 붉은색이 들어가 본능적인 위기감을 부추겼다.

무엇보다 머리가 있어야 할 곳에는 사람의 상반신이 붙어 있었다.

그것도 인간의 상반신이 그대로 붙은 것이 아니라, 거미의 신체 부위가 모여 사람의 형상을 이룬 느낌이었다.

지금까지 싸운 거미의 상위종이라기 보다는 전혀 다른 종류의 거미처럼 보였다.

"보나 마나 이름은 퀸 어쩌고겠네……."

개미를 비롯한 일부 마물 중에는 하위종을 통괄하는 여왕 같은 개체가 존재한다는 지식은 알고 있었다.

이 거미의 퀸이 보스라는 것은 의심할 여지가 없었다.

하지만 이 던전은 오늘 개방됐다. 어쩌면 아직 완전히 성장하지 않았을 가능성도 있었다.

"아니…… 여왕개미도 약할 때는 약한 개미밖에 못 낳는대. 방금 조금 강한 거미가 나온 시점에서 늦은 거 아냐~?"

"그건 그래……."

어수선한 나무 소리에 섞여 잔해나 나무 위에서 거미들이 차례차례 나타났다.

심지어 땅에서는 개미들이 기어 나왔다.

"잡몹도 나오잖아!"

"이건 망했나……. 어쩔 수 없지, 갈 때 가더라도 최대한 많이 잡아서 경험치 1이라도 더 챙기자!"

조금 전 상위종 거미를 잡고 번 경험치도 있었다. 여기서 죽어도 경험치는 거의 본전치기다.

만약 경험치가 다소 적자라도 여기까지 오면서 얻은 소재를 생각하면 남는 게 없는 장사는 아니다.

역시 이곳은 도전자의 전투력에 따라서 난이도가 변하는 던전이다. ☆3은 어디까지나 평균, 기준에 불과하다.

중견까지는 경험치를 벌 수 있는 던전이라고 생각했는데 어쩌면 그 이상, 최상급 난이도까지 대응하는지도 모른다.

보스방에 튀어나온 잡몹을 보고 문득 그렇게 깨달았다.

이 방의 보스가 여왕 거미인 건 틀림없었다.

그럼 지금 나온 개미는 대체 누가 낳았을까.

거미들의 보스로 여왕 거미가 있다.

그렇다면 적어도 개미들의 보스로 여왕개미가 있을 것이다.

만약 익명의 엘프 씨 파티가 더 강했다면 여기에 여왕 거미와 여왕개미가 함께 출현했을 가능성도 있다.

이 던전의 난이도는 아직 더 오를 여지가 남았다는 뜻이다.

"⋯⋯당분간 이 부근에서 플레이할 수 있게 돼서 다행이야."

거점을 변경한 가치가 있었다.

"온다!"

전투의 신호탄은 여왕 거미가 날린 독털침이었다.

"『사이클론』!"

하지만 털침을 날려 버릴 생각으로 쓴 마법으로는 궤도를 비트는 것이 고작이었다.

다행히 아무런 피해도 없었지만, 역시 지금까지 만난 거미보다 까다로웠다.

"미안한데 마법으로 막기는 어렵겠어!"

이렇게 되면 투사체 방어는 전열에게 맡기고 마법은 적을 확실하게 해치우기 위해 사용하는 편이 낫다.

주변 부하 거미들을 향해서 범위『불 마법』을 시전했다.

나무에 옮겨붙어 연기나 불에 휩싸이면 자기 무덤을 파는 꼴이다. 그래서 숲속에서는『불 마법』사용을 자제했었지만, 이런 광장이라면 조금쯤 써도 괜찮을 것이다. 부하들이 날리는 털침과 실을 공중에서 태워 버릴 수 있을지도 모른다는 속셈도 있었다.

불에 직격한 거미와 개미는 대부분 즉사해 무참한 사체로 변했다. 불에 타 소재로써의 가치는 잃었지만, 좌우지간 수를 줄이는 데 전념할 수밖에 없었다.

평소 같으면 전열 세 명이 보스를 막는 사이에 익명의 엘프 씨가 잡몹을 소탕하고, 홀로 남은 보스와 본격적으로 전투에 돌입한다. 이번에도 그럴 작정으로 공격을 이어갔지만, 아무리 공격해도 부하의 수가 줄어들지 않았다.

해치우지 못했기 때문이 아니었다. 경험치는 상당히 들어왔다. 그저 적이 꼬리에 꼬리를 물고 어디선가 나타나고 있을 뿐이었다.

본래 마법사는 결전 병기라서 이런 파상 공세에 대항하기에 적절하지 않다. 점차 쿨타임도 축적되어 사용할 수 있는 수단도 줄어들었다.

슬슬 MP 회복과 쿨타임 처리를 위한 휴식이 필요했다.

여왕은 전열이 어떻게든 막아 주고 있었다. 잡몹을 전부 처리하지 못해서 체면이 서지 않지만, 지금은 자존심이나 챙길 때가 아니었다.

익명의 엘프 씨도 꽤 잔뼈 굵은 VR 게이머였다. 마법 특화 빌드라도 비상시에 대비해 근접 무기를 가졌고 솜씨도 제법 능숙했다. 스킬이 없어도 검은 휘두를 수 있는 법이다.

STR은 낮지만, 공격을 버티는 것뿐이라면 불가능하지 않았다.

"잡몹을 다 처리하지 못했어! 미안!"

"그럼 포기하고 보스만이라도 잡자!"

"알았어!"

"그래!"

"오케이~!"

리더는 분명히 익명의 엘프 씨지만, 순간적으로 다음 방침을 세워야 할 때는 이렇게 누군가 의견을 내고 다른 멤버가 찬반을 표해 파티의 행동을 정하기도 했다. 이번에는 하루카의 발언에 전원이 찬성했다. 리더니 뭐니 해도 결국은 그냥 친구 4인방이었다. 실제로 누가 목소리를 내는지는 문제가 아니었다.

범위 마법은 대부분 재사용 대기 중이지만, 단일 대상 마법은 고스란히 남아 있었다. 보스만 해치우겠다면 잡몹의 공격을 버티면서 보스에게 마법을 쏘면 된다.

하지만 그게 말처럼 쉽지는 않았다.

어떻게든 잡몹의 공격에 대처하며 정신을 여왕에게 집중한 채 마법을 사용했다.

"『블레이즈 랜스』!"

허공에서 탄생한 화염의 창이 여왕을 향해 날아갔다.

"―."

그런데 여왕의 전방에 갑자기 똑같은 화염의 창이 나타나 익명의 엘프 씨에게로 날아들었다.

"뭐야, 마법?!"

두 화염은 서로에게 이끌리듯 중간 지점에서 충돌해 폭발했다.

『블레이즈 랜스』두 발 분량의 에너지가 주위로 퍼지면서 부하 거미들을 불태웠다.

"큭!"

"앗뜨거!"

피해를 입은 것은 아군도 마찬가지였다. 여왕 뒤에 있던 램프는 무사했지만, 나머지 두 사람은 약한 불 대미지를 입고 있었다.

벌레 마물이 마법을 쓴다는 이야기는 금시초문이었다. 다른 나라에 있다는 여왕개미 몬스터도 물리 공격만 한다고 들었다. 어느 나라인지 확실하지 않지만, 기사 NPC가 퇴치한 기록이 있다며 한 플레이어가 조사한 내용을 SNS에 올린 적이 있었다.

"―."

하지만 딴생각할 여유는 없었다. 여왕 앞에는 다음 마법, 단일 대상 『얼음 마법』이 준비되어 있었다.

"그그그, 『플레어 애로』!"

그러나 이것으로는 약하다. 완전하게 상쇄하기 어렵다. 그렇다고 이 짧은 시간에 『블레이즈 랜스』의 쿨타임이 끝날 리도 만무했다. 가까운 속성의 마법을 쓰면 또 상쇄하면서 주변에 피해가 발생하므로 선택지는 사실상 없다고 봐도 무방했다.

"으윽!"

아니나 다를까, 조금 작아지기는 했지만, 얼음 창은 화염 화살을 가르고 익명의 엘프 씨에게 직격했다.

마법 대결에서는 졌다. 애초에 상대는 아군 피해를 전혀 개의치 않지만, 플레이어는 그럴 수도 없었다. 처음부터 공평한 싸움이 아니었다.

"⋯⋯그나저나 벌레와 마법 대결을 할 줄은 생각지도 못했는데⋯⋯."

『치료』로 회복하면서 이동하며 다음 수를 생각했다. 다른 멤버도 회복해 주고 싶지만, 익명의 엘프 씨는 『회복 마법』까지는 배우지 못했다. 다른 마법과 쿨타임이 겹치는 것이 싫었기 때문이지만, 이럴 줄 알았으면 배울 걸 그랬다.

"하는 수 없지! 살짝 큰 거 쏠 테니까 피해!"

"오케이!"

대답한 사람은 쿠루미뿐이지만, 전원 고개를 끄덕이는 것을 확인하고 마법을 쐈다.

사용한 마법은 『번개 마법』인 『라이트닝 샤워』였다. 발동 위치를 여왕으로 지정한 범위 마법이므로 설령 상쇄해도 여왕 본인이 가장 큰 피해를 받게 된다.

또한, 이 마법은 범위 마법 중에서도 범위가 좁은 편이었다. 아군도 바로 이동하면 충분히 범위 밖으로 벗어날 수 있다.

"『라이트닝 샤워』!"

"좋아, 피했⋯⋯?!"

"아얏! 뭐야~?!"

"잠깐?! 발이!"

왠지 세 사람은 갑자기 제자리에서 넘어져 도망치려고 하지 않았다.

하지만 마법은 이미 발동해 버렸다.

그리고 여왕은 넘어진 세 사람을 내려다보고 크게 뒤로 뛰었다. 원래 『번개 마법』은 발동이 빨라서 보고 피하기는 거의 불가능하지만, 미리 말을 걸고 전열이 이탈하려는 움직임을 보인 탓에 경계한 모양이었다.

"윽!"

"꺄아!"

"찌리리리."

그 결과, 익명의 엘프 씨가 쏜 마법은 동료에게만 대미지를 주고 아무런 성과도 거두지 못했다.

"미안! 괜찮아?!"

그래도 여왕이 피신한 덕분에 동료들에게 달려갈 수 있었다. 그렇다면 『치료』로 대미지를 회복해 줄 수 있다. 포션도 함께 쓰면 전투를 이어 나갈 LP까지는 회복될 것이다.

여왕이 마법을 쓰기 시작하면서 부하들은 여왕 쪽으로 다가오려고 하지 않으니까 지금이라면 방해받지 않고 구할 수 있다.

"『치료』…… 그리고 포션. 혹시 모르니까 나도 MP 포션을 마시고……."

"고마워. ……그래도 이거, 이미 끝난 것 같은데."

"무슨 소리야?"

"우리가 왜 넘어졌겠어~."

"우리 발을 봐. 잘 안 보이겠지만, 땅에 고정됐어. 아마 여왕의 실 때문이겠지. 싸우면서 조금씩 뿌려 둔 거 아닐까."

그 말을 들은 익명의 엘프 씨가 퍼뜩 일어서려고 했지만, 땅에 닿았던 무릎이 떨어지지 않았다.

이 수준의 보스와 싸울 경우, 전열 세 명의 역할은 어그로 관리와 공격 받아내기였다. 그래서 파티가 어떻게 행동할지는 보스가 어떻게 행동하느냐에 달렸다. 만약 보스가 의도적으로 그녀들을 함정에 빠뜨리고자 했다면 그것도 불가능하지 않다는 뜻이다.

이게 PvP라면 그녀들도 경계했겠지만, 상대는 기껏해야 벌레 마물이었다. 그것들은 대체로 지능이 낮았다.

"……마법을 쓴 시점에서 눈치채야 했어. 마법 관련 판정은 대부분 INT에 영향을 받아. 마법을 쓴다면 어느 정도 INT가 있다고 전제하고 행동해야 했어."

더군다나 익명의 엘프 씨가 사용한 『블레이즈 랜스』와 거의 같은 위력의 마법을 썼다면 최소한 그녀와 비슷한 수준의 INT가 있다고 생각해야 했다. 몬스터의 INT와 사고능력에 연관 관계가 있는지는 알 수 없지만, INT란 인텔리전스의 약자로, 상식적으로 생각하면 지성을 뜻한다. STR를 올리면 무거운 물건을 들 수 있다고 증명됐으니까 INT를 올려 사고능력이 향상되어도 이상하지 않다.

다시 생각해 보면 거미 여왕인데 전혀 실을 뿜지 않았다.

하지만 그게 아니었다. 실은 뿜고 있었다. 다만, 그녀들이 바보같이 깨닫지 못했을 뿐이었다.

이런 보스가, 그것도 여러 마리가 지배하는 숲이라면 이 던전의 생환 확률이 낮은 것도 당연했다.

그리고 마물의 입장에서 플레이어를 살려서 돌려보낼 이유는 전혀 없다. 플레이어가 약하건 강하건 항상 이 여왕들이 나온다면 생환율은 낮은 수준을 넘어 0퍼센트가 됐을 것이다.

역시 평소에는 시스템상 행동이 제약되나 보다. 아마 일정 실력 이상의 플레이어가 일정 수 이상의 마물을 죽였을 때만 이 악몽이 해방되지 않을까.

기고만장하게 쳐들어온 상위 플레이어에게는 여왕의 응징이 기다리는 구조다.

여왕 거미는 더 이상 움직이지 못하는 네 사람에게 굳이 다가오려고 하지 않았다.

멀찍이 물러난 여왕 거미가 거대한 불덩이를 만드는 모습이 보였다. 저런 범위 마법을 연달아 쏘면 아마 이 파티로는 버틸 수 없을 것이다.

"뭐, 정보는 얻었으니까. 다음……이 언제가 될지는 모르겠지만, 조만간 공략해 줄게."

불이, 얼음이, 번개가, 바람이 익명의 엘프 씨 파티를 덮치고, 마지막에는 바위에 깔린 뒤 물에 씻겨 내려갔다.

제4장 벌써 악용되는 신규 서비스

구 힐루스 왕도, 그곳의 왕좌가 있는 알현실.

왕좌에 앉은 요로이자카 씨 무릎 위에서 레아가 천천히 눈을 떴다.

"……후후. 속이 시원해."

아주 상쾌한 기분이었다.

그 엘프 여자는 레이드에서 레아를 가리켜 마법 특화니 뭐니 하며 착각하던 플레이어였다.

그렇게 마법이 좋다고 하니 마지막은 마법으로 보내 줬다. 그녀도 만족했으리라.

그 엘프 파티와 싸운 퀸 아라크네아는 레아가 조종하고 있었다.

처음에는 시각과 청각만 빌릴 생각이었지만, 그녀들의 전투를 보는 사이 몸이 근질근질해지는 바람에 살짝 억지를 부려서 몸까지 빌려 버렸다.

정신을 통째로 권속 안으로 『소환』해 제어권을 빼앗아도 그 상태에서 사용할 수 있는 스킬은 해당 권속이 배운 것뿐이었다.

퀸 아라크네아가 배운 마법은 그다지 강력하지 않은 속성별 단일, 범위 공격 마법뿐이라서 능력치 보정을 포함해도 엘프녀의 마법과 상쇄하는 게 고작이었다. 하지만 실을 이용해 함정을 파서 일방적으로 공격하는 상황을 만들어냈다.

퀸 아라크네아에게도 좋은 공부가 되었으리라. 그녀들은 INT를

우선적으로 올렸지만, 수치로 나타나지 않는, 학습을 통한 성장 또한 무시할 수 없었다.

SNS의 구 힐루스 왕국 공략 스레드를 들여다보자 방금 그 엘프로 추정되는 플레이어가 바로 글을 올리고 있었다. 그녀가 가끔 SNS에서 보이던 「익명의 엘프 씨」인가 보다. 웃기지도 않은 이름이다.

레아가 바라던 대로 그녀는 난이도 가변 던전이라는 자신의 가설을 잘난 척 떠들어 댔다.

관리는 퀸들에게 위임했지만, 방침은 「익명」이 말한 대로 진행할 예정이니까 그 점에서 그녀의 주장은 틀리지 않았다.

그저 **특정 도전자**에 한해서 실력과 관계없이 난이도가 최고치로 급등할 뿐이었다.

레아는 던전이 매우 원활하게 작동해서 만족했다. 첫날치고는 나무랄 곳이 없었다.

물론 아직 라콜린느 말고는 손님이 없지만.

"……☆4 정도면 손님이 올까? 토레와 리베는 중요 거점이니까 타협할 수 없지만……. 왕도는 조금 내려도 문제없겠지? 내가 있는데 ☆4이면 부자연스럽나? 애초에 내릴 수도 없으려나."

레아가 왕도에 없으면 괜찮을지 모른다.

하지만 그럴 경우, SNS에 직접 글을 쓰지 않고 플레이어들에게 부재를 알릴 필요가 있다.

SNS에서 어필할 수 없다면 어딘가 눈에 띄는 곳에 「재앙」으로서 모습을 드러내는 수밖에 없다.

그리고 지금 가장 눈에 띄는 곳이라면 바로 던전이다.

인기 있는 던전에 얼굴을 비추거나 아예 그 던전을 제압해 버리고 잠시 그곳에 눌러앉는다.

그에 병행해 왕도의 난이도가 ☆4이 되도록 조정하여 플레이어의 방문을 촉진한다.

"그럼 첫 번째 문제는 어느 던전으로 가느냐, 겠지."

던전이라는 이름으로 불리지만, 딱히 입구로만 출입할 수 있거나 내부 공간이 외부와 단절되는 등 특수한 법칙은 없었다. 애당초 「던전」 자체가 공식 명칭조차 아니었다.

동굴형이면 몰라도 숲이나 도시처럼 열린 공간은 하늘을 날아서 보스가 있을 만한 곳으로 직접 접근하면 그만이다.

"그럴 거면 역시 울루루를 투하하고 싶어. 화려하게."

분명 그것만으로 어떤 던전이든 공략할 수 있다.

아니, 하지만 목적은 던전 공략이 아니지 않던가.

레아가 눈에 띄어 구 힐루스 왕도에 재앙이 없다는 사실을 어필하는 것이 주목적이다.

그렇다면 신설 안전 구역 근처, 플레이어들이 일반적으로 이용하는 입구로 들어가는 편이 낫다. 평범하게 던전을 공략하는 편이 목적에 부합한다.

"다음은 『재앙』이 다른 던전을 공격하는 이유를 지어내야겠지."

플레이어님들께선 스토리 같은 설정 놀음을 좋아하는 눈치니까 그럴싸한 동기를 가지고 행동하는 편이 나을 듯했다.

그것을 군이 공개할 필요는 없다. 단, 물어보면 대답할 수 있게 준비하고 물어보지 않으면 말하지 않는다. 이상하다 싶으면 그들이 알아서 억측하고 이유를 갖다 붙일 것이다.

SNS에 올라온 전이 장소 목록, 그리고 구 힐루스와 오랄의 지도를 보면서 생각했다.

힐루스는 무개성이 개성이라고 할 만큼 특징이 없지만, 입지나 환경적 불안 요소도 없는 축복받은 나라다. 아니, 축복받은 나라였다. 국토도 평균적인 넓이였다.

그에 비하면 오랄은 국토가 조금 더 넓고 대륙 중앙부를 점한 나라다. 과거 어떤 연유로 이 나라가 구 통일 국가의 수도를 차지했는지는 알 수 없지만, 그 덕분에 이곳은 대부분의 나라와 국경을 맞대고 있다. 그러나 국경에는 마물의 영역이 펼쳐진 곳이 많고, 국토가 넓은 만큼 힐루스보다 국내에 많은 마물의 영역이 존재했다.

그 영역의 위험도도 높으며, 그래서인지 힐루스보다 우수한 기사도 많다고 한다.

현재 그 기사 대부분을 장악한 라일라는 국가 운영의 일환인지 뭔지로 SNS의 전이 목록에 실리지 않은 영역을 공략하고자 군대를 보냈다고 들었다. 목록에 나오지 않은 영역이라면 플레이어에게 들키지 않고 제압할 수 있다는 이유였다.

"만약 라일라와 내 얼굴이 닮았다는 사실이 들키면 원래 혈연이었다는 스토리로 간댔나? 라일라가 휴겔컵 영주니까 그 인근 던전에 시비를 걸면 뭔가 동기가 있어 보일까……?"

"원래 라일라 님과 자매라고 하셨으니 무의식중에 잃어버린 육친의 온기를 찾는다는 이야기는 어떠신지요?"

지크의 제안이었다. 이야기를 듣는 중간부터 스스로 이맛살이 찌푸려지는 것이 느껴졌다.

심정적으로는 받아들이기 힘들지만, 설득력이 아예 없지는 않았다.

"……디아스 단장이 보면 바로 잔소리할 것 같은 표정을 짓고 계십니다. 한 가지 더 말씀드리자면, 인간들은 리베 대삼림을 나온 『재앙』이 거의 일직선으로 서쪽으로 날아가 이 왕도를 함락했다고 인식했을 것입니다. 그렇다면 처음부터 목적은 이 왕도가 아니라 더 서쪽에 있는 오랄이었다는 인식을 심어 주면 이곳보다 서쪽에 있는 던전을 공략할 이유가 되지 않겠습니까?"

나쁘지 않은 의견이었다.

웨인 파티에게는 「힐루스 왕도가 아름다워서 손에 넣고 싶어졌다」라고 설명했었다.

그것 자체는 딱히 거짓말도 아니지만, 애초에 왜 왕도가 보이는 곳까지 이동했는지는 딱히 물어보지 않아서 답하지 않았다.

레아는 플레이어이기 때문에 사실 대단한 이유는 없었다. 가능할 것 같아서 해 봤다는 정도였다.

하지만 NPC라면 더 강한 동기가 있는 것이 자연스럽다.

그 동기가 서쪽으로 가는 목적이며 그 과정에서 우연히 왕도를 발견하고 지배했다. 그렇게 시나리오를 써야 『재앙』의 행동에 나름의 일관성이 생긴다.

서쪽으로 향하던 이유는, 내키지는 않지만, 라일라를 찾으러 가고 있었다고 하면 충분할 것이다.

"……알았어. 지크의 의견을 채용할게. 힐루스 왕도에서 서쪽에 있는 던전이라면…… 오랄 영토에 들어가기 전에 하나 있네. 근처에 도시도 있는 것 같아. 목록을 보면 여기는 ☆1인 저난이도 던전 같은데……. 내가 NPC라면 난이도에 따라서 공격할 곳을 선별하는 것도 부자연스러우니까 순서대로 공격하는 수밖에 없나."

가는 김에 도시도 멸망시킬 수 있겠지만, 이 ☆1 영역을 앞으로 레아가 관리하려면 여기에 평범한 도시가 있는 편이 고마웠다. 그도 그럴 게 이미 근처에 다른 도시가 남아 있지 않았다.

"던전 이름은【튀어 초원】인가."

게임을 막 시작한 초보자가 이 도시— 리플레를 거점으로 튀어 초원에서 사냥하고 실력과 자신감이 붙으면 다른 도시로 여행을 떠난다.

한때는 리베 대삼림과 그 옆 초원에서도 벌어지던 일이었다. 그 초원은 딱히 이름도 없고 지금은 대삼림에 통합되어 마굴로 변했지만.

여기서 또 초보자용 필드를 제압하자니 살짝 양심에 찔리기도 했다.

그러나 제2회 이벤트의 셋째 날 이전부터 게임을 시작한 플레이어라면 그 이벤트로 대륙의 파워 밸런스가 엉망이 됐다는 건 알 것이다.

그중 가장 엉망이 된 곳은 두말할 필요 없이 힐루스 왕국이었다. 이 지경에 이르고도 구 힐루스의 초보자 필드가 살아나기를 기대하는 플레이어는 아무도 없으리라.

전이 서비스가 추가된 뒤 이 던전을 찾아온 재수 없는 플레이어가 있을지도 모르지만, 구태여 검증도 되지 않은【기타】지역 던전을 골랐으니까 이 또한 본인 책임 아닐까.

레아가 말할 처지는 아니지만, 굉장히 잘 알려진 레이드 보스가 있는 나라였다. 이건 오는 사람이 잘못됐다.

물론 레아도 그 초원에 계속 머물 생각은 없었다. 용무를 마치면 적당히 약한 권속에게 관리를 맡기고 다시 ☆1으로 되돌려줄 생각이었다. 잠깐 깽판은 놓겠지만, 금방 고쳐 주면 불만은 없으리라.

먼 옛날에도 3초 룰이라는 관습이 있었다고 전해지니까 냉큼 밀어 버리면 괜찮지 않을까?

◆ ◆ ◆

원정은 요로이자카 씨를 입고 가기로 했다.

재앙이 왕도를 비웠다는 사실을 강조하고 싶다면 여기에 대역을 둘 필요가 없기 때문이었다.

다른 동행자는 고민 끝에 스가루를 데리고 가기로 했다.

☆1 필드에 재앙급이 둘이나 가는 건 과해도 너무 과하지만, 스가루는 쭉 리베 대삼림을 지키고 있었다. 이렇게 밖으로 나갈 일이 거의 없으니까 가끔은 괜찮으리라.

게다가 스가루라면 스스로 비행할 줄 알고 어떤 여정이든 대응할 수 있다.

그동안 라콜린느 숲은 퀸 아라크네아에게 맡기면 된다.

이미 해는 완전히 저물었다.

눈에 띄는 것이 목적이므로 도착해도 던전 침공은 해가 뜬 뒤에 시작하겠지만, 도시나 영역 주변도 돌아보고 싶어서 일찌감치 목적지로 출발했다.

레아는 동도 트기 전에 리플레에 도착했다. 이 도시는 거리상 라콜린느보다 가까웠다. 비행으로 직접 이동하면 시간은 그다지 걸리지 않는다.

하늘에서는 드문드문 마을의 불빛이 보였다.

육안으로도 마안으로도 밝게 보이니까 아마 마법으로 작동하는 아이템일 것이다.

"가로등을 보니까 안심돼. 치안이 제법 좋은 도시 같아."

도시 너머에 펼쳐진 광대한 토지가 아마 튀어 초원일 것이다.

레아의 지식에서 가장 가까운 이미지를 찾자면 우기의 사바나일까. 단, 이 지방에 건기가 있다는 이야기는 못 들었으니까 아마 1년 내내 이런 상태일 것이다.

도시에서도 초원에서도 조금 떨어진 곳에서 야영 준비를 했다. 그래도 야영이 필요한 사람은 로그아웃하는 레아뿐이며 요로이자카 씨와 스가루는 수면을 위해서 별다른 준비가 필요 없었다.

스가루는 본바탕이 개미인지라 짧게 끊어서 자면 되고 마법 생물인 요로이자카 씨도 마찬가지였다.

요로이자카 씨는 전혀 움직이지 않고 정지해 있어도 지치지 않는다. 식사도 필요하지 않다. 이러한 점으로 미루어보면 사실 수면도 필요하지 않을 터였다. 그런데도 수면 패턴이 설정된 이유는 아마 리스폰 지점을 등록하는 등 이 게임에서 「수면」이라는 행위가 중요한 의미를 갖기 때문일 것이다. 추측건대 그 몇 분의 수면이 게임 내 수면의 최소 단위가 아닐까.

『땅 마법』으로 바닥에 적당히 구멍을 뚫고 거기에 쏙 들어가도록 요로이자카 씨를 앉혔다.

레아는 요로이자카 씨 내부에 들어간 채 로그아웃했다.

그리고 다음 날 아침, 게임에서 해가 떠오를 무렵 로그인했다.

구멍에서 나오기 전에는『위장』으로 모습을 감췄다.

스가루는 모습을 감출 수 없지만, 하늘에서 레아가 요로이자카 씨와 함께『위장』을 사용한 채 스가루를 등에 업으면 지상에서는 보이지 않는다. 위에서는 훤히 보이겠지만.

레아는 햇빛을 받은 도시를 하늘에서 내려다봤다.

밤에는『마안』으로 봤지만, 요로이자카 씨 안에 있으면『시력 강화』를 가진 요로이자카 씨의 시야로 보면 되기 때문에 아주 전망이 좋았다.

아직 이른 아침이건만 벌써 초원에 도전하는 플레이어들이 있었다.

노력하는 모습이 참으로 가상하지만, 자세히 보니 활동 방식은 두 종류로 나뉘는 듯했다.

도시 안에서 초원으로 온 자들과 도시 밖에서 온 자들이었다.

도시 밖에서 온 자들은 아마 전이 서비스로 추가된 안전 구역【튀어 초원】에서 왔을 것이다.

전이 장소가 이 도시라면 목록에는【리플레】라는 이름으로 등록됐겠지만, 목록에 실린 곳은【튀어 초원】이었다. 다시 말해 도시와는 별개로 안전 구역이 새로 생겼다는 뜻이었다.

"―응? 그렇다면."

튀어 초원으로 오는 전이는 공지된 대로 일방통행일 테지만, 리플레에서는 다른 던전으로 갈 수 있을 것이다.

즉, 튀어 초원으로 전이한 사람은 리플레까지 조금만 걸어가면 바로 다른 곳으로 전이가 가능하다.

인벤토리에서 지도를 꺼냈다.

SNS에 올라온 전이 목록과 구 힐루스 지도를 비교해 보니 그 조건에 합치하는 도시는 이곳 리플레뿐이었다.

게다가 라일라한테 갔을 때 슬쩍한 오랄 왕국 지도를 꺼내 보니 이와 같은 도시는 오랄에도 한 군데밖에 없었다.

"이런 도시끼리는 전이로 마음대로 오갈 수 있어. 이거 잘못하면 왕도 이상으로 번성하겠는걸. 물론 플레이어가 이용한다는 전제하에."

그야말로 개발진이 번영을 약속한 땅이었다.

구 힐루스와 오랄에 딱 하나씩만 있다면 아마 초보자, 저랭크 플레이어를 위한 구제 장치나 서비스로 설정된 예외적 조치일 것이다.

하지만 어느 시대든 어떤 게임이든 이런 초보자를 위한 특수한 조정은 대개 고인물들에게 악용되어 지옥이 펼쳐지게 마련이다.

이튿날에 이 도시를 알게 된 건 행운이었다.

틀림없이 레아 말고도 이 사실을 알아차린 플레이어가 있겠지만, SNS에서 화제가 되지 않는 것으로 봐서 그들도 입을 다물고 있는 듯했다.

시스템 메시지를 보면 운영진이 유통 구조 파탄을 우려하는 건 명백하며, 전이한 곳에서 다시 전이하지 못하게 막은 이유도 그 때문으로 추정됐다.

하지만 이곳과 같은 입지 조건을 가진 도시가 각국에 하나씩 있다면 밀수는 식은 죽 먹기다.

누군가가 그런 장사를 대대적으로 시작하면 운영진이 수정할지도 모른다. 이 꼼수를 깨달은 플레이어는 그렇게 되지 않도록 함구하는 것일 수도 있었다.

"……나중에 레미와 라일리를 불러서 이 도시에 건물을 사자. 아니야, 아예 케리와 마리온까지 불러서 네 명을 총동원해 부동산 투기나 할까. 지금은 왕도 귀족 저택에서 얻었으니까 머니 파워로 이 도시를 장악하는 거야."

또 레아만 다른 장르의 게임을 하는 패턴이었다. 아니, 이미 깨달은 플레이어가 있을 가능성을 고려하면 레아만이라고 단정할 수는 없었다.

하지만 아직 플레이어보다 NPC가 압도적으로 경제력에서 앞서는 지금, 땅을 사기 위해서는 대출을 받아야 한다. 몇 달 전 불쑥 이 세계에 나타난 플레이어에게 신용이 있어 봤자 얼마나 있겠는가. 플레이어가 빌릴 수 있는 돈은 많지 않다.

이미 플레이어가 선점한 곳이 있더라도 끽해야 몇 군데나 될까. 그 외의 모든 토지를 사들이면 그만이다.

지금 당장 땅과 건물이 필요한 건 아니니까 돈을 얹어 줘서 권리만 매입한 뒤 주민은 그대로 세입자로 거주하도록 두면 된다. 집을 팔아도 그대로 살 수 있어요, 라는 시스템이다. 수십 년분의 임대료보다 가격이 훨씬 비싸면 흔쾌히 팔아 줄 것이다.

아니면 주민을 권속으로 만들어도 된다. 물론 전부 권속으로 만들면 다른 문제가 생기니까 인원을 추려야겠지만.

던전을 침공하기 전에 할 일이 생겼다. 케리 일행에게 연락해서 작전 개요를 설명하고, 성의 보물고에서 최대한 금화를 긁어 오라고 시켜야겠다.

◆ ◆ ◆

"그럼 가능한 한 플레이어라는 자들에게 들키지 않게 이 도시를 막후에서 지배하면 될까요?"

"막후에서 지배? 그렇게까지 할 생각은 없는데. 그래도 토지를 확보한다는 건 그런 의미인가."

케리 일행을 『소환』으로 불러내서 계획을 설명했다.

하는 김에 어제 하루 사이 얻은 경험치도 사용해 네 명 모두 『사역』까지 습득시켰다.

이런 곳에 쓸 예정은 없었지만, 선행 투자다. 절약만이 능사는 아니니까.

"방식은 맡길게. 『사역』을 위주로 사용해 자금을 아껴도 좋고, 평범하게 돈을 뿌려서 거래해도 돼. 아, 그래도 영주와 그 주변 인물은 일단 지배해 둘까. 영주는 내가 지금 가서 지배할 테니까 나머지는 알아서 해."

"알겠습니다."

"플레이어에게 들키지 말라고 말했지만, 던전 외의 목적으로 이 도시에 머무는 플레이어가 얼마나 되는지 모르니까 최대한 노력만 해 줘. 오히려 절대로 알려지면 안 되는 건 너희가 내 지시로 움직인다는 사실이야. 나와의 관계만 들키지 않는다면 솔직히 다른 건 다 사소한 문제야."

가능하면 다른 나라의 이런 도시 — 편의상 포털이라고 부르겠다 — 도 어느 정도 지배하고 싶지만, 어디에 있는지 알 수 없고 솔직히 손이 너무 많이 간다.

나라당 하나라는 추측이 맞다면, 이 도시를 장악하면 대륙의 포털 중 6분의 1을 장악했다는 뜻이니까 너무 욕심을 부릴 필요는 없으리라.

나라라는 형태는 잃었지만, 다행히 플레이어 사이에서 구 힐루스 왕국은 수요가 많았다. 정보가 알려진 레이드 보스와 특수한 던전 덕분이었다. 즉, 전부 레아 덕분이다.

그렇다면 이 포털은 레아가 지배하는 것이 도리며, 그런 인기 지역의 포털을 지배했으니까 만족할 줄도 알아야 한다.

"그럼 던전으로 가기 전에 영주한테 인사나 할까."

구 힐루스의 귀족은 오랄 귀족보다 말귀를 더 잘 알아듣는지『매료』만으로 금방 얌전해졌다.

라일라의 이야기가 사실이라면 귀족은 모두 노블 휴먼이다.

영주와 부인, 딸과 아들 네 사람을『사역』하고, 내친김에 집사장으로 보이는 초로의 남성도『사역』했다. 영주에게『매료』를 거는 모습을 봤기 때문이었다.

처리해도 됐겠지만, 만약 정말로 집사장이라면 영주의 업무나 저택 관리에 지장을 줄 수 있었다.

저택의 주인 일가와 집사장을 장악했으니까 이 가문은 레아의 지배하에 들어왔다고 해도 과언이 아닐 것이다.

"안녕, 스가루. 오래 기다렸지? 슬슬 던전으로 갈까."

〈용무는 마치셨습니까?〉

"내가 할 일은."

남은 일은 영주와 케리 일행에게 맡기면 된다.

예정에 없던 일을 하느라 출발이 꽤 늦어졌지만, 반대로 그 덕분에 던전 주변에는 플레이어가 늘어나 있었다. 이만큼이나 있으면 몇 명은 SNS에 글을 올릴 것이다.

"가는 건 좋은데, 던전 제압은 구체적으로 어떻게 해야 하지?"

〈위에서 마법으로 융단 폭격을 가하시겠습니까?〉

"아니, 여기 나중에 우리가 관리해야 해."

초원 던전을 황무지로 만들어 버릴 수는 없다.

"평범하게 걸어서 공략해 보자."

입구로 인식되는지 플레이어가 많이 모인 영역 끝부분에 레아가 착지했다.

『위장』은 하늘에서 해제해 뒀다.

눈에 띄려고 일부러 속도를 붙여 낙하한 탓에 상당히 큰 소리가 났다. 흙먼지도 피어올라 요로이자카 씨의 모습을 가렸다.

그 직후 스가루가 요로이자카 씨 앞에 조용히 착지했다.

스가루는 등에 달린 날개를 털어 주변의 흙먼지를 걷었다.

시야가 트이자 놀라는 플레이어들이 보였다.

난데없이 하늘에서 3미터나 되는 전신 갑옷과 벌레 마물이 뚝 떨어졌으니까 놀랄 만도 하다. 스가루도 키는 2미터 가까이 됐다. 상당히 위압감을 주는 모습이었다.

"······엥, 저거 뭐야? 누구야? 몬스터?"

"무슨 이벤트인가? 누가 일으켰어? 짚이는 사람 없어?"

플레이어들은 태평하게 레아 일행을 쳐다봤다.

'힐루스를 멸망시킨 재앙인데 아무도 못 알아볼 줄이야.'

그렇게 생각했지만, 이곳은 초보자용 필드였다. 레이드 보스의 생김새를 알아보는 플레이어는 적을 것이다.

어쩌면 레아가 요로이자카 씨에게서 나오면 알아보는 사람이 있을지도 모른다.

하지만 그건 좀 지나친 자기 과시라는 생각도 들었다. 솔직하게 말하면 부끄럽다.

〈시끄럽네요. 처리할까요?〉

〈아니야, 놔둬. 우리를 공격하려는 의도가 보이면 처리해도 되지만. 일단 가자.〉

이 플레이어들도, 이 필드에 출현하는 마물도 이제 와서 죽인들 거의 경험치를 주지 않는다. 상대하는 시간이 아깝다.

레아가 이 영역을 지배한 뒤, 이 플레이어들이 그 사실을 SNS에 올리면 재앙을 아는 사람이 알아서 눈치채고 동네방네 떠들어 줄 것이다. 굳이 여기서 자기소개를 할 필요는 없었다.

스가루와 레아는 플레이어들을 무시하고 걷기 시작했다.

아직 무슨 이벤트로 착각하는지, 입구 앞에 있던 플레이어는 대부분 레아 일행 뒤를 쫓아왔다. 던전에서 이런 행위가 용인되는지 모르겠다. 아마 스틸이라고 불리는 비매너 행위가 아니던가.

하지만 레아는 딱히 이 던전의 사냥감에 관심이 없었다. 하이에나가 어슬렁거리든 말든 아무래도 상관없었다.

　조금 걸어가자 땅속에서 무언가가 튀어 올랐다.

　커다란 카피바라인가 싶었는데 자세히 보니 두더지였다.

　스가루가 말없이 요로이자카 씨 앞을 막아서서 맨손으로 내려쳤다.

　두더지는 몸이 깊이 찢겨 피범벅이 된 채 풀밭에 처박혀 죽었다.

　〈땅속에는 이 생물이 판 굴이 수없이 뚫려 있는 듯합니다.〉

　스가루가 더듬이 같은 것을 떨면서 보고했다. 저 부위로 땅속의 상태를 파악하나 보다. 능동 소나 같은 원리일까?

　〈이 두더지 때문에 나무가 제대로 자라지 못하는 건가? 두더지가 너무 커서 나무는 뿌리를 내리지 못하지만, 반대로 풀은 두더지 굴 위에 뿌리를 내려서 번식하나.〉

　그렇다면 두더지를 퇴치하면 이 초원을 숲으로 바꿀 수 있을지도 모른다.

　아니면 땅속 구멍을 그대로 이용해 초원 전체를 개미굴로 만들어도 된다.

　〈의외로 우리에게 어울리는 필드일지도 몰라. 좋아, 공병 개미를 몇 마리 풀자.〉

　〈알겠습니다.〉

　스가루가 엔지니어 앤트를 다섯 마리 『소환』했다.

　〈가세요. 만약 적 리더로 생각되는 개체를 발견하면 접촉하지 말고 보고하세요.〉

　공병 개미들은 명령이 떨어지기 무섭게 흩어졌다. 그리고 구멍을 발견했는지는 모르겠지만, 순식간에 땅속으로 모습을 감췄다.

스가루는 똑같이 다섯 번 더, 총 서른 마리의 공병 개미를 초원에 풀고 레아에게 고개를 숙였다.

〈수고했어. 그런데 왜 적 리더는 남겨 둬? 이길 수 있다면 그냥 개미한테 맡겨도 될 것 같은데.〉

〈……사실 제 욕심입니다. 저는 전투 경험이 거의 없습니다. 그래서 저급하더라도 영역을 지배하는 마물이라면 실력을 시험하기 좋겠다고 생각했습니다.〉

잊고 있었다. 그러고 보니 전생만 시키고 스가루의 전투 능력을 조사하지 않았다.

이 영역 보스 정도로는 연습 상대도 되지 못하겠지만, 아무것도 안 하는 것보다는 나을 것이다.

〈그럼 기왕 나온 김에 전투는 전부 스가루에게 맡길게. 플레이어들도 죽여도 돼.〉

마침 뒤쪽에서 플레이어들의 당혹스러운 목소리가 들렸다.

"와, 전혀 이해가 안 되는데. 대체 무슨 이벤트지?"

"뭐야, 어떻게 된 거야? 개미 대장이 초원에 쳐들어온 거야?"

"그럼 저 갑옷은? 아무리 봐도 개미가 아니잖아."

"개미를 이끄는 커다란 갑옷…… 어디서 들은 것 같은데."

뒤를 돌아봤다. 그러자 플레이어들이 반사적으로 한 걸음 물러섰다.

"……여기 본다……."

"……앗, 정말이네. 조졌다, 이거."

"어? 뭐야뭐야뭐야."

"지금 친구한테 들었는데, 이거 그거야. 레이드 보스. 힐루스 왕국이라는 나라 멸망시킨 녀석."

"SNS에 적혀 있던 그거! 진짜야?! 그게 왜 여기서 나와!"

사실 처음에 등장했을 때 이런 반응을 원했지만, 초보니까 어쩔수 없다.

그들에게는 미안하지만, 여기서 돌발 레이드 보스전을 치러줘야겠다.

숫자는 일전의 왕도 레이드 파티와 비슷한 수준이었다. 문제는 없으리라.

"스가루. 이 시끄러운 인간들을 처리해 줘."

알기 쉽게 전투의 시작을 알리고자 일부러 육성으로 명령했다.

〈알겠습니다.〉

"헉! 뜬금없이 레이드전?!"

"뭐야! 누가 이벤트 일으켰어!"

"누구든 무슨 상관이야! 잘잘못 따질 때냐! 일단 싸워! 탱커, 앞으로 나와줘!"

초보자뿐이라고 생각했는데 중급자 같은 플레이어도 몇몇 섞인듯했다.

누가 후방 지원을 해 줄 지인이라도 데리고 왔나 보다.

이 게임은 명확한 파티나 동맹 시스템이 없어서 초보의 사냥을 도와주기가 비교적 쉬웠다. 파티로 묶여 경험치가 분산되지 않기 때문이다. 고수가 초보자를 따라다녀도 전투에 개입하지 않으면 경험치는 고스란히 초보자의 몫이다. 그러다가 위험할 때만 도와주면 된다.

이 중급자 같은 플레이어들도 그럴 목적으로 여기 왔을 것이다.

스가루는 탱커들이 허둥지둥 앞으로 나올 때까지 기다려 줬다. 이 정도의 적을 기습으로 이겨 봤자 의미가 없다고 생각했나 보다.

진형을 갖춘 탱커들이 방패를 들고 공격에 대비했다.

우선 스가루의 공격을 방어한 뒤 공격할 틈을 찾으려는 속셈일까.

급조한 파티일 테고 처음 보는 보스에게 신중해지는 마음은 이해하나, 너무 소극적인 대응이었다. 공격을 막는 것도 중요하지만, 정보가 없는 상대에게 이길 생각이라면 애초에 공격할 기회를 주지 않겠다는 각오로 덤벼야 한다.

한편, 스가루는 방어를 하건 말건 개의치 않고 플레이어들에게 걸어가서 방금 두더지를 잡았을 때처럼 전열을 손으로 후려쳤다.

"윽!"

"묵직해!"

날아갈 정도는 아니지만, 공격받은 전열이 충격에 밀려 나동그라졌다.

방패가 완전히 찢어진 자와 상처는 생겼지만 막아낸 자가 있었다. 방패의 소재 차이일까. 아니면 뭔가 방어 스킬이라도 있는 것일까.

공격 직후의 경직을 노렸는지 스가루에게 마법이 몇 발 날아들었다.

불 속성의 단일 대상 마법이었다. 단일 마법은 명중률이 높고 사정거리 내에서 목표를 노리면 웬만해선 맞는다.

하지만 반드시 명중하지는 않는다. 거의 본 적 없는 경우지만 마법보다 대상의 속도가 더 빠르면 당연히 피할 수 있고, 장애물에 숨어서 맞지 않는 경우도 있다.

이번에는 둘 다였다. 스가루는 방패를 잃고 쓰러진 탱커를 잡아 그 몸으로 마법을 막았다.

"크아아!"

스가루는 방패로 쓴 플레이어를 던져 버렸고 그는 곧 빛이 되어 사라졌다.

그 광경을 얼떨떨하게 바라보던 탱커 중 하나를 스가루가 밟아 으깼다.

다른 탱커가 식겁하며 일어나서 거리를 벌렸다.

"—."

뭘 발동했는지 모르겠지만, 물러선 탱커들이 작열하는 불길에 휩싸였다. 스가루의 범위 마법이었다. 목소리를 내지 못하는 캐릭터는 어떤 원리로 마법을 발동하는 것일까.

스가루는 오픈 베타 초기부터 쭉 곁에 있어 준 캐릭터였다.

실험용으로 경험치를 투자한 적도 있고 부하를 강화할 목적으로 능력치도 많이 올렸다.

종족의 등급도 레아와 동급이라고 해도 무방했다. 레아의 부하만 아니었다면 지금쯤 열 번째 재앙이 됐을지도 모른다.

그런 스가루가 사용한 마법을 초보자, 좋게 봐도 중급자 정도의 플레이어가 견딜 수 있을 리 없었다. 살짝 뒤에서 간을 보던 근접 딜러들까지 죄다 숯덩이가 되어 사라졌다.

"진짜 레이드 보스잖아! 이벤트 아이템 없이 못 이기는 몹 아냐?!"

"잠깐잠깐잠깐, 그건 아니지! 레이드 보스는 뒤에서 팔짱 끼고 구경하는 녀석이잖아! 이건 그냥 전초전이야!"

"그보다 벌레면서 불 공격을 해……? 그럼 물 마법이 더 잘 먹히나……? 아니면 얼음?"

"일단 SNS에 퍼뜨렸어! 조금만 버티면 심심한 천상계 유저들이 와 줄지도 몰라!"

전이 서비스가 시작된 지 이틀째였다. 최상위권 플레이어는 대부분 다른 던전을 공략하거나 적어도 근처 안전 구역으로 전이했을 것이다. 그곳에서 재전이할 수 없는 이상, 금방 이곳으로 올 수는 없다.

하지만 와 준다면 당연히 두 팔 벌려 환영할 생각이었다. 최상위권 플레이어라면 저번 레이드 멤버도 올지 모르니까.

〈스가루. 손님이 더 오려나 봐. 고블린이 자주 하는「동료를 불렀다!」같은 거야. 잠시만 기다려 주자고.〉

〈예, 보스.〉

요로이자카 씨 안에서 몰래 SNS를 확인했다.

퍼뜨렸다는 말이 사실인지 그들은 제법 많은 스레드에 글을 올렸다.

'그다지 반응이 좋지 않네.'

어느 스레드도 그들의 글에 별로 호의적인 반응을 보이지 않았다.

개중에는 여러 스레드에 동시에 글을 올린 점을 지적하며 분탕이라고 주장하는 사람도 있었다.

상황을 보니 이곳에 새로운 플레이어가 올 가능성은 적어 보였다.

그때 웨인의 부름에 많은 플레이어가, 그것도 최상위권으로 불리는 플레이어가 집결한 이유는 역시 이벤트였기 때문일까.

반면, 지금 상황은 어쩌냐면 이벤트 기간과 달리 죽으면 경험치를 잃는다.

심지어 이벤트 아이템 — 이라고 플레이어들이 믿는 아티팩트 — 가 없어서 승률이 낮다.

공격받은 장소도 초보자용 저난이도 던전이었다. 모르는 사람에게는 마물끼리 영역 다툼을 하는 것으로밖에 보이지 않고, 가만히 놔둬도 플레이어와 인류 NPC에게는 직접 피해를 주지 않는다.

굳이 피해자를 꼽자면 지금 싸우는 플레이어 전원이지만, 게임을 시작한 지 얼마 되지 않았으니까 경험치를 잃어도 금방 벌 수 있다. 합리적으로 생각해서 사망 페널티가 큰 베테랑이 목숨 걸고 도와줄 가치는 없다.

최악의 경우, ☆1 던전이 하나 사라지거나 난이도가 폭등하겠지만, ☆1 던전 따위 여기 말고도 많이 있다. 굳이 이곳에 집착할 이유는 없다.

'이 도시와 던전의 가치를 깨달은 사람은 상황이 변하는 게 달갑지 않겠지.'

하지만 그런 계산을 할 줄 아는 사람이라면 승산이 낮다는 것쯤 생각하지 않아도 알 수 있다. 지금은 손절이 현명한 선택이다.

"······공격이 멎었어?"

"······왜?"

"뭐든 상관없어! SNS는 어때?!"

"분탕 취급이야! 젠장! 누가 좀 옹호해줘!"

기다려 주는 사이에 진형을 다시 갖추거나 전략을 짜면 될 텐데 그들은 상위 플레이어의 도움을 기다리는 게 최우선인 모양이었다.

명확한 레벨 개념이 없는 이 게임에서는 어떤 빌드인가, 그 수단을 써서 어떻게 대처하는가가 캐릭터의 강함을 결정한다. 경험치 총소비량으로 어느 정도 판단할 수 있다지만, 그건 어디까지나 하나의 척도에 불과하다.

이 플레이어들은 언제까지 자신을 「도움받아야 할 초보자」로 정의할 생각일까.

⟨기다리는 건 상관없지만, 지금 이곳에 있는 자들은 필요한가요?⟩

⟨……살아 있어야 더 필사적으로 도움을 청할 테니까 효과가 없지는 않겠지만, 애초에 부른다고 누가 올 것 같지 않아…….⟩

"……이야기를 듣고 동료라도 부르는 줄 알았더니, 아무도 올 생각이 없나 보군? 친구가 없나?"

보다 못한 레아가 말을 걸었다.

"치치치친구 있거든!"

"야, 몬스터가 하는 도발에 넘어가지 마!"

하지만 딱히 영양가가 있는 정보는 나오지 않았다.

"……도와주러 올 자가 없다면 기다려 봤자 시간 낭비군."

"―."

레아의 말을 듣고 스가루는 조금 전에 얼음이니 뭐니 중얼거리던 플레이어에게 얼음 속성 범위 마법을 쐈다. 『얼음 마법』이라면 통할까, 라는 혼잣말에 반론하려는 의도일까.

남은 이들은 대부분 후열 마법사 집단이었다. 전열 탱커조차 견디지 못한 마법을 그들이 버텨낼 재간은 없었다.

그들은 차례차례 얼어붙어 산산이 부서졌다.

"······젠장, 왜 갑자기 강제 패배 이벤트가 나오고 난리야."

"진짜 트리거 발동한 사람 누구야······."

이미 남은 플레이어는 수 명, 한 파티 정도밖에 되지 않았다.

스가루의 양손— 가장 위쪽 양손에서 실이 뿜어져 나왔다.

무심코 두 번 돌아보고 말았지만, 퀸 아라크네아도 스가루가 낳은 마물이니까 부하 거미들이 쓸 수 있는 능력을 스가루가 쓴다고 이 상할 건 없었다. 아마 전생할 때 자동으로 얻은 스킬인가 보다.

"실?!"

"개미 아니었어?!"

"이제 보니까 팔다리 합쳐서 여덟 개잖아! 거미네!"

"거미한테 왜 날개가 달려!"

이건 레아도 조금 공감하는 바였다. 스가루는 다리 개수를 보나 날개를 보나 현실의 어떤 생물과도 일치하지 않았다. 대체 뭘까.

그건 그렇고 손에서 실을 뿜는다는 건 손에 토사관(吐絲管)이 있다는 뜻이다. 방직하기 참 좋은 생태다.

〈퀸 아라크네아도 배 끝과 인간형 상반신의 양손으로 실을 뿜을 수 있습니다.〉

신기하게 여기는 레아의 생각을 읽었는지, 스가루가 말해줬다.

그렇다면 토레 숲에서 연수 중인 퀸 아라크네아에게 『재봉』이라도 가르쳐 부업을 시키는 것도 나쁘지 않겠다. 안 그래도 옷이 필요한 캐릭터가 요 며칠 사이 늘어난 참이었다.

다음으로 스가루는 실로 포박한 플레이어들에게 정체불명의 액체를 끼얹었다.

그 액체는 플레이어에게 묻자 흰 연기를 내면서 자극적인 냄새를 풍겼고 장비를 넘어 육체까지 용해했다.

잠시 후에는 포박에 사용한 실만이 바닥에 축 늘어져 있었다.

아마 공병 개미가 쓰는 개미산의 강력한 버전이라고 생각하는데, 현실에서는 한 가지 산이 이렇게 다양한 물질을 용해하지 못한다. 이것도 매지컬 물질이었다.

"……전부 정리했나. 그런데 방금 산으로 녹이지 못하는 실이라. 그것만으로 상당히 수요가 있겠는데."

〈퀸 아라크네아에게 생산하도록 지시할까요? 제 실은 퀸의 실과 질적으로 같습니다. 그 아래의 거미들은 몇 단계 떨어지는 실밖에 만들지 못하지만요.〉

"그래……. 하지만 실만으로는 소용이 없어. 생산은 퀸에게 『재봉』을 가르친 뒤에 시작하자."

일부 생산 스킬을 배우려면 일정 이상의 DEX(재주)나 INT가 필요하지만, 여왕급이라면 문제없을 것이다.

기왕 하는 김에 퀸 베스파이드에게 『연금』이나 『대장일』, 퀸 비틀에게 『가죽 세공』이나 『목공』 등을 가르치는 것도 재미있을지 모르겠다.

던전에 플레이어가 놀러 와도 매번 여왕이 출동하지는 않는다. 부하도 늘렸으니까 빈 시간이 생길 테니 뭔가 취미를 가져도 될 것이다.

"공병 개미들은 아직 보스를 못 찾았나 보네. 초원은 넓으니까 시간이 걸리겠어."

〈공병을 조금 더 증원하겠습니다.〉

스가루는 추가로 엔지니어 앤트 서른 마리를 투입했다.

"벌도 부를까. 하늘에서 보이는 변화라도 있으면— 아, 서두를 필요도 없겠어. 다음 손님이 오신 듯하니까."

안전 구역 방면에서 플레이어가 우르르 몰려왔다.

상당한 숫자였다.

하지만 SNS에는 딱히 그런 글을 보지 못했다.

그런데도 왜 이토록 많은 사람이 지금 이곳에 모였을까.

보아하니 장비도 꽤 좋아 보였다.

레아는 한눈에 소재의 랭크를 알아보는 기술이 없고, 그런 스킬이 존재하는지도 모르겠지만, 그들의 장비는 디자인이 세련되어 통일 감을 줬다. 그만큼 돈을 들였다는 뜻이며 보통 저급 장비에 그런 돈을 들이지는 않는다.

"찾았다! 저 덩치가 그 레이드 보스야!"

"……초보들은 전멸했나 보군. 아무도 없어."

대화를 들어 보니 그들의 목적은 역시 레아 같았다.

하지만 방금 전멸한 플레이어들의 지인은 아닌 분위기였다.

그렇다면 적어도 SNS에서 레아의 정보를 봤다는 뜻인데 왜 답글을 쓰지 않았을까. 그리고 글도 올리지 않고 어떻게 이 정도의 인원을 모았을까.

눈대중으로는 왕도 레이드 때보다 사람이 많았다. 적어도 마흔 명은 넘지 않을까. 너무 많다.

아무리 파티나 동맹 시스템이 없다고 해도 정도라는 게 있다. 전쟁도 아니고 한두 명의 적을 상대로 이렇게 사람이 몰려 봤자 제대로 연계하지도 못한다.

"—방금 잔챙이들의 친구인가? 어떻게 이만큼이나 모였지?"

NPC라면 신기하게 여겨도 이상하지 않을 아슬아슬한 질문을 던졌다. 이 집단의 리더가 누구인지 모르겠지만, 뭐라고 대답하든 아마 입을 여는 자가 대장일 것이다.

"……생김새에 비해 뭐랄까, 목소리가 제법 귀엽네. 야, 이게 그 재앙 맞지? 좋아. —우리 플레이어에게는 네놈들 몬스터는 상상도 하지 못할 연락 수단이 있다! 너무 자만하지 마라!"

집단의 선두 중간쯤에 선, 탱커인지 멋진 갑옷을 차려입은 남성이 목청을 높였다. 요로이자카 씨의 『청각 강화』 덕분에 고함치기 전에 한 말도 들렸지만, 그건 신경 끄기로 했다.

"그런가? 공부를 위해 알려줄 수 있겠나? 그게 대체 뭐지?"

"말해도 어차피 넌 모른다! 왜 그런 걸 신경 쓰지?!"

"……방금 잔챙이들은 어딘가에 연락한다고 말했다. 하지만 도와줄 이는 나타나지 않았고 종국에는 절망하며 사라졌지. 그런데 연락을 받았다고 말하는 너희가 나타났다. 어떻게 된 일인지 궁금해서 말이야."

이 정도면 의심을 살 수준은 아니지 않을까.

아마 괜찮을 것이다. 이곳에서 얻은 정보로 추측할 수 있는 내용만 말했으니까.

"……음, 어떻게 설명해야 하지? SNS를 뭐라고 말해야 알아들으려나. SNS란 건 광장에서 소리치는 것과 비슷하고…… 그걸 들어도 딱히 대답할 필요는 없지만……. 그냥 클랜 전용으로 개설한 비

공개 커뮤로 연락했을 뿐인데 이걸 뭐라고 답해야……."

"아니, 단장님, 그냥 『대답할 이유는 없다!』라고 하면 되지 않아요? 실제로 대답할 이유도 없고요. 그리고 쓸데없이 대화는 왜 나눠요? 목소리가 귀여워서 그래요?"

"대답할 이유는 없다!!"

"그거 저한테 하는 소리예요? 아니면 저쪽에 하는 소리예요?"

뭐지, 이것들은. 개그맨들인가.

어쨌거나 요점은 알았다.

게임에 클랜이나 동맹 기능은 없지만, 플레이어들이 모여서 하나의 집단으로 자처하는 것은 자유였다. 외부 서비스로 커뮤니티를 개설하고 그곳을 이용해 서로 연락하면 클랜은 조직할 수 있었다.

하지만 그것도 쉬운 일은 아니었다. 어만한 인원을 모아 하나로 묶고, 외부 메신저를 이용해 조직적으로 운영한다. 어지간한 카리스마나 노하우가 없으면 불가능하다. 저 통일성 있는 방어구도 소속감을 키우는 데 한몫했을 것이다.

예전에 FAQ에서 클랜에 관해 질문한 사람이 있었는데, 이 자일지도 모르겠다.

시스템이 존재하지 않는다고 꼭 나쁜 것만은 아니다.

그건 반대로 시스템에 구속될 필요가 없다는 뜻이기도 하니까. 시스템의 제약을 받지 않기에 구두 약속으로 부담 없이 참가할 수 있고, 적극적으로 클랜 활동을 하지 않더라도 계속 남아 있을 수 있다. 굳이 탈퇴하지 않고 다른 조직에 소속하는 것도 자유다.

로그인할 때 인사를 하든 말든 아무도 모르고, 단체 행동을 하지 않는다고 눈치를 주는 경우도 드물다.

클랜 하우스를 빌리려면 자금도 필요하겠지만, 동시에 전 인원을 수용할 생각이 아니라면 일부 간부급만으로 충당할 수 있을 것이다.

생산직 플레이어가 있으면 장비를 갱신하기도 편하고, 오래된 장비를 약한 플레이어에게 물려주면 소속원 모두가 상부상조할 수 있다.

이 리더는 그런 클랜을 만들고 준비를 마친 뒤 여기로 왔다.

독자적인 커뮤니티 사이트를 이용했다면 공식 SNS에 글이 없는 것도 이해할 수 있었다.

"……첫날을 날린 보람이 있었어. 설마 이벤트 레이드 보스가 나올 줄이야."

"……그러게. 이틀째에 집합이라고 들었을 때는 너무 늦지 않나 했는데."

"……아니, 그건 리더가 『사람이 많은 곳에 떼로 몰려가서 머릿수로 밀어붙이면 민폐』라면서 사람이 적은 곳을 찾느라 그래. 최초 던전 공략을 노린다고 했잖아? 선전 목적으로."

"……이야, 역시 리더야."

"……그럼 SNS에 알리고 재앙을 잡으러 오는 게 좋지 않아?"

"……그러면 졌을 때 역효과잖아."

"……이야, 역시 리더야……."

어째선지 이 게임의 탱커 플레이어 중에는 능력 있는 사람이 많다. 그런 기분이 든다.

이틀째라면 상위 플레이어는 대부분 다른 던전으로 떠났을 거라고 생각했지만, 이렇게 기발한 생각을 하는 플레이어도 있었다.

"말해 주지 않는다면 어쩔 수 없지. 나를 없애러 왔다, 라고 생각하면 되겠나?"

"당연하지! 간다!"

이미 어느 정도 전략을 세워 둔 모양이었다. 「재앙 토벌전」이라는 사건은 SNS에서도 화제가 됐으니까 이미 확인했을 것이다.

이 단기간에 여기까지 왔는데 이미 작전이 있다는 건 언젠가 레아에게 도전하려고 평상시부터 의논했는지도 모른다.

레이드 보스로서 기쁠 따름이었다.

"스가루."

〈예, 보스.〉

이번 외출의 전투는 스가루에게 맡기기로 했다.

하지만 일단 레이드 보스인 척하는 중이고, 방금 대화의 영향은 아니지만 조금쯤 롤플레이에 어울려 줄 의향은 있었다.

"나의 심복, 【벌레의 여왕 스가루】가 상대할 것이다. 그녀를 꺾으면 내게 도전할 권리를 줄 수도 있다. 재주껏 열심히 해 봐라."

"32반 전원 D2로!"

"『D2로』!"

선공은 상대부터였다.

리더의 호령이 떨어지자 후열 마법사 중 약 네 명이 물 속성 같은 범위 마법을 시전했다.

반이 32개나 있어 보이지는 않지만, 꼭 숫자만큼 반이 있으라는 법은 없다. 예를 들어 십의 자리에 대략적인 역할을 할당하고, 일의 자리로 반을 나눌 수도 있다. 만약 그런 법칙이라면 32반은 「세 번째 병과의 두 번째 반」 같은 의미가 된다.

마법 발동어도 굉장히 흥미로웠다. 리더의 호령에 맞춰 동시에 발동했다는 건 클랜 안에서 발동어를 통일했다는 뜻이다.

지금까지 봐 온 플레이어들로 말할 것 같으면 솔로 플레이가 주류인 경우 독자적인 단어를 설정하는 경향이 있고, 파티 플레이 위주인 경우 기본 단어를 사용하는 경향이 강했다. 솔로라면 자신이 말하기 쉽고 상대방이 알아채기 어려운 단어를 고르는 것이 유리하며, 파티 전투는 아군에게도 자기 행동을 알릴 필요가 있기 때문이었다.

하지만 여기 모인 이들은 클랜원이 아니면 알 수 없는 암호로 통일함으로써 발동어 단축과 의사 통일을 실현하고 은닉성과 조직력을 전부 갖췄다.

발동어가 존재하지 않는 『마안』의 『마법 연계』와 달리 발성을 이용한 스킬 발동에는 일일이 뇌파 판정은 이루어지지 않는다.

즉, 마법을 발동하는 플레이어는 지금 자신이 말한 단어가 실제로 어떤 마법인지 기억할 필요가 없다. 리더의 지시에 맞춰 그저 앵무새처럼 따라 하기만 해도 된다.

어떤 단어로 변경하든 리더만 전부 기억하면 마법사 부대를 팔다리처럼 움직일 수 있다는 말이다.

하지만 태평하게 감탄이나 할 때가 아니었다. 플레이어들이 시전한 것은 좌표 지정형 범위 마법이었다.

스가루와 요로이자카 씨가 모두 범위에 들어가도록 지정해 놨다.

"······스가루를 쓰러뜨리면 상대해 주겠다고, 내가 말했을 텐데."

새삼스럽게 말할 필요도 없지만, 이 게임에 정형적인 규칙은 없었다.

부하를 쓰러뜨리지 않으면 상대하지 않겠다고 말해 봤자 그곳에 있으면 자유롭게 공격할 수 있었다. 그 점을 이해하기 때문인지 리더는 레아가 말려들도록 공격을 지시했다. 요컨대 도발이다.

하지만 도발에 넘어갈 필요도, 딱히 대처할 필요도 없었다.

그들에게는 미안하지만, 역시 네 명의 마법으로도 요로이자카 씨의 내성을 뚫기에는 역부족이었다. 발동한 마법은 갑옷을 적시는 데 그쳤다.

한편, 스가루는 하늘로 날아올라 피해를 최소화했다. 하지만 스가루도 대미지를 받은 것 같지는 않았다. 다리가 조금 젖었을 뿐이었다.

"31반, 이어서 B2하!"

"『B2하』!"

그러자 이번에는 또 다른 네 명에게서 번개 속성 범위 마법이 날아들었다. 보아하니 상당히 상위 마법이었다. 그 31반 전원에게 이것을 가르쳤다는 점은 놀라웠다.

마법사 플레이어는 파티에서 가장 범용성이 요구되는 역할이라서 가급적 다양한 속성 마법을 배우는 경향이 있었다.

『번개 마법』에 많은 경험치를 쏟으면 다른 속성은 그만큼 포기해야 한다. 만약 같은 레벨의 다른 속성 마법까지 배웠다면 끽해야 하나 정도일까.

앞으로 다른 평범한 파티에 참가하려면 사냥 목표에 따라서 평가가 갈리겠지만, 이 클랜에 있는 한 수요는 걱정할 필요가 없다.

대규모 클랜이기에 가능한, 매우 잘 다듬어진 전술이었다.

"……아아, 이러려고『물 마법』을 썼나. 젖은 상태에서는 번개 내성이 일시적으로 내려가니까."

그리고 그런 클랜을 만든 리더의 지시도 매우 합리적이었다.

더구나 요로이자카 씨는 금속 갑옷이라서 속성 내성 중 번개 내성이 가장 낮았다. 원래는, 이라는 수식어가 붙지만.

지금은 저번 왕도에서 얻은 교훈을 살려 MND를 높이는 한편, INT에도 투자해『땅 마법』스킬들을 개방하여『번개 내성』까지 습득했다.

물에 젖어서 내성을 조금 관통당하더라도 큰 대미지는 받지 않았다.

어제 익명의 엘프 씨를 보면 그날의 레이드 멤버들도 강해지기는 한 모양이지만, 그건 레아 쪽도 마찬가지였다.

『번개 마법』은 스가루에게도 큰 효과가 없는 듯했다.

스가루는 공격을 무시하고 상대방의 머리 위로 날아갔다.

"큭! 33반 E2이!"

"『E2이』!"

이번에는 바람 속성 범위 마법을 하늘로 쏴 올렸다.

그 리더의 판단력에 정말로 감탄했다.

현재 스가루는 비행 상태였다.

이 상태에서『바람 마법』을 맞으면 대미지와는 별개로 이동 방해 효과가 발생한다. 그리고 저항 판정에 실패하면 잠시 그 자리에서 꼼짝할 수 없다.

"11부터 13, 방어 진형! 30번대를 지켜!"

이어서 리더는『바람 마법』의 결과를 기다리지 않고 지시를 내렸다.

스가루는 당연히 저항 판정에 성공했지만, 공격할 타이밍에 상대는 아슬아슬하게 방어 진형을 갖추고 말았다.

하지만 그러거나 말거나 스가루는 적 탱커 집단에게로 급강하했다. 세 쌍의 팔로 최전선을 직접 공격하려는 그때, 모든 손에서 실이 분사되며 전열 몇 명을 붙잡았다.

상대편 탱커는 방어에 집중한 탓에 피하거나 실을 자르는 등 아무런 대처도 하지 못했다.

스가루는 실에 묶인 불쌍한 탱커를 끌어당겨 다시 하늘로 급상승했다.

순식간에 벌어진 일이었다.

아무도 반응하지 못했다.

아무도 보지 못했지만, 레아도 요로이자카 씨 안에서 시선을 빼앗긴 채 입을 반쯤 벌리고 있었다.

고속으로 30미터쯤 날아오른 스가루가 그 속도 그대로 탱커들을 위로 던져 버렸다.

"……비슷한 장면을 어디서 봤는데. 에어파렌이었나."

그 전투에 스가루는 참전하지 않았지만, 벌들은 모두 스가루의 권속이었다. 아마 벌을 통해서 보지 않았을까.

"……저건 또 뭐야……. 아니, 어떻게 대처하라고? 낙하 대미지 같은 건 받은 적이 없는데……. 무슨 내성으로 경감하는 거야……?"

상대 리더도 혼란에 빠졌다.

그는 운 좋게 잡히지 않았지만, 얼떨떨하게 중얼거리며 하늘을 보고 있었다.

하지만 스가루는 기다려 주지 않았다.

하늘에서 다시 급강하해 사정거리 끄트머리에서 범위 마법을 투하했다.

위로 이동할 수 있는 스가루와 달리 땅에 발을 붙인 플레이어는 더 아래로 도망칠 수 없다.

피아의 거리 제어권은 스가루만 쥐고 있는 셈이었다.

"……일방적으로 두들겨 패는 전법을 좋아하는 것 같은데, 이건 누구 영향일까."

이미 레아에게 신경 쓰는 플레이어는 한 명도 없었다. 말려들게 하거나 도발할 여유도 없을 것이다.

LP가 낮은 마법사 계열 캐릭터는 줄줄이 나가떨어졌다.

탱커는 그들을 지키려고 방패를 앞세워 버텨 보지만, 모든 공격을 방패로 막을 수도 없었다. 결국 언 발에 오줌 누기였다.

근접 물리 딜러로 보이는 플레이어들은 속수무책으로 빛이 되어 사라졌다. 이들은 조금 불쌍할 지경이었다.

지금 스가루가 사용하는 마법의 위력은 왕도에서 싸웠을 때의 레아와 동급이었다. 한 방에 죽지 않은 탱커들의 내구력이 오히려 놀라웠다. 장비 덕분일까?

스가루는 범위 마법으로 탱커를 제외한 플레이어를 대부분 제거하고, 이번에는 고도를 낮춰 다시 실을 뿜었다.

"방패로 막지 마! 검으로 쳐내! 잡히면 끌려간다!"

아까 던진 플레이어는 어딘가 먼 곳에 떨어졌나 보다. 돌아오지 않는 것으로 보아 아마 재기 불능이리라.

상대 탱커들은 날아드는 실을 검으로 쳐내며 붙잡히지 않으려고 안간힘을 썼다. 밀집 진형에서 무기를 휘두르려니 굉장히 불편해 보였다.

하지만 적으나마 살아 있는 딜러와 마법사를 지키려면 섣불리 산개할 수도 없었다.

마법사는 마법사대로 기껏 스가루가 사정거리까지 내려왔는데 공격에 집중하지 못하고 실에 잡히지 않는 데 전념했다.

"크악! 뭐야?!"

"액체?! 산인가!"

갑자기 플레이어 집단 속에서 그런 목소리가 들렸다.

스가루의 노림수는 분명 이거다.

실에 섞어 가끔 산을 분사했다. 입으로 뱉는 줄 알았는데 실과 같은 곳에서 나왔다.

실인 줄 알고 검으로 벤 플레이어가 있었지만, 실과 달리 산을 베어도 비산할 뿐이었다.

개중에는 운 나쁘게 방울이 눈에 들어가서 눈이 부위 파괴 판정으로 암흑 상태에 빠진 듯한 플레이어도 있었다.

탱커가 장비한 금속 갑옷과 방패를 녹일 정도의 효과는 없었지만, 근접 딜러의 장비에서 가죽 부분은 피해를 받았다. 금속판과 조합한 복합 갑옷을 입었는데 가죽 부분이 너덜너덜해지면 갑옷은 형태를 유지하지 못한다. 금속판만 남은 갑옷이 땅에 툭 떨어졌다.

그렇다고 산을 경계해 방패를 들면 실이 날아든다. 이번에는 바로 끌어당기지 않고 주위 플레이어를 염주처럼 하나로 묶어 전체의 행동을 방해했다.

이미 스가루를 공격하려는 플레이어는 없었다.

실과 산에서 벗어나려고 발버둥 칠 뿐, 정상적으로 전술 행동이 가능한 인원은 남지 않았다.

"결판이 났나……."

만약 정말로 스가루를 쓰러뜨리면 상대해 줄 생각이었지만, 과도한 기대였나 보다.

거의 옴짝달싹하지 못하게 된 집단으로 범위 마법을 몇 발 던져 주자 그들은 빛이 되어 사라졌다.

리더만은 마지막까지 남았지만, 스가루가 쏜 단일 대상 『번개 마법』에 꿰뚫려 죽음을 맞이했다.

◆ ◆ ◆

"……이제 더 올 사람은 없어 보여."

클랜과의 전투를 끝낸 뒤에도 잠시 그 자리에 머물렀지만, 레아를 노리는 플레이어는 나타나지 않았다.

가끔 SNS를 보지 못한 초보자가 초원에 왔지만, 요로이자카 씨를 보고는 부리나케 도망갔다.

〈방금 전투에서는 보스에게도 피해가 미쳤습니다. 죄송합니다…….〉

"아니, 피해라고 할 정도는 아니야. 게다가 그건 그들이 내 이야기를 듣지 않았고 성격이 급했을 뿐이지. 신경 쓰지 않아도 돼."

보스전에 부하가 등장하면 그것 자체가 기믹일 수도 있다. 보스 공략에서는 그런 기믹을 확실하게 처리하지 않으면 이길 수 있는 싸움도 이길 수 없다.

물론 이번에는 이길 수 있는 싸움조차 아니었고 처리할 수 있는 기믹도 아니었지만.

"조건이 조금 부족하지 않았나? 생산직 클랜원이 스스로 아티팩트급 아이템을 만들 수 있게 된 뒤에 다시 도전해 주면 좋겠어."

아티팩트의 종류를 가리지 않는다면 레아와 레미도 만들 수 있었다.

그렇다면 다른 플레이어라고 불가능할 이유는 없었다.

딱히 약화 아이템이 아니라도, 예를 들어 아티팩트급 검이라도 괜찮다.

그런 물건으로 베면 요로이자카 씨라도 버티지 못할 것이다.

레아에게도 대미지가 들어올 테고, 대미지가 들어온다는 것은 죽을 가능성도 있다는 뜻이다.

물론 가만히 맞아 줄 생각은 없지만, 그렇게라도 하지 않으면 최소한의 싸움조차 되지 않는다.

"그나저나 클랜이라……."

SNS로 훔쳐볼 수 없는 곳에서 작당하면 레아는 전혀 정보를 얻을 수 없었다.

플레이어들의 동향만 확인하면 그날처럼 함정에 걸려 꼴사납게 패배하지 않을 것이라고 생각했는데, 확인할 수 없는 곳이 있다는 건 맹점이었다.

대항하려면 자신의 세력을 더욱 부지런히 강화해야 한다.

"그러기 위해서라도 구 힐루스 왕도에 손님이 오셔야 하는데."

난이도는 이미 ☆4까지 떨어뜨렸다.

지크가 있는 시점에서 ☆5 아래로 떨어지지 않을 줄 알았지만, 그렇지는 않았다.

검증한 결과, 왕도와 왕성의 판정이 다른 것 같았다. 지크가 한 걸음이라도 왕도에 나오는 순간 난이도가 ☆5으로 뛰어올랐다.

시스템상 왕성이 다른 필드로 인식된다면 왕성으로 직접 가는 전이 서비스가 있을 법도 하지만, 찾아봐도 그런 건 없었다. 영역 안에 있는 다른 영역으로는 전이할 수 없다는 규칙이라도 있는 모양이었다. 보스 구역에는 제대로 절차를 거쳐서 가라는 의도인지도 모르겠다.

이건 아마 블랑의 에른타르 영주 저택에도 똑같이 적용될 것이다. 그곳도 디아스가 있지만, 도시는 ☆3이었다.

레아가, 재앙이 부재중이라는 사실은 이미 충분하고도 남을 만큼 광고해 줬으니까 솔직히 더 이상 이 초원에 볼일은 없었다.

하지만 이번에는 개미들도 힘써 줬으니까 이곳을 개미의 낙원으로 만들어 주고 싶었다.

바로 옆에 포털 도시가 있으니까 손님은 끊이지 않을 것이다.

☆1부터 ☆2 정도로 억제하면 초보자가 꾸준히 찾아오리라. 오히려 너무 올리면 다른 포털과의 차이를 의심하는 사람이 나올지도 모른다. 그러므로 난이도는 ☆1 고정으로 할 수밖에 없다.

〈보스, 공병이 지하에서 거대한 짐승을—. 죄송합니다, 보고한 공병이 사망했습니다.〉

"이런, 찾았나. 그럼 조심해서 가자."

〈예, 보스.〉

공병 개미가 사망한 곳까지 날아가서 바로 근처에 있던 흙무더기 같은 땅굴 입구로 내려갔다. 마치 옛날 게임의 지도에 나오는 동굴 아이콘 같은 입구였다.

입구도 컸지만, 지하도 키가 3미터인 요로이자카 씨가 서서 걸을 수 있을 만큼 넓었다.

방금 해치운 두더지가 다니기에는 너무 넓은데 지역 보스도 이곳으로 다니는 것일까?

조명 하나 없는 지하 동굴을 걷다 보니 리베 대삼림이 떠올랐다.

대삼림 지하 동굴은 공병 개미가 건설해서 산 효과로 벽면이 매끄러웠다.

그에 비해 이 동굴은 흙이 그대로 드러나서 당장에라도 무너질 것 같았다.

이 동굴을 두더지들이 팠다면 그것도 이해할 수 있었다.

빛이 전혀 없어도 『마안』이 있는 레아는 행동에 제약이 없었다. 요로이자카 씨에게 그 시야를 빌려줄 수 없기 때문에 지금은 레아가 요로이자카 씨를 조종하고 있었다.

스가루도 행동에 지장은 없는 듯했다. 원래 대삼림 동굴 안에서 활동하던 스가루니까 당연한 이야기였다. 그 무렵은 더듬이로 벽을 만지며 이동했겠지만, 지금은 그런 행동도 하지 않았다.

더듬이에 소나 같은 능력이 추가됐기 때문이리라.

〈곧 도착합니다, 보스.〉

"그래, 보여. 저 넓은 공간이지? 눈에 보이는 MP는 막 태어난 여왕개미 정도야. 별로 대단하지 않은 마수 같은데."

넓은 방에 들어서자 거대한 두더지가 기다리고 있었다.

보고와 동시에 개미가 사망해서 이 방에 발을 들이자마자 공격당할 줄 알았지만, 그러지는 않았다.

"상대는 아직 우리를 눈치채지 못한 것 같은데, 싸워 볼래?"

〈『사역』하지 않아도 괜찮으시겠습니까?〉

"숲 필드와 상성이 나빠 보여. 벌레나 트렌트처럼 쉽게 불어나지 않을 테고 땅 파기는 개미도 가능하니까 딱히 필요 없지 싶어."

곤충은 가장 종류가 많은 생물이다. 현실처럼 100만 종이나 구현하지는 않았겠지만, 현시점에서도 상당히 다양한 권속을 낳을 수 있다.

전체의 다양성으로 생각하든 개개의 전문성으로 생각하든, 벌레의 여왕만 있으면 기본적으로 부하로 새로운 종족을 거둘 필요가 없다.

지금은 유용한 필드가 없어서 낳지 않았지만, 수생 곤충이나 절지동물을 모티브로 한 마물도 스가루의 『골라 낳기』 목록에 추가되었다.

〈그렇다면 저에게 맡겨주십시오. 방금 전투에서 공대지 전투력은 어느 정도 확인했지만, 지대지 전투는 아직 충분하지 않습니다.〉

"맡길게."

스가루가 걸어서 다가가자 거대 두더지도 스가루를 알아차린 듯했다.

또 성가신 벌레가 나타났다는 생각이라도 하고 있을까.

하지만 두더지는 닿을 수 있을 만큼 가까이 가도 움직이려고 하지 않았다. 그야 기다려 주지 않으면 공병 개미는 거대 두더지를 확인하기도 전에 죽었겠지만, 스가루의 전투력을 모르는데도 이런 여유작작한 태도는 너무 대범하지 않은가.

"……플레이어가 반드시 선제공격할 수 있게 배려했나? 아니, 일일이 그렇게 친절한 설정을 붙일 개발팀이 아니야. 아마 이 두더지의 성격이겠지."

다른 두더지들에 비해 지나치게 강해져서 위험 감지 능력이나 위기 대처 능력이 둔해졌나 보다.

시스템 메시지에는 전이 장소가 「단일 세력이 지배하는 영역」을 대상으로 한다는 내용이 있었다.

파티나 클랜처럼 명확한 동료 시스템이 존재하지 않는 이상, 단일 세력은 단일 캐릭터가 될 수밖에 없다. 영역에 많은 몬스터가 있는데도 불구하고 전이 장소로 설정됐다는 것은 그 대부분을 한 캐릭터가 지배했다는 뜻이다. 다시 말해 PC, NPC를 불문하고 던전 보스는 예외 없이 『사역』을 가진 거대 세력의 대장이다.

이건 가설에 지나지 않지만, 정황상 틀림없을 것이다. 이 거대 두더지를 해치운 뒤 돌아가는 길에 다른 두더지가 살아 있는지 확인하면 증명도 가능하다.

스가루는 선공을 상대에게 양보할 생각이었나 보지만, 두더지가 공격할 기미를 보이지 않자 인내심이 바닥났는지 양손을 낫처럼 바꿔 휘둘렀다.

레아는 한순간 무슨 일이 벌어졌는지 이해하지 못하고 스가루를 자세히 들여다봤다. 분명히 가장 위쪽 팔이 낫 형태로 변해 있었다.

당황해서 스가루의 스킬을 확인해 보지만, 수상한 것은 『변태』라는 항목 정도뿐이었다. 단어가 수상하다는 뜻이 아니라 원인일지도 모른다는 의미에서.

이 스킬 자체는 스가루가 전생할 때 이미 봤다.

곤충과 관련된 변태라면 무엇인지 짐작할 수 있다. 하지만 이 게임의 개미 몬스터는 변태하지 않는다. 알에서 부화하면 바로 성충이니까. 그래서 시스템상 변태라는 과정이 존재하지 않는다고 생각했고, 만약 다른 의미의 변태라면 어쩌나 싶어서 보고도 모른 척했다.

하지만 변태 자체는 존재했나 보다. 심지어 성장에 필요한 과정이 아니라 전투나 생산에 이용할 수 있는 실용적 스킬이었다.

그 효과는 『자기 신체 일부, 혹은 전부를 특정 형태로 바꾼다. 변화에 필요한 시간은 추가로 MP를 소비해 단축할 수 있다. 변화한 부위는 변화 후 형태에 따라서 일시적으로 스킬을 얻는 경우가 있다. 지속 시간은 소비한 비용에 비례한다』였다.

그리고 특정 형태란 미리 정해져 있는지, 스가루의 변태 목록에는 낳을 수 있는 권속의 형질이 나열돼 있었다.

그중에는 지금 사용한 「낫」 말고도 「실」과 「산」도 있었다.

조금 전에 쓴 거미줄과 개미산도 일시적으로 손끝을 『변태』해서 만들어 낸 모양이었다.

스가루가 「나의 실은 퀸의 실과 같다」라고 말한 이유가 이것이리라. 스가루는 퀸의 토사관을 『변태』로 재현했을 뿐이었다.

"부하 종족이 많을수록 본체도 강해진다, 라고 생각하면 되는 건가?"

부하 종족이 늘어나면 지금처럼 본체의 전투 수단이 늘어난다.

실력이 더 뛰어난 존재에게는 얼마나 통할지 모르겠지만, 실력이 비등할 때는 꺼낼 수 있는 패가 많을수록 승률이 오를 것이다.

"퀸 아스라파다, 상당히 강력한 종족이네. 절지동물의 정점이라고 생각하면 당연한 대우인가. 나도 더 노력해야겠어."

눈앞에서는 갑자기 공격당한 거대 두더지가 당황해서 스가루를 앞발로 짓뭉개려고 했다.

하지만 스가루는 그 앞발까지 베어 갈랐다. 아무리 봐도 낫의 크기를 넘어선 공격 범위였다. 한순간 분홍색 빛도 보였으니까 무슨 스킬이 발동한 듯했다. 이것이 낫 형태로 변태해 일시적으로 얻은 스킬일까?

앞발이 잘린 거대 두더지는 그제야 눈앞의 벌레가 무시무시한 존재라고 인정한 모양이었다.

거만하던 태도를 거두고 뒷발로 몸을 지탱하며 앞발 발톱으로 얼굴을 감싸는 자세를 취한 채 스가루를 노려봤다.

"오오? 그냥 덩치 큰 허수아비는 아닌가 보네."

스가루의 등 뒤로 갑자기 흙이 솟아오르더니, 폭발했다.

땅 속성 범위 마법, 그중에서도 보기 드문 좌표 지정형이었다.

스가루를 사각에서 기습할 속셈으로 고른 마법일 것이다.

"예전의 스가루는 마법을 전혀 못 썼는데. 이 두더지가 그 무렵 스가루와 동급이라고 가정하면 이쪽은 퀸 베스파이드에 비해 방어력이 낮은 대신 몇 가지 마법을 쓰는 느낌인가? 거기에 더해 오래산 만큼 그럭저럭 강해졌을 테고."

하지만 스가루는 이미 퀸 베스파이드가 아니었다. 보스라고 해도 마법 특화형도 아닌 하수의 범위 마법 따위, 스가루는 전혀 아랑곳하지 않았다. 방금 싸운 플레이어들과 비교해도 지금 마법의 위력은 별 볼 일 없었다.

스가루는 마법을 무시하고 두더지의 앞발을 낫으로 절단했다.

두더지는 양팔을 잃고도 계속해서 마법을 사용하려고 했지만, 그전에 스가루의 낫이 희미하게 빛나더니 한 줄기 섬광과 함께 두더지의 머리가 땅에 떨어졌다.

"그나저나 식익[#1]의 마왕에 변태 여왕이라니……. 뭐, 스킬 이름은 기본적으로 본인밖에 못 보니까 말하지 않으면 모르겠지."

《네임드 에너미 【낙원의 두더지들】 퇴치에 성공했습니다.》
《필드 【낙원 옛터】가 개방됩니다.》

전에 들은 안내 메시지와는 내용이 조금 달랐다.

안전 구역이 없어서 홈으로 설정할 수 없기 때문이리라.

하지만 이런 안내 메시지가 나왔다는 것은 이곳을 지배하던 단일 세력이 지금 퇴치됐음을 의미한다.

마침내 이 땅을 레아의 관할지로 지배할 수 있다.

"……아니, 잠깐만. 우리가 이 지역을 공격하던 때에도 이곳 난이도는 ☆1이었을 거야."

초보들이 도움을 요청할 때 확인한 바로는 특별히 난이도가 올랐

#1 **식익** 일본어로 「성욕(性欲)」과 발음이 같다.

다는 보고는 없었다.

"생각해 보면 당연한지도 모르지만, ☆1 필드에 ☆5급 실력의 플레이어가 쳐들어간다고 필드 난이도가 오르는 건 아니야."

그 던전의 보스와 공격하는 플레이어는 같은 세력이 아니니까 당연했다.

"그렇다면 말이야. 내 부하를 다른 던전으로 보내고 그곳 보스를 일부러 남겨 둔 채로 그 던전의 몬스터인 척 플레이어를 공격하면? 그러면 던전 난이도를 올리지 않고 손님만 가로챌 수…… 있지 않나?"

방금 스가루와 플레이어의 전투가 바로 그런 구도였다. 문제는 없을 것이다.

"도식적으로는 삼파전이 되겠지만…… 그만큼 강한 부하를 파견하면 모든 적대 세력을 우리가 잡아먹을 수 있어. 남의 던전에서 난이도가 어떻게 변하는지 서둘러 검증해 봐야겠지만."

검증할 뿐이라면 지금 당장 가능한 방법이 있었다.

블랑에게 허가를 구해 SNS를 확인하면서 에른타르 영주 저택에서 디아스를 외출시키는 것이다.

구 힐루스 왕도의 난이도를 조정한 경험으로 추측하면 디아스가 밖으로 나오는 순간 난이도가 ☆5으로 뛰어오를 것이다.

하지만 레아의 생각이 옳다면 레아의 지배 지역이 아닌 에른타르에서 디아스가 외출한들 난이도는 변화하지 않는다.

이 꿍꿍이가 통한다면 난이도 조정이라는 귀찮은 작업을 할 필요가 없어진다.

입지가 좋은 던전을 찾아서 그곳을 실효 지배할 뿐이다.

"이게 통하면 계속해서 경험치를……. 아, 뭔가 느낌이 익숙하다 싶었는데 그거네. 규모는 커졌어도 리베 대삼림의 고블린 목장과 하는 짓은 똑같아."

싸우는 몬스터가 벌레와 언데드뿐이면 플레이어도 질릴 테니까 어딘가 던전을 공략해서 적당한 지역 보스를 부하로 삼아 마물의 종류를 늘리는 편이 좋을지도 모르겠다.

그 경우, 공략한 던전에서 보스와 잡몹이 사라지기 때문에 가능하면 현재 전이 목록에 실리지 않은, 플레이어에게 알려지지 않은 영역을 노리고 싶다.

그나저나 전이 목록에 실리지 않은 영역을 제압한다, 라……. 이런 이야기를 어디선가 들은 적이 있지 않던가.

"……설마 라일라가……. 아니, 설마."

제5장 보연상, 좋았어

전이 서비스 도입 첫날.

블랑은 영주 저택의 발코니에서 도시를 내려다봤다.

"벌써 드문드문 사람이 보이는데? 들어오지는 않지만. 사람을 기다리나?"

"이 도시에는 성벽이 없어 도시 안팎을 나누는 명확한 경계선이 없습니다. 들어오지 않았다고 말씀하셨으나, 블랑 님의 눈에 들어왔다면 그건 이미 블랑 님의 영역을 침입했다고 판단해도 되지 않겠습니까?"

바이스가 능청스러운 표정으로 충고했다.

쾌청한 아침이지만, 블랑과 바이스, 그리고 아잘레아 자매도 이미 햇빛 아래에서 문제없이 행동할 수 있는 경지에 있었다.

바이스가 만약 데이 워커가 아니었다면 일단 백작에게 보내서 개조 강화를 받아야겠지만, 그 걱정은 기우에 그쳤다.

"……바이스 씨가 그렇게 말한다면 그런 거겠죠? 헤헤헤."

"……무슨 생각을 하시는지는 모르겠으나, 제게 존대하실 필요는 없습니다, 블랑 님."

아잘레아 자매는 저택 안에서 다과를 준비하고 있었다.

찻잎은 레아에게 받았다. 과자는 라일라에게 받았다.

흡혈귀니까 피를 섭취해야 한다고 생각했는데 시스템상으로는 단순히 공복도가 줄어들 뿐이었다. 동물의 혈액이 공복도 회복 효율이 가장 좋을 뿐, 평범한 음식으로도 해결할 수 있었다. 다른 종족보다 몇 배는 더 먹어야 하지만.

음식도 혈액도 없을 때는 수액(樹液)이나 식물즙이라도 상관없다고 들었다.

검증 결과, 로열 밀크티와 과일 타르트만 먹고도 공복도는 한 끼 분량 회복되었다.

가열 등 가공을 거치면 체액으로 인식되지 않는지, 브라트부르스트는 평범한 식품과 다를 바 없는 수준밖에 회복되지 않았다.

그래서 로열 밀크티의 우유를 데울 때도 끓기 전에 가열을 멈췄다. 찻잎은 미리 끓인 물에 푼 뒤 따뜻한 우유에 넣고 우리는 방법이다.

"냉정하게 생각하면 생피를 마시는 건 플레이어에겐 너무 부담스럽지. 이 정도 조건 완화는 당연한 조치인가?"

다만, 아무 제약도 없으면 흡혈귀 설정이 퇴색되니까 체액과 그 외 식품의 공복도 밸런스로 분위기를 낸 것이리라.

"블랑 님, 아잘레아 자매가 다과 준비를 마친 듯합니다. 외부 감시는 저에게 맡기시고 안으로 드시지요."

"그래? 그럼 부탁할게."

실내에서는 이미 디아스가 테이블 앞에 앉았고, 아잘레아가 마침 블랑의 홍차를 따르는 중이었다.

"플레이어들은 이미 모였나 보군요."

"그러게요. 여기저기 몇 명 보여요. 아직 영역 안으로 침입하지는 않았지만."

아니다, 바이스의 논리에 따르면 침입했다고 간주해도 된다고 했던가.

블랑은 의자에 앉아서 로열 밀크티를 마셨다.

오늘의 간식은 딸기 타르트였다.

"퀸 비틀 씨는요?"

"그 녀석은 지붕 위에서 도시를 감시하는 중입니다. 우리 폐하께서 블랑 님을 잘 보필하라고 명하셨으니 분발하는 것일 테지요."

감시해 준다면 고마울 따름이었다.

결국 블랑은 편리한 비행 마물을 사역하지 못했다. 어디로 가야 그런 마물이 있는지도 모르거니와 애초에 외출할 시간도 없었다.

이벤트에서 얻은 경험치 배분으로 바빴기 때문이었다.

◆ ◆ ◆

이벤트 보수 획득 후, 처음으로 한 일은 블랑 본인의 강화였다.

바이스나 디아스는 번번이 블랑에게 직접 싸우지 말라고 충고했다. 블랑 본인도 죽기 싫으니까 웬만하면 전선에 나설 마음은 없지만, 전에 백작이 말한 흡혈귀의 피에 관한 이야기가 신경 쓰였다.

흡혈귀는 부하에게 피를 나눠 줘서 강화할 수 있고, 강대한 흡혈귀는 부하를 더 상위 존재로 승화시킬 수 있다…… 문맥으로 판단하건대 대충 그런 내용이었다.

그렇다면 블랑 본인이 강해져「상급 흡혈귀」보다 더 상위 존재로 거듭나면 한 번 더 부하에게 피를 나눠 줘서 강화할 수 있을지도 모른다.

전에 피를 줬을 때 아마 블랑은 「하급 흡혈귀」가 아니라 「흡혈귀^{레서 뱀파이어}」였을 것이다.

이미 상급이 되었기 때문에 지금 피를 주면 뭔가 변화가 있을지도 모르나, 기왕이면 더 강해진 다음에 하고 싶었다.

레아에게 들은 바로는 전생할 때 드물게 추가 경험치를 요구하는 경우가 있다고 하니까 자기 스테이터스를 확인하면서 종족명이 딱 바뀐 타이밍에 멈출 생각이었다.

스킬은 전에 레아에게 들은 부하를 강화하는 계통을 전부 습득했고, 그래도 변화가 없었기 때문에 능력치에 투자했다.

조금 투자하자 종족 표기가 「흡혈귀: 남작」으로 변했다.

이건 블랑이 작위를 받았다는 뜻일까? 대체 누구에게 받았는지 모르겠다.

미래를 생각하면 일단 여기서 멈추는 게 좋겠다고 판단해 다음으로는 처음 만든 스파르토이 3인방 스칼렛, 크림슨, 버밀리온을 불렀다.

예전과 똑같이 셋에게 피를 주자 예전과 똑같이, 아니, 그 이상으로 강렬한 탈력감이 밀려들었다.

LP를 확인하자 눈곱만큼밖에 남아 있지 않았다.

아무 말도 없이 이런 짓을 하는 바람에 나중에 크게 혼났다. 블랑도 하나씩 진행해야 했다고 반성했다.

익숙한 시스템 메시지에 허가를 내리자 금방 변화가 일어나 스파르토이들의 체격이 한층 더 커졌다. 더 공격적인 모습이 되었고 머리에는 화려한 뿔이 뒤를 향해 뻗어 있었다.

리저드맨보다는 인간형 드래곤의 스켈레톤에 가까웠다. 상당히 강력해 보이지만, 경험치를 요구하지 않아서 참으로 다행이었다.

그들의 새로운 종족명은 「용의 이빨」.

새롭게 해금된 스킬에 『천구』라는 것이 있었다. 하늘을 달린다는 설명이 있어서 바로 습득했다.

다음으로는 아잘레아 자매들에게 피를 나눠줬다.

당연히 다른 날에 실행했고 한 명씩 하도록 강요받았다. 그리고 디아스가 레아에게서 포션을 받아왔다. 얼마든지 마셔도 된다고 하니 고맙게 쓰기로 했다.

아잘레아 자매의 전생에는 경험치가 필요했다. 한 명당 200씩이었다. 레아가 마왕이 될 때 네 자릿수가 필요했다고 들어서 내심 불안했는데 의외로 상식적인 수치였다.

아잘레아 자매는 모르몬에서 라이스트리고네스로 전생했다.

겉모습은 그다지 변하지 않았지만, 변신 목록에 거인이라는 선택지가 추가되었다. 거인 상태에서는 마법 스킬을 전혀 사용할 수 없지만, 대신 STR과 VIT이 비약적으로 상승하며 공복이 되는 속도가 배로 빨라진다. 그 외에는 인간형 상태와 거의 다를 바 없었다. 마법 위주로 성장한 세 명에게는 그다지 유용한 형태라고 말하기 어려웠다.

남은 경험치는 세 명의 스킬을 가르치는 데 사용했다.

처음 배운 것은 『맨손』. 무기를 들지 않은 상태에서 근접 전투 효율을 높이는 스킬로, 거인으로 변신했을 때를 생각해서 배웠다.

하는 김에 『해체』도 습득했다. 옛날 만화에서 본 「맨손으로 해체해 주마」 같은 대사를 떠올렸기 때문이었다.

그나저나 『해체』에는 소형 날붙이가 필요했다. 『맨손』이 있어도 소용없었다.

그 일을 레아에게 푸념하자 「거기서 『조제』도 배우면 『치료』가 해금된다」라고 충고해줘서 『조제』부터 시작해 『치료』, 『회복 마법』을 모두 습득했다.

거기까지 하자 경험치가 바닥나 강화를 중단했다.

참고로 아잘레아 자매가 늘 요구하던 마법 『어둠의 장막』은 깜빡하고 못 배웠다.

그리고 다음 날, 온 도시를 돌며 좀비들에게 피를 한 방울씩 줬다.

피를 받은 스콰이어 좀비는 하급 흡혈귀가 됐다.

하지만 생전 주민이었던 자가 생각보다 많아서 주택을 수십 채 돌았을 무렵 아침이 되고 말았다.

그래서 이튿날 밤, 모든 좀비에게 영주 저택으로 모이도록 명령했다.

아잘레아, 마젠타, 카마인에게 교대로 『치료』를 받으면서 줄지어 찾아오는 좀비들에게 끝없이 피를 주는 지옥의 헌혈 파티였다. 그래도 부족하면 레아에게 추가로 받은 포션을 들이켰다.

이 포션을 받을 때 레아에게 「힘들겠지만, 힘내」라고 격려받았다. 굉장히 안타까움이 묻어나는 말투였다. 레아도 비슷한 경험이 있는 걸까.

해가 뜨면 밖에 줄 선 좀비가 죽어 버리기 때문에 장장 3일에 걸쳐 야근만으로 작업을 완료했다.

그 고생의 결실로 총 2천 명이 넘는 흡혈귀 대군단이 에른타르에 탄생했다.

◆ ◆ ◆

"블랑 님, 도시 안으로 침입하는 플레이어가 나타났습니다."

발코니에서 감시하던 바이스가 보고하러 왔다.

드디어 던전 방어전이 시작된다.

이 던전의 난이도는 ☆3이라고 들었다. 그게 어느 정도인지 모르지만, 겨우 저 정도의 인원이 쳐들어온 것을 보면 대단한 수준은 아닌 듯했다.

"좋아, 그럼 다들 힘내서 플레이어를 격퇴하자! 전부 죽이면 아무도 안 올지도 모르니까 도망치는 사람은 가게 놔둬. 하지만 안쪽으로 들어오려는 인간은 찢어 죽여~!"

◆ ◆ ◆

"여기가 에른타르인가? 사람이 꽤 있네."

"뭐, ☆3이니까. 최고가 ☆5이라고 생각하면 딱 중간이잖아. 던전 난이도를 조사하기에 가장 적당한 표본이야."

"……표기상 ☆5가 최대치라고 해서 실제 난이도의 최대치가 ☆5이라는 법은 없지만."

웨인, 길가메시, 멘타이리스트는 예정대로 에른타르 앞에 있었다.

카네몬테를 떠난 뒤, 장비 성능을 확인할 겸 경험치를 벌면서 느굿하게 이동하고 있었는데, 그 도중에 던전이 정식 도입되어 단숨에 이곳으로 전이해 왔다.

"재앙이 있는 구 힐루스 왕도가 ☆5이니까……. 잠정적으로 재앙을 ☆5으로 가정하면 우리 파티로 ☆3은 조금 어려운 수준일 거야."

"조금 어려운 편이 경험치 벌기에는 좋지 않아?"

"그럴지도. 그래도 난이도 최대치가 ☆5인지 아닌지 아직 몰라. 만약 설정상 그 이상의 난이도도 있지만, 표기상 ☆5까지밖에 표시해 주지 않는다면 재앙이 ☆5 이상일 가능성도 있어. 그러면 ☆3은 좀 더 쉬울지도 몰라."

SNS에서 강하고 안 벗겨짐이 한 말이었다. 그럴 가능성도 분명히 있었다.

진실이 뭐든 간에 당면한 목표는 이 에른타르였다. 다짜고짜 공략에 뛰어들 생각은 아니지만, 길이 말한 대로 실력을 시험하기에는 적당해 보였다. 이곳에서 애먹을 정도라면 구 힐루스 왕도 공략은 꿈도 꾸지 못한다.

"……응? 라콜린느 숲 난이도가 내려간 것 같아. 여기와 같은 ☆3이래. 타이밍도 안 좋지. 이럴 줄 알았으면 그쪽으로 갈걸. 거기가 힐루스 왕도와 더 가까운데."

"여기를 끝내고 가면 되잖아. 그보다 아직 SNS를 보고 있어? 한눈팔지 말고 빨리 출발하자."

길이 멘타이리스트를 재촉해 에른타르로 진입했다. 웨인도 그 뒤를 따랐다.

도시 안은 쥐 죽은 듯 고요했고 특별히 이상한 점은 없었다. 주민이 전혀 없다는 점을 빼면.

건물의 문과 창문을 억지로 연 듯한 흔적도 있지만, 전부 수리되어 있었다. 마물이 이곳을 습격한 뒤 굳이 고치기라도 했단 말인가?

"일단 다른 플레이어들과 마주치지 않게 주의하면서 가자. 협력할 수 있는 사람이면 괜찮지만, 그렇지 않은 사람이면 귀찮아져."

예전만큼 플레이어를 불신하지는 않지만, 웨인이 플레이어를 믿는다고 한들 PK가 줄어들지는 않는다. 신뢰와 경계는 전혀 다른 문제다.

다른 파티와 충돌하지 않는다, 다른 파티를 방해하지 않는다는 건 플레이어들의 암묵적 합의인지 다행히 다른 플레이어와 만나지는 않았다.

하지만 몬스터와 만나지도 못했다.

"이러면 그냥 도시 산책인데⋯⋯."

"으음, 저쪽에 보이는 큰 건물은 아마 영주가 살던 저택일 거야. 저기가 보스의 구역이라면 상식적으로 저곳으로 접근하지 못하게 마물을 배치할 텐데."

"민가밖에 없어. 게다가 거리에도 아무도 없고."

다른 파티는 뭘 하고 있을까.

이미 영주 저택으로 가고 있을까. 아니면 집 안이라도 탐색하는 중일까.

"⋯⋯아무도 없다, 라고 단언할 순 없겠지. 그리고 보니 집 안을 확인하지 않았어."

길도 같은 생각을 했는지, 근처 집의 문을 열어 안으로 들어갔다.

"……헉?! 좀비다! 집 안에 좀비가 있어!"

길의 목소리에 웨인과 멘타이리스트도 서둘러 집 안으로 들어갔다.

집 안에는 좀비 몇 마리가 있었고 바닥에는 이미 길에게 당했는지 한 마리가 쓰러져 있었다.

웨인도 아직 서 있는 좀비 중 하나에게 달려가 검으로 두 동강 냈다.

보통 검이라면 척추 따위에 걸려 멈추겠지만, 이 아다마스 검은 그렇지 않았다. 지금까지 한 여행에서도 이 정도 적이라면 단칼에 양단할 수 있다고 증명되었다.

좀비를 사선으로 두 동강 낸 뒤, 연이어 다른 한 마리의 허리를 가로로 베어 상반신과 하반신을 나눠 버렸다. 그러는 사이 길도 검으로 다른 좀비의 심장을 찔렀고, 그렇게 전투는 종료됐다.

"……흐음? 평범한 좀비보다는 강하지만…… 그게 다야."

"생김새부터 평범한 좀비가 아니야. 뭔가 깔끔해……. 살점이 안 썩었어? 던전 안에서는 부패가 일어나지 않나? 다소 강해도 좀비는 좀비니까 어차피 좋은 아이템도 주지 않을 테고, 인간 시체를 해체하는 것도 좀 그런데 어떡할래?"

"그냥 가자. 집 안에도 특이한 게 없다면 탐색해 봤자 시간 낭비 아냐?"

"……☆3 던전 잡몹이 단순한 좀비인 것도 이상한데."

멘타이리스트는 그렇게 말하지만, 현실이 그런 것을 어떡하랴.

"엄청 강한 좀비였을 가능성도 있지. 대부분 한 방에 끝났지만, 우리 무기는 국보급……까지는 아닐지라도 귀족 가문의 가보가 돼도 이상하지 않을 물건이잖아."

길의 말이 옳았다.

아직 분수에 맞지 않는 옷을 입었다는 느낌을 떨치지 못하겠다. 대장장이는 꼬박꼬박 손질하라며 서비스로 특수한 숫돌을 줬지만, 지금까지 이가 빠지기는커녕 칼날조차 무뎌지지 않았다. 손질이라고 해 봤자 피나 기름을 닦는 정도였다. 웨인은 그렇게 생각하며 검을 봤다.

"……길, 역시 지금 좀비는 그냥 좀비가 아닌 것 같아."

"오?"

"이거 봐. 이가 빠지지는 않았지만, 칼끝이 아주 살짝 무뎌졌어. 아마 뼈를 자를 때 조금 마모된 게 아닐까?"

"정말로……? 오오, 잘 보니까 내 검도 그래. 방패는…… 그다지 변화는 없어 보이는군. 상대도 맨손이라서 그런가."

길은 방패로 공격을 막았었나 보다.

"☆3인가. 맵 자체는 그냥 도시 같지만, 몬스터는 상당히 위험해. 우리도 장비를 일신하지 않았으면 더 고전했겠지. 다른 파티가 중견급뿐이라면…… 아무도 살아서 돌아가지 못할지도 몰라."

확인해 보니 경험치도 꽤 많이 들어왔다. 웨인 파티가 상위 플레이어라면 중견이나 그 조금 아래 실력의 마물과 싸웠을 때와 같은 습득량이었다.

지금까지 적이 나오지 않아서 깊은 곳까지 들어오고 말았는데 이 앞에 더 강대한 적이 없다는 보장은 없다.

SNS에서는 ☆3은 중견 정도로 예상했지만, 정말로 그런지 모르겠다. 대책을 세우지 않은 중견 파티가 이 좀비들을 해치울 수 있을지 의문이었다. ☆3 필드가 현시점의 상위 플레이어용일 가능성도 있었다.

이 이상 들어가려면 미리 퇴로를 확보하는 편이 나을지도 모른다.

"……일단 밖으로 나가자. 상대가 좀비라면 해가 있을 때는 밖을 나다니지 못할 거야. 전진하든 후퇴하든 햇빛이 닿는 곳으로 가는 게 나아."

웨인의 말을 듣고 일행은 서둘러 길거리로 나왔다.

도시는 여전히 쥐 죽은 듯 고요했고 생명의 기운은 느껴지지 않았다.

"─응?"

"왜 그래, 길?"

"지금 저쪽에 뭔가 있었던 것 같은데…… 아무것도 없네. 잘못 봤나?"

단순한 좀비라고 생각했던 잡몹이 의외로 강하다고 판명된 참이었다.

사소한 의문점이라도 밝혀 두고 싶었다.

하지만 길이 뭔가를 발견한 곳은 도시의 더 안쪽 방면이었다. 대책 없이 들어가기는 주저됐다.

"아냐, 내 오해일 수도 있어. 한순간이었고 거리도 멀었으니까. 저기 집 돌담이 잠깐 반짝인 것처럼 보였을 뿐이야."

"어떡할래, 멘타이. 충분히 수상하다고 보는데……."

"……내 생각에는 확인하는 게 좋겠어. 여기서 철수해도 결국 얻는 것 없이 끝이야. 언젠가는 조사해야 하고, 내 입으로 말하기는 그렇지만 우리는 플레이어 중에서 상위권이야. 위험하더라도 어느 정도는 극복할 수 있어.”

“……좋아, 그럼 가자. 길이 선두, 멘타이가 중간, 내가 후미야.”

신중하게 전진하지만, 역시 아무것도 나오지 않았다.

천천히 시간을 들여 길이 빛났다고 말한 돌담 앞까지 왔으나, 특별히 이상한 점은 없었다.

“역시 아무것도—.”

갑자기 굉음과 함께 주변이 강렬한 빛에 휩싸였다.

이건 마법이다. 그것도 범위『번개 마법』.

왕도 결전에서 번 경험치로 방어력과 LP를 많이 늘렸고 새로 맞춘 갑옷도 있지만, 지금 일격으로 상당히 LP가 깎였다. 두 번은 버틸 수 없다.

길은 탱커를 자처하는 만큼 방어력도 LP도 아마 플레이어 중 최고 수준이지만, 번개 속성 마법만큼은 어쩔 도리가 없었다. 당장 넘어질 것처럼 휘청거렸다. 꽤 큰 대미지를 받은 모양이었다.

멘타이리스트는— 바닥에 쓰러졌다. 그는 마법사라서 방어력도 LP도 낮았다. 그가 올린 능력치는 주로 MND며, MND에 기반하는 스킬은『정신 마법』과『부여 마법』이었다. 완전히 서포트 특화인 그는 지금 대미지를 버티지 못한 듯했다.

“……멘타이…….”

“—아주 짧은 시간에 민가에서 무사히 빠져나온 자들이 있다고 해서 상황을 보러 왔더니.”

목소리는 위쪽에서 들렸다.

아마 지금 마법을 쓴 자는 하늘을 날 수 있는 모양이었다.

그곳에는 길고 윤기 흐르는 흑발을 휘날리는 흰 피부의 여성이 허공에 앉은 듯한 자세로 떠 있었다.

"주제도 모르고 이 도시에 발을 들인 그 만용은 칭찬해 줄게. 그걸 위안 삼아 저세상으로 떠나렴."

◆ ◆ ◆

레아가 빌려준 퀸 비틀의 부하에게서 보고받고 아잘레아가 발코니에서 날아올랐다.

보고 내용은 하급 흡혈귀 네 명이 잠복한 민가에서 단시간에 빠져나온 자들이 있다는 것이었다. ……아마도.

정확한 내용은 블랑도 모른다. 디아스가 통역해 줬기 때문이었다.

"현재 도시 민가에는 하급 흡혈귀 네 명을 한 조로 배치해 뒀습니다. 그 민가에서 단시간에 살아서 나왔다는 것은 단시간에 하급 흡혈귀 네 명을 쓰러뜨렸다는 뜻입니다. 틀림없이 일정 이상의 전투력을 갖췄겠지요. 심지어 눈에 띄는 상처도 없고 지친 것 같지도 않습니다. 그렇다면 경계가 필요하다고 봅니다."

디아스가 그렇게 말한다면 경계를 위해서 확인하러 보낼 수밖에 없다.

디아스는 명목상 블랑 아래에서 일하지만, 레아의 선의로 머물고 있을 따름이었다.

레아에게는 블랑을 가장 우선하라고 지시받았지만, 블랑에게 명령을 받는 관계도 아니었다. 굳이 말하면 최우선 목적은 블랑의 안전이며, 그와 관련된 일이라면 블랑의 지시보다 자신의 판단을 우선할 것이다.

이는 바이스도 마찬가지였다.

"디아스 님의 말씀대로군요. 외람되오나 저도 한마디 보태자면 전투력이 너무 높다면 망설이지 말고 첫 공격으로 숨통을 끊는 편이 좋습니다. 그들이 실력에 자신이 있다면 또 찾아올 테고, 정확한 전투력을 파악하고 싶어도 아무런 정보가 없는 지금 꼭 해야 할 일도 아닙니다."

바이스가 그렇게 덧붙였고 디아스도 고개를 끄덕였다.

이 이야기를 들은 아잘레아가 자신이 맡겠다며 날아간 것이다.

아잘레아라면 하늘에서 마법만 쏴도 일방적으로 이길 수 있을 테고, 최악의 경우 거인으로 변신해 버리면 된다.

거인이 되면 마법의 힘을 잃는 대신 방어력과 LP에 큰 보너스가 붙는다. 그 맷집으로 버티는 사이에 증원을 보낼 수도 있다.

도시 한복판에서 거인이 나타나면 여기서도 보인다.

그러면 바로 디아스가 출동할 예정이다.

아잘레아에게 이길 적이라면 상대할 자는 디아스 정도밖에 없다.

눈앞의 인간들은 아잘레아가 쏜 『라이트닝 샤워』로 상당한 대미지를 받은 듯했다.

아잘레아 딴에는 일격에 잿더미로 만들 생각이었지만, 원형을 유지할 뿐 아니라 두 명이나 살아남았다.

지금까지 만난 인간들과는 차원이 다른 실력자였다.

하지만 솔직하게 놀란 모습을 보여주자니 아잘레아의 자존심이 허락하지 않았다.

"별거 아니네. 겨우 한 방에 이 모양이야?"

자세히 보면 그 남자가 장비한 전신 갑옷에는 그을린 자국조차 없었다. 그렇다는 건 아잘레아의 마법은 갑옷의 방어력을 무시하고 내부에 피해를 줬다는 뜻이다.

달리 말하면 『번개 마법』 외에는 갑옷을 뚫지 못해 효과가 미미할지도 모른다.

서 있는 다른 남자는 금속이 비늘처럼 첩첩이 붙은 갑옷을 입었는데, 그도 갑옷에는 아무런 손상도 보이지 않았다. 이쪽 남자에게 공격할 때도 주의가 필요하다.

이대로 몰아치면 이길 수 있겠지만, 『라이트닝 샤워』는 아직 재사용 대기 중이었다. 연속해서 쏠 수는 없었다.

다른 마법을 쏘고 싶어도 그 효과가 좋지 못하다면 『라이트닝 샤워』의 재사용을 늦출 뿐이었다.

쿨타임을 기다리는 동안, 마법 외의 수단으로 상대방을 묶어둘 필요가 있었다.

그때, 영주 저택에서 하늘을 달리는 붉은 스켈레톤 하나가 이쪽으로 오는 모습이 보였다.

같은 주군을 섬기는 동료, 용의 이빨이었다. 저 얼굴은 틀림없이 크림슨이다.

크림슨을 포함한 용의 이빨은 서열로 따지면 아잘레아 자매의 후배였다.

용의 이빨은 근접전에 능하고 몸이 가벼워서 속도가 특히 빠르다. 그리고 이름부터 용인 터라 발톱과 이빨은 드래곤다운 공격력을 갖췄는지 무섭도록 날카로웠다. 같은 이유로 내구력도 훌륭했다. 뼈라서 유일하게 타격 속성에 취약하지만, 참격과 관통 공격에는 강했다.

또한, 본디 스켈레톤 계열은 불 속성에 약하지만, 스파르토이 때부터 왠지 『불 내성』을 혼자 가지고 있었다. 색이 빨갛기 때문일까. 아니, 그 색은 주군의 피일 것이다. 불은 상관없다.

아무튼 그렇게 듬직한 후배가 적 파티의 배후에서 기회를 노리고 있었다. 이건 이긴 거나 다름없다. 조금 더 여유를 부려도 될 것이다.

"주제도 모르고 이 도시에 발을 들인 그 만용은 칭찬해 줄게. 그걸 위안 삼아 저세상으로 떠나렴."

아잘레아의 그 말이 들렸는지, 근처까지 왔던 크림슨이 공중에서 목을 움츠리고 고개를 절레절레 저었다.

눈앞의 인간들이 아니라 크림슨의 그 태도에 울컥해서 충동적으로 마법을 날렸다.

"『헬 플레임』!"

크림슨에게도 불똥이 튈지 모를 위치지만 상관하지 않았다. 그에게는 『불 내성』이 있다. 어차피 큰 대미지는 받지 않을 테니까 나중에 『치료』라도 해 주면 그만이다.

그때는 선배에 대한 존중을──.

"아읔!"

갑자기 비명이 들려 내려다보자 처음 『라이트닝 샤워』로 처리했을 마법사가 크림슨의 손톱에 찔려 빛으로 흩어지는 중이었다.

"……?"

무슨 일이 벌어졌는지 잘 이해되지 않았다.

마법사가 크림슨에게 당한 곳은 방금 죽어서 엎어져 있던 곳에서 조금 벗어나 있었다.

아니, 죽은 게 아니었다. 크림슨이 해치웠다면 『라이트닝 샤워』로 죽지 않았다는 뜻이다.

그리고 지금 『헬 플레임』을 피하려고 이동하려다 크림슨에게 찔리고 말았다.

"웨인! 멘타이!"

그리고 다른 한 명, 찰갑을 입은 남자도 지금 불길에 타 죽은 듯했다.

단 한 명 살아남은 전신 갑옷이 두 명의 이름 같은 소리를 외쳤다.

이 남자의 갑옷 성능은 어마어마했다.

그래도 그는 어차피 근접 물리 공격 타입. 하늘을 나는 아잘레아에게 유효타를 줄 수 없다.

그럼 크림슨에게 찔린 그 마법사 남자는 어떨까.

동료들의 갑옷이나 검만큼 위험한 힘을 보유한 마법사라면 하늘에 있는 아잘레아에게 뭔가 치명적인 공격을 하지 않으리라는 보장도 없다.

그런 속셈이 있으니까 죽은 척하지 않았을까.

그렇다면 크림슨이 구해줬다고 볼 수도 있지 않을까.

아잘레아는 후배의 공적을 인정하지 못할 만큼 속이 좁지 않았다.

금속 갑옷을 입은 남자는 갑자기 나타난 크림슨에게 달려들려고 했다. 그가 마법사를 해치운 탓이리라.

그에게는 파티 전체에 피해를 주고 철갑 남자를 해치운 아잘레아가 더 원망스럽겠지만, 하늘에 있는 아잘레아에게 손을 댈 수단이 없었다.

하지만 남자의 기량으로는 크림슨에게 검을 맞힐 수도 없었다. 남자의 검보다 크림슨이 빠르기 때문이었다.

아잘레아는 지상에서 크림슨이 남자와 노는 사이 하늘에서 쿨타임을 기다렸다.

쿨타임이 끝나면 번개 속성 단일 마법을 남자에게 쐈다.

그때마다 남자는 하늘에 있는 아잘레아를 노려봤지만, 그런다고 그가 할 수 있는 일은 없었다. 괜히 한눈을 팔다가 크림슨에게 얻어 맞을 뿐이었다.

"쓸데없이 시간을 잡아먹었지만, 슬슬 끝나려나."

크림슨이 하늘로 달려 올라가 남자와 거리를 뒀다.

말려들기 싫다고 주장하는 듯했다.

아잘레아는 그것을 확인한 뒤 자신이 배운 『번개 마법』을 연발했다.

남은 LP가 많지 않았는지, 전부 사용하기 전에 남자는 빛으로 변했다.

◆ ◆ ◆

"아, 돌아왔다. 어땠어?"

"별일은 없었어요."

"별일 없었다면 이렇게 시간이 걸릴 이유가 있나? 크림슨 공까지 동행했건만."

아잘레아가 지적하는 바이스를 째려봤다.

디아스가 거기에 끼어들었다.

"아무도 네가 한 일을 의심하진 않는다. 다만, 보고는 정확한 편이 좋지. 놈들은 해치워도 진정한 의미로 죽지 않아. 반드시 다시 나타나지. 이번 정보가 정확하게 전달되지 않으면 다시 나타났을 때 너의 주군에게 위험이 닥칠 우려도 있다. 바이스 공이 한 말은 그런 뜻일 거다."

"……! 정말로 죄송합니다!"

아잘레아의 이야기에 따르면 그 세 플레이어는 다른 플레이어보다 상당히 강했다.

아잘레아에 더해 크림슨까지 있었는데 이만큼 시간이 걸린 것은 분명히 예삿일이 아니었다.

둘의 공격에 버틸 수 있었던 이유는 아마 플레이어들이 장비한 갑옷에 있었을 것이다. 크림슨의 발톱조차 통하지 않는 무시무시한 갑옷이었다. 아잘레아의 견해로는 일정 수준 이상의 『번개 마법』이 아니면 유효한 피해를 주기 어려울 듯했다.

"일정 수준 이상의 『번개 마법』밖에 통하지 않는다……. 흐음, 마치 폐하의 요로이자카 공 같군요."

"요로이자카 공……? 아아, 요로이 자카C? 응? 그 로봇처럼 단단한 장비 말이야? 위험한 물건이잖아!"

그렇지만 이번에는 어떻게든 해치웠다.

사망 페널티로 경험치도 줄었을 테니까 다시 도전하고 싶어도 조금 시간이 걸릴 것이다.

그때까지 이쪽에서도 경험치를 벌고 준비를 갖춰 다시 찾아올 전투에 대비해야 한다.

"그나저나 레아와 같은 수준의 장비를 가진 플레이어라……. 다음에 만나면 알려 줘야겠다."

제6장 이중 소환

스가루에게 새로운 퀸 베스파이드를 낳게 하여 그녀에게 튀어 초원을 맡겼다.

추가로 경험치를 써서 성장시키거나 연수를 받지도 않았다. ☆1이라면 그 정도로 충분했다.

새로운 여왕에게 각종 포션을 먹이며 보병 개미와 공병 개미를 대량으로 낳아 초원 전체에 풀어놓았다.

보스 구역이 다른 필드로 취급된다면 레아가 이 방에 있는 한 난이도는 변하지 않을 것이다. SNS에도 아직 눈에 띄는 정보는 없었다. 전멸한 초보 플레이어들이 경고하는 글 정도였다.

"그런데 난이도는 전혀 변하지 않는데 던전의 내용물만 바뀌면 불신감을 줄까?"

던전이 변하는 중이니까 일시적으로 난이도가 바뀌는 편이 현실성이 있을지도 모른다.

레아는 스가루를 데리고 초원으로 나왔다.

"……바로 낚여서 SNS에 반응한 플레이어가 있어. 역시 나온 순간 ☆5가 되나. 보스 구역만 따로 취급하는 건 확정이야."

다행히 결과는 바로 나왔다.

지금 튀어 초원은 세간의 이목을 끌고 있었다. 반응이 빨라서 좋다.

참고로 블랑에게 연락해서 난이도가 바뀔 가능성을 전한 뒤 디아스를 영주 저택에서 외출시켰다.

에른타르의 주목도도 높아졌다. 배회형 보스가 있다는 정보로 이쪽도 인기가 생겼기 때문이었다.

SNS에 따르면 에른타르에 배회형 보스가 나타날 때는 일시적으로 난이도가 ☆4으로 오르기 때문에 바로 알 수 있다고 한다. 그래도 도시에 있지 않으면 전이 목록을 볼 수 없어서 던전 안에서는 SNS를 감시할 수밖에 없다.

그 배회형 보스란 블랑의 부하인 흡혈귀 세 자매인 모양이었다. 블랑에게 듣기로는 이상하리만큼 강한 플레이어가 나타나서 급히 한 명을 출동시켰다고 했다. 중견용 ☆3 던전에서 놀지 말고 수준에 맞는 곳으로 가라는 블랑의 경고였다.

그리고 디아스가 보고한 바로는, 그 이상하게 강한 플레이어는 아다만 어쩌고를 사용한 방어구를 입은 자들이었다.

그 광물 자체는 대륙의 광맥에도 존재하니까 언젠가 발견될 줄 알았다. 예상보다 이르지만, 피할 수 없는 일이었다.

또 포션이라도 마시며 현자의 돌을 찍어내서 아다만 시리즈를 업데이트하면 그만이다.

"……에른타르는 전용 스레드가 있나. 부럽— 아, 라콜른느도 있네. 종합 스레드에서 전부 다루기 힘들었나. 후후, 구 힐루스 왕도도 있어. 아직 아무도 안 왔을 텐데……. 그래도 난이도가 낮아졌다고 알려진 모양이야."

구 힐루스 왕도는 내부 정보가 전혀 없는데도 불구하고 스레드가 생겼다.

힐끔 들여다보니 이미 난이도가 완화됐다는 사실도 적혀 있었고, 같은 시각 뛰어 초원에 재앙이 출현하여 재앙의 부재로 난이도가 내려갔다는 의견이 중론이었다.

하지만 언제 돌아갈지 모를 재앙에게 겁먹어 아직 공략에 나선 플레이어는 나오지 않은 듯했다.

"며칠간 ☆4으로 놔두면 조만간 누가 오겠지. 그건 그렇고 디아스가 산책 중인 에른타르는…… 역시 난이도는 변하지 않았어. 그렇다면 남의 던전 목장화 계획은 실현 가능해."

만약을 위해서 잠시 SNS를 체크하며 기다려 봤지만, 난이도가 변했다는 보고는 보이지 않았다. 시간을 너무 끌면 디아스가 플레이어와 마주칠지도 모른다. 디아스에게 연락해 들키기 전에 돌아가라고 지시했다.

최근 정보를 확인한 결과, 에른타르를 이용해 검증하고 싶었던 부분은 대강 알 수 있었다.

이제 그 스레드에 볼일은 없지만, 일단 전날 올라온 글까지 확인하다가 재미있는 사실이 판명됐다.

"에른타르에서 배회형 보스에게 당했다는 게 웨인 파티구나! 그러면 이 녀석들이 아다만 어쩌고 장비를 가졌다는 거야? SNS에는 정확한 정보가 없는데."

웨인은 몰라도 함께 행동하는 길가메시와 멘타이리스트는 최상위권 플레이어였다. 최신 아이템을 입수했어도 이상하지 않다.

하지만 이 세계에서 채굴이나 대장간으로 유명한 곳은 셰이프 왕국이었다. 아다만 어쩌고가 유통되는 곳이 있다면 그 나라라고 생각했다.

레아가 아는 한 웨인 파티는 셰이프 왕국과 딱히 접점이 없었다.

그걸 어디서 구했을까.

"—아, 왕도에서 싸웠을 때인가. 내가 회수하기 전에 몇 개 챙겼나."

그 난리 통에 용케 그럴 여유가 있었다.

레아에게 웨인이라는 플레이어는 머리는 나쁘지 않아도 시야가 좁은, 달리 말하면 착각에 빠져 엉뚱한 방향으로 치달리는 이미지라서 이건 조금 의외였다. 그런 임기응변이 가능한 플레이어였을 줄이야.

레아는 그때 일을 잠시 떠올렸다.

그 패배가 레아에게 안겨 준 것은 오만에 빠지지 않고 힘을 추구한다는 결의만이 아니었다.

대량의 아다만 덩어리도 수중에 들어왔다.

아다만 시리즈를 리스폰하면 아다만 덩어리를 무한으로 얻을 수 있다는 것은 맹점이었다.

하지만 경험치와 마찬가지로 동일 세력끼리 싸워서는 드롭 아이템이 나오지 않는다.

어지간한 적은 아다만 시리즈에게 이길 수 없고, 웨인 파티 같은 플레이어들과 싸우게 하자니 그들이 드롭 아이템을 챙기기 전에 가로채기 어렵다.

"여유가 생기면 라일라와 전쟁놀이라도 할까……. 서로 전리품은 상대방에게 주는 조건으로."

아무튼 확인은 모두 끝났다.

초원 인수인계도 끝났으니까 레아가 더 이상 머물면 영업에 지장이 생긴다.

일단 케리 일행을 보러 도시로 가기로 했다.

◆ ◆ ◆

"토지 매입은 잘돼 가?"

"예, 보스. 큰길을 낀 1급지 전부와 창고 지구는 매입했습니다. 공방 거리는 영주의 이름을 꺼내도 거부하는 터라 난항을 겪는 중입니다. 이제는 주택가를 돌 예정입니다만……."

영주 저택에는 케리밖에 없었다. 다른 세 명은 실제로 도시로 나가 교섭하고 있으리라. 그로부터 반나절 정도밖에 지나지 않았는데 이만한 성과를 올렸다는 게 경이로웠다.

요로이자카 씨는 스가루와 함께 튀어 초원의 보스방에 두고 왔다. 스가루는 튀어 여왕개미의 산란이 일단락될 때까지 대신 지휘를 맡아야 하고, 요로이자카 씨는 너무 커서 영주 저택에 들어오기 힘들기 때문이었다.

"주택가는 무리하지 않아도 돼. 어차피 영주는 우리 거니까. 그리고 이번에 사들인 땅의 이전 권리자들을 영주 저택으로 불러줘. 그 녀석들을 『사역』해서 지금과 다를 바 없이 생활시킬 거야. 그러지 않으면 눈에 띌 테니까. 공방 거리는…… 레미가 갔나. 그럼 그냥 죄다 『사역』해 버리자."

기왕 이렇게 된 거, 이 도시의 공방 거리를 생산 거점으로 재개발하기로 했다.

리베 대삼림의 대장간은 어차피 숲속에 만든 임시 시설에 불과했다. 지금은 스킬의 화력으로 무식하게 아다만을 가공하지만, 제대로 된 설비를 이용해야 품질도 더 좋지 않을까.

또한, 이 도시의 설비를 참고하면 대삼림의 임시 대장간이나 다른 작업장을 업그레이드할 수 있을 것이다.

앞으로는 리베 대삼림을 시작품 개발용, 이곳 리플레의 공방 거리를 양산 및 가공용으로 운영한다.

재앙이 튀어 초원을 떠나면 다시 플레이어들은 이 도시로 돌아올 것이다.

지금 초보자용 장비와 아이템을 생산해 두고 던전 특수(特需)에 대비한다.

초보자용 장비 생산은 수습 대장장이에게 맡기고, 기술력이 뛰어난 자들에게는 아다만 장비를 양산시킨다. 이 방법이면 경험치를 벌어 전투력도 올라가고, 더불어 돈도 굴러들어 온다.

"플레이어가 이동하게 되면 설령 밀수로 유통에 타격을 주지 않더라도 플레이어가 가진 자원이 함께 이동하는 현상은 막을 방도가 없어. 구 힐루스 왕국이 플레이어들에게 인기가 생기면 온 대륙의 금화도 함께 모이는 셈이야."

그 자원 이동이 가져올 미래는 국가 간의 경제적 격차다.

게다가 구 힐루스 왕국은 이미 국가가 아니기 때문에 타국 수뇌가 그 격차 자체를 깨닫지 못할 것이다. 기껏해야 플레이어들이 금화를 어딘가에 쌓아 뒀으리라고 의심하는 정도일까.

이 대륙에서는 모든 나라가 통일된 화폐를 사용한다고 들었다. 심지어 그 화폐란 금화다.

즉, 이 대륙의 경제는 금본위제며 통화가 한 종류밖에 없으므로 환율도 없다.

각국이 보유한 금화의 수가 그 나라의 경제력으로 직결된다는 뜻이다.

어느 나라도 자체적 통화를 가지지 않은 이상, 타국의 금화를 다시 사들일 수도 없다. 따라서 NPC는 한 번 벌어진 경제 격차를 메울 수단이 없다.

지금까지는 다툼도 일어나지 않고 무역도 활발하지 않았기에 다소 경제력에 차이가 나도 문제가 없었다.

하지만 플레이어의 등장으로 국가 간 교류가 폭발적으로 늘어날 지금부터는 사정이 다르다. 경제적 영향력이 약한 나라는 발언력마저 잃고, 국내의 온갖 자원을 팔아서 금화로 바꾸지 않으면 언젠가 막다른 골목에 몰릴 것이다.

"뭐, 금방 그렇게 되지는 않겠지만."

구 힐루스에 플레이어와 물건, 자원이 모인다면 아마도 그 유통의 요충이 될 도시는 이곳 리플레가 될 것이다.

서둘러 영주에게 명령해 도시 외부에 제2의 성벽을 짓게 하고 도시 확장 계획을 세워야겠다.

그러면 돈 냄새에 민감한 플레이어들에게 빌려줄 토지와 점포도 늘릴 수 있고, 그 활기에 낚여 NPC도 늘어난다.

주거나 장사를 모두 호적이나 체류 비자 등으로 관리하면 플레이어에게서만 조금 더 세금을 거둘 수도 있다.

딱히 다른 플레이어가 장사하지 못하게 막으려는 속셈은 아니었다. 단지 장사를 하더라도 레아의 손바닥 위에서 해 주기를 바랄 뿐이었다.

"아, 케리네 애들 중 한 명을 화산 기슭으로 보내자. 거기 있는 록 골렘들을 『사역』해서 이 도시 성벽 재료로 쓰는 거야."

자재가 직접 이동해 주니까 인력도 절약되고 공사 기간도 단축된다.

"그런 일이라면 마리온에게 맡기지요. 인간보다 돌멩이를 상대하는 편이 편할 테고, 『얼음 마법』이 특기인 그 아이라면 혼자서도 충분할 테니까요."

"그리고 재개발을 구실로 주민 등록제를 실시하자. 모든 주민의 호적을 작성하고 플레이어와 주민을 바로 구분할 수 있게."

"그건 제게 맡겨주십시오."

생소한 남자 목소리가 들린다 싶었는데 영주였다.

"그래. 도시 행정이라면 네 전문이겠지. 이름이……."

"알베르트. 알베르트 제바흐 자작입니다, 폐하."

"이름 멋있는데! 어라? 성은 리플레가 아니구나."

"예. 본래 저희 가문은 왕도의 법복 귀족이었습니다. 이 땅을 다스리던 영주가 실각했을 때, 그 부정을 폭로한 제 조부는 작위가 상승해 리플레 자작 대신 이 땅을 다스리게 됐다고 합니다."

본인이 자진했으므로 알아서 하도록 맡기고 도시 확장 계획도 함께 진행하라고 지시했다.

그리고 마리온을 불러서 자재 확보를 위해 알베르트와 의논하도록 일렀다.

알베르트의 『사역』은 노블 휴먼의 기본 스킬이기 때문에 사용하기 까다로웠다. 케리 일행에게 이동용으로 『술자 소환』을 가르치면서 알베르트에게도 여러 기술을 가르쳤다.

"그럼 이번 일은 맡길게. 나는 일단 리베 대삼림으로 돌아갈게. 할 일이 있거든."

◆ ◆ ◆

스가루도 데리고 나온 탓에 누구를 대상으로 『술자 소환』을 쓸지 고민하다가 하쿠마에게 가기로 했다.

화산에서 돌아온 후 늑대들은 지금까지 리베 대삼림에서 놀게 됐지만, 새로운 일거리가 생겼다. 그것을 설명하기에도 좋은 기회였다.

〈보스, 어서 오십시오. 초원이라는 곳은 어땠습니까?〉

"하쿠마, 잘 있었어? 지배는 무사히 마쳤어. 하는 김에 도시도 장악했고. 인간의 도시를 지배하는 건 처음이지만, 새로 『사역』한 알베르트에게 맡기면 문제없을 거야."

그쪽에서 독자적으로 진행하도록 의논은 마쳤다. 알베르트 영주의 INT도 올렸고 위기 상황에 대비한 보좌로 집사장 노인의 INT도 올렸다.

"그래서 너희도 새로운 일을 맡아줬으면 해. 웬만하면 다 같이. 새끼들도 꽤 컸잖아? 슬슬 제대로 된 일도 시켜 봐야지."

〈그거 좋군요! 바로 불러오겠습니다!〉

하쿠마는 말을 마치기 무섭게 동굴에서 나가 하늘로 달려갔다.

『소환』으로 부르면 그만이지만, 하늘을 달려가도 시간은 얼마 걸리지 않을 테니까 기다리기로 했다.

한때는 이 동굴에서 빙랑 두 마리와 새끼 여섯 마리가 생활했지만, 지금은 비좁게만 느껴졌다.

멍멍거리며 발발 뛰어다니던 이미지밖에 없던 새끼들이 지금은 조용히 자리를 지키고 있었다. 이래 봬도 고블린 정도라면 장난감으로 다룰 수 있는 전투력을 갖췄다고 한다.

〈그러니까 저희 여덟 마리가 다른 마물의 영역으로 가서 깽판을 놓으면 된다는 말씀입니까?〉

〈꼭 보스가 지정하신 곳으로 가야 한다? 그리고 그 구역의 우두머리가 있는 곳을 찾고, 플레이어가 그 우두머리를 해치우지 못하게 조심하고.〉

〈나도 알아.〉

새끼들도 고개를 주억거렸다.

친구 등록을 하지 않아서 대화는 할 수 없지만, 레아가 하는 말은 이해할 것이다. 고갯짓도 그런 어필이었다.

"그런데 새끼 늑대들도 곧 성인? 으로 성장하지? 성장은 구체적으로 어떻게 이루어지지?"

새끼 늑대에게서도 언젠가 「새끼」라는 글자가 떨어질 것이다.

하쿠마와 긴카의 말로 추측하면 얼마 남지 않은 것 같지만, 그때 어떤 변화가 생기는지 알지 못했다.

하쿠마가 무리에 있었을 적에는 때가 되면 알아서 빙랑이 되었다는데, 레아에게 『사역』된 상황에서 자동으로 종족이 변한다고 생각하기는 어려웠다.

이 게임은 무슨 일이든 대부분 경험치만 있으면 해결된다.

현자의 돌을 사용하면 강제로 성장시킬 수 있을지도 모르지만, 성체가 되지 않은 마물에게 실험하기는 꺼려졌다. 작은 크기 그대로 전생해 버리면 불쌍하다.

〈잘 모르지만, 기왕이면 보스가 있을 때 성장한다면 좋을 텐데요.〉

일단 새끼 중 한 마리, 미조레의 능력치를 대충 올려 봤다.

상황을 보면서 조금씩 조정하던 사이 마침내 시스템 메시지가 나왔다.

《권속이 전생 조건을 만족했습니다.》

《「회랑(灰狼)」으로 전생하도록 허가하시겠습니까?》

"오, 조건 만족했…… 어라? 빙랑이 아니잖아."

혹시 새끼 늑대는 온갖 늑대 계통 마물의 유체일까?

그리고 조건에 맞춰서 성장 방향이 분기하는 것이라면?

그렇다면 스콜과 하티는 이미 최상위종일 가능성도 있었다. 펜리르라도 되지 않을까, 라고 생각했는데 펜리르는 다른 루트의 전생일지도 모른다.

"……그럼 미조레는 이대로 회랑으로 가자. 전생하면 뭐가 될지 조금 궁금해."

그러자 빛에 휩싸인 미조레의 몸이 쑥쑥 커지더니 이전의 긴카만 한 크기로 성장했다.

다음으로 효우에게는 시험 삼아 『불 마법』을 가르친 뒤 미조레와 똑같이 능력치를 올려 봤다.

《권속이 전생 조건을 만족했습니다.》

《「회랑」으로 전생하도록 허가하시겠습니까?》

《「염랑(炎狼)」으로 전생하도록 허가하시겠습니까?》

"'일정 기간 이상 특정 지역에서 산다' 같은 조건이면 어쩌나 했는데. 습득 스킬로 분기되는 모양이야."

계속해서 다른 네 마리도 전생했다.

아라레는 「빙랑(氷狼)」으로.

후부키는 「풍랑(風狼)」으로.

코고메는 「공랑(空狼)」으로.

자라메는 「삼랑(森狼)」으로.

염랑, 빙랑, 풍랑은 각각 속성 스킬을 습득한 것만으로 충분했지만, 『땅 마법』과 『번개 마법』, 『물 마법』은 배워도 변화가 없었다.

전생을 보류한 채 다른 스킬도 몇 가지 적당히 가르쳐 보자 선택지가 늘어났으니까 「공랑」과 「삼랑」은 스킬을 복합적으로 배워야 해금되는 것으로 추정된다.

참고로 무엇이 트리거였는지 전혀 모르겠다.

회랑이 된 미조레는 새끼 늑대 중에서 가장 덩치가 커졌다. 아무래도 근접 전투 특화 같았다.

염랑인 효우는 색이 검붉게 변했다. 굉장히 멋있다. 습득한 『불 마법』 말고도 불 속성 스킬을 배울 수 있는 듯했다. 이런 점은 빙랑과 같았다. 마법 쿨타임 중에 스킬로 공백을 메울 수 있는 아주 실전적인 빌드라고 할 수 있겠다.

아라레는 빙랑이라서 익숙한 모습이었다. 예전 긴카를 쏙 빼닮은 흰 털이 자랐다.

풍랑, 후부키는 청록색이었다. 배 쪽의 털은 비교적 하얀색이라서 다른 새끼들보다 더 허스키에 가까워 보였다. 풍랑 또한 『바람 마법』과 바람 계열 스킬을 배울 수 있었다. 이동을 보조하는 스킬도 몇 가지 해금됐다. 종횡무진으로 활약할 수 있는 종족일 듯했다.

공랑인 코고메는 품위 있는 연한 하늘색 털을 둘렀다. 『천구』가 처음부터 해금되어 있었다. 최종적으로 습득 가능한 종족 마법을 대부분 배운 탓에 소비한 경험치가 제일 많았다.

삼랑으로 전생한 자라메는 짙은 녹색이었다. 새롭게 습득한 마법은 『식물 마법』이었다. 이건 상상한 대로였다. 레아가 『식물 마법』을 배웠을 때는 아마 『빛 마법』이 필요했을 텐데, 그런 전제 조건이 없어도 종족 특성으로 스킬을 습득하는 경우도 있는 듯했다.

여섯 마리의 INT를 더 올리고 인벤토리 강좌와 친구 등록을 실시했다. 친구 채팅을 사용하는 방법은 하쿠마와 긴카에게 차차 가르치라고 시키면 된다.

어림잡아 ☆3 정도의 던전이라면 여유롭게 공략할 전력이 되지 않았을까.

"원래 북쪽 숲에서 태어났다고 했나? 나라로 따지면 웰스 왕국인가. 그럼 귀성도 겸해서 그쪽으로 가 봐. 원한다면 고향 숲을 제압해도 되고."

전이 목록에 실린 영역이라면 더 좋겠지만, 그렇지 않아도 딱히 상관없었다.

지시대로 보스만 살려 두면 나중에 레아가 찾아가서 보스를 『사역』해 부하를 늘리는 방법도 있으니까.

하쿠마 가족들은 전투력은 충분하나 수가 적었다. 던전 전체를 커버하기는 어려울 것이다.

그렇다면 목장 관리를 하기보다 유격대가 되어 적당한 던전을 변덕스레 공격하는 편이 나을지도 모른다.

늑대들을 보낸 뒤에는 고블린 목장으로 걸음을 옮겼다.

남의 던전을 거대한 목장으로 만들 수 있다면 더 이상 소규모 고블린 목장은 필요하지 않았다.

그들을 『사역』해 마왕군에 새로운 고블린 부대로 편입할 계획이었다.

지금까지 레아에게 착취당하던 고블린들이 레아 아래에서 착취하는 쪽으로 돌아선 셈이었다.

"—서로 앙금이 있을지도 모르지만, 이번 기회에 깨끗이 청산하고 밝은 미래를 위해 손에 손 잡고 나아가는 게 어때?"

우두머리 같은 고블린을 향해서 그렇게 말을 걸었다.

하지만 그들은 레아의 말을 이해하지 못할 테고, 애초에 레아가 누군지도 모를 것이다.

"『사역』. 어이쿠, 도망가면 쓰나. 『공포』."

고블린 우두머리를 권속으로 만들고 그 외의 고블린들을 『공포』로 제자리에 묶어 뒀다.

"우선 대장인 너는…… 좋아, 적어도 아다만 리더급까지 강화해

둘까."

레아는 현자의 돌 그레이트를 꺼내서 고블린의 우두머리, 고블린 리더에게 던졌다.

◆ ◆ ◆

키는 작지만 근육질에 근엄한 얼굴, 이마에 둥글고 긴 혹이 난 녹색 피부의 중년 남성— 쉽게 말해 고블린이지만, 그 고블린이 레아에게 말을 걸었다.

"이 숲에 있는 동포는 모두 제 권속이 되었습니다, 폐하."

고블린의 우두머리는 INT와 MND를 올린 덕분에 아주 유창하게 말을 할 수 있게 됐다.

그는 고블린 리더에서 고블린 제너럴로 전생했다.

그만큼 능력치도 높아져 일단 아다만 리더와 같은 수준으로 싸울 수 있게 됐다.

리베 대삼림의 대장간에서 만든 아다만 갑옷과 검 시작품도 장비시켰다.

이왕 INT를 올린 김에 각종 마법도 배웠다. 『정신 마법』과 『조교』, 『사령』, 『소환』에서 이어지는 『사역』까지.

최근 며칠 사이 가장 많은 경험치를 쏟은 권속일지도 모르겠다.

레아는 그에게 이 숲 목장에 있는 모든 고블린을 『사역』하도록 지시했고, 방금 받은 보고가 그 결과물이었다.

"수고했어. 내가 너희에게 바라는 건 우리가 지배하지 않는 영역을 공격하는 거야. 구체적으로는—."

던전 목장화 계획에 관해서 설명했다.

"잘 알겠습니다. 그러한 작전이라면 강적을 상대할 스페셜 팀을 편성하고 싶습니다만……."

"아, 그러네. 공격수도 수비수도 필요하겠어. 좋아. 장비와 경험치는 내가 준비해 주지."

플레이어와 적대 NPC에게 패하는 건 상관없지만, 패할 경우에도 이 제너럴만은 죽지 않았으면 좋겠다. 제너럴이 죽으면 다른 전선에 있는 고블린들도 모두 사망할 테니까.

"연락해 둘 테니까 나중에 대장간에 들러. 그리고 추가로…… 이 경험치를 줄게. 세세한 분배는 직접 하도록."

"감사합니다!"

"잘 부탁해. 음…… 아, 어디 보자. 으음, 가슬라크."

"오오, 혹시 그것이 저의……?"

"그래. 네 이름이야."

하쿠마 가족을 자유롭게 풀어 두는 대신, 고블린들은 당초 목적대로 이미 전이 목록에 실린 영역으로 보내 목장을 만들 계획이었다.

"그럼 나중에 부를게. 그때까지 준비해 줘."

◆ ◆ ◆

리베 대삼림에서 할 일을 끝낸 레아는 다시 리플레 영주 저택으로 날아갔다.

동분서주하느라 정신이 없지만, 어쩔 수 없다. 시험하고 싶은 것이 아직 남았다.

"폐하, 지시하신 대로 진행해 뒀습니다. 호적은 기한 내에 등록 신청을 하도록 공문을 내렸고, 기한이 끝난 뒤 현지 조사를 행할 예정입니다."

"수고했어, 알베르트."

"하지만 폐하, 외람되오나 한 말씀 올리겠습니다. 이런 번거로운 작업 없이 주민을 모두 지배하에 두시는 건 어떠신가요? 폐하께서 하사하신 특별한 『사역』 스킬이 있으면 불가능하지 않습니다만⋯⋯."

"아니, 주민들을 모두 지배하는 건 안 좋아."

운영진은 시스템 메시지로 「단일 세력이 지배하는 지역으로 전이하는 서비스」라고 설명했다.

NPC 몬스터가 지배하는 지역은 선별 과정을 거치나 보지만, 플레이어의 지배 지역은 승낙한 모든 곳이 전이 대상으로 뽑혔다. 설령 전이 장소로 뽑히지 않았어도 새롭게 플레이어가 지배한 지역이라면 자동으로 목록에 등재될 것이다.

여기서 리플레 주민들을 모두 부하로 만들면 리플레는 단일 세력의 지배 지역이 되어 버린다. 그러면 분명 전이 목록에 이름이 실린다. 더군다나 도시 내부의 안전 구역도 소멸하고 전이 포털도 사라진다. 그래서는 의미가 없다.

"그런 이유였나요⋯⋯. 알겠습니다. 『사역』은 최소한만 사용하겠습니다."

"그렇게 해줘. 『단일 세력의 지배』로 인정되는 구체적인 비율은 불명이지만, 적어도 이 도시에서 시험할 일은 아니야."

이곳은 인간 도시와 던전을 잇는 포털이 될 중요한 장소였다.

시험하려면 버려도 상관없는 도시에서 해야 한다.

"그런데 의자나 침대를 빌릴 수 있을까?"

이 도시에 온 이유는 알베르트에게 던전에 관해 설명하기 위함이
아니었다.

레아는 영주 저택의 객실을 빌려 인벤토리에서 현자의 돌을 몇 개
꺼내 탁자 위에 놨다.

〈케리, 도와줬으면 하는 일이 있어. 영주 저택 객실로 부르고 싶
은데 괜찮겠어?〉

〈물론입니다, 보스.〉

침대에 누워 『소환』으로 나타난 케리의 몸을 빌렸다.

이렇게 케리의 몸으로 행동하는 것은 오랜만이었다.

당연히 『비상』도 『마안』도 쓸 수 없었다.

하지만 『소환』은 쓸 수 있다. 물론 이건 케리의 스킬이었다. 불러
들일 사람은 랜덤이거나 케리의 권속뿐이었다.

케리의 권속 목록에서 아무나 한 명을 선택해 『술자 소환』으로 그
인물에게로 날아가 봤다.

이건 레아가 정신만 권속 안으로 『소환』된 상태에서 그 권속의 스
킬로 다시 『술자 소환』을 사용할 경우 어떻게 되는지 알아보는 실험
이었다.

시야가 전환되더니 눈앞에는 초로의 남성이 있었다.

"케리 님 아니십니까. 오신다고 미리 알려주셨다면 마중을……."

"아, 미안. 지금은 케리가 아니야. 나는 레아라고 해. 케리의 주군이야."

간략하게 자기소개를 하고 『소환』의 메커니즘을 해설했다.

아마 이 남성이 목록에서 고른 【구스타프 우르반】인가 보다.

이중 소환은 성공했다.

"서, 설마 레아 폐하께서 오실 줄이야…… 결례를 용서해 주십시오. 저는 이 우르반 상회의 대표, 구스타프 우르반입니다."

우르반 상회가 뭔지 전혀 모르지만, 케리에게 내린 지시로 추측하면 큰길을 낀 1급지에 자리한 상회가 아닐까.

아무래도 휴먼이 운영하는 상회 같았다. 마침 잘됐다.

"뭘 좀 실험하느라 케리의 몸을 빌렸어. 그중 하나는 지금 성공했고. 그리고 다른 하나, 이번에는 너도 협력해 주면 좋겠는데, 괜찮을까? 구체적으로는 어떤 아이템을 사용해서 네가 노블 휴먼, 귀족이 될 수 있는지 시험하고 싶어."

"미천한 제가 귀족으로?! 어, 어찌 그럴 수가……."

"강요할 생각은 없어. 싫다면 다른 사람에게 부탁할—."

"아, 아닙니다! 제발 제게 베풀어 주십시오!"

귀족이라고 말해도 딱히 제도상 귀족 계급으로 편입된다는 말은 아니다. 어디까지나 종족이 변화할 뿐이다.

일단 그렇게 양해를 구할까 생각했지만, 잘 생각해 보면 힐루스 왕국은 이미 사라졌다. 이 구스타프라는 사내가 스스로를 귀족이라고 불러도 딱히 폐해는 없으리라.

정 아쉬우면 레아가 다스리는 땅에서는 정말로 귀족 계급으로서 권리를 행사할 수 있게 조치할 수도 있다.

"……뭐, 그건 일단 넘어가고. 먼저 이걸 받아."

주머니에서 현자의 돌을 꺼내서 구스타프에게 건넸다.

그러자 구스타프가 빛에 휩싸였고—

《플레이어의 뇌파를 확인했습니다. 자동 처리를 취소합니다.》

《권속이 전생 조건을 만족했습니다.》

《「노블 휴먼」으로 전생하도록 허가하시겠습니까?》

'아하, 이렇게 되나.'

레아는 회심의 미소를 지었다.

이 실험은 권속의 몸을 빌린 상태에서 그 권속에게 온 시스템 메시지를 레아가 들을 수 있는지 알아보는 실험이었다.

텍스트로 보아 아마 NPC가 지배하는 권속에게 현자의 돌을 사용하면 자동으로 처리되는 모양이었다. 시스템 메시지를 들을 수 없는 NPC는 당연히 대답할 수도 없다. 이건 불가피한 처리다.

하지만 거기에 플레이어가 개입할 경우, 그 플레이어에게 판단을 위임하는 듯했다.

'허가할게.'

《전생을 시작합니다.》

머릿속으로 사인을 보내도 승낙이 가능했다.

"즉, 누군가의 몸을 빌리면 나도 평범한 플레이어인 척할 수 있다는 건가."

하지만 주의할 문제도 있었다.

인벤토리였다. 인벤토리를 쓸 수 없었다.

방금 현자의 돌을 주머니에서 꺼낸 이유도 인벤토리에 넣을 수 없기 때문이었다.

인벤토리는 완전한 퍼스널 스페이스인지 본인 외에는 무슨 짓을 해도 간섭할 수 없었다.

"꼭 필요할 때는 잠깐만 케리로 돌아와서 꺼내 달라고 하고 다시 내가 들어가면 되나……."

플레이어 앞에서 플레이어인 척하려면 인벤토리를 사용하는 것이 가장 빠르고 확실한 방법이다.

플레이어가 플레이어에게 플레이어인 척한다는 것 자체가 굉장히 골 아픈 상황이지만, 언젠가 필요할지도 모르니까 검증은 해야 했다.

"……오오, 이게 귀족……."

"아, 깜빡했다."

그리고 보니 구스타프를 노블 휴먼으로 전생시켰다.

겉모습은 크게 변하지 않았다. 종족 특성으로 외모가 번듯해지기는 했지만, 적어도 다른 사람으로 보일 정도는 아니었다.

"귀족의 증거인 『사역』이라는 스킬을 쓸 수 있게 됐을 거야. 하는 김에 『정신 마법』을 선물하지. 그리고 INT와 MND에도 조금 보너스를 줄게. 실험에 어울려 준 보답이야. 상인이라면 유용할 테지."

그리고 주민은 가급적 『사역』하지 말라고 주의했다.

구스타프는 이마가 땅에 닿지 않을까 싶을 만큼 고개를 깊이 숙이고 레아의 말을 경청했다.

"그럼 나는 할 일이 있으니까 이만 갈게. 앞으로도 잘 부탁해."

여전히 머리 숙인 구스타프에게 배웅받으며 레아는 큰길을 걸었다.

목적지는 용병 조합이었다.

다른 사람에게 길을 물어도 되지만, 어차피 큰길가에 있을 테니까 산책한다는 생각으로 찾으면 된다.

이렇게 평범하게 도시를 거니는 것이 오랜만이라서 기분이 매우 신선했다.

"가로등까지 세운 도시라 그런지 치안도 좋아 보여. 도시 사람들도 활기가 있어. 초원에서 얻는 수익으로 생계를 꾸린다면 눈에 띄는 곳에 용병 조합이 있을 법도 한데…… 아, 저건가."

조합에 용병 같은, 정확히는 플레이어 같은 사람이 몇 명 들어가는 모습이 보였다.

역시 저 건물이 용병 조합인가 보다.

레아도 새침한 얼굴로 조합의 입구로 들어갔다.

◆ ◆ ◆

건물 내부에는 기묘한 분위기가 흘렀다.

원인은 플레이어들이었다. 건물에 들어오자마자 안쪽 방으로 가는 이들은 괜찮지만, 문제는 로비에서 허공을 바라본 채 멍하니 서 있는 자들이었다. 누가 봐도 맛이 간 인간이었다.

"……설마 SNS라도 보는 중인가? 나도 다른 사람에게는 저렇게 보인다고? 조심해야겠어……."

용병 조합에 온 이유는 플레이어를 찾아서 전이 포털의 위치라도 물어보기 위해서였다.

하지만 그럴 필요도 없을 듯했다.

저 안쪽 방이 척 보기에도 수상했다.

생각해 보면 던전에 볼일이 있는 전투 위주의 플레이어는 용병 조합에도 자주 올 테니까 합리적이라면 합리적인 배치였다.

다만, 그렇다면 조합에서 일하는 NPC가 이 서비스를 어떻게 인식하는지 궁금했다.

전이는 일방통행이라서 방에 들어간 플레이어는 다시는 나오지 않는다. 아무리 좋게 생각해도 괴담일 뿐이다.

접수처 같은 카운터에 있는 중년 남성에게 넌지시— 아니, 대놓고 물어보기로 했다.

"미안한데 잠깐 괜찮을까?"

"뭔데, 말해 봐."

"던전으로 전이하고 싶은데 어디로 가면 되는지 알아?"

"던저······? 아아, 마물의 영역? 그거라면 저기, 저 안쪽 문이야. 너 같은 사람들이 많이 들어가지? 저 녀석들을 따라가면 돼."

"고마워. 그런데 전이는 대체 어떤 원리지?"

"난들 알겠냐. 그 뭐였지, 보관고? 그거랑 같은 원리라는 소문은 들리더군. 남들이 그렇게 말하면 나야 그런가 보다 하는 거고. 그 전이 장치라는 것도 본부의 높으신 분들이 와서 하루 만에 뚝딱 설치한 거야. 자세하게 알고 싶으면 본부로 가."

전이, 라는 용어도 평범하게 받아들여지고 있었다. 알쏭달쏭한 기술이지만, 어차피 생각해도 모르니까 방치하는 느낌이었다.

잘 모르면 잘 모르는 대로 살아가는 방식에 익숙한 모양이었다.

그나저나 용병 조합에 본부가 있었던가.

본부와 어떻게 연락하는지, 본부와 다른 지부가 어떻게 협조하는지 무척 궁금하지만, 왠지 조사해도 소용없을 거라는 생각이 들었다.

본부는 실제로 존재하지 않고 운영진이 준비한 전용 AI가 전용 캐릭터를 조종해 「본부에서 나왔습니다」라며 연락하거나 이번 전이 장치처럼 지부를 찾아와서 직접 업데이트를 실시할 가능성도 있었다. 이렇게 말하니 무슨 사기 같다.

아무튼 전이 장치는 안쪽 방에 있다고 한다.

바로 가 보기로 했다.

문을 열자 복도가 있고 그 앞은 뒤뜰 같았다. 그리고 그 뒤뜰에 비석 같은 것이 서 있었다. 그 비석에 플레이어가 몰린 광경을 보아 아마 그게 전이 장치인 듯했다.

"방이 아니잖아……. 아니지, 아무도 방이라고는 안 했던가?"

비석에 다가가자 주변 플레이어들의 대화도 귀에 들어왔다.

"어때?"

"잠깐만……. 아직 ☆1이야. 그 후로 정기적으로 확인하는데 계속 ☆1이야."

"그럼 역시 ☆5이 된 건 한순간뿐인가. 대체 뭐였지?"

"그래도 우리가 레이드 보스한테 갈려 나갈 때는 ☆1이었다고 해. 그래서 그때 네가 글을 올려도 분탕, 낚시 취급받았잖아."

"그 후에 한순간 ☆5으로 오른 건 사실이야. 검증 스레드의 견해로는 이벤트 보스가 던전 침략에 나섰고, 그 침략이 완료되면서 ☆ 5이 된 게 아니냐고 하던데."

"아, 이벤트 보스도 침략하는 편이니까 우리와 만났을 때도 던전 난이도 자체는 변하지 않았다는 건가."

"……미안. 쉽게 좀 설명해 줘."

"이해력 떨어지네. 잘 봐, 어떻게 된 거냐면—."

어디서 본 얼굴이다 싶었는데 오전에 스가루에게 전멸한 자들이었다.

몰래 들어 보니 대강 레아가 노린 대로 생각하는 듯했다.

뭐, 노리고 자시고 할 것 없이 단순한 사실이지만.

플레이어들은 결국 실제로 가 보기로 결심한 모양이었다.

열심히 했으면 좋겠다.

죽을지도 모르는 곳으로 무작정 갈 수 있는 건 게임을 막 시작한 지금뿐이다.

경험치를 더 벌면 그런 무모한 행동은 할 수 없게 된다.

처음 전이한 파티가 촉발점이었는지, 다른 플레이어들도 차례차례 전이해 갔다.

뒤뜰은 순식간에 썰렁해지고 말았다.

둘러싼 이들이 사라진 비석에 손을 댔다. 지금 레아는 NPC인 케리의 아바타를 쓰고 있어서 혹시라도 플레이어와 다른 반응이 나타나면 입장이 곤란해진다. 사람이 없는 지금이 기회다.

《전이할 장소를 선택하세요.》

《장치를 기동한 캐릭터와 인증 플레이어가 일치하지 않습니다.》

《경고: 전이는 비석에 접촉한 캐릭터 【케리】만 가능합니다. 캐릭터 【레아】는 전이할 수 없습니다. 계속 진행하시겠습니까?》

"물론, 상관없어."

《전이할 장소를 선택하세요.》

에러 메시지가 나와서 부정한 접근으로 취급하는 줄 알았는데 이대로 진행할 수 있는 듯했다.

그나저나 메시지에서 장치라고 했다가 비석이라고 하는 등 표현이 오락가락했다.

어쩌면 이게 예기치 못한 상황인지도 모른다.

전이 서비스가 추가된 지 이제 이틀째였다. 자잘한 버그나 미확인 사항쯤은 남아 있으리라.

전이할 장소로는 셰이프 왕국의 「☆3 골프 클럽 갱도」를 선택했다.

이름 때문에 멀쩡한 던전인지 의심되지만, 셰이프 왕국의 ☆3 던전으로 제법 인기 있는 곳이라고 들었다.

전이는 제1회 이벤트 이후 처음이었다. 그때처럼 눈 깜짝할 사이에 시야가 전환됐다. 자신을 『술자 소환』할 때와 같은 감각이었다.

눈앞에는 여러 플레이어가 있었다. 안전 구역에서 파티 멤버가 모이기를 기다리는 모양이었다.

방금 『술자 소환』처럼 이번에도 레아의 정신까지 이동했다. 이제 인벤토리 외에는 사실상 플레이어와 다를 바가 없었다.

레아와 눈이 맞은 수인 플레이어가 싹싹하게 말을 걸었다.

"거기 너, 혼자야? 우리 아직 빈자리 있는데 괜찮으면 같이 갈래?"

"죄송해요. 일행이 안에서 기다려서요."

"앗, 그렇구나. 알았어. 조심해서 가."

적당한 말로 거절하고 갱도로 향했다.

안전 구역 같은 곳은 무슨 등산로 휴게소처럼 보였다. 갱도가 산 중턱에 있기 때문일까.

안전 구역에서 나와도 갱도까지는 조금 거리가 있었다. 그래도 가는 길은 안전해서 걸어가면 금방이었다.

"······일행이 안에서 기다린다는 말을 믿네. 무슨 식당도 아니고."

거절한 것까지는 좋았지만, 너무 성의 없는 대답이었는지도 모르겠다. 헌팅남이 생각 없는 인간이라 다행이다.

갱도 안은 서늘하고 끝이 보이지 않는 어둠이 깔렸다.

벽을 조사하자 마법 조명 같은 잔해가 보였다.

플레이어들이 좋아하는 배경 스토리인지 뭔지가 있는지는 모르겠으나, 출현하는 마물은 고블린이었다.

아마 고블린에게 점거당해 버려졌거나 폐광에 고블린이 눌러앉았을 것이다.

벽을 따라서 걷다가 적당한 곳에서 케리에게 제어권을 돌려줬다.

곧바로 친구 채팅으로 케리에게 주위를 경계하며 대기하도록 일렀다. 근처에 아무도 없다는 사실을 다시금 확인한 뒤, 이번에는 본체로 케리에게 날아갔다.

"······좋아, 협력해 줘서 고마워. 이제 조건은 갖춰졌어."

"황송할 따름입니다, 보스."

레아 본인의 몸에는 『마안』이 있으니까 주위가 잘 보였다.

확인할 수 있는 범위에 플레이어는 없었다.

멀리 고블린 같은 집단이 보였지만, 딱히 그들에게는 볼일이 없었다. 갱도는 똑바로 뚫려 있지만 거리가 멀었다. 저쪽도 레아를 눈치채지 못했다.

"그럼 케리는 잠시 여기서 경계해 줘.『소환:【가슬라크】』."

『소환』에 응해 근엄한 고블린 제너럴이 나타났다.

"……오오? 폐하 아니십니까. 이곳은……."

"너희의 근무 예정지인 갱도야."

"……알겠습니다. 준비는 마쳤습니다. 언제든지 하명하십시오."

"좋아. 그럼 지금부터 이 던전을 우리 목장으로 운영할 거야. 목장 건설과 관리는 너에게 맡길게. 무슨 일이 있으면 나한테 연락해."

"명을 받들겠습니다."

가슬라크가 경건하게 무릎 꿇었다.

"주된 목적은 경험치 입수야. 요컨대 적대 세력을 공격하는 거지. 이 갱도 안에 존재하는 우리 편 이외의 진영은 기본적으로 죽여도 되살아난다고 생각해도 돼. 즉, 사냥감이 마르지 않아. 단, 던전의 주인을 죽이면 그것도 끝이야. 그 점은 유념해 둬."

"명심하고 있습니다."

"그리고 이건 우리도 똑같아. 너도 죽으면 안 돼."

"예."

"☆3으로 인정받았다면 이곳의 고블린은 적어도 타란텔라보다 강할 거야. 반면, 우리 편의 고블린은 강화하지 않은 기본 상태야. 버거울지도 모르니까 조심해."

넘겨준 경험치로 어느 정도 강화했을지도 모르지만, 그래도 부족하면 추가로 신청하라고 당부했다.

"여기는 향후 목장 운영의 표준 모델이 될 거야. 그래서 지금은 효과적인 매뉴얼이 없어. 그걸 네가 만들어야 해. 아직은 모든 게 모색 단계니까 실패해도 상관없어."

가슬라크는 이에 대해선 대답하지 않았다.

실패는 상정하지 않는다는 마음가짐이리라.

"뒷일은 맡길게. 만약 너희 거점을 어딘가에 만들고 싶으면 작업할 공병 개미를 보낼 테니까 말해. 굴 파기에 있어서는 그들 이상 가는 종족을 나는 몰라. 그럼 건투를 빌어."

"맡겨만 주십시오!"

가슬라크에게 뒷일을 맡기고 구 힐루스 왕도로 돌아갔다.

케라는 스스로 『술자 소환』을 써서 리플레로 돌아가게 했다. 영주가 있는 한 그쪽은 방치해도 되겠지만, 도시 생활에 조금 더 익숙해지기를 바랐다. 플레이어들을 관찰하면 좋은 자극도 될 것이다.

드디어 한숨 돌릴 여유가 생겼다.

이리 뛰고 저리 뛰느라 정신없는 하루였지만, 가끔은 나쁘지 않았다.

이제는 놔둬도 알아서 돌아갈 것이다.

이튿날, 개미가 준비된 퀸 베스파이드에게 튀어 초원을 맡기고 스가루를 왕도로 불러들였다.

물론 요로이자카 씨도. 왕좌는 레아 혼자 앉기에는 너무 넓어서 요로이자카 씨가 앉지 않으면 되레 불편했다.

이 상태로 며칠 상황을 보다 보면 이 구 힐루스 왕도에도 손님이 올 것이다.

제7장 위조 신분

【☆5】구 힐루스 왕도 던전 개별 스레드

001: 아론슨
추측이나 억측도 포함해서 관련 글이 늘어나서 일단 스레드 만듦.
종합 스레드에 도배되지 않게 앞으로 관련 주제는 이곳에 써주세요.

이하 타 스레드 링크
〉던전 종합 스레드
〉【구 힐루스】던전 공략 정보 스레드【기타 등등】
  ⋮
  ⋮
251: 오린키
그럼 웨인 씨 파티는 안 오겠네요.

252: 멘타이리스트
☆3 에른타르에서조차 전멸했으니까 우리는 아직 멀었어.

253: 익명의 엘프 씨
우리도 그래. 우리는 ☆3 라콜린느 숲에서 수련 중이야.

왕도는 여기서 무슨 일이 벌어지든 대응할 수 있게 된 후에 생각할래.

254: 컨트리팝
라콜린느면 난이도가 변동한다는 곳인가.
플레이어의 스펙을 측정해서 적이 변한댔나? 그거 좋네.
만약 모 고전 게임처럼 전투 횟수가 기준이면 잡몹만 잡아서 경험치를 번 애들은 전부 죽을 거야.

255: 강하고 안 벗겨짐
왕도 옆이 라콜린느였나?
그럼 왕도에서 안 되겠다 싶으면 거기로 가면 되겠네. 오케이, 나도 낄게.
>>240 강하고 안 벗겨짐, 참가함!

256: 쿠라아쿠
>>255 강하고 안 벗겨짐, 참가 확인했습니다.
이걸로 26명인가?
이쯤에서 마감하고 싶은데 괜찮지?

257: 쿠라아쿠
더 없나 보네.
그럼 마감합니다.

이번에는 첫 던전, 그것도 재앙의 앞마당이라서 무슨 일이 벌어질지 모릅니다.

공략에 실패해도 상관없다는 마인드로 갑시다.

지금은 재앙이 집을 비운 듯하지만, 만약 도중에 돌아오면 공략 실패니까 포기하죠.

258: 강하고 안 벗겨짐

응, 최근 전적 1승이야. "이겨."

259: 오린키

〉〉258 그러면 〉〉255에서 도망칠 생각부터 하는 건 대체……ㅋ

260: 쿠라아쿠

집합 시간은—.

◆ ◆ ◆

"폐하, 온 것 같습니다."

"오, 그래?"

상공에서 대기하는 오미너스 군에게로 시선을 돌렸다.

"1, 2…… 26명인가. SNS에서 합의한 대로 딱 참가 희망자만 왔나."

그래도 26명은 엄청난 대규모 파티였다. 심지어 대부분이 상위 플레이어를 자처하는 이들이었다.

타국의 이야기지만, ☆4 던전은 이미 도전한 파티가 있다는 보고가 SNS에 올라왔다.

그들은 모두 전멸하거나 깊이 들어가지 않고 철수해서 이렇다 할 성과를 얻지 못했다고 한다.

그중에는 상위 플레이어, 정확히는 지명도가 높은 파티도 있었지만, 결과가 좋았다는 이야기는 들리지 않았다.

그런 고난이도 던전에 대한 하나의 해답이 이 플레이어 집단일 것이다.

몇 명 단위로 공략할 수 없다면 더 많은 숫자로 밀어붙이면 그만이다. 파티 시스템이 존재하지 않으므로 딱히 몇 명이 뭉치든 상관없었다.

대단히 합리적인 판단이었다. 아마 레아여도 그렇게 했을 것이다. 남과 보조를 맞출 수 있을 때의 이야기지만.

"아니면 던전에는 들어가지 않고 매복했다가, 한탕하고 지쳐서 돌아가는 인간들을 한 명씩 죽이거나. 그게 가장 합리적이야. 파티 정보가 SNS에 공개되어 있기도 하고."

하지만 현재 레아에게는 믿음직한 동료들이 있었다. 그런 좀스러운 짓을 할 이유는 없었다.

감시는 평소대로 오미너스 군의 눈을 빌려서 할 생각이지만, 포레스트 아울은 본래 도시 지역에 서식하는 마물이 아니었다. 여기 있으면 눈에 띄고 만다.

그래서 들키지 않을 만큼 높은 곳에서 몰래 상황을 엿볼 수밖에 없었다.

어차피 플레이어들의 목소리는 들리지 않으니까 『술자 소환: 정신』이 아니라 『시각 소환』이면 충분하리라. 이것만은 어쩔 수 없다.

몬스터도 NPC와 다를 바 없다고 몇 번이나 말했는데도 플레이어들은 몬스터의 AI를 경시하는 경향이 있었다. 아마 작전이나 지시는 큰 소리로 떠들 테니까 주변까지 들릴 것이다.

"그걸 들을 수 없는 건 아쉽지만, 무성 영화라도 보는 기분으로 즐겨 볼까."

침입자 팀, 선수 입장이다.

라콜린느나 튀어 초원, 혹은 예전의 리베 대삼림은 영역의 경계가 모호했다.

하지만 이곳 구 힐루스 왕도는 견고한 성벽이 보호하는 도시였다.

물론 성문은 활짝 열어 놨다.

그들을 위해서는 아니고 닫아 뒀다가 파괴되면 싫기 때문이었다.

성벽은 기능미가 뛰어났고 그 아름다움에는 상처 하나 없었다. 앞으로도 그 상태를 유지하고 싶었다.

성문을 지난 플레이어 집단은 하나로 뭉쳐서 큰길을 따라 걸었다. 한때 현실의 역사인지 뭔지를 다룬 자료에서 본 수학여행 같았다. 경계심이 강해 주변을 두리번거리며 걷는 모습은 영락없이 도시에 처음 온 촌사람이었다.

"—수학을 위한 여행이라면 가르침을 줘야지."

왕좌에 앉은 레아의 혼잣말이 들린 건 아니겠지만, 좌우 건물 사이의 골목길에서 좀비 몇 마리가 튀어나와 플레이어들에게 달려들었다.

하지만 큰길이 너무 넓기도 하여 기습은 그다지 효과가 없었다. 좀비가 대열에 도착하기 전에 스카우트 같은 궁병에게 들켜 화살에 머리가 꿰뚫렸다. 동시에 불 속성 마법이 쏟아져 좀비는 전부 잿더미로 변했다.

"뭐, 좀비로는 상대가 안 되겠지. 역시 ☆4 던전의 잡몹으로 평범한 좀비는 너무 약한가."

주민 대부분은 사후 한 시간 내에 신선한 상태로 언데드가 된 덕분에 좀비 중에서는 비교적 강했다. 하지만 그래봤자 초보도 이길 수 있는 수준에 불과했다.

"좀비는 조정이 필요한가……. 그래도 전부 전생시키는 것도 귀찮아. 블랑은 어떻게 그걸 다 했나 몰라. 여기는 에른타르보다 인구도 더 많은데 어쩌지."

시스템이 ☆4으로 판정하는 이상, ☆1 수준의 힘밖에 없는 좀비는 난이도 판정에 아무런 기여도 하지 않을 것이다.

솔직히 말해서 그건 낭비다.

"……강화할까. 실제로 하는 건 지크기도 하고."

"예?"

도시를 바라보느라 잊고 있었지만, 레아의 몸은 알현실에 있었다. 옆에는 당연히 지크도 대기 중이다. 들렸나 보다.

"우리한테는 흡혈귀의 피 같은 편리한 수단이 없으니까 현자의 돌을 써야겠지. 좀비한테 쓰긴 아깝지만. 최소한 몇 마리에 하나쯤은 상위 개체를 섞어 두고 싶어. 이번 일이 일단락나면 부탁할게."

"······알겠습니다."

좀비로 전혀 피해를 주지 못한다면 공격해도 의미가 없다. 상대에게도 경험치가 거의 들어가지 않고 소재도 얻지 못한다. 서로 시간만 낭비하는 꼴이다.

다음으로 나타난 것은 스켈레톤 나이트였다. 그들은 원래 지크의 부하였던 자들로, 스켈레톤과 좀비를 동급으로 본다면 스켈레톤 나이트는 그보다는 상위 개체였다.

그들은 대열을 짜고 일사불란하게 플레이어에게 공격을 감행했다.

그러나 결과는 별반 다르지 않았고 플레이어들 앞에서 추풍낙엽처럼 쓸려나갈 뿐이었다.

그런 플레이어들의 진격이 갑자기 멈췄다.

일격에 쓰러지지 않는 스켈레톤이 섞여 있던 탓이었다.

아니, 스켈레톤이 아니다. 그건 카 나이트. 매지컬 초경합금제 마법 생물이었다.

전신이 마법 금속인지라 전열 플레이어가 가진 무기보다 카 나이트가 더 단단한가 보다. 후열 마법사에게 지원을 요청하는 몸짓을 보인 후, 마법사들에게서 불길이 쏟아졌다.

하지만 그것만으로는 카 나이트는 쓰러지지 않는다. 그들은 불 속성 내성이 강하다.

마법사들은 불이 통하지 않는다고 느끼자마자 바로 얼음 마법으로 전환했다.

이건 지켜보던 레아도 놀랐다. 평범하게 생각하면 언데드에게 냉

261

기 대미지는 효과가 적다. 아마 「불이 통하지 않으면 얼음」 정도로 생각하고 한 행동이겠지만, 왜 하필 얼음이었을까.

우연히도 카 나이트에게는 이게 정답이었다. 그들은 본바탕인 금속의 성질상 온도 변화에 취약했다.

불 속성 공격을 받은 후에 냉기 내성이 일시적으로 사라지는 기믹이었다. 이는 공격 순서가 반대일 경우에도 똑같이 적용된다.

불쌍한 카 나이트들은 마법사 집단의 『얼음 마법』 포화 공격에 허무하게 부스러지고 말았다. 그 후에 남은 것은 금속 덩어리뿐이었다.

아직 극초반이건만, 공세가 너무 거칠었다. 그만큼 진심이라는 뜻일까. 아니면 전열의 공격이 통하지 않는 것이 어지간히 싫었거나.

그 후로도 스켈레톤 나이트와 카 나이트가 섞여 플레이어들을 덮쳤다.

카 나이트는 일반적인 상태에서는 냉기 내성도 높았다. 마법사들은 얼음 속성으로 해치웠다는 성공 사례에 힘입어 처음에는 얼음 속성으로만 공격했지만, 효과가 없다는 사실을 깨닫자마자 얼음과 얼음의 파상 공격으로 전술을 바꿨다.

그때부터 싸움은 일방적인 흐름으로 전개됐다. 약점을 안 뒤로는 다가오기도 전에 싸움을 끝내 버렸다.

이래서야 플레이어들에게 경험치와 금속을 제공하는 무료 급식소나 다름없었다.

"……마법사의 숫자가 모이니까 생각 이상으로 위협적이야. 무엇보다 쿨타임을 신경 쓰지 않고 쏠 수 있다는 게 너무 강해. 쇠뇌나

머스킷 부대를 여럿으로 나눠서 장전과 사격을 번갈아 하는 느낌이야. 그걸 처음 쓴 게 오라녜 공작 마우리츠였던가."

일개 파티가 아니라 그 이상이 연합한 상대와의 싸움. 그 무서움의 단편을 확실하게 엿볼 수 있었다.

지금까지의 다인전은 전부 레아가 강력한 하나의 말로 찍어누르는 싸움이었다.

왕도에서 레아가 싸웠을 때도 그랬고, 뤼어 초원에서 스가루가 싸웠을 때도 그랬다.

그때는 적이 무슨 공격을 하든 사실상 위협이 되지 않았다. 연속해서 마법을 퍼붓는다는 인식조차 희미했다.

하지만 지금처럼 실력 차가 적은 이들의 싸움에서는 사정이 전혀 달랐다.

전열이나 스카우트처럼 물리 공격만 해 온다면 장비의 품질로 이겼겠지만, 마법사가 다수 섞이고 약점까지 들켜 버리면 카 나이트로는 상대가 되지 않았다.

"큰 공부가 됐어. 가르침을 주겠다고 떠들었는데 오히려 배움을 얻은 사람은 나였네. 저번 클랜과의 싸움도 그랬지만, 플레이어들은 때때로 경험치만으로는 가늠할 수 없는 힘을 보여 줘. 그리고 그게 곧 성장으로 이어지지. 우리 권속들의 성장으로."

플레이어 클랜의 레이드 파티는 사용하는 마법의 종류를 제한해 완전히 분업화함으로써 조직 전체의 대응력을 높이는 방식으로 싸웠다. 다양한 부하를 낳는 스가루는 배울 점이 많았으리라.

반면, 여기 있는 파티는 제너럴리스트 특유의 유연한 싸움법을 보여 줬다. 전투력이 획일화된 아다만 시리즈에게는 이쪽이 더 어울릴 것이다.

플레이어들은 연승 행진을 이어가며 왕성 정문에 도달하려고 했다.

왕성 내부는 난이도가 별개로 판정된다. 봐줄 필요가 없으니까 병력으로 고민할 필요는 없지만, 문제는 왕성 정문이 닫혀 있다는 것이었다. 이것을 파괴당하기는 싫었다.

"아다만 스카우트를 조금 부를까. 소수라면 난이도가 크게 변하지 않을 거야. 그들은 카 나이트 같은 약점도 없고 은밀성도 뛰어나. 쉽게 당하지는 않겠지. 마법사에게 마법사를 보내 봤자 힘 싸움이 될 뿐이야. 후열이 귀찮다면 뒤에서 접근해 암살하는 게 빨라."

"병력을 빌려주신다면 반드시 해내겠습니다."

"오늘은 손님들도 벌 만큼 벌었겠지. 개업 서비스는 이제 끝이야. 요금을 받고 돌려보내자."

이곳은 왕성이다. 이곳이라면 얼마든지 부를 수 있고 얼마든지 수용할 수 있었다.

혹시 몰라서 1개 대대를 리베 대삼림에서 『소환』하여 유사시에는 자유롭게 쓰라고 지크와 와이트들에게 말해 뒀다.

지크는 거기서 아다만 스카우트를 필요한 만큼 뽑아 지시를 하달하고 왕도로 내보냈다.

지크의 지시대로 전장에 투입된 아다만 스카우트들은 들키지 않게 적의 배후에서 접근해 마법사들의 목을 베었다. 크리티컬 공격이었다. 이런 인간형 종족은 약점을 알기 쉬워서 그것만으로도 큰 핸디캡을 가진 셈이었다. 그 대신 무기와 방어구 같은 장비로 강화하기도 쉽지만.

그들은 집단으로 적지 한복판까지 들어왔는데도 후방을 거의 경계하지 않았다. 이는 후방의 경계심을 풀기 위해서 왕도 정문부터 이곳까지 전방이나 측면에서만 공격했기 때문이었다.

아다만 스카우트들은 양배추라도 수확하듯 플레이어들의 목을 땄다.

난이도를 올리지 않으려고 투입 인원은 상대 마법사와 같은 숫자로 제한했다. 그렇게 스카우트 부대의 첫 공격으로 마법사를 전멸시키는 데 성공했다.

적의 전열과 척후가 이상 사태를 깨달았을 때, 아다만 스카우트는 이미 골목으로 사라지고 있었다. 스카우트의 능력이 플레이어보다 뛰어난지는 모르겠으나, 적어도 전방만 경계하는 상대에게서 몸을 숨기는 것쯤은 어렵지 않았다.

마법사를 잃은 플레이어들은 약했다.

카 나이트에게는 여유가 있으면 생존자의 장비 파괴를 우선하도록 지시했다.

딱히 전술적 의미가 있는 명령은 아니었다.

왕도를 목표로 전이한 플레이어들이 장비를 잃으면 어떻게 대처하는지 궁금했을 뿐이었다. 몇 번이나 말했지만, 이 근처에는 도시가 없었다.

"……안전 구역에 플레이어의 권속이 침입할 수 있다는 건 이미 확인했어. 적대 행동은 할 수 없나 보지만. 왕도 앞 안전 구역에 권속을 잠입시켜 간이 마을이라도 만들면 발전하려나?"

왕도 인근 안전 구역에 숙박용 마을을 세워 플레이어를 끌어들인다.

이 프로젝트를 맡긴다면 케리가 최적일 것이다. 정확히 말하면 케리의 부하인 구스타프다.

주군의 주군에게 자기소개를 하면서 굳이 상회 이름을 붙일 정도니까 아마 상당한 규모로 예상된다.

리플레의 사업을 가족이나 부하에게 맡길 수 있다면 구스타프는 이곳에서 새로운 도시 건설에 종사했으면 좋겠다.

좋은 결과가 나오면 새 도시의 지배자, 명실상부한 귀족인 영주로 봉할 수도 있다.

"폐하. 방금 마지막 침입자가 사망했습니다."

"앗, 그래? 수고했어."

마지막에는 생각에 빠져서 거의 보지 않았지만, 일단 오미너스 군에게서 시선을 되돌렸다.

이번 플레이어와의 싸움도 많은 공부가 되었다. 그건 지크도 마찬가지인 모양이었다.

대규모 파티의 경우, 강력한 마법으로 파상 공격을 퍼붓는 무서운 전술을 구사할 가능성이 크다. 이건 빠른 대처가 필요하다.

"그렇지만 카 나이트를 강화하면 난이도가 오를 거야. 소수의 암살 부대나 아이템으로 대항할 수밖에 없나."

아이템은 레미에게 상담하기로 했다. 레미 본인의 스킬과 두뇌도 믿음직하지만, 지금 그녀는 많은 기술자를 권속으로 부리는 입장이기도 했다. NPC 기술자들의 의견도 참고하면 더 좋은 아이디어가 나올 것이다.

"뭐, 카 나이트가 당하는 건 딱히 상관없어. 원래 보너스로 넣었으니까. 오늘처럼 효율적으로 남획당할 줄은 몰랐지만."

물론 실제로 크게 걱정하지는 않았다.

머릿수는 곧 힘이다. 플레이어가 아무리 사람을 모아서 수십 명 규모로 침공하더라도 레아는 그 수십 배의 수로 대항하면 어렵지 않게 이길 수 있다.

"수십 명 규모의 집단이 수십 개 나타나면 위험하지만, 설마 그러기야 하겠어? 지크, 만약 그런 사태가 벌어지면 신속하게 스가루를 불러. 그때는 난이도 따위 신경 쓰지 않고 전력을 다해 죽여도 돼."

이 방에도 스가루의 부하인 수송병이 주둔하고 있었다. 지크와 스가루도 친구 등록을 했기 때문에 곧바로 스가루를 부를 수 있었다.

케리와 레미에게 방금 떠올린 아이디어를 밝히며 SNS에서 지금 전투의 결과를 확인했다.

그들은 이번 침공을 성공적으로 보고 있었다.

그중 가장 큰 이유가 획득한 금속이었다.

이상하리만큼 강한 언데드 — 아마 카 나이트일 것이다 — 에게는 기존 장비로 대미지가 거의 들어가지 않았고, 드롭 아이템인 금속도 강철 나이프로 흠집이 나지 않는 것으로 미루어 상위 소재로 판단한 모양이었다. 실제로 틀리지 않았다.

이 성공 경험으로 앞으로 난이도가 높은 영역에는 레이드 규모의 파티가 쳐들어올 확률이 높아졌다.

더불어 상위권 플레이어의 장비도 마법 초경합금으로 교체될 것이다.

"다른 영역 지배자들에게는 미안하지만, 어쩔 수 없지. 최대한 커버할 수 있게 나도 계속해서 부하를 늘려야 해."

커버란 당연히 목장화였다.

다른 영역의 지배자가 만약 플레이어의 성장을 쫓아가지 못한다면 그 지배자를 대신해 레아의 권속이 관리해 주겠다는 이야기였다.

문득 SNS를 열람할 때 얼빠진 얼굴을 보이던 플레이어가 떠올랐다. 괜스레 자세를 고쳐 앉았다.

레아도 이상하게 보이지 않게 조심하지만, 원래 눈은 감고 있었다. 얼빠진 모습이라고 해 봤자 입이 반쯤 열리는 정도일까.

그러나 레아는 이유도 없이 입을 벌리지 않도록 엄하게 교육받았다. 아마 추태는 보이지 않았을 것이다.

어릴 때는 곧잘 어머니에게 언니와 함께 나기나타[2] 목도로 손등을 맞고는 했다.

그 때리는 방법도 굉장히 교묘해서 상처도 흉도 나지 않지만 고통만 남기는, 나기나타로 뺨을 때리는 것 같은 방식이었다.

레아는 그 절묘한 타법도 숙달했다. 이 게임 안에서 재현할 수 있을지 모르겠지만, 현실이라면 정확하게 통증만 줄 수 있다. 실제로 해 본 적은 없어도 진검이라도 가능하리라.

"……나기나타. 아다만으로 만들어 볼까."

리베 대삼림 대장간이나 리플레 공방 거리에 의뢰하면 불가능하지는 않을 것이다.

그러나 NPC 레이드 보스를 연기하는 레아가 일본 전통 무기인

#2 나기나타 긴 장대 끝에 얇은 칼날이 달린 일본식 월도.

나기나타를 휘두르며 싸우는 것은 바람직하지 않았다. 일본인이라고 광고하는 꼴이다.

하지만 모처럼 자신의 취향대로 나기나타를 만들 수 있는 게임이지 않은가.

꼭 진검을 휘두르며 싸워 보고 싶었다.

그러려면 새로운 위조 신분이 필요하다.

케리의 몸을 빌려도 되지만, 케리에게는 케리의 움직임, 한 손 검이나 단검을 다루는 데 최적화된 버릇이 있다. 이건 라일라를 포함한 다른 측근들도 마찬가지였다.

즉, 이미 어느 정도 전투력을 가진 용병들에게는 적합하지 않았다.

"……알베르트 영주한테 딸이 있었지. 잠깐 몸을 빌려줄 수 없을지 물어볼까."

◆ ◆ ◆

먼저 레미의 공방 거리에 들러서 나기나타의 형태를 설명하고 주문한 뒤 영주 저택으로 갔다.

레아의 직속 권속인 영주 가족은 레아에게 전폭적인 신뢰를 보냈다.

일단 아버지인 알베르트에게 허가를 받으려고 했지만, 오히려 딸을 행복하게 해 달라는 말까지 들었다. 딱히 그런 의미로 딸의 몸을 빌린다는 말은 아니었는데.

"들어가도 될까."

노크하고 입실 허가를 받은 뒤 방으로 들어갔다.

실내에는 원하던 대로 딸이 있었다.

"얼굴을 들어. 오늘은 부탁이 있어서 왔어."

"부탁이라뇨. 말씀만 하신다면 무슨 일이든―."

"장기적인 일이 될 거야. 너희 아버지에게는 허가받았어."

거기서 딸이 고개를 들었다.

노블 휴먼인 만큼 아주 아름다운 딸이었다.

알베르트는 갈색 머리였지만, 아내와 딸은 선명한 금발이었다.

딸의 나이는 레아와 비슷한 정도일까. 키도 비슷했다. 엄격하게 관리받았는지, 몸매는 굉장히 좋았다.

"네가 협력해 줬으면 하는 일은―."

딸에게 레아가 하고 싶은 일을 대충 설명했다.

간략하게 말하면 레아의 수족이 되어 용병 흉내를 내달라는 것으로, 귀하게 자란 귀족 아가씨에게는 받아들이기 힘든 내용이었다.

하지만 『사역』 덕분인지, 집안 교육 덕분인지, 딸은 조금도 싫은 티를 내지 않고 공손이 고개를 끄덕였다.

"그런 중요한 역할을 제게 맡겨 주시다니, 크나큰 영광이에요."

"볼일이 없을 때도 가급적 내 옆에 있어야 하니까 신분은 내 시종이 될 거야."

"아버지가 계시는데 제가 감히……."

"아니, 너희 아버지를 내 곁에 둬 봤자 무슨 소용이야……."

그는 이 도시를 잘 다스려줘야 한다.

귀족 아가씨가 더 신분 높은 여성의 시종이 되는 일은 드물지 않다. 그건 이 세계도 똑같다고 하니까 이렇게 말하면 거부감도 적을 것이다.

"받아 주겠다면 앞으로 잘 부탁해. 이름이—."

"아말리에입니다, 폐하. 아말리에 제바흐라고 해요. 앞으로 성심을 다해 보필하겠습니다."

"고마워, 아말리에. 그럼 애칭은 마레인가?"

"그렇게 불린 적은 없지만, 아마 그렇겠지요."

"그럼 너는 앞으로 이 저택 밖에서는 마레라는 이름을 써 줄래? NPC와 플레이어의 이름이 중복되는지는 아직 알 수 없지만, 애칭이라면 문제없을 거야."

승낙도 받았으니 우선 강화부터 시작했다.

앞으로 레아의 수족이 되어 나기나타를 휘두르며 마물이든 인간이든 눈에 띄는 건 죄다 베어 버릴 몸이다.

그만큼 능력이 받쳐 줘야 한다.

마레의 강화는 주로 능력치만 올렸다.

물론 『정신 마법』, 『사령』, 『소환』, 『조교』에서 파생한 『사역』과 『공간 마법』, 그리고 몇 가지 공격용 마법 등 자주 쓸 만한 스킬은 배웠지만, 『창술』과 『도술(刀術)』 같은 무기 계열 스킬은 배우지 않았다.

그런 스킬은 대응하는 무기로 공격할 때 명중률이나 대미지에 보너스가 붙고, 스킬 트리에서 액티브 스킬을 습득할 수 있는 이점이 있다.

하지만 명중률은 현실 신체 능력으로 커버할 수 있고, 액티브 스킬도 레아에게는 필요하지 않았다.

대미지 보너스도 STR를 올리면 된다. 예를 들어 창에 한정한다면 『창술』 스킬을 배우는 편이 훨씬 적은 경험치로 대미지를 높일 수 있으므로 효율은 나쁘지 않지만, 사용할 예정인 나기나타는 아다만 무기였다. 아마 현행 플레이어 중 누구보다도 공격력 하나는 높을 것이다. 이 이상의 대미지 보너스는 필요 없다.

그 나기나타도 시작품이 몇 자루 완성됐지만, 모두 퇴짜를 놓고 다시 만들게 했다.

그때마다 조금씩 이상적인 나기나타에 다가갔다. 두근거림이 멈추지 않는다.

병행해서 단도도 제작을 맡겼다. 이건 부무장이었다. 나기나타를 쓸 수 없는 상황이나 전투 중에 나기나타를 쳐냈을 때를 대비해서였다.

나기나타가 완성될 때까지는 마레를 교육했다.

선배인 케리 일행과 얼굴도장을 찍는 것은 물론이고, 각 영역을 시찰할 때 동행하거나 실제로 플레이어들이 쳐들어온 상황을 하늘에서 관찰하기도 했다.

최근에는 인공 숲인 라콜린느에도 야생 새들이 둥지를 텄기에 적당한 새를 한 마리 포획해서 『사역』시켰다. 이건 케리 일행도 똑같이 했다. 독자적인 정찰 수단을 갖는 것은 굉장히 유용하다. 물론 레미는 이미 권속인 쥐를 풀어 리플레에 감시망을 깐 모양이지만.

기존의 관리직 권속이나 아버지인 알베르트처럼 마레도 INT에 중점적으로 경험치를 투자했다.

레아 곁에서 플레이어들을 갖고 노는 모습을 보는 것만으로도 많은 공부가 됐을 것이다.

물론 주목적대로 『술자 소환: 정신』을 사용한 상태로 전투 훈련도 행했다.

실제로 훈련한 사람은 레아지만, 아무튼 훈련의 성과로 이질감 없이 몸을 움직일 수 있게 됐다.

마레는 원래 운동을 거의 하지 않았는지, 이상한 버릇도 없어서 익숙해지기 아주 쉬웠다.

며칠간 일심동체로 레아의 훈련에 어울린 결과, 스킬도 없이 레아와 비슷하게 움직일 수 있게 된 것은 놀라웠지만.

물론 아직은 어디까지나 흉내에 지나지 않지만, 모든 공부는 흉내에서 시작된다. 이대로 계속하면 언젠가 부사범 수준으로 성장하지 않을까?

"……NPC라도 스킬 없이 성장이 가능한가. 그럼 AI가 비서술 기억까지 재현한다는 말이야? 뭐 하는 기술이야, 이건."

『술자 소환: 정신』으로는 옮겨간 권속의 스킬밖에 쓸 수 없지만, 실제로 몸의 통제권은 레아에게 있기 때문에 스킬에 의존하지 않는 동작도 할 수 있다. 그렇다면 비서술 기억은 AI 쪽에 존재하며, 시스템적인 스킬은 캐릭터 아바타에 존재한다고 추정된다.

그럼 타인의 몸을 빌렸을 때 나오는 버릇은 그 몸이 익힌 스킬에 의존한다는 뜻이다.

"생각해 보면 그런 것 같기도 해. 케리의 몸으로 숲속을 걷기 쉬웠던 것도 어쩌면 수인의 종족 특성일지도 몰라."

그렇다면 케리의 몸을 빌렸을 때와 요로이자카 씨의 몸을 빌렸을 때의 감각 차이는 자아의 강약이 아니라 단순히 종족에 따른 차이

일 것이다.

"뭐, 그런 분류가 있는지는 모르겠지만."

"폐하, 레미 님이 오셨어요."

"고마워, 마레."

최근 며칠 동안 레아는 리플레의 영주 저택에서 생활했다.

와인셀러였던 지하실을 개조해 가구와 장식품을 옮겨 레아의 방
으로 만들었다.

직사광선을 장시간 쐬지만 않으면 대미지를 받지 않지만, 왠지 밝
은 곳은 마음이 놓이지 않았다. 딱히 눈을 뜨고 지내지 않아서 상관
은 없지만.

"이번 물건은 어떠신가요, 보스."

지하실로 들어온 레미는 인벤토리에서 나기나타 한 자루를 꺼냈다.

레아에게 건네는 레미의 표정은 긴장됐다.

"고마워, 레미. ……흠."

지하실은 장대를 휘두르기에는 좁았다.

돌로 된 벽이나 천장에 날이 닿아도 나기나타는 무사하겠지만, 아
마 방이 흠집투성이가 될 것이다.

가볍게 들어 무게 중심을 확인한 뒤, 일단 밖으로 나가기로 했다.

"마레."

"예, 언제든지 준비되어 있습니다."

나기나타를 마레에게 쥐여 주고 지하실 침대에 누워 정신을 마레
에게 옮겼다.

"그럼 밖으로 나가서 가볍게 휘둘러 볼까. 레미, 가자."

"예, 보스."

저택 안뜰은 화려함이 과하지 않도록 화단을 가꿨고, 중앙에는 티 파티를 위한 테이블 세트가 설치될 공간이 있었다.

원래 용도가 뭐든 장대를 휘두를 공간만 있으면 된다.

기본 자세를 얼추 시험하며 단도도 섞어 홀로 연무를 선보였다.

알고는 있었지만, 아다만제 나기나타는 비정상적으로 무거웠다. 자루는 목제라도 세계수 가지를 썼는데, 이게 보통 목재보다 상당히 무거웠다.

그래도 강화한 능력치 덕분에 나뭇가지처럼 가볍게 휘두를 수 있었다. 현실에서는 불가능하나, 한쪽 손 손가락만으로 풍차처럼 돌리는 재주까지 부릴 수 있다.

당장은 이 아다만 나기나타를 가벼운 목도라고 생각하기로 했다.

그대로 거의 한 시간 동안 시험하며 연무에 빠져 있었다. 이 정도면 나쁘지 않은 완성도였다.

목도보다 가볍게 느끼지만, 실제로는 굉장히 무거워서 공기 저항에 영향을 받기 쉬웠다.

실전에서 써 보지 않으면 확언할 수 없지만, 이 무기라면 저번에 왕도에 나타난 플레이어들 정도는 쓸어버릴 수 있으리라. 원거리 공격까지 섞어서 연계하면 힘들지 몰라도 전략을 잘 짜면 혼자서 제압하는 것도 불가능하지 않다.

물론 이건 플레이어와 싸우기 위한 훈련은 아니었다. 어디까지나 주된 목적은 던전 공략이다.

"……어떠신가요, 보스."

"아차, 너무 몰두했었어. 고마워, 레미. 훌륭하게 완성했어. 공방 거리에 있는 네 권속들도 치하해 줘."

레미는 기쁘게 머리를 숙이고 공방 거리로 돌아갔다.

그러고 보니 깊이 생각한 적이 없는데 지금 레미는 어디에 살고 있을까?

그럭저럭 성과를 내고 있으니까 어디에 있건 딱히 상관없고, 최근에는 레아의 지시 없이도 새로운 아이템 개발에 힘쓰는 듯했다. 아주 훌륭한 자세였다.

또한 기술자 대장 중 몇 명에게는 『연금』이나 필요한 마법 스킬을 가르쳐 현자의 돌을 만들 수 있게 성장시켰다. 지금은 레미의 지휘 하에 현자의 돌을 만들거나 레시피 공백을 채우고 있을 것이다.

한편, 케리는 그 후로 구스타프와 함께 왕도 근교의 안전 구역으로 갔다.

이미 구스타프의 입김이 들어간 업자를 보내 간이 숙박 시설 건설에 착수한 모양이었다. 이 게임 세계는 건축 관련 스킬도 있어서 현실과 비교하면 놀라울 만큼 빠르게 건물이 세워졌다.

케리의 얼굴을 아는 웨인이 오면 귀찮아지겠지만, SNS를 보는 한 그는 에른타르에서 블랑과 노는 중인 듯했다. 당분간은 걱정하지 않아도 되리라.

라일리는 리플레 내부의 경비 담당이었다.

원래부터 있던 방범대를 『사역』해 그 대장으로 실력을 발휘하고 있었다.

민간인이 모인 자경단은 전혀 『사역』하지 않았지만, 애초에 그들은 방범대의 하부 조직으로 활동했다. 방범대원의 지시에 따르는 모양이고, 대장인 라일리가 영주의 관계자라는 사실을 아는지 고분고분 따랐다.

　화산 지대에서 대량의 록 골렘을 데리고 돌아온 마리온은 제2 성벽 건설을 돕고 있었다.

　록 골렘은 마리모처럼 시간이 지날수록 조금씩 커지는데, 그건 아마 경험치의 영향인 듯했다. 전용 스킬이 있는 건 아니고 경험치를 얻은 만큼 크기가 커지는 종족 특성을 가졌다.

　즉, 권속으로 삼아 경험치를 주지 않으면 크기가 변하지 않는다.

　그런 이유로 마리온에게 경험치를 대량으로 건네줘서 록 골렘의 크기를 조정하도록 했다. 록 골렘의 크기는 개체에 따라서 제각각이지만, 경험치로 사이즈가 변한다면 동일 규격이 되도록 경험치를 주면 그만이었다.

　"좋아, 당분간은 어느 부서든 알아서 굴러가겠어. 준비도 끝났으니까 놀러 나갈까."

　이제 레아가 놀고 있어도 로그인만 하면 자동으로 경험치가 들어온다.

　"아마 노이슈로스였지? 나와 블랑 외의 누군가가 지배한 도시형 던전이. 그곳 보스는 고블린이라고 들었으니까 가슬라크의 빌드에 참고가 될지도 몰라. 한번 놀러 가 볼까."

◆ ◆ ◆

평소에는 혼자 외출하려면 까탈스럽게 잔소리하는 권속들도 레아 본인의 몸이 아니라는 이유로 시끄럽게 굴지 않았다.

이 상태에서 사망해도 죽는 것은 어디까지나 마레의 몸이며, 레아는 죽지 않기 때문이리라.

그러나 술자와 권속의 MND에 따라서는 백 대미지가 존재한다. 권속과 술자의 MND가 가까울수록 대미지를 받는데, 레아 본인의 MND가 너무 높아서 백 대미지는 무시해도 무방한 수준이었다.

그보다도 이 상태에서 사망할 경우의 위험성은 따로 있었다.

바로 리스폰 시간이었다. 레아는 정신이 원래 육체로 되돌아갈 뿐이지만, 마레는 한 시간 동안 리스폰할 수 없다. 그 자리에 시체가 남아 버린다.

이것을 다른 플레이어에게 들키면 일이 귀찮아진다. 플레이어인 척하려면 모르는 사람과 함께 행동하는 상황은 피해야 한다.

리플레의 용병 조합에서 노이슈로스로 향했다.

도중에 지나친 플레이어들에게는 거의 눈길을 사지 않았다. 마레는 분명히 아름답지만, 플레이어 중에서 이 정도 미형은 드물지도 않았다. 등에 멘 긴 무기가 다소 눈에 띄지만, 무기를 인벤토리에 넣지 않는 플레이어는 그럭저럭 있었다. 애초에 인벤토리를 쓰지 못하는 NPC 용병과 달리 아마 콘셉트일 것이다. 레아도 누가 물어보면 그렇게 대답할 생각이었다.

방어구도 거추장스러운 것을 피하느라 굳이 따지면 경장갑이었다.

그래도 천은 퀸 아라크네아가 짠 특제품이고 금속부는 아다만 어쩌고였다. 방어력은 어지간한 갑옷보다 훨씬 높았다. 목에는 부분적으로 금속을 댄 후드가 달렸고, 지금은 도시 안이라서 쓰지 않았지만 전투 시에는 이 후드를 써서 머리를 보호하는 구조였다.

노이슈로스에서 가장 가까운 안전 구역인 초원으로 전이했다. 표식 같은 바위는 놓여 있었지만, 반대로 말하면 그것뿐이었다.

주위에는 텐트가 드문드문 설치되어 있었다. 그게 플레이어의 침소인 모양이었다.

이곳 노이슈로스의 난이도는 ☆4이지만, ☆4 던전에서 큰 성과를 올린 사례는 레아가 아는 한 왕도를 공격한 대규모 파티뿐이었다. 심지어 그들은 개개인이 최상위권 플레이어였다.

그 때문인지 본격적인 공략파 중에서 ☆4 던전에 소규모로 도전하는 파티는 적었다. 있어도 깊이 들어가지 않고 잡몹을 사냥하거나 간만 보는 정도였다.

뭐가 됐건 사람이 적어서 좋았다.

일단 가도를 따라 노이슈로스 방면으로 걸어갔다.

노이슈로스는 안전 구역에서 도보로 약 10분 거리였다.

도시 외관은 상당히 황폐했고 성벽이 무너져 어디서든 침입할 수 있는 상태였다.

도시 너머로 보이는 숲이 아마 원래 마물의 영역일 것이다. 그 숲은 목록에 실리지 않았으니까 아마 노이슈로스와 통합되었으리라.

에어파렌과 루르드가 리베와 토레에 통합된 것과 마찬가지였다.

일단 안으로 들어가 봤다.

내부도 성벽처럼, 아니, 성벽보다 더 황폐해 보였다.

목적이 주민 살해라면 당연한 결과였다.

이벤트 때 이곳을 공격한 마물들은 명확하게 주민을 노리고 침공한 것으로 보인다. 어지간히 굶주렸던 것일까, 아니면 살인 자체가 목적이었을까.

배를 채울 목적이었다면 야생 마물이겠지만, 살인 자체가 목적이라면 이 던전의 보스는 플레이어일 가능성이 크다. 살인이 목적이란 것은 달리 말하면 경험치가 목적이라는 뜻이니까.

주변을 두리번거리며 걷는데 무너져 가는 집 뒤에서 무언가가 튀어나왔다.

고블린이었다. 아니, 정말로 고블린일까?

생김새는 고블린이지만, 리베 대삼림의 고블린보다 상당히 덩치가 컸다. 상당하다는 표현으로도 부족할까, 평균적인 휴먼보다 컸다.

퍼뜩 단도를 뽑아 고블린의 태클을 피하며 지나칠 때 오금을 벴다. 거의 손맛은 없었지만, 베었다는 확신은 있었다. 아다만 단도가 고블린의 살에 비해 너무 날카로웠나 보다. 아마 더는 일어서지 못하리라.

재빨리 접근해서 목을 베자 피가 왈칵 쏟아지며 고블린이 쓰러졌다.

레아는 피가 묻지 않게 뒤로 훌쩍 물러나고 재빨리 등에 멘 끈을 풀어 나기나타집에서 나기나타를 꺼냈다.

대형 고블린은 한 마리가 아니었다. 줄줄이 레아에게 달려들었다.

"흡!"

한 손으로 나기나타를 휘두르며 단도를 칼집에 넣었다. 마음 같아서는 피를 제대로 닦고 넣고 싶지만 시간이 없었다.

단도를 넣으면 양손으로 자유롭게 나기나타를 다룰 수 있다.

훈련한 성과를 보여 주듯 장대를 휘두르고 때로는 오른손, 때로는 왼손만으로 풍차나 물레방아 돌리기, 찌르기나 올려치기를 반복했다.

아다만제 나기나타의 절삭력은 무시무시해서 대형 고블린의 팔다리가 숭덩숭덩 썰려 날아갔다. 거의 혼자서 연무를 할 때와 다를 바 없었다. 둘러싸여 있어서 가끔 뒤로 물미를 내지르기도 하는데, 속도와 경도 때문에 찌르기 공격이나 다름없었다. 즉, 적의 몸통을 관통해 버렸다. 그럴 경우에는 그냥 적의 시체를 꽂은 채 힘만으로 나기나타를 휘둘렀다.

할머니가 보면 당장 무릎 꿇리고 잔소리할 사용법이지만, 레아도 철과 나무로 된 현실의 나기나타로 이런 짓은 하지 않는다. 아다만과 세계수니까 할 수 있는 무식한 사용법이었다.

휘지도 부러지지도 않고, 이가 빠지지도 않는 이 매지컬 금속이라면 이 정도로는 아무런 지장도 생기지 않는다. 그건 세계수로 만든 자루 또한 마찬가지였다.

잠시 기분 좋게 무기를 휘두르다 보니 곧 사냥감이 없어지고 말았다.

물론 도망가게 두는 실수는 저지르지 않았다. 전부 시체가 되어 땅바닥에 널브러졌다.

피와 기름을 닦으려고 종이를 꺼내는데, 그 정도로 닦일 양이 아니었다. 문득 좋은 생각이 나서 마레의 스킬 습득 목록에서 『물 마

법』의『세정』을 배웠다. 본래 나기나타는 절대로 물로 씻지 않지만, 마법이니까 아마 어떻게든 되지 않을까.

생각대로『세정』은 물로 씻는다기보다 대상을 깨끗하게 만드는 효과였고 피도 기름도 말끔히 사라졌다.

시험 삼아 단도와 칼집에도 발동했더니 이쪽도 똑같이 깨끗해졌다. 생각해 보면 게임 안에서 현실과 똑같은 세정을 시켜 봤자 아무도 좋아하지 않을 것이다.

"……더 빨리 알았으면 클로즈 베타 때 귀찮게 손질하지 않았을 텐데."

대형 고블린은 해체하지 않았다. 애초에 해체용 나이프도 준비하지 않았다.『해체』스킬은 배웠지만, 그건『치료』를 배우는 발판일 뿐이었다. 사용할 생각은 없었다.

어차피 남의 집 마당이니까 시체는 방치하고 계속 탐색하기로 했다.

"지금 적이 ☆4 잡몹인가. 카 나이트보다 맷집이 약한 건 확실한 데…… 종합적으로는 어느 쪽이 강할까? 잘 모르겠네."

이곳에 온 이유는 ☆4 던전의 조사 차원이기도 했다. 시스템으로 판정되지만, 같은 난이도라도 어느 정도 격차가 있다는 것은 알고 있었다. 이곳은 ☆4 던전으로 구 힐루스 왕도와 손님을 두고 경쟁하는 관계가 될 테니까 조사가 필요했다.

아직 한 번밖에 싸우지 않았지만, 이런 적이 나온다면 누구나 왕도를 택할 것이다.

왕도 공략에는 다수의 마법사가 필수지만, 레이드에 끼기만 하면 근접 전투원이라도 탱킹을 하는 것만으로 경험치와 드롭 아이템을 얻을 수 있다.

경영자인 레아는 적당한 시점에서 요금으로 경험치를 걷어 가지만, 질 좋은 서비스를 제공하니까 대가가 비싼 것은 당연하다. 그건 손님들도 이해해 주는 바다.

그 증거로 구 힐루스 왕도를 찾는 플레이어는 날마다 서서히 늘어나는 추세였다.

경험치와 드롭 아이템을 위해서인지 그들은 이미 사망 패널티 따위 상관하지 않게 됐다. 전멸을 전제로 죽기 전까지 최대한 번다는 생각으로 찾아오는 듯했다.

게임의 고난이도 콘텐츠에서 이따금 보이는 경우인데, 지금 힐루스 왕도가 딱 그런 상황이었다. 아주 훌륭하다.

이 노이슈로스의 안전 구역에 텐트가 얼마 없었던 점을 생각하면 현 시점에서 구 힐루스 왕도가 던전으로써 인기가 높은 것은 확실했다.

하지만 뭐가 어떻게 변할지 모르는 것이 세상사다.

예를 들어 노이슈로스를 완벽하게 공략하는 플레이어가 나타나면 어떻게 될까.

하나의 보스가 『사역』한 권속으로 구성된 영역일 경우, 그 보스가 쓰러지면 영역 내의 모든 마물이 사망한다.

그 순간 그 세력은 영역의 지배력을 잃지만, 그 시점에서 지배권까지 잃지는 않는다. 이건 레아가 사망했을 때도 리베 대삼림과 토레 숲이 여전히 레아의 지배지였던 것을 봐도 분명하다.

영역의 지배권이 이전되는 조건은 다른 단일 세력이 그 영역을 새로 제압할 경우다.

한때 스가루를 쓰러뜨리고 동굴을 지배했을 때가 그랬다. 그 순간, 동굴 안에 살아 있던 것은 레아의 세력뿐이었다.

튀어 초원에서는 레아가 모습을 드러내고 모든 플레이어가 사망하거나 도망쳤으며 당분간 초원에 아무도 접근하지 않았다.

초원의 지배권을 얻은 이유는 분명 그 덕분이다.

하지만 여러 플레이어가 파티를 맺는 한 단일 세력이 되지 않는다.

즉, 평범하게 던전을 공략하는 한, 플레이어가 던전 보스를 퇴치하더라도 특별한 변화는 발생하지 않는다. 보스가 플레이어 영역 지배자와 같은 조건이라면 세 시간 뒤에 리스폰하고 그 한 시간 뒤에 잡몹도 리스폰한다.

그렇다면 이곳 노이슈로스의 보스가 힐루스 왕도의 보스보다 해치우기 쉽고 사냥했을 때 이득이 크다면 이곳이 인기를 끌 가능성이 크다. 속된 말로 보스전 빵뺑이다.

보스를 잡았을 때의 보상은 알 수 없지만, 이곳 보스가 더 해치우기 쉽다는 것은 분명하리라. 누가 뭐래도 힐루스 왕도 보스는 재앙급인 지크며, 지크가 질 것 같으면 스가루와 디아스도 도와주러 나설 테니까. 그 셋이 상대라면 레아조차 승리를 장담할 수 없다.

'그보다 만약 이곳 보스가 플레이어라면 또 사정이 다르지. 잡몹이 이 수준이라면 경계할 필요도 없으니까 온 김에 보스 얼굴이나 보고 갈까.'

◆◆◆

"─기분 탓인가? 지금 고블린이 갑옷을 입었던 것 같은데."

노이슈로스에 들어온 이후로 그야말로 견적필살(見敵必殺), 움직이는 것이 보이면 모조리 그 순간 베어 버렸다.

전투라기보다 이미 단순 작업이 되어 버린 참살을 반복하던 중, 지금까지 나온 대형 고블린과는 조금 다른 손맛이 느껴졌다.

그리고 그 손맛이 다른 상대는 채썰기로 토막 내기 무섭게 빛이 되어 사라졌다.

"……역시 플레이어였나."

레아가 먼저 발견했으니까 얼굴까지는 보지 못했을 것이다.

만약 무언가를 목격했어도 후드를 뒤집어쓴 인간이 긴 무기로 베었다는 정도일까.

후드를 쓴 플레이어는 수도 없이 많고, 현실과 다를 바 없을 만큼 현실적인 작금의 VR게임에서는 검보다 긴 창을 무기로 고르는 플레이어가 많다. 익숙해지면 검사도 늘어나겠지만, 창을 쓰는 인구가 극적으로 줄어들지도 않는다.

인상착의로 마레라는 인물을 특정하기는 어려울 것이다.

그 이전에 레아를 인식조차 하지 못했을 거라고 자신하지만.

"갑자기 나오니까 그렇지. 운이 안 좋았다고 생각해."

죽음에 익숙한 플레이어인지, 그는 사망이 확정되자마자 빛이 되어 사라졌다. 시스템 메시지가 나오는 도중에 리스폰을 선택하지 않고서야 그럴 수 없다.

"……."

그것을 보고 문득 생각했다.

왕도에서 쓰러진 레아의 시체도 이렇게 금방 사라졌을 것이다.

그때 그곳에 있던 플레이어들은 재앙도 플레이어가 아닐까, 라는 의심을 전혀 하지 않았다.

사망하고 바로 빛이 되어 사라지면 무조건 플레이어라고 생각하는데, 무엇이 그들의 판단력을 흐려 놨을까.

이벤트 보스는 특별하다는 착각일까? 아니면 근처에 요로이자카 씨의 드롭 아이템이 있었기 때문일까?

'뭐, 지나간 일이니까 지금은 넘어갈까.'

일단 목적지인 도시 중심부, 영주 저택까지는 아직 조금 남았다.

무기 성능과 레아의 실력 덕분인지, 싸우면서 가는데도 진행 속도는 그냥 걸어갈 때와 거의 차이가 없었다. 보통 던전 공략과 비교하면 경이로운 속도다.

이곳 보스가 만약 모종의 수단으로 침입자의 동향을 감시한다면 레아는 중요 감시 대상일 것이다.

하지만 영주 저택에 다가가도 출현하는 잡몹 집단은 거의 차이가 없었다.

여전히 인간보다 조금 큰 고블린뿐이었다.

마법을 쓰는 적도 섞였지만, 그냥 직선으로 날아들 뿐인 공격은 아무리 빨라도 피하기 어렵지 않았다. 날아오는 마법의 랭크로 보아 범위 마법을 써도 이상하지 않을 텐데 왠지 단일 마법밖에 쓰지 않았다. 레아가 혼자 있기 때문일까?

'그보다는 MP가 아까우니까 낭비하지 말라고 윗선이 명령했다고 생각하는 게 자연스럽나.'

게임으로 치면 작전 설정 「마법 절약」인 셈이었다.

레아의 생각, 방침으로는 절약할 건 세력 전체의 자원이며, 거기에는 시간도 포함된다. 결과적으로 빨리 끝낼 수 있다면 범위 마법이든 뭐든 아낄 필요가 없다고 생각하지만, 말단 병사 하나하나에게 그런 판단력을 바랄 수도 없는 노릇이다.

레아의 부하로 비유하면 말단 중의 말단인 보병 개미나 좀비는 애초에 할 수 있는 일이 적다. 그래서 생각할 것도 없이 각자가 할 수 있는 일을 하는 수밖에 없다.

머리를 써야 하는 부분은 그 병사들의 배치나 인력 배분이었다. 즉, 관리자가 할 일이다. 그리고 관리자에게는 많은 경험치를 투자해 어려운 판단도 스스로 할 수 있도록 교육까지 했다.

"……이건 어려운 문제지. 우리는 큰 기업을 흉내 낸 피라미드 구조지만, 스가루나 여왕들 같은 중간 관리직도 많아. 같은 상명하달이라도 대표가 전부 판단해야 하는 원맨 조직이라면 작전이나 명령도 엉성해지겠지."

구성 인원이 적으면 원맨 구조가 합리적이다. 조직 전체의 결단이 확연하게 빠르기 때문이다.

그나저나 이로써 이 영역의 보스가 플레이어일 가능성은 더욱 커졌다.

야생 보스라면 전투 비용 절감 따위 생각하지 않고 살의를 최우선으로 내세워 명령할 터였다.

레아는 덤벼드는 대형 고블린들을 족족 토막 내며 영주 저택으로 서서히 다가갔다.

이 도시에서 가장 호화로운 건물에 도착하기 일보 직전인데 싸우는 맛이 전혀 없어서 살짝 질리기도 했다.

애초에 현실의 무도는 나무와 철로 만든 무기를 전제로 갈고 닦은 기술이었다.

절대로 휘지도 부러지지도 않고, 이도 나가지 않는 마법의 무기로 싸우는 상황은 상정하지 않았다.

그런 무기가 있다면 별다른 기술 없이 완력만 단련해도 된다.

'무기가 너무 강해. 능력에 맞지 않는 상위 장비는 안 쓰는 편이 나았을지도 모르겠어.'

곧 영주 저택 앞에 도착했다.

문은 닫혀 있지만, 잠겨 있지는 않았다.

마치 한 번 파괴한 문을 다시 닫아 놓은 것처럼 보였다.

문의 쇠창살 사이로 보이는 본관 현관문도 마찬가지였다.

다른 플레이어 파티가 이곳으로 드나든 흔적은 보이지 않았다.

문에서 조금 옆으로 빠진 레아는 점프로 담장 위에 매달리더니 그대로 완력으로 몸을 공중에 띄워 벽을 넘었다. 이 정도는 레아가 아니더라도 이곳까지 올 수 있는 플레이어라면 아마 식은 죽 먹기일 것이다.

담장 너머에 있는 정원도 엉망진창이었다. 리플레 영주 저택과는 비교도 되지 않게 망가졌다.

현관문은 미니까 열렸다. 아니, 넘어졌다. 경첩도 떨어져 나갔는지, 이미 문의 형태를 유지하지 못했다.

"……보스는 대체 어떻게 드나들지?"

도시에 나오지 않는 것일까. 아니면 다른 출입구가 있는지도 모른다.

그럴 경우, 도주할 우려도 있지만, 딱히 악착같이 쫓아가서 죽일 필요도 없었다. 애초에 그럴 생각이면 혼자 오지도 않았다. 어차피 이건 스트레스를 풀기 위한 장난. 운이 좋으면 보스의 얼굴을 보고, 보스를 죽였을 때 영역이 어떻게 되는지 보고 싶다는 정도의 마음가짐이었다.

'잠깐만, 그건 정말로 보고 싶은데? 역시 보스 퇴치를 최우선으로 생각할까.'

우선 1층부터 순서대로 돌아보기로 했다.

현관홀은 넓고 좌우에 계단이 있었다. 머리 위에는 큰 마법 조명 샹들리에가— 있으면 좋았겠지만, 지금은 없었다. 고블린이 가져갔는지 파괴했는지 모르겠으나, 뭔가를 매달았을 사슬의 잔해만 축 늘어져 있었다.

응접실, 식당, 주방. 사용인들의 방 같은 곳, 리넨룸. 뒤뜰에 접한 세탁장.

1층에는 보스는커녕 잡몹인 대형 고블린도 없었다.

"잡몹은 전부 거리로 보냈나? 비상시에 자신을 보호할 고기 방패도 없어? 어쩔 생각이지."

여기까지 왔는데 공격하지 않는다면 침입자의 동향을 감시하는 수단은 없다고 봐도 무방하다.

그렇다면 침입자가 언제 쳐들어올지 모르는데 거점 방어가 이토록 무방비한 것은 조금 부자연스러웠다.

일단 현관홀로 돌아와 계단을 올라서 2층을 탐색했다.

이곳에는 객실과 영주의 가족이 쓴 것으로 보이는 방이 있었지만, 역시나 고블린은 없었다.

남은 곳은 2층 서쪽, 가장 안쪽 방뿐이었다. 지금까지 보지 못한 방 중 있을 만한 곳은 집무실 정도일까. 아마 저곳이 집무실일 듯했다.

그리고 유일하게, 어째선지 생물의 기척이 느껴지는 곳이기도 했다.

천천히 문으로 다가가서 단숨에 문을 세 번 베었다. 처음에는 경첩, 그리고 문을 X자로.

짧은 시간차를 두고 문은 4등분 되어 바닥으로 떨어졌다.

그러자 방에서 마법이 날아들었다.

기습할 생각이었지만, 저쪽도 기다리고 있었나 보다. 문이 파괴되는 동시에 돌입하지 않아 다행이었다.

하지만 상쇄하려고 해도 거리가 너무 가까웠다. 늦는다. 그리고 피하기에는 복도가 너무 좁았다.

"큭."

이 던전에 와서 받은 첫 대미지였다.

피해를 줄이려고 팔로 얼굴을 감싸고, 몸을 옆으로 틀어 피탄 면적을 줄였다.

퀸 아라크네아의 실은 레아의 상상 이상으로 우수한지 별 피해는 없었다.

'우수한 장비 덕분에 살았네.'

지금까지는 장비에 그다지 주의를 기울이지 않았지만, 이건 다시 생각해 볼 문제였다.

돌아가면 아다만과 퀸 아라크네아의 실을 기본 재료로 권속들의 장비를 일신해야겠다.

이 마법 저항력은 경이로웠다. 망토로 방어하면 저급 마법 따위는 무시해도 될 정도다.

그런 생각을 하면서 다음 공격이 오기 전에 방으로 뛰어들었다.

실내는 역시 집무실인지, 책장과 소파, 그리고 중후한 업무용 책걸상이 있었다.

의자에 몸을 파묻은 것은 역시나 고블린이었다. 앉은 채로 마법을 쐈나 보다. 거만하기 짝이 없었다.

다시 마법을 쏘려고 뻗은 그 오른손을 신속(神速)의 찌르기로 절단했다.

발치에 있던 로우 테이블을 보지 못해 걷어차 버렸지만, 높은 STR 덕분인지 딱히 방해되지도 않았다. 발에 차인 로우 테이블은 책장에 꽂혀 책장과 함께 쓰러졌다.

"크갸!"

"……별난 비명인데?"

팔을 뻗은 자세 그대로 나기나타를 회전해 왼손도 똑같이 절단했다. 그 여세에 책상까지 잘렸지만 상관없었다. 기왕 잘린 김에 책상을 조각냈고 의자에 앉은 발이 보여서 그것도 절단했다.

천장과 마루에도 많은 상처가 생겼지만, 자기 방도 아니고 아무래도 좋았다. 방이 좁은 게 잘못이다.

"캭캬아아우!"

"비명이 아니야. 이건 울음소리인가? 너, 그냥 고블린이구나."

지금까지 죽인 대형 고블린보다 더 덩치가 크고 장비도 좋았지만, 그게 다였다.

플레이어라면, 아니, 일정 수준의 지능만 갖춰도 가슬라크처럼 대화가 가능할 것이다. 즉, 눈앞에 있는 녀석은 똑똑하지도 않은 NPC 잡몹이었다.

"그럼 넌 보스가 아니겠군? 네 보스는 어디 있지?"

물어도 대답할 리가 없었다. 만약 대답했다고 해도 묘한 울음소리라서 무슨 말을 하는지 알아들을 수 없었다.

'이 녀석을 죽이고 거리로 나갈까. 그러고도 도시에 고블린이 남아 있다면 이 녀석은 보스가 아니야.'

영주 저택 안에 잡몹이 있으면 수고를 덜었을 텐데, 라고 생각했지만, 그러면 아마 전부 죽였을 테니까 결과는 똑같았으리라.

레아는 고블린이 완전히 사망했다고 확신이 들 때까지 잘게 썰고 『세정』으로 피를 씻은 뒤 영주 저택에서 나왔다.

◆ ◆ ◆

거리로 나오고 금방 또 대형 고블린 집단 하나를 해치웠다.

평범하게 고블린이 공격해 왔다. 그렇다면 방금 저택에 있던 고블린은 역시 보스가 아니다.

이 도시에 들어오고 처음부터 느꼈지만, 난이도에 비해서 적과 만날 확률이 낮았다. 어쩌면 혼자 행동하는 레아를 발견하기 힘들어서 그런지도 모른다.

이 문제는 도시형 영역인 왕도나 블랑의 에른타르에서도 똑같이 발생할 것이다. 저번처럼 대규모로 공격해 오는 파티도 성가시지만, 은밀성이 뛰어난 소수가 잠입하는 것도 성가시다.

역시 손님의 눈높이에서 어트랙션을 보는 것은 공부가 된다.

그보다도 지금은 고블린 보스가 있는 곳을 찾아야 한다.

'도시에 없다면 남은 건 숲이야. 노이슈로스라는 이름에 속았지만, 생각해 보면 보스도 바보같이 눈에 띄고 공격받기 쉬운 곳에서 기다려 줄 필요는 없지.'

레아처럼 여러 던전을 지배한다면 공격받지 않는 던전에서 대기하면 된다.

"그럼 숲으로 갈까."

길 안내를 대신해 마레의 부하인 새를 『소환』해 머리 위로 날렸다. 숲이 있는 방향을 확인한 뒤, 레아를 유도하듯 전방에 머물도록 했다.

볼품없이 허물어진 북쪽 성벽을 넘어 도시 밖으로 나오자 그곳은 짙은 안개에 싸여 있었다. 안개 안쪽으로 희미하게 숲 같은 것이 보였다.

"도시와 숲이 너무 가까워. 이런 곳에 도시를 짓다니, 제정신이 아니야. ……혹시 도시를 건설한 뒤에 숲이 생겼나?"

아니면 가도처럼 중요한 시설에 마물이 가지 못하게 방파제로 성벽을 건설했고, 그 안쪽에 도시가 생겼을 가능성도 있었다.

하지만 시간을 들이면서까지 알고 싶은 내용도 아니었다.

안개 속을 신중하게 걸었다. 새는 돌려보냈다. 이 안개 속에서 항공 정찰은 효과적이지 않다.

딱히 특별한 점이 없는 황무지였다. 안개 때문에 햇빛이 잘 들지 않는 탓인지, 드물게 자란 잡초도 키가 작았다.

숨을 곳이 없는 땅이라서 잡몹도 보이지 않았다.

하지만 레아는 경계를 풀지 않았다.

문득 후드득, 하고 소리가 났다.

그 소리가 들리자마자 레아는 나기나타 물미로 소리가 난 땅을 찔렀다.

아니나 다를까 그곳에는 손뼈가 나와 있었고, 물미에 부서져 흩어지는 중이었다.

그것을 시작으로 땅에서 차례차례 손뼈가 튀어나왔다.

"두더지 잡기로 손만 부숴도 끝이 안 나. 『어스퀘이크』."

그렇게 밖으로 나오고 싶다면 땅을 갈아서 나오기 쉽게 해 주겠다.

이름은 어스퀘이크라도 엄연히 공격 마법이었다. 단순한 지진과는 다르다.

대지가 요동치고 살아 있는 것처럼 맥동하며 바위처럼 단단하고 날카롭고 거대한 돌기를 지속적으로 만들어 냈다. 돌기는 2미터 정도 솟구치더니 도로 흙으로 돌아갔고, 우르르 무너진 흙더미가 다음 돌기의 재료가 됐다. 그런 현상이 약 5초간 이어지더니 일제히 멈추고는 땅은 원래 모습대로 평평하게 돌아갔다.

땅에 묻힌 스켈레톤들은 당연히 이 공격을 피할 수 없었다. 땅속에서 뒤섞여 박살 나고 뒤죽박죽으로 흩어졌다.

"한 번에 정리됐나. 잡몹이라서 아무 영양가도 없지만. 수지를 따지면 MP만 낭비한 꼴이야."

시간 효율을 생각하면 어쩔 수 없는 대응이었다. 다소 MP를 소비해서 시간을 절약할 수 있다면 그렇게 해야 한다.

레아는 그 후로도 스켈레톤의 기운이 느껴질 때마다 『어스퀘이크』를 발동하며 황무지를 나아갔다.

'그런데 뭐랄까, 여기 스켈레톤들은 못생겼네. 색안경인지는 몰라도 우리 스켈레톤이 더 잘생겨 보여.'

레아가 본 것은 흩어진 잔해뿐이라서 전신의 형태는 알 수 없지만, 가끔 보이는 두개골만 봐도 확연하게 얼굴이 달랐다. 마치 역사 교과서에 나오는 무슨 원시인의 두개골에 가까웠다.

인종이 다른 것일까. 스켈레톤에도 인종이 있는지는 모르겠다.

"아, 고블린⋯⋯. 이거 혹시 그 대형 고블린들의 뼈인가?"

그렇게 생각하고 보면 확실히 비슷했다. 아마 이건 고블린 스켈레톤일 것이다.

SNS에는 이벤트 초반에 언데드가 도시를 침공했다고 나와 있었다.

고블린 특화기는 해도 부하가 다채로운 적 같았다. 도시에 대역을 배치하는 교활함도 겸비했다. 방심할 수 없는 상대였다.

이미 숲은 코앞이었다. 스켈레톤도 조금 전부터는 나오지 않았다. 더는 『어스퀘이크』를 쓸 필요도 없었다.

숲은 낮인데도 어두웠고 으스스한 분위기가 감돌았다. 황무지처럼 안개가 끼지는 않았지만, 앞이 잘 보이지 않았다.

"『헬 플레임』."

일단 마법으로 주변 나무들을 소각했다.

숲은 광범위하게 불타오르고 재가 되어 무너졌다. 그 뒤에는 새까맣게 탄 대지와 불타고 남은 짤막한 숯덩이가 서 있을 뿐이었다.

그 숯덩이를 걷어차자 허무하게 부스러져 바람에 실려 갔다.

적어도 트렌트는 아닌 모양이었다.

그렇다면 평범하게 눈에 보이는 적만 경계해도 된다.

레아는 말 그대로 검은 땅이 된 길을 걸었다.

그리고 『헬 플레임』의 효과 범위 끝, 다시 숲이 시작되는 부분에서 집단의 기척을 느꼈다.

"『라이……』."

"머, 멈춰! 주세요!"

어차피 여기 있는 것은 전부 적이라고 생각해 전기 속성 범위 마법을 쏘려던 찰나, 다급한 목소리가 들렸다.

기척이 느껴진 집단은 플레이어 파티였나 보다.

레아는 경계를 늦추지 않은 채 일단 마법 발동을 멈췄다.

집단을 보면서 할 말이 있으면 해 보라고 몸짓으로 재촉했다.

"그, 그렇지. 그게, 우리는 이 숲을 공략하는 플레이어야. 너도?"

대답할 필요가 있을까.

하지만 이미 모습을 보이고 말았다. 얼굴을 맞대고 대화하면 다시 만났을 때 금방 알아차릴 것이다.

앞으로 마레를 PK로 만들 생각이 아니라면 여기서 함부로 플레이어를 죽이는 것은 바람직하지 않았다.

"……저도 플레이어예요. 파티가 아니라 솔로지만."

귀족 아가씨답게 일단은 존댓말로 답했다. 롤플레이라고 할 정도도 아니지만, 만약 마레가 단독 행동을 할 경우, 반대로 지금의 레아를 흉내 내야 한다. 정중한 말투가 따라 하기 쉬우리라.

게다가 게임 안에서 항상 존댓말을 쓰는 플레이어는 많으니까 수상하게 생각할 가능성은 줄어들 것이다.

"여기까지 솔로로 왔어?! 마법사야? 아니, 창? 같은 걸 들었네. 마법 전사인가. 그럼 상당히 상위권 플레이어겠어……. 이름을 물어도 될까요? 아, 저는 타쿠마예요."

"……저는 마레라고 불러주세요. 친구는 그렇게 불러요."

이름을 말했지만, 어디까지나 애칭이었다. 문제는 없다.

탱크맨? 인가 뭔가 하는 플레이어는 수인이고 이름대로 탱커 같았다. 번듯한 갑옷과 방패를 가졌다.

갑옷은 상처가 많고 방패도 군데군데 우그러졌다. 뭔지 기억나지 않지만, 생산 계열 스킬로 수리하면 작은 상처나 변형은 완전히 고칠 수 있다. 그러지 않았다는 건 이 파티는 당분간 도시로 돌아가지 않은 것으로 보였다.

"오늘 그 친구는 없어? 그보다 이 근처에서 못 보던 얼굴인데 오늘 하루 만에 숲까지 온 거야? 장난 아닌데. 아, 나는 시이타케. 잘 부탁해."

시이타케[3]는 엘프였다. 외모와 이름이 매칭이 안 된다.

단궁을 등에 멘 경갑 전사 같은 시이타케는 이 파티의 스카우트일

#3 시이타케 일본어로 표고버섯을 의미한다.

것이다. 감각 계열 스킬 습득에 보너스가 있는 수인이 스카우트에 적합하다고 생각하는데 남이 참견할 일도 아니었다.

"저는 코우키예요. 방금 불 마법, 대단했어요. INT가 몇이에요?"

말할 리가 없다. 가장 붙임성이 있어 보이지만, 가장 예의 없는 남자였다.

그도 귀 형태로 보아 엘프 같지만, 얼굴이나 몸매는 휴먼 그 자체였다. 레아처럼 현실의 몸을 풀스캔했는지도 모르겠다.

"야, 초면에 물을 소리야? 죄송합니다. 저는 톤보예요. 창병 어때 커죠."

명창[#4]에 잘릴 것 같은 이름의 남자였다.

톤보는 덩치 큰 휴먼이었다. 그나마 예의는 있지만, 외모는 산적 두목이었다. 구레나룻부터 콧수염, 턱수염이 전부 이어졌다.

"……봉래예요."

다섯 번째 남성은 말수가 적고 키가 작았다. 어린아이인가 싶은 정도지만, 거대한 망치를 짊어졌다. 이런 플레이 스타일로 처음부터 활동했다면 캐릭터를 제작할 때부터 꽤 많은 STR가 필요했을 것이다.

아마 그는 드워프가 아닐까. 흔히 말하는 쇼타 캐릭이었다.

"여기까지 혼자 온 것도 대단하고, 지금 마법의 위력을 보면 실력은 의심할 여지가 없네요. 그런데 분명히 말해서 이 숲 지역의 난이도는 도시 지역과 비교가 되지 않아요. 이곳은 ☆4이지만, 아마 도시와 숲을 합쳐 단위 면적당 난이도 평균값을 낸 게 아닐까요?"

"……아, 네."

#4 **명창** 창으로 날아든 잠자리가 그대로 잘려 죽었다는 일본의 창 「톤보기리」. 「톤보」는 잠자리를 의미한다.

묻지도 않았는데 탱크맨이 알려줬다.

도시 쪽에 일부러 병력을 적게 배치했을 가능성은 레아도 생각했다.

숲에서 활동하는 그들이 그렇게 말한다면 역시 병력 배치가 치우친 모양이었다.

"여기까지는 혼자 왔어도 여기서부터도 혼자 갈 수 있을지는 몰라요. 그래서 그런데 우리와 임시로 파티를 맺지 않을래요? 당신 정도의 실력자라면 우리도 환영이고, 우리 파티의 코우키는『회복 마법』을 쓸 줄 알아요. 경계도 시이타케에게 맡기면 되니까 솔로로 가는 것보다 마음이 편할 거예요."

마음이 편하다는 것과 일이 편하다는 건 다르다. 게다가 단언컨대 초면의 남성 다섯 명과 파티를 맺는 레아의 마음이 편할 리 없다.

여기서 전부 죽이기는 쉽지만, 그러면 내숭을 떨고 순순히 자기소개한 의미가 없다.

장점이 전혀 없지도 않다.

엘프 스카우트의 역할 수행과 일반적인 창잡이의 실력. 사용하는 스킬. 팀워크. 그리고 장비 성능. 이것들을 가까운 곳에서 관찰할 기회는 좀처럼 없다.

"……그렇다면, 야. 짧은 시간이겠지만, 잘 부탁드릴게요."

도저히 귀찮아서 참을 수 없다면 그때는 전부 죽이면 된다.

여기서 죽이느냐, 나중에 죽이느냐는 차이뿐이다.

그렇다면 잠깐 상황을 본 뒤에도 늦지 않다.

도시에서 PK를 할 때 목격자가 생기면 살짝 귀찮아지지만, 그때는 그때다.

제8장 네크로 리바이벌

"마레 씨의 무기는 창인가요? 방금 엄청나게 강한 마법을 쓰시던데 창으로도 싸울 수 있어요?"

"……네. 비슷해요."

노이슈로스 북쪽 숲에서 만난 마레라는 플레이어는 톤보의 질문에 그렇게 대답했다.

그만한 위력의 마법을 쓰면서 창도 다룬다면 경이적인 실력자였다.

그것만이 아니었다. 그녀는 허리춤에 단도 같은 것을 차고 있었다. 해체용 나이프라기에는 너무 길었다. 아마 부무장이겠지만, 쓰지도 않는 무기를 저런 곳에 차고 다니지는 않는다. 그럼 시이타케만큼 단검술에 경험치를 투자했을 가능성도 있었다.

그런 사실들을 고려해 이 마레라는 사람은 아마 현재 상위권으로 불리는 플레이어 중에서도 손에 꼽히는 실력자일 것이다.

'괜히 오지랖을 부렸나.'

자신들을 상위권 파티라고 자부한 나머지 자신들보다 훨씬 뛰어난 플레이어가 있다는 사실을 간과했다. 그래서 친절을 베푼답시고 파티로 초대했는데 되레 민폐였을지도 모르겠다.

후드로 표정을 잘 보이지 않지만, 사람을 반기는 목소리는 아니었다.

그래도 일단은 승낙했으니까 적어도 그녀에게 뭔가 장점이 있다는 뜻이다.

지금은 긍정적으로 생각하고 일시적이나마 파티 멤버로서 서로를 돕는 것이 최우선이다.

"저기, 그럼 일단 역할부터 생각할까요? 우리 파티에 근접 물리 어태커는 톤보와 봉래 두 명이 있으니까 마레 씨는 코우키와 마법 어태커로 활약해 주셨으면 하는데, 어떠신가요?"

"괜찮네요. 그렇게 할게요."

창과 단도 실력을 볼 수 없는 것은 아쉽지만, 마법에는 쿨타임이 있어서 마법사는 많으면 많을수록 유리하다.

진형을 재조정해 전방에 타쿠마·시이타케·봉래, 중앙에 톤보, 후방에 코우키·마레를 두고 숲 탐색을 재개했다.

"······이야, 근데 갑자기 숲이 불탔을 때는 식겁했어요."

타쿠마 뒤에서 톤보가 마레에게 말을 거는 소리가 들렸다.

말리고 싶지만, 이쪽은 이쪽대로 전방을 경계해야 했다.

톤보는 마레의 창에 흥미가 있는 듯했다. 미리 당부했어야 했다.

"아, 죄송해요. 황무지 바닥에서 스켈레톤이 많이 나오는 바람에. 숲도 똑같을까 봐 확인하느라 그만."

"그보다 방금 쓴 마법은 뭐였어요? 그만큼 넓은 범위로, 그것도 ☆4 숲을 불태우는 화력! 제가 아는 한에서 그 정도 위력의『불 마법』은 없는데 말이죠. 혹시 소문으로 듣던 복합 마법이라도 발견하셨어요?"

"복합 마법?"

"어라, 아니었나요? 그런 소문이 있어요. 마법 쿨타임은 각 마법마다 별개로 존재하잖아요? 그러니까 사출 속도와 발동 속도를 잘 조절하면 거의 동시에 다른 마법을 쓸 수 있을지도 몰라요. 그게 가능하면 특정 조합으로 시너지가 생기지 않겠냐는 이야기죠."

"……처음 듣네요. 흐음, 그런 소문이……."

코우키도 이야기에 끼어들었다.

아무리 평소보다 사람이 많아도 그렇지, 이 던전은 타쿠마 파티조차 방심할 수 없는 공략파의 최전선이었다. 사실 지금까지 타쿠마 파티는 이 숲의 최심부까지 도달한 적이 없었다. 태평하게 수다를 떨어도 될 곳이 아니었다.

"야, 너희—."

"전방! 스켈레톤! 아마 고블린도 있을 거야!"

보다 못한 타쿠마가 입을 떼기 무섭게 시이타케의 경고가 모든 대화를 중단시켰다.

조용히 전방을 경계하던 봉래는 이미 전투 모드에 들어갔다. 해머를 움켜쥐고 시이타케가 가리킨 나무 뒤를 노려보고 있었다.

시이타케가 견제용 화살을 쐈다.

스켈레톤에 화살은 거의 효과가 없어서 반응이 약하겠지만, 시이타케의 말대로 고블린도 동반했다면 이 화살에 낚여 튀어나올 것이다.

"—."

나무 뒤에서 마법이 날아들었다. 성가시게도 메이지가 있나 보다.

이 숲의 고블린은 다른 곳의 고블린보다 유달리 컸다. 휴먼과 같거나 그 이상의 크기였다. 메이지도 마찬가지여서 마법 위력도 어지간한 플레이어 수준이었다.

적 집단의 구성과 숫자에 따라서는 질 가능성도 충분히 있었다.

"『선더볼트』."

뒤에서 청량한 목소리가 들리고 대열 사이를 빠져나온 전격이 고블린의 마법을 받아쳤다.

쌍방의 마법이 튕겨 나가 주위에 쏟아졌지만, 큰 피해는 없었다.

마법이 격추됐다고 판단하자마자 나무 사이에서 스켈레톤이 뛰쳐나왔다.

하지만 대기하던 봉래의 해머에 맞고 날아가 다른 나무에 격돌했다. 스켈레톤은 타격에 약하다. 지금 일격과 나무에 부딪친 대미지로 이미 빈사 상태일 것이다.

뒤이어 나온 고블린은 시이타케가 화살로 견제했다. 이것을 막는 것이 타쿠마의 역할이었다.

방패를 들고 앞으로 나갔다. 그것을 깨달은 시이타케가 활을 내리는 것을 확인하고 고블린을 향해 『실드 차지』를 발동했다. 『실드 차지』는 취소될 때까지 방패를 들고 일직선으로 질주하는 스킬이었다. 그대로 놈들이 뛰어나온 나무까지 돌진해 고블린을 나무에 처박았다.

스킬을 취소하고 곧바로 『백 스텝』으로 후방으로 빠졌다.

나무뿌리 부분으로 미끄러져 내린 고블린에게 코우키의 마법이 꽂히는 것을 얼핏 확인하고, 다시 방패를 들어 『도발』을 발동해 마물의 공격에 대비했다.

"『블레이즈 랜스』! ……앗, 이게 마지막인가요?"

코우키가 날린 『불 마법』에 고블린 메이지가 불타서 일단 경계를 풀었다. 시이타케는 얼마간 더 주위를 경계했지만, 곧 단검을 칼집에 꽂았다.

"이번에는 조금 수가 많았어. 마레 씨가 있어서 살았네요. 처음 마법은 마레 씨였죠?"

"……네. 그래도 큰일은 안 했어요."

"아뇨, 코우키는 마법 위력은 강한데 적을 방해하는 마법을 안 쓰거든요. 첫 공격을 맞지 않아서 전투가 편했어요."

"……공격을 맞지 않으려고 마법을 쓰는 것보다 전투 후에『치료』하는 편이 MP 소비가 적잖아. 나는 합리적으로 행동할 뿐이라고."

코우키의 경우는 합리적이라기보다 게으르고 쪼잔할 뿐이지만, 아직 그렇게 곤란한 정도는 아니므로 굳이 말하지는 않았다.

"그럼 해체가 완료되는 대로 계속 가자. 톤보, 코우키, 부탁할게."

고블린에게서는 딱히 대단한 부산물을 기대할 수 없지만, 이마에 달린 혹 같은 돌기 속에 검붉은 반투명 돌이 있었다.

이 반투명 돌은 도시에 있는 NPC가 비싸게 사준다. 무슨 재료라고 생각하지만, 생산직 플레이어가 모은다는 이야기는 들리지 않으니까 아직 레시피가 발견되지 않은 듯했다.

"고블린에게서 얻는 아이템 중에서 가치가 있는 건 이 돌 정도니까 이것만 모아도 되겠죠? 나중에 퇴치한 수를 인원수만큼 나눠서 분배하죠."

피부와 뼈도 나름대로 강도가 있지만, 그 해체는 심리적으로 거부감이 들었다.

이곳에 막 왔을 때는 그것도 해체해 팔았지만, 지금은 그렇게 가

난에 허덕이지 않았다.

마레의 복장으로 추측건대 타쿠마 파티보다 부자 같으니까 이번에도 그것까지는 챙기지 않아도 될 것이다.

"네. 그렇게 해 주세요."

마레의 승낙을 얻은 뒤 파티는 탐색을 재개했다.

그로부터 가끔 고블린과 스켈레톤 집단에 맞닥뜨렸지만, 어느 것이고 어렵잖게 퇴치했다. 평소보다 약간 수가 많다고 느끼는데 오히려 평소보다 편할 정도였다.

이유는 두말할 것 없이 마레였다.

처음 봤을 때처럼 대위력 마법을 쓰지는 않지만, 노련미가 빛나는 활약이라고나 할까, 첫 전투 때처럼 마법을 상쇄하거나 적이 밟고 선 땅을 진창으로 바꾸는 방해 행동으로 파티를 도왔다. 후드에 가려진 화사하기까지 한 외모에 어울리지 않는 깔끔한 일처리였다.

때로는 고블린 아처가 쏜 화살을 마법으로 격추하는 묘기를 보여 주기도 했다. 본인은 전기 계열 마법은 발동도 탄속도 빨라서 익숙해지면 쉽다고 말하지만, 적어도 타쿠마는 지금까지 본 적이 없었다.

그런데도 적을 마무리할 때는 은근슬쩍 코우키에게 기회를 넘겨 그의 자존심을 지키는 것도 잊지 않았다.

역시 상당히 상위 플레이어인지, 인원이 늘어났는데도 전투 효율을 고려하면 수입은 오히려 늘었다.

"……역시 마법사가 한 명 늘어나니까 효율이 다르네."

시이타케 딴에 나름대로 신경을 쓴 말투였다. 타쿠마 파티는 코우키에게 그다지 불만이 없지만, 이렇게 명백한 실력 차를 보여 주면 여러 생각이 들게 마련이다.

앞으로도 함께해 줬으면 하는 인재지만, 평소에는 다른 멤버와 다닌다는 식으로 이야기했으니까 그건 어려울 듯했다.

"타쿠마, 어때? 하늘이 내려 준 기회 같은데 오늘 숲 최심부에 도전해 볼까?"

톤보의 말대로 가능하다면 꼭 그러고 싶었다.

지금까지 타쿠마 파티는 이 숲의 최심부까지 도달하지 못했다.

원래는 조금 더 경험치를 벌어 파티 전체의 실력을 높인 뒤, 일단 도시로 돌아가서 장비를 수리하고 다시 도전할 예정이었다.

대략적인 계획은 바꿀 마음이 없지만, 그 전에 이곳 보스를 확인하는 것은 나쁘지 않은 생각이었다. 물론 동행자인 마레가 승낙해 줬을 때의 이야기지만.

"……그럴까. 마레 씨, 어때요? 만약 괜찮으시면 이대로 최심부까지 탐색해서 이곳 보스를 확인해 보지 않을래요? 물론 거기서 전멸할 가능성도 있으니까 마레 씨가 내키지 않으면 여기서 빼겠지만요."

"……괜찮아요. 저도 관심이 있어요. 하지만 보스와 싸우게 되면, 죄송하지만 자기방어를 최우선으로 행동할게요."

"그야 물론이죠! 감사합니다!"

임시 멤버인 그녀가 자기 안전을 첫 번째로 생각하는 것은 당연했다. 이 단기간에 깊은 신뢰 관계를 쌓았을 리 없고, 앞으로 함께할 파티도 아니었다. 여기서 타쿠마 파티를 위해서 목숨을, 경험치를 걸면 미안해서 볼 면목이 없다.

"그럼 돌아가지 않고 이대로 최심부로 가자."

숲 최심부라고 쉽게 말하지만, 그게 어디인지 정확하게는 모른다. 그래도 지금까지 한 탐색으로 대략적인 방향은 파악했다.

스킬과 아이템을 활용해서 시이타케가 이 숲의 지도를 그렸고, 입구 쪽부터 중반부까지는 대충 기록해 뒀다. 그래봤자 그냥 숲이 있을 뿐이고 정해진 적이 나오지도 않으니까 칠만 했을 뿐이었다. 그 지도에는 중반부 이후 호를 그리는 미기입 지역이 존재했다.

그것은 마물의 밀도가 너무 높아서 타쿠마 파티가 발을 들이지 못한 곳. 평소라면 철수하는 기준선이 되는 곳이었다. 그리고 아마 그 원호의 중심부에 보스가 있을 것이다.

그곳부터 안쪽은 한층 더 난이도가 높았다.

마레가 있는데도 아슬아슬한 상황이 펼쳐졌다.

짧은 휴식마다 피로 회복과 MP 회복 포션을 마셔야 할 정도였다. 마레에게 나눠 줄 포션까지는 준비하지 않았는데, 필요 없다고 하여 자신들만 사용했다.

적이 강해지지는 않았지만, 수가 많은 게 골치였다. 적이 너무 많아서 타쿠마의 도발 스킬로 다 커버하지 못하기 때문이었다.

그래도 어떻게든 대응할 수 있는 이유는 이 파티의 구성 덕분이었다.

근접 전투를 전혀 하지 못하는 플레이어는 코우키뿐이고, 다른 인원은 모두 전투 수단을 가졌다. 코우키가 표적이 되면 시이타케가 엄호해 버티는 사이 톤보와 봉래가 공격해서 적을 떨어뜨린다.

마레는 단독으로 고블린들을 상대했다. 난전이라서 창은 쓰지 않고 물 흐르듯 공격을 피하며 허리춤의 단도로 정확하게 급소를 찌르거나 때로는 적을 던져 버렸다. 그런 와중에 짬짬이 마법을 쏴서 적의 마법을 상쇄하거나 행동을 방해하기도 했다.

거의 타쿠마 파티의 욕심 때문에 진행된 강행군이건만, 그녀는 누구보다 눈부시게 활약했다. 마레에게는 아무리 감사해도 모자라다.

모두 경계하지 않던 후방에서 기습이 있었을 때는 특히 간담이 서늘했다.

지금까지 뒤쪽에서 기습당한 적이 없어서 전방에 의식을 집중하던 시이타케는 적을 알아차리지 못했고 허무하게 등을 내주고 말았다.

하지만 이것도 마레가 정리해 줬다.

코우키와 함께 후미에 있는 그녀가 갑자기 뒤쪽으로 범위 마법을 쓰는 바람에 놀라서 돌아보자 고블린 몇 마리가 전격에 꿰뚫려 새까맣게 타 있었다. 동시에 전방에서도 적이 와서 후열을 지원할 여유가 없었지만, 그럴 필요도 없었다.

실패할 리 없는 기습을 가할 타이밍에 반대로 기습적인 선제공격을 당한 탓인지 후방의 적은 침착을 잃었고, 전방의 전투도 마레에게 지원받으며 손쉽게 풀렸다.

실력 차가 나는 플레이어와 파티를 맺으면 어떻게 되는지 절실하게 실감했다. 그런 플레이어가 한 명 있는 것만으로 한 단계는커녕 두 단계 위의 던전에도 도전할 수 있다.

이래서는 던전을 공략한다고 말하기도 어려웠다. 단순히 마레가 운전하는 버스에 올라타 있을 뿐이었다.

"……마레 씨. 실례를 무릅쓰고 부탁드리고 싶은데요."

"뭐죠?"

"만약 보스와 싸우게 되면, 죄송하지만 손을 대지 말고 지켜봐 주셨으면 해요."

"야, 타쿠마! ……아니, 그게 맞나. 만약 마레 씨만 괜찮다면 그렇게 해 주세요."

톤보도 같은 의견 같았다. 시이타케도 이쪽을 보고 고개를 끄덕였다. 봉래는 말없이 눈을 감고 있지만, 그는 찬성할 때 늘 이런 태도였다. 코우키는 약간 불만스러워 보였지만, 정말로 반대한다면 즉시 말했을 것이다. 불평하지 않는 것은 그도 실력 부족을 통감한다는 뜻이다.

"……제가 제 안전을 우선해도 된다면 상관없어요."

적어도 보스와 싸울 때 정도는 지더라도 우리들끼리 싸우고 싶다고 생각했다. 그 의견을 존중하고 수긍해 줬다면 사례를 해야 마땅하다.

타쿠마 파티로만 싸워도 결국 전멸할 것이다. 그러면 그녀는 혼자 보스와 싸우게 된다. 아무리 천하의 마레라도 혼자서는 보스에게 이기지 못하리라.

마레의 경험치 10퍼센트에 해당하는 가치가 있을지 모르겠지만, 지금까지 얻은 드롭 아이템을 전부 넘겨주기로 했다. 반대하는 멤버는 아무도 없었다.

"어, 그게, 고맙습니다? 으음, 잠깐 기다려주세요. ……앗. ……네, 잘 받을게요. ……저기, 감사드려요."

마레는 한순간 멍한 표정을 보이면서도 받아줬다. 인벤토리에 넣을 때도 망설이는 것처럼 동작이 어색했다. 선물을 받을 줄은 몰랐던 눈치다. 그 실력 이상으로 인품도 훌륭한 사람이었다. 그녀와 알게 되어 다행이었다.

가능하면 친구가 되고 싶지만, 이미 오는 길에 시이타케가 시도했다가 차였다. 지금 다시 말하면 아이템으로 낚는다고 생각할지도 모르니까 이번에는 포기하는 수밖에 없다.

그렇게 탐색을 진행하던 때.

"저게 뭐야……. 집? 이 있어."

"고블린도 집을 지어? 처음 보는데."

이곳이 틀림없이 최심부. 보스가 있는 곳일 터였다.

그곳은 주변 나무를 벌목한 넓은 공간이었고, 웬 통나무집이 세워져 있었다.

통나무집은 꽤 컸다. 2층 건물일까?

문이 보이지 않지만, 반대쪽에 있을지도 모른다.

아마 보스는 저 안에 있을 것이다.

"앗, 야! 나왔어!"

통나무집 뒤에서 거대한 고블린이 느릿느릿 나타났다.

어림짐작으로 3미터는 되어 보였다. 저런 거구가 생활한다면 이 통나무집은 2층이 아니라 단층 건물일 것이다.

복장은 다른 고블린과 비교해 말끔하며 색색이 천을 기운 희한한 옷을 입었다.

잠깐, 아니다.

저건 아마 도시 주민의 옷일 것이다. 그것을 기워 자기 옷으로 만든 것이다.

몬스터에게 장식이나 의복이라는 개념이 있다고 생각하기는 어려우니까 일종의 헌팅 트로피가 아닐까. 도시를 공격해 이렇게 많은 인간을 죽였다는.

"위압감 살벌하네. 저거 못 잡는 몹 아니야?"

"☆4이 이 정도야……? 아니면 보스는 난이도와 별개인가?"

"지금 그럴 때가 아냐, 오잖아! 마레 씨는 물러나 있어요!"

그 손에 쥔, 그저 근처에 자란 나무를 뽑은 듯한 통나무 같은 곤봉을 들어 올리고 보스가 공격해 왔다.

◆ ◆ ◆

말하지 않아도 레아는 이미 물러나서 나무 뒤에 숨어 있었다.

탱커인 탱크맨은 거대 고블린의 일격을 막을 능력이 없었는지 그대로 깔려 땅바닥에 쓰러지고 말았다.

싸울 생각이라면 태평하게 관찰할 것이 아니라 선제공격으로 통나무째 날려 버렸어야 했다. 더 강한 상대에게 시간을 준 시점에서 그들의 운명은 결정된 셈이었다.

탱커를 잃은 그들은 속수무책으로 무너졌다.

차례대로 곤봉 한 방에 개구리처럼 납작해졌다. 처음 공격당한 탱크맨이나 봉래는 아직 죽지 않았나 보지만, 그것을 깨달은 거대 고블린이 수차례 곤봉을 내리쳤다.

곤봉 모양으로 움푹 꺼진 땅에서 하나둘 빛이 새어 나왔다. 리스폰을 택한 것이다.

첫 마법으로 상태 이상을 동반한 대미지를 주고, 저 곤봉 공격은 방어할 게 아니라 회피하고, 첫 공격을 피하면 한쪽 다리를 집중 공격해서 행동력부터 빼앗아야 했다.

그렇게 대처하면 조금은 더 나았을 텐데. 하지만 이것도 뒤에서 구경만 했으니까 할 수 있는 말이다. 이런 즉사 공격을 사용하는 상대에게 처음부터 이기기는 어렵다. 모르면 죽어야지 패턴이다.

어차피 그들 실력으로는 전술적으로 완벽하게 대처해도 이길 수 있을지 의심스러웠다.

거대 고블린은 레아가 있는 곳도 아는지 가만히 이쪽을 노려보고 있었다. 도망치게 둘 것 같지 않지만, 도망칠 생각도 없었다.

방해꾼은 그가 전부 처리해 줬다. 이제는 눈치 볼 것 없이 그를 죽이면 영역이 어떻게 되는지 확인할 뿐이다.

"『헬 플레임』."

통나무집과 거대 고블린 중간 지점으로 마법을 발사했다.

이 고블린도 레아를 알아차렸다면 공격하면 될 텐데 왠지 가만히 기다리고 있었다. 아마 선공을 양보해 주려나 보다.

호의를 베푼다면 받아 주는 것도 예의다.

설령 이길 수 있다고 생각해도 방심하면 안 된다.

한때 레아가 플레이어들에게서 배운 교훈을, 이번에는 이 보스에게 가르쳐 주자.

불은 주변을 집어삼켜 광장을 조금 더 넓혔다. 통나무집은 당연히 잿더미가 됐고 거대 고블린도 전신에 화상을 입었다. 대미지 자체는 크지 않은 듯하나, 운 좋게 상태 이상에 걸린 모양이었다.

화상은 치료할 때까지 면적과 손상 정도에 따라서 지속 대미지를 준다. 지속 대미지를 능가하는 자연 회복력이 있을 경우, 시간이 흐르면 화상도 치유되지만, 이 고블린에게 그 정도의 회복력은 없는 듯했다.

고블린은 고개를 뒤로 돌려 잿더미가 된 통나무집을 보더니 레아에게 돌진해 왔다.

고통이나 대미지보다 통나무집을 파괴한 것에 화가 난 모양이었다.

목숨을 건 전투 중에 통나무집을 신경 쓰다니, 아직 자신이 진다는 생각을 못 하는 것일까. 아니면…….

'진짜 죽지 않으니까. 즉, 플레이어라는 건가.'

플레이어라면 죽어도 부활할 수 있지만, 불탄 통나무집은 그렇지 않다. 그게 그의 작품이라면 길길이 날뛰는 것도 이해할 수 있었다.

돌진의 기세를 실은 발차기를 간발의 차로 피했다.

레아를 숨겨 주던 나무들이 뿌리에 얽힌 흙과 함께 하늘을 날았다.

레아는 거기에 눈길도 주지 않고 재빨리 고블린의 남은 다리로 접근했다.

들어 올린 다리를 되돌리기 전 찰나의 순간, 땅을 디딘 다리의 아킬레스건에 칼집을 세 번 넣었다.

"크아!"

고블린은 참지 못하고 들었던 다리를 내리자마자 털썩 주저앉았다. 베인 왼발을 감싸고 주위를 돌아보며 레아를 찾았다.

울루루만큼 거구인 상대라면 아무리 아다만 나기나타가 있어도 어떻게 싸울지 고민했겠지만, 불과 3미터밖에 안 되면 죽이는 것은 어렵지 않았다.

이렇게 웅크리게 만들면 모든 약점 부위에 레아의 나기나타가 닿는다.

그 못생긴 스켈레톤을 보는 한 고블린의 신체 구조는 인간과 흡사했다.

그렇다면 약점도 똑같은 터.

레아 앞에 무방비하게 드러난 등. 제아무리 두꺼운 근육에 덮여 있어도 설마 철갑옷보다 단단하랴.

레아는 심장이 있을 위치를 예상하고 나기나타를 쑥 꽂았다.

"컥……!"

나기나타를 뽑으며 웅크려 앉아 고블린이 반사적으로 휘두른 팔을 피했다.

그리고 나기나타를 안은 채로 굴러 고블린에게서 어느 정도 거리를 벌린 뒤 다시 일어나 무기를 겨눴다.

고블린은 휘두르던 팔을 멈추고 가슴을 부여잡은 채 웅크리고 있었다. 쫓아올 기미는 보이지 않았다. 팔을 휘두른 것은 역시 단순한 반사 행동이었나 보다.

빈틈투성이다.

"『블레이즈 랜스』."

하지만 안일하게 다가가지 않는다. 나기나타를 내리고 마법을 썼다.

이 고블린이 플레이어라면 저것도 연기일 가능성이 있었다.

상대의 공격 범위 밖에서 찬찬히 LP를 깎다 보면 조만간 쓰러질 것이다. 화상 지속 대미지도 남아 있었다. 인간과 신체 구조가 같다면 더는 일어나기도 힘들 터였다.

등 뒤에서 공격했는데도 가슴을 부여잡는 것을 보면 방금 찌르기가 고블린의 몸을 관통했나 보다. 인간형 생물이 몸의 중앙부에 깊은 구멍이 뚫리고도 무사할 리 없었다.

고블린은 움직이지 않고 웅크린 채 뭔가를 기다리는 것처럼 보였다.

지원 병력이라도 오는 것일까.

만약 증원이 오더라도 여기까지 오면서 만난 수준의 잡몹이라면 문제없었다. 거대 고블린을 마무리하면서 짬짬이 처분할 수 있다.

그 후로 몇 번이나 공격 마법을 맞췄는데도 고블린은 별다른 반응을 보이지 않았다.

혹시 이미 죽었을까.

아니, 살아 있는 것은 확실했다.

가끔 조금씩 몸을 꿈틀댔고 귀를 기울이면 뭐라고 중얼대고 있었다.

그리고…….

"……『네크로 리바이벌』!"

"뭐야?!"

고블린이 무슨 단어를 외치자마자 칠흑의 어둠이 뿜어져 나와 그 몸을 감싸고 회오리쳤다.

『어둠의 장막』 같은 뿌연 어둠이 아니었다. 모든 빛을 흡수하듯 그 너머를 조금도 엿볼 수 없는 진정한 어둠이었다.

예상하지 못한 상황에 레아는 자기 몸이 간절히도 그리워졌다. 『마안』이 있다면 더 자세하게 관찰할 수 있었을 텐데.

당장은 눈에 힘을 주고 상황을 지켜봤다.

어둠에 덮였다고 해도 안에는 그 고블린이 있을 것이다. 계속해서 마법으로 공격하면 끝낼 수 있을지도 모른다.

하지만 호기심이 그 기회를 앗아갔다.

어둠은 이미 걷혔다. 중심으로 빨려 들어가듯 사라졌다.

그 중심에는 부쩍 작아진 고블린이 서 있었다.

근육 우락부락한 육체는 더 이상 없었다. 마른 근육이라고 하던가. 뼈와 살가죽, 그리고 극한까지 압축한 듯한 얇은 근육으로 구성된 철사 같은 신체였다. 키도 2미터 정도로 줄었다. 얼굴만 감추면 엘프로 보일 것 같기도 했다. 피부가 거무튀튀하지만.

그 얼굴은 이미 단순한 고블린으로 보이지 않았다. 마른 뺨, 노출된 이빨, 그리고 퀭하게 들어간 눈구멍에는 붉은빛이 어른거렸다. 가장 비슷한 이미지를 찾자면 미라였다.

레아, 아니, 마레가 습득한 『사령』 스킬이 속삭였다.

이 녀석은 언데드라고.

'보스는 2단 변신 하는 법이라고 누가 말했지. 설마 진짜 변할 줄이야.'

상대의 생김새 때문에 잊고 있었지만, 이 보스는 스켈레톤 고블린도 조종했다.

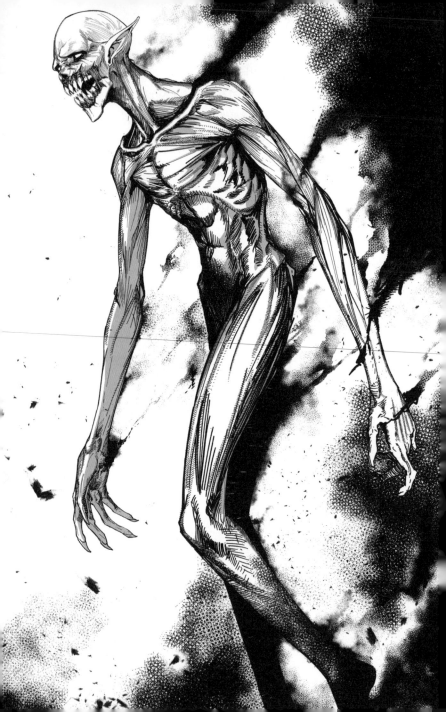

그 말은 아무리 육체파처럼 보여도 사령술사의 일면도 가졌다는 뜻이었다.

그 사령술의 집대성이 아마 눈앞에서 벌어진 사태일 것이다.

『네크로 리바이벌』이라는 스킬이 뭔지는 모르겠지만, 어떤 조건을 충족하면 『사령』 트리에 해금되는 스킬임은 틀림없었다. 효과는 자기 자신을 언데드로 전생시키는 것. 어쩌면 한 단계나 두 단계 상급 존재로 전생하는지도 모른다.

"—설마 이걸 쓰는 날이 이렇게 일찍 올 줄 몰랐어. 내가 운이 좋은 건지, 네 운이 나쁜 건지."

말했다.

디아스와 지크를 생각하면 눈앞의 고블린 미라가 말한다고 이상할 건 없었다.

하지만 말하는 내용으로 보아 이 전개를 전부터 예상했거나 계획한 것은 확실했다.

NPC가 그만큼 똑똑하다면 고블린 계열이라도 말을 했으리라. 실제로 부하인 가슬라크는 유창하게 말했다. 요컨대 지금까지 의도적으로 말하지 않았다는 뜻이며, 적어도 NPC가 그런 짓을 할 이유는 없었다.

역시 이 노이슈로스의 보스는 플레이어였다.

노이슈로스를 함락한 성과로 미루어 보면 이 남자가 저번 이벤트 침공 부문 3위를 차지한 플레이어, 뱀부일 것이다.

여기서 마레의 정체를 밝히고 협력을 요청해도 되겠지만, 상대가 수락한다는 보장은 없었다.

레아라면, 예를 들어 왕도에 단독으로 쳐들어와서 카 나이트들을 장난감처럼 쓸어버리고, 왕성을 날려 버리고, 요로이자카 씨를 쓰러뜨리고, 안에 있던 레아를 전장으로 끌어내린 플레이어가 협력을 요청하면 고분고분 받아들일까?

'안 하지.'

최종적으로 협력 체제를 구축할 수야 있겠지만, 그건 그거고 한 대 맞고 시작하자고 생각할 것이다.

게다가 여기서 스스로 정체를 밝히고 협력을 바라면 전생한 상대에게 겁먹어서 굽신거리는 것처럼 보인다. 아무리 그래도 그건 용납하기 힘들다.

그러면 싸우는 수밖에. 그리고 이기는 수밖에 없다.

그렇지만 제1형태인 거대 고블린은 기습과 상성 덕분에 운 좋게 완승했지만, 이 슬렌더 미라는 그렇게 쉽지 않을 것이다.

이 플레이어는 틀림없이 전생했다. 일부러 약해졌을 리는 없다.

거대 고블린일 때도 능력치는 마레보다 상당히 높았다. 돌진 속도로 봐서 달리기 시합을 했다면 마레는 절대로 따라잡지 못했을 것이다.

통나무 하나를 한 손으로 휘두르는 STR, 심장을 찔리고도 죽지 않는 VIT은 말할 것도 없었다.

『사령』에 경험치를 썼다면 MND도 올렸을 가능성이 있었다.

덧붙여 체구가 작아진 것도 문제였다. 상대적으로 보면 적에게는 맞혀야 할 표적이 커진 셈이었다.

곤봉을 쓰지 않는 전투 기술, 플레이어 스킬이 어느 수준인지 모르겠지만, 근접 전투는 보통 신체 크기가 어느 정도 비슷해야 싸우기 편하다.

상대의 AGI이나 DEX도 상승했을 가능성까지 고려하면 방금처럼 공격을 쉽게 피할 수 있을지 모르겠다.

"······아주 생난리를 치던데, 장난이 지나쳤어. 지금까지는 그 무기와 스킬로 전부 이겨 먹었을지 몰라도, 그것도 이제 끝이야. 죽어."

거절한다.

상대가 NPC 몬스터라면 최악의 경우 죽어도 상관없다. 마레의 시체를 이곳에 남겨도 별문제가 없으니까.

하지만 눈앞의 보스가 플레이어라면 이야기가 달라진다.

자기 시체를 꼬박 한 시간이나 방치하는 것은 제발 장비를 빼앗아 가라고 애원하는 꼴이다. 상식적인 플레이어라면 절대로 그러지 않는다. 하지만 마레는 플레이어인 척하는 NPC라서 그럴 수가 없다.

심지어 『사역』을 습득하고 권속을 다수 거느린 이 고블린 미라라면 한 시간이라는 단위로 마레가 누군가의 권속 NPC일 가능성에 생각이 미칠지도 모른다. 지금은 상황상 플레이어라고 생각하나 보지만, 시체가 사라지지 않으면 우선 NPC라고 의심할 것이다.

그렇다고 이제 와서 정신을 되돌려 마레를 리플레로 『소환』하는 것도 어렵다. 갑자기 눈앞에서 사라지는 것이나 한 시간 동안 시체를 방치하는 것이나 부자연스럽기는 매한가지다.

호기심에 져서 적의 변신을 방해하지 않고 지켜보고 말았지만, 막았어야 했다.

드디어 비로소 이해했다.

옛 Japaness Live-action, 이른바 특촬물에서 적이 주인공의 변신을 방해하지 않는 이유를.

틀림없이 호기심 때문이다. 어떤 멋진 모습으로 변신할까, 라는 호기심에 그들은 패한 것이다.

그리고 지금, 레아 본인도 그들의 동료가 될 판국에 놓였다.

"……그건 사양하고 싶은데."

"응? 그렇겠지. 죽기 싫은 건 당연해."

그 이야기가 아니지만, 틀린 말도 아니라서 정정하지는 않았다.

설령 이길 수 있다고 생각해도 방심하면 안 된다.

조금 전의 자기 자신에게 네가 할 소리냐고 핀잔을 주고 싶은 기분이었다.

상대는 그렇게 당하고도 레아에게 선공을 양보하려는 생각인지, 죽이겠다고 선언하면서도 공격할 기미가 보이지 않았다.

하지만 레아도 방금과 달리 상대의 신체 능력을 모르는 상태에서 섣불리 공격할 생각은 들지 않았다.

레아도 호신을 골자로 삼은 가문의 유파를 따르자면 본래 상대에게 공격권을 내주는 편이 편하다. 자신이 선공하는 경우는 상대가 어떻게 나올지 알거나 상대가 무슨 짓을 하든 이길 자신이 있을 때뿐이었다.

"……왜 그러지? 죽기 싫다며? 공격 안 하나?"

"……나를 죽이겠다면서? 공격 안 해?"

상대도 레아를 경계했다. 운이 좋니 나쁘니 떠들 정도니까 『네크로 리바이벌』로 적잖게 강화됐을 것이다.

그런데도 이렇게나 경계한다. 제1형태로 완패해서 어지간히 신중해진 모양이었다.

"……좋아. 이 속도라면 방금처럼 피하지 못하겠지!"

자세를 잡았다고 생각한 바로 직후, 고블린 미라는 레아가 서 있던 곳에 있었다.

하지만 그곳에 레아는 없었다. 친절하게 피할 수 없는 공격을 하겠다고 선언했는데 가만히 기다려 줄 바보는 없다.

피아의 거리를 생각하면 레아가 피하는 것을 보고도 궤도 수정이 쉽지 않으리라고 판단해 피해 봤는데 그게 정답이었다.

"이것도 피한다고!"

빠르다고 해도 단일 대상 『번개 마법』보다는 느렸다.

그리고 상대는 반라에 여분의 지방이 하나도 없어 근육의 움직임이 고스란히 보였다. 이래 봬도 레아는 유파의 부사범 말석에 이름을 올렸다. 현실 재현성이 높은 이 게임에서 행동의 전조를 놓치는 쪽이 어렵다.

'움직이는 모습조차 보이지 않는 수준은 아니라서 다행이야.'

그래도 상대가 무기 없이 공격한다면 나기나타는 상성이 좋지 않았다. 서로의 거리가 맞지 않으니까. 그렇다고 거리를 유지하며 농락할 수도 없다. 그게 가능할 만큼 상대도 약하지 않았다.

쓰기 힘들다면 방해될 뿐이었다. 손에 든 나기나타를 땅에 떨어뜨렸다.

"포기했냐?! 쓰기 싫으면! 집어넣지! 그래!"

고블린 미라가 연달아 발차기와 찌르기를 내지르며 아픈 곳을 찔렀다. 그게 되면 진작 했다.

간발의 차로 공격을 피하며 반격의 실마리를 찾았다.

고블린 미라의 공격은 단조로우나 군더더기가 없었다. 무슨 무도를 배운 움직임은 아니지만, 전투에 익숙한 건 확실했다. 어지간히 이런 종류의 게임을 파고든 모양이었다.

최근에는 이런 인간들이 늘어서 현실이든 VR이든 방심할 수 없는 시대가 됐다. 우리 가업도 당분간 망할 일은 없겠다.

"내, 본업은, 나기나타가, 아니라서."

나기나타를 휘두르는 것은 좋아하지만, 본업은 아니고 어디까지나 취미 수준이었다.

슬슬 상대의 속도에 익숙해졌다. 공격의 버릇도 하나둘 기억했다. 그리고 신체 능력이 현저히 차이 나는 강대한 적을 맨손으로 제압하는 것은 전문 분야다.

"뭣?!"

상대방 입장에서는 왜 이렇게 느릿한 움직임에 붙잡혔는지 의아할 것이다.

알고 있었을 텐데 왠지 상대의 의도대로 행동하고 말았다고 생각할 것이다.

하지만 아니다. 레아가 상대방이 깨닫지 못하도록 교묘하게 움직여 함정을 팠기 때문이었다. 모든 것이 끝난 뒤, 그러고 보니 뻔히 보였는데, 라는 착각에 빠뜨리는 것에 불과했다.

자기만의 기술을 갈고닦은 자는 분명히 강하지만, 아주 정직하다. 사람에 따라서는 초보자보다 속이기 쉽다.

고블린 미라는 교묘하게 뒤틀린 자기 자신의 힘에 의해 하늘 높이 떠올랐고, 이윽고 떨어졌다.

"아야! 젠장! 던지기 스킬까지 배웠냐!"

하지만 생각보다 대미지는 들어가지 않았다.

이상하리만큼 근력이 발달했는데 이상하리만큼 가벼웠다. 그런 신체 특성 때문에 큰 대미지를 주지 못했다. VIT도 높은 듯했다.

그러나 레아의 능력치로는 단순한 타격으로 해치우기도 어렵고, 관절 기술은 STR 차이만으로 역전당할 것이다.

'확실히 이건 절망적이야. 이러니까 나도 디버프 아이템을 갖고 싶어지는데.'

재앙에게 겁먹지 않고 맞선 웨인 파티를 조금 다시 보게 됐다.

크나큰 능력 차 앞에서는 어떤 기술이 의미를 갖지 못한다. 그것을 메우기 위한 스킬도 있지만, 레아— 마레는 가지지 못했다. 지금처럼 시스템으로 대미지 보너스를 받지도 못하는 단순한 기술로는 어쩔 도리도 없었다.

근접 격투라면 스스로 할 수 있기 때문에 굳이 스킬을 배울 의미가 없다고 생각했지만, 그런 꼼수의 한계가 명확히 보였다.

고블린 미라가 던지기 기술을 경계해 다가오지 않는 것을 기회 삼아 일단 거리를 벌렸다.

본래 레아의 몸이라면 이런 이도 저도 아닌 언데드 따위『신성 마법』으로 한 방에 처리했겠지만, 지금 그것을 아쉬워해 봤자 부질없는 짓이었다.

'아니, 잠깐만. 부질없지는 않아. 사실이니까.'

◆ ◆ ◆

후드를 쓴 여자는 분명히 강했다. 게다가 그 창 같은 장비도 꽤나 고랭크 아이템이었다. 아마 미스릴이나 그에 가까운 금속일 것이다.

하지만 그 속도로 보아 자신에 비해 능력치 자체는 썩 높지 않다는 것도 알 수 있었다.

홉고블린 그레이트 샤먼이었을 때는 크기 차이와 전술의 문제로 완패의 쓴맛을 봤지만, 이 데오보르 드라우그르라면 그렇게 쉽게 당하지는 않는다.

스스로 생각해도 용케 이토록 강해졌다고 감탄했다.

뱀부는 서비스 초기를 회상했다.

고블린은 약하다.

자기 말고 이런 약한 종족을 선택하는 플레이어 따위 없을 거라고 생각할 만큼 약했다.

하지만 그 대신 받을 수 있는 초기 경험치는 가장 많았다.

경험치가 많다는 것은 선택지가 많다는 뜻이었다. 즉, 자유도가 높다고 바꿔 말할 수 있겠다. 고블린이란 가장 자유로운 종족이었다.

뱀부는 더욱 큰 자유를 바라며 선천적인 특성으로 약점을 붙여서 경험치를 늘렸다. 「시력이 약하다」나 「과식」 등이었다. 과식은 공복도 게이지가 줄어드는 속도가 배로 늘어나는 반면, 종족마다 다른 효과가 부여됐다. 고블린의 경우 「공복 상태에서도 식사로 최대치를 넘어서 공복도를 회복할 수 있다」였다. 쉽게 말해 배에 음식을 비축하는 효과였다. 받는 경험치는 5포인트로 적었지만, 사실상 단점이 없다고 생각한 뱀부는 기꺼이 이 특성을 습득했다.

먹는다는 행위도 좋아했다. 그야말로 자신을 위해 준비된 특성이라고 생각했다.

하지만 이 게임 세계는 그렇게 녹록하지 않았다.

고블린이 먹을 수 있는 음식이 거의 없었다.

식성의 문제가 아니라 생태계 서열의 문제였다.

뱀부는 식량을 확보할 수 없었다.

순식간에 공복 게이지가 바닥 나서 뱀부는 사망했다.

기껏 많은 경험치를 받고 시작했는데 일부를 잃어버렸다. 사망 페널티를 받지 않는 최소치를 넘어선 경험치를 보유한 탓이었다. 뱀부에게는 단점만 남았다.

뱀부가 초기 스폰 위치로 선택한 곳은 산림 환경이었는데, 이 숲에는 상위종인 홉고블린 부락도 있었다. 홉고블린에게 죽을 일은 거의 없지만, 놈들과는 식성이 겹쳤다. 놈들이 먹을수록 고블린은 굶주린다.

그것만이 아니었다.

숲 바로 근처에는 인간 도시가 있었다. 그 도시에는 수인이 많이 살았다. 아무래도 그곳은 수인의 나라 같았다. 공식 사이트에 있던 페아레라는 나라일 것이다.

그 도시에서 가끔 인간이 숲으로 들어와 고블린을 퇴치하고 돌아갔다.

숲 안쪽으로 도망가고 싶어도 그곳은 홉고블린이 점거했다. 독 안에 든 쥐였다.

뱀부는 당분간 작은 동물을 잡아서 식량과 경험치를 얻거나 그 경험치를 아사로 잃으며 플레이를 이어갔다. 하루에 여러 번 아사한다는 이야기는 난생처음 듣지만, 리스폰해도 공복도가 완전히 회복되지 않는 이곳에서는 일상다반사였다. 운영진의 온정인지 10퍼센트 정도는 회복된 상태로 시작하나, 이것을 잃을 때까지 뭔가 먹지 않으면 죽는다.

지금은 캐릭터 제작 시의 선택을 후회하기도 했다. 하지만 다시 만들 생각도 들지 않았다. 다시 만들어서 뭘 어쩌자는 건가. 홉고블린이나 그 도시 수인을 무릎 꿇리고 싶다는 마음도 있었다. 하지만 리셋하면 다시 이 숲에서 시작한다는 보장이 없었다.

게다가 뱀부는 이런 게임을 제법 많이 플레이했고, 나름대로 고수라는 자부심이 있었다. 이런 곳에서 수인과 홉고블린 상대로 꼬리를 빼자니 도저히 참을 수 없었다.

그렇다면 현재 주어진 조건으로 이기고 올라갈 수밖에 없다.

그래서 생각했다. 배가 꺼지지 않는 몸을 갖고 싶다고. 말은 쉽지만, 어떻게 배가 꺼지지 않을 수 있는가. 인간은 살아 있으면 반드시 배가 고프고 그건 고블린도 똑같았다.

그럼 살아 있지 않으면 어떤가. 시체가 되면 식사하지 않아도 된다. 언데드라면 식욕이 필요 없을 것이다.

뱀부는 경험치를 긁어모아 『사령』을 습득했다.

스킬 트리에는 『사령』 외에 『네크로 리바이벌』이라는 스킬이 있었다. 느닷없이 빙고였다. 하지만 배우기 위한 경험치가 부족했다. 벌어야 했다.

뱀부는 남은 경험치를 전부 STR과 AGI에 투자하고 현실의 격투 기술을 이용해 숲에 들어온 인간을, 플레이어를 덮쳤다.

이런 숲에 고블린을 노리고 오는 인간은 초보자였다. STR에 특화하면 거의 초기 상태인 고블린이라도 어떻게든 해치울 수 있었다. 무방비한 적을 기습하고, 그래도 해치우지 못하면 높은 AGI로 도망쳤다.

그렇게 계단을 두 단계 뛰어오르고 한 단계 내려오는 듯한 경험치 벌이를 반복하고, 몇 번인가 뭔지 모를 조건을 만족해 전생한 결과, 마침내 뱀부는 이 숲의 정점에 섰다.

종족은 홉고블린 그레이트 샤먼이었다.

본래 그레이트 샤먼은 마법사 계열 종족이지만, 보통 다른 게임에서는 전열에서 주먹다짐을 하는 스타일인지라 경험치를 번 뒤에도 무의식적으로 육체 쪽 스테이터스에 많이 투자하고 말았다.

애초에 홉고블린 자체가 육체파 종족이었다. 고블린일 때는 공복 게이지의 초과치를 저장하는 「과식」 효과도 홉고블린으로 진화하자 초과한 만큼 추가로 경험치를 소비해 신체 크기를 키우는 효과로 변했다.

원시적인 싸움이라면 당연히 몸이 클수록 강하다. 그레이트 샤먼이라는 사실을 반쯤 잊고 육체파로 능력치가 쏠려도 어쩔 수 없는 일이다.

하지만 그 덕분에 방금 플레이어 파티에게 이겼다고 볼 수도 있었다. 만약 평범한 홉고블린 그레이트 샤먼이었다면 근처에 부하가 없어서 제대로 싸우지도 못하고 죽었을 것이다.

믿을 수 있는 부하는 거의 다 그 플레이어 파티에게 쓰러졌지만, 단기간에 많은 부하가 죽은 것은 뱀부에게 행운으로 작용했다.

그것이 『사령』 트리의 특수 파생 스킬 『네크로 리바이벌』의 발동 조건이었기 때문이었다.

이 스킬은 발동하려면 다른 스킬로 준비를 해야 했다. 흔히 말하는 콤보 스킬이다.

그 준비란 『사령술 의식』이라는 스킬로 자신이 지배하는 혼을 한 곳에 일정 수 모으는 것.

『사령술 의식』을 사용하라고 명시되지는 않았으나, 그것 외에 대량의 혼을 모으는 수단은 없었다. 『사령』 스킬 트리에는 그런 스킬이 보이지 않았고 달리 혼을 다루는 스킬 트리도 없었다. 그리고 『사령술 의식』은 아마 그레이트 샤먼의 고유 스킬이었을 것이다. 즉, 이 『네크로 리바이벌』은 샤먼, 혹은 존재하는지 불확실한 네크로맨서 종족밖에 사용하지 못하는 스킬이라는 뜻이다.

어쨌든 『사령술 의식』으로 혼을 모을 수는 있어도 정작 그 혼을 가진 산 제물을 모을 방법이 없었다.

가까운 도시가 무사하다면 그곳 주민을 썼겠지만, 그 도시는 이 스킬들을 배우는 거름이 되어 줬다.

제물을 외부에서 모으는 방법은 포기하고 처음부터 지배하는 권속을 이용하기로 했다.

미리 『사령술 의식』 범위 안에 배치해 두고 그 녀석들이 사망하면 나오는 혼을 모은다. 『네크로 리바이벌』로 혼을 사용한 권속은 캐릭터가 소실된다고 하지만, 불가피한 희생이었다.

권속들은 사망한 뒤 한 시간 뒤 리스폰하기 때문에 혼을 『의식』에 모아 둘 수 있는 제한 시간은 한 시간이었다. 그때까지 다른 조건을 만족해야 했다.

다른 조건이란 스킬 시전자 본인, 뱀부의 죽음이었다. 하지만 당연하게도 스킬 시전자가 죽으면 스킬은 발동할 수 없다.

그러니까 죽기 직전에 발동해 두고 발동 후 조건을 확인하는 그 순간 사망하는 것이 최선이었다.

실제로는 몇 초에서 몇 분 정도 유예가 있겠지만, 이번에는 그 후드 여자가 지속 대미지를 주는 상태 이상을 걸어줘서 타이밍을 맞추기 아주 수월했다. 남은 LP를 헤아리며 때때로 날아드는 공격 마법의 대미지를 더해 타이밍을 조정할 뿐이었다.

단기간에 범위 내의 권속을 필요한 만큼 죽이고 뱀부에게 도달하는 플레이어라면 뱀부를 죽일 수 있으리라.

그럴 계획으로 『사령술 의식』은 습득한 뒤 상시 발동해 뒀지만, 솔직히 플레이어들이 그만큼 성장하려면 조금 더 시간이 걸릴 줄 알았다.

그게 이렇게나 일찍 달성된 건 정말이지 행운이었다.

고생해서 지은 통나무집을 태워 먹은 건 용서할 수 없지만, 손실을 보충하고도 남는 결과였다.

　게다가 이 정도로 크기가 변할 줄 몰랐다. 어차피 집은 개축해야
했다.

　이 데오보르 드라우그르의 능력치라면 이길 수 있다. 그렇게 생각
하고 공격한 그 순간이었다.

　후드 여자가 뱀부를 집어 던졌다.

　대미지 자체는 미미했다.

　하지만 능력이 한참 떨어지는 플레이어에게 대미지를 받았다는
사실 자체가 놀라웠다. 맨손으로 강한 상대에게 조금이라도 대미지
를 주는 게 얼마나 어려운지는 뱀부가 잘 안다.

　대미지를 받는다는 건 계속하다 보면 언젠가 패배한다는 말이다.

　방금 공격은 자연 회복으로 이미 대미지가 사라졌지만, 그 공격이
던지기 기술이 먹히는지 판별하기 위한 찔러보기라면? 더 강력한
스킬을 숨기고 있을 가능성도 부정할 수 없었다.

　그 묘한 창만 조심하면 된다고 생각했다. 그래서 창을 못 쓰도록
인파이트로 파고들었는데 이 후드 여자의 공격 수단은 창과 마법만
이 아닌 모양이었다. 역시 보통내기가 아니었다.

　함부로 다가가면 위험하다.

　땅에 버려둔 창도 쓰지 않을 것처럼 보이기 위한 페이크일 가능성이
있었다. 인벤토리에서 한 자루가 더 나오지 않으리라는 법도 없다.

　신중하게 여자의 동향을 주시하는데 문득 여자의 분위기가 일변
했다.

무슨 전조인가 싶어 반사적으로 방어 자세를 취했다.

그런데 여자가 갑자기 소리쳤다.

"어……. 아, 세, 세이크리드 스마이트!"

처음 듣는 스킬이었다.

발동어를 선언하고 잠시 후, 여자 앞 공간이 일그러지는 것처럼 보였지만, 곧 잦아들었다.

아무래도 불발인가 보다.

맥이 빠진 뱀부는 경계를 풀었다.

"허세였나. 그런—."

쓸데없는 짓, 이라고 말하려던 그 순간, 눈부신 순백색 빛이 뱀부를 감쌌다.

빛은 하늘까지 솟았지만, 어디까지 뻗었는지는 알 수 없었다.

하지만 그런 것을 신경 쓸 여유는 없었다.

"—!"

목소리도 나오지 않았다.

방금 심장을 찌른 일격에 필적하는 대미지였다.

다시 말해, 한 번 더 맞으면 아마 죽을 것이다.

엎친 데 덮친 격으로 암흑, 화상, 자실, 경직 상태 이상까지 걸렸다.

후드 여자의 마법 스킬이 높다는 것은 통나무집이 불탔을 때 알았지만, 설마 이런 고위 마법까지 숨기고 있을 줄이야.

지금까지 쓰지 않은 이유는 발동어 선언부터 실제 발동까지 시간이 걸리기 때문일까? 한창 싸우는 중에 이 마법을 명중시키는 것은 거의 불가능하다. 경계해서 거리를 둔 것이 악수였다.

하지만 단 일격에 이만한 대미지를 주고 여러 상태 이상을 일으키는 마법이라면 재사용에도 오랜 시간이 필요할 것이다. 당장은 두 발을 쏠 수 없다.

하지만 뱀부도 자실과 경직, 암흑으로 움직일 수 없었고, 주위 상황도 전혀 파악되지 않았다.

그 창을 주워서 심장을 노리면 이번에야말로 끝이었다.

어떻게 해야 할까. 여자가 있을 방향으로 무작정 돌진이라도 할까?

그렇게 생각하는데 다시 여자의 목소리가 들렸다.

"……아, 네. 호, 홀리 익스플로전!"

그리고 그 목소리를 마지막으로 모든 감각이 사라졌다.

《특별 계약 조항에 의거해 게임 내에서 세 시간 동안 리스폰하실 수 없습니다.》

제9장 스탠 바이 미

『홀리 익스플로전』은 현재 『신성 마법』 중 최대 위력을 가진 마법이었다.

단순 공격력만 놓고 보면 레아가 가진 마법 중 『다크 임플로전』이 가장 강하겠지만, 적은 언데드니까 『신성 마법』이 대미지가 높을 것이다.

단일 공격 마법인 『세이크리드 스마이트』 한 방으로 정리되리라고 생각했는데 상대를 과소평가했나 보다. LP 총량은 VIT과 STR가 결정하는데, 아마 이 능력치에 생각 이상으로 경험치를 투자한 모양이었다.

육체파인가 싶더니 『사령』 스킬을 쓰고, 마법사인가 싶더니 인파이트로 파고들고, 심지어 LP도 많다. 대체 이 녀석이 키우고 싶은 캐릭터는 뭘까.

하지만 그 종잡을 수 없는 캐릭터 빌드 때문에 애먹은 것은 사실이었다.

평소대로 대부분은 레아의 방심이 낳은 결과지만, 이 플레이어의 육성법이 상식에서 벗어난 것도 분명했다.

"……그래도 앞으로는 혼자 행동하는 건 피할까……."

"그게 좋을 듯해요. 조마조마했어요."

처음부터 끝까지 특등석에서 지켜본 마레가 맞장구쳤다.

혼자 행동하면 이번처럼 친절을 강요받기도 한다.

앞으로 마레의 몸을 빌려서 놀러 다닐 때는 케리 일행을 파티 멤버로 데리고 가야겠다. 레아와 달리 다들 할 일이 있어서 언제든 자유롭게 움직이지는 못하지만.

권속에게 몸을 돌려주고 그 몸을 본래 주인이 장악할 때, 약간 공백 시간이 있는 듯했다.

전투 중에 심리스 방식으로 의식을 전환할 수는 없겠다.

이건 탱크맨 파티에게서 아이템을 받을 때 판명됐다. 지금까지 정신을 되돌리는 것은 목적을 달성했을 때뿐이어서 신경 쓰지 않았지만, 이 공백은 중대한 문제였다.

이번에는 적인 고블린 미라가 레아를 경계해 거리를 두고 망설였기에 그 시간을 벌 수 있었다.

레아를 경계했을 때 거리를 두고 대치할지, 시간을 주지 않으려고 공격을 퍼부을지는 그 인물의 성격에 달려 있다. 오늘 상황이 좋았던 것은 그저 운이었다.

어쨌든 그 후 레아는 일단 정신을 본체로 되돌려 『위장』을 발동하고, 친구 채팅으로 마레에게 스킬 이름을 외치도록 지시하며 마레를 목표로 본체를 『술자 소환』했다.

그리고 『마안』의 『마법 연계』를 이용해 조용히 마법을 발동한 것이었다.

이 방식은 발동어 선언부터 실제 발동까지 꽤 시간이 걸려서 의심을 사기 쉽지만, 위험한 순간 판을 뒤집는 비밀병기라고도 할 수 있겠다.

지금은 발동어를 자유롭게 설정할 수 있어서 마레에게 잡담을 시킨 뒤 갑자기 마법을 쏴도 평범한 대화 속에 키워드를 숨기는 고도의 테크닉이라고 알아서 착각할지도 모른다.

"문제는 전투 중에 갑자기 잡담을 시작한다는 미션이 너무 고난이도라는 걸까. 뭐, 고도의 테크닉이니까 어쩔 수 없나. 나는 못 하지만, 귀족 가문 아가씨인 마레라면 잘하겠지."

"……귀족을 어떻게 생각하시는 거죠? 저도 못 해요."

그건 앞으로의 과제로 남기고, 전투 결산 시간이다.

마레에게 새를 도시로 풀라고 지시하고 레아도 오미너스 군을『소환』해 숲을 정찰했다.

대형 고블린은 많지만, 전부 죽은 듯했다.

다른 플레이어도 드문드문 있었지만, 당황한 기색이 역력했다.

지금 사망한 고블린 미라, 뱀부가 이곳 보스인 건 틀림없었다.

영역 지배권이 레아에게 이전되지 않는 이유는 다른 플레이어, 즉, 다른 세력 캐릭터들이 있는 탓이다.

물론 이번에는 이 숲을 지배하는 게 목적이 아니니까 딱히 상관없었다.

반대로 지배하게 되면 그 고블린 미라가 집요하게 노릴 것이다.

일부러 통나무집까지 세워서 생활하던 인물이었다. 그가 이 숲에 강하게 집착하는 것은 명명백백했다.

"……단순하게 몸이 너무 커서 도시에서 생활할 수 없는 것 아닐까요? 그 크기라면 영주가 사는 저택에서도 쾌적하게 살지 못할 거예요."

"아, 그러네. 살기는커녕 애초에 집에 못 들어가는구나."

그런 이유라면 크기가 줄어든 지금이라면 영주 저택에서 살 수 있으리라.

리스폰하면 레아에게 감사하며 도시에서 평화롭게 살아갔으면 좋겠다.

언젠가는 그에게 협력을 구할 날이 올지도 모른다.

이번 일에 원한을 품으면 귀찮으니까 그때는 마레와 마주치지 않게 조심해야겠지만.

"그래, 쇼트커트를 만들어 두자."

이곳으로 빠르게 오려면 전이 서비스를 이용해야 하는데, 그러면 레아 본체로 올 수 없었다.

리플레의 용병 조합을 일시적으로 폐쇄하면 할 수야 있겠지만, 불이익이 너무 크다. 물론 다른 어느 도시로 가도 큰 소동이 벌어질 것이다.

마레를 그곳에 남겨 두고 울루루를 목표로 『소환』해 가서 화산에 있던 록 골렘 몇 마리를 지배했다. 한때는 시야 가득 바위가 굴러다니는 불모지였지만, 지금은 땅이 훤히 보이는 평범한 화산이 됐다. 마리온이 상당수의 골렘을 데리고 갔기 때문이리라.

그 작은 골렘을 숲으로 돌아와 『소환』하고, 보스가 있던 불탄 광장의 끝에 배치했다. 만에 하나의 사태를 위해서 어느 정도 강화도 하고 싶지만, 그러면 거대해지고 만다. 이대로 둘 수밖에 없었다.

『식물 마법』을 발동해 불탄 광장을 순식간에 녹화하여 전투 전과 다름없는 모습으로 복구해 줬다.

이 정도로 극적인 변화가 일어나면 구석에 바위 하나쯤 늘어났다고 이상하게 여기지 않을 것이다.

"그럼 보스의 시체를 주워서 돌아갈까. 어디 쓸 데가 있을지도 몰라."

그러고 보니 오래전에 라콜린느에서 인벤토리에 넣은 기사의 시체가 그대로 있었다.

그 후 다시 라콜린느에서 재회한 기사는 왠지 차림새가 초라했는데, 그도 그럴 것이 갑옷은 시체와 함께 레아가 가지고 있었다.

언젠가 시간이 비면 인벤토리 정리도 해야겠다.

인간과 미라의 시체를 해체하거나 파헤치는 짓을 자진해서 하고 싶지는 않지만, 적당한 언데드의 재료로 쓰는 정도라면 문제없었다. 미라 시체를 한 번 더 언데드 재료로 쓸 수 있는지는 모르겠지만. 그리고 미라 시체라는 시점에서 역전 앞 같은 동어 반복이라서 머리가 아프다.

"그러고 보면 노이슈로스 함락이 페아레와 셰이프의 분쟁 원인이었지. 특별히 협력자가 있어 보이지 않았는데, 그건 우연히 일어났나?"

하늘에서 정찰한 바로는 보스 사망 후 수상한 행동을 하는 플레이어는 없었다. 어느 파티고 뜬금없이 죽은 고블린 시체를 경계하거나 욕심에 눈이 돌아가 해체하거나 둘 중 하나였다.

그 고블린 미라도 특별히 자신이 플레이어라고 광고하지는 않았다. 그렇다면 현재 마물 플레이어와 그 외 플레이어가 협력하는 상황은 고려하지 않아도 될지 모른다.

생각해 보면 레아와 라일라처럼 협력 관계인 플레이어가 서로 국가 수준의 영향력을 가지는 경우가 매우 특수한 사례일 것이다. 일개 병사가 협력해 봤자 그 영향력은 뻔한 것이고, 협력할 작정으로 게임을 시작했다면 가까운 종족으로 시작하는 편이 합리적이었다.

라일라 말대로 신경 써도 의미가 없을지 모르겠다.

"일단 나기나타 시험은 성공적이라고 할 수 있겠지. 오히려 성능이 너무 좋아서 못 쓸 정도야. 똑같은 물건을 몇 자루 만들 예정이었는데 더 약한 금속으로 의뢰해야겠어."

"리플레도 폐하의 힘으로 많이 발전했어요. 바로 앞 영역은 저랭크 용병들만 만족하고 있지만, 폐하께서는 온 대륙의 영역을 간접적으로 연결할 생각이시지요? 그렇다면 그 구스타프라는 남자의 상회에서 중급 방어구도 취급하면 어떨까요. 수요는 충분하다고 생각해요. 거기서 얻는 장비를 녹이면 적당한 나기나타를 만들 수 있겠죠."

마레의 말에는 일리가 있었다.

딱히 녹이지 않아도 장비를 입수할 경로가 있다면 그 소재를 구할 방법도 있을 것이다.

"……그래. 바로 사람을 시켜서 준비할게. 아니면 왕도 주변 안전 구역에 건설 중인 역참 마을—은 카 나이트 소재가 주류가 되려나. 그럼 라콜린느 안전 구역에도 역참을 건설해서 적당한 소재를 구해 볼까."

왕도 근교의 역참 건설이 얼마나 진행됐는지는 확인하지 않았지만, 아직 완성되지 않았어도 병행해서 진행할 생각이었다.

이것도 구스타프에게 맡기는 수밖에 없으리라. 그도 귀족이 되고 싶다면 지금보다 많은 사람을 부리는 법을 배워야 한다.

왕도와 라콜린느를 비롯한 역참 건설은 모두 구스타프에게 일임하도록 케리를 경유해 명령했다.

마을 운영이 궤도에 오르면 위치 관계상 에른타르 근처에도 역참을 만들면 좋을 것이다. 생색을 부릴 생각은 아니지만, 블랑에게도 도움이 될 것이다.

제10장 스켈레톤은 무슨 뼈

《플레이어 여러분께.

항상 본사의 『Boot hour, shoot curse』를 플레이해 주셔서 진심으로 감사합니다.

여러분의 많은 관심 덕분에 새롭게 추가된 한정 전이 서비스는 높은 이용률을 보이고 있습니다. 정말로 감사합니다. 이에 따라 공략 정보를 더 원활히 공유할 수 있도록 공식 SNS의 코멘트 개수 상한을 9,999개로 확장했습니다.

더불어 판매 아이템도 큰 호평을 받아 저희 스태프들은 더없이 기쁘게 생각합니다. 앞으로 더 유익한 상품으로 찾아뵐 수 있도록 노력하겠습니다.

그리고 앞으로도 플레이어 여러분이 즐길 수 있는 다양한 이벤트를 계획할 예정입니다.

다음에도 꼭 적극적인 참여를 부탁드립니다.

앞으로도 『Boot hour, shoot curse』를 즐겨 주시기 바랍니다.》

◆ ◆ ◆

《자주 있는 질문

　고객님께서 보내 주신 「자주 있는 질문」이나 「문제 해결 방법」을 모아 두었습니다.

　해당 페이지를 검색하시면 의문이나 문제가 해결될 수 있으므로 문의하시기 전에 확인해 주시기 바랍니다.

　그리고 게임 내용과 관련된 질문이나 일부 시스템 관련 질문에는 답변을 드리기 어려운 점 양해 부탁드립니다.

　또한, 해당 페이지에는 실제로 자주 있는 질문 외에 독특한 질문이 실리기도 합니다.

　Q: 전이 서비스로 도시 NPC를 데리고 갈 수 없나요?

　A: 전이 서비스는 시스템 메시지를 통해 이용 의사를 확인하므로 시스템 메시지를 들을 수 없는 NPC는 원칙적으로 전이할 수 없습니다.

　Q: 던전(게임 내에서 전이 서비스로 지원하는 필드라고 판단했습니다) 보스를 퇴치하면 다른 마물은 어떻게 되나요?

　A: 그 필드의 지배권을 가진 캐릭터가 사망할 경우, 지배하에 있는 모든 캐릭터가 일시적으로 사망합니다. 그리고 지배권을 가진 캐릭터는 사망 후 세 시간이 지나면 정해진 장소에서 리스폰합니다.

Q: 질문했는데 답변을 받지 못하고 자주 있는 질문 페이지에도 올라오지 않는 경우가 있습니다. 이유가 있나요?

A: 대답해 드릴 수 없는 질문일 경우, 담당자에 따라서 그렇게 조치하기도 합니다.

Q: 대답할 수 있는 질문과 그렇지 않은 질문의 기준을 알려 주세요.

A: 게임 이용법에 관한 질문은 대답해 드릴 수 있으나, 다른 플레이어, 게임 내 스킬, 아이템, NPC에 관한 질문에는 원칙적으로 대답할 수 없습니다.

Q: 아이템이나 몬스터의 이름 및 자세한 정보를 볼 수 있게 업데이트할 예정이 있나요?

A: 원래 답변을 드릴 수 없는 질문 내용이지만, 내부에서 논의한 결과, 답변을 드리기로 결정했습니다.

질문하신 기능은 서비스 개시일부터 「스킬」로 게임 내에 존재합니다.

그리고 해당 스킬의 습득률이 낮은 점을 고려해 유료 소비 아이템으로 도입할 계획도 검토 중입니다.

Q: 고블린과 스켈레톤으로 시작하면 던전에 고용될 수 있나요?

A: 게임 내에서 교섭하시면 가능합니다. 다만, 운영진으로서는 추천드리기 힘듭니다. 게임 내에서는 근로기준법이 적용되지 않으므로 본사 AI에 의해 노동 환경이 가혹해질 우려가 있습니다.

Q: 던전 난이도의 기준을 더 자세하게 알려 주세요. 평균값인가요? 보스 공략 난이도는 포함되나요?

A: 전이 서비스 목록에 기재된 난이도는 그 이름이 붙은 필드를 지배하는 세력과 싸울 경우를 상정해 계산됩니다.

세력에 따라서는 필드 중추(반드시 중심부에 있지는 않습니다)에만 병력을 집중하는 경우도 있으며, 그 경우는 평균값이 정확한 난이도를 반영하지 못하므로 일률적으로 모든 필드의 중추만 제외하여 계산합니다.

Q: 스켈레톤은 무슨 뼈인가요?

A: 「스켈레톤」은 태어날 때부터 스켈레톤이며, 뼈의 바탕이 되는 종족은 설정되지 않았습니다. 오직 스켈레톤만을 위해 만들어진 뼈입니다.

단, 「○○스켈레톤」이라고 이름이 붙은 종족은 바탕이 된 뼈가 있습니다.

앞으로도 『Boot hour, shoot curse』를 즐겨 주시기 바랍니다.》

【☆3】구 힐루스 에른다르【던전 개별】

0324: 강하고 안 벗겨짐

그래서 결국 그 뒤로 리더는 순회 보스한테 이겼어?

0325: 웨인
>>0324 아니. 일단 근접 캐릭의 공격이 안 먹혀서 힘들어.
원거리 공격 전문 플레이어가 파티에 없으니까.
내 마법으로는 결정타를 주지 못하고 멘타이도 메인은 디버프야.
그렇다고 여기까지 와서 마법 특화로 꺾기도 애매하고.

0326: 강하고 안 벗겨짐
하이브리드의 단점이 나왔나.
역시 파티에 한 명쯤은 원거리 특화가 필요하구나.

0327: 길가메시
순회 보스도 도시 중앙의 커다란 저택? 조그만 성? 거기에 다가
가지만 않으면 안 나와.
도시 외곽부 집을 돌면서 좀비만 잡아도 경험치는 나름 쏠쏠해.

0328: 익명의 엘프 씨
>>0327 그거 좀비 맞아?

0329: 클램프
>>0328 절대 아니지.
중견급 플레이어는 못 이길 때도 있음.

머리나 심장을 파괴하지 않으면 죽지도 않고.

0330: 하우스트
그거 흡혈귀 아닌가?

0331: 길가메시
그거야말로 아니지. 도시의 모든 건물에 있어. 수천 마리는 된다고 하더라.
게다가 집에 들어가도 죽은 상태로 일어나지 않는 개체도 있고, 뭐가 됐건 움직이는 시체는 확실해.

0332: 클램프
〉〉0331 일어나지 않는 개체는 다른 파티가 잡은 거 아니야?

0333: 길가메시
외상이 전혀 없으니까 아마 아닐 거야.

0334: 하우스트
그래? 그럼 아니겠네.
다른 정보는 없어?

0335: 길가메시
송곳니라고 하나?

이빨이 길어.

0336: 하우스트
암만 봐도 흡혈귀잖아.

0337: 멘타이리스트
아하, 흡혈귀인가.
그럼 피라도 빨리면 전생 조건이 충족될지도 모르겠네.

0338: 클램프
대박, 나 흡혈귀 되고 싶어!
근데 나 에른타르에서 죽은 적 있는데 흡혈 같은 공격 당한 적 없음.

0339: 하우스트
그럼 역시 흡혈귀가 아닌가.

0340: 익명의 엘프 씨
>>0339 너 다른 의도로 글 쓰는 거지?

◆ ◆ ◆

【☆5】구 힐루스 왕도 던전 개별 스레드

1312: 쿠라아쿠

그러고 보니 장비 파괴된 전열은 어떻게 해? 여기선 못 고치잖아.

1313: 강하고 안 벗겨짐

대장장이 스킬 있는 플레이어와 교섭해서 왕도 안전 구역까지 오라고 했어.

요금은 엄청 비싸게 불렀는데 전열들이 다 같이 나눠서 간신히 지불했어.

1314: 컨트리팝

〉〉1313 아, 안전 구역에 NPC 상인 왔더라.

1315: 강하고 안 벗겨짐

〉〉1314 정말? 어떻게 왔대?

NPC도 전이할 수 있어?

1316: 오린키

전이는 못 하는데 평범하게 마차로 왔어.

그리고 그거 플레이어인가? 호위 같은 수인이 인벤토리에서 자재를 꺼내고, 상인이 데리고 온 NPC 기술자들이 그거로 집을 짓던데.

1317: 강하고 안 벗겨짐

그 건물이 그거였나!

로그인하니까 갑자기 집이 있길래 잠수함 패치인 줄 알았어.

1318: 오린키

보니까 NPC 기술자가 3교대로 뚝딱 지음.

스킬이란 게 진짜 말도 안 되긴 하더라ㅋ

1319: 강하고 안 벗겨짐

그 건물은 용도가 뭐야? 거기서 살아?

1320: 쿠라아쿠

〉〉1319 여관이래. 생산 설비도 이것저것 있고.

사냐고 물으면 살긴 살겠지.

그 상인의 대장 같은 NPC는 이곳에 체류하면서 여러 기술자를 부르거나 플레이어, 왕도 탈환을 목표로 하는 용병을 지원할 거래. 물론 돈은 받지만.

완성되면 수리도 가능할 텐데, 반대로 지금까지는 어떻게 해결했는지 궁금해서 적은 글이 〉〉1312

1321: 강하고 안 벗겨짐

그럼 지금 내가 가진 신소재도 사 주려나.

1322: 오린키

왕도에서 떨어지는 금속은 적극적으로 사 준다고 했음.

1323: 쿠라아쿠

〉〉1322 이건 대대적으로 선전하는 게 좋지 않을까.

플레이어가 더 늘어나면 NPC 설비도 좋아질지 몰라.

1324: 오린키

〉〉1323 서브 퀘스트를 수행해서 도시를 발전시키는 콘텐츠구만!

퀘스트01「사람을 늘리자」

1325: 쿠라아쿠

그리고 하나 더.

이건 호위하던 플레이어한테 들었는데, 안전 구역을 기준으로 왕도 반대편에 이상한 숲이 생겼다더라.

신지역일지도 몰라.

1326: 강하고 안 벗겨짐

정말로?

할 일도 없고 구경하러 갈까.

같이 갈 사람 오셈.

1327: 컨트리팝

〉〉1326 또 시작이네ㅋ

왕도 바로 옆에 왕도보다 어려운 지역을 만들 이유는 없으니까

같이 가 볼까.

1328: 쿠라아쿠
>>1326 검증 스레드에 보고하고 싶으니까 나도 갈래.

◆ ◆ ◆

【☆3】구 힐루스 라콜린느 숲【던전 개별】

1512: 화이트 씨위드
가끔이지만 운발 게임이 되더라.

1513: 램프
아, 알 것 같아.

1514: 산포도
빠져야 할 타이밍도 감을 잡았다고 생각했는데, 가끔 뜬금없이 여
왕 거미가 튀어나와서 탈탈 털릴 때가 있어.

1515: 쿠루미
그리고 탈출 불가능한 함정에 빠지기도 하고.
함정이 없어서 들어갔는데 거미줄에 잡혀서 죽은 게 함정.

1516: 익명의 엘프 씨
그래도 경험치는 꽤 흑자고 거미줄은 그것 자체로 돈이 돼. 좋은

사냥터 아니야?

1517: 버닝 글래스
누님, 아까 에른타르 스레드에 있지 않았음?

1518: 익명의 엘프 씨
누님이라고 하지 마.
그냥 옆집이니까 기분 전환으로 가 볼까 싶어서.

1519: 하루카
그러고 보니 안전 구역에 웬 NPC 상인 있던데?
집 짓고 있었음.

1520: 익명의 엘프 씨
본 거 같아.
그런 곳에 마음대로 건물을 지어도 되나.
NPC라면 괜찮나? 누구 땅이지.

1521: 램프
재앙이 국가 찬탈했으니까 재앙 땅 아니야?

1522: 산포도
그럼 그 상인, 재앙한테 허가받고 짓는 거야?

1523: 쿠루미
만약 무허가면 용기는 인정함.

1524: 익명의 엘프 씨
허가받는 것도 용기지.
그걸 어떻게 만나러 가?
그보다 그 녀석 지금 어디 있어? 외출해서 왕도는 비어 있댔지?

◆ ◆ ◆

【☆1】구 힐루스 튀어 초원【던전 개별】

0722: 마츠카사 원수
결국 저번 이벤트 보스한테 제압된 거 맞음?

0723: 맛키
확정이죠.
나오는 몹이 커다란 두더지에서 커다란 개미로 변했으니까.

0724: 다이나
그럼 여기 보스는 재앙인가?

0725: 코가 에레브
아니, 그럼 ☆1일 리 없잖아. 보스는 따로 있는 거 아냐?

0726: 제키오
아니면 힐루스의 거기, 이름은 까먹었지만 좀비밖에 안 나오는 ☆
1 폐허 도시처럼 보스 자체가 없을 가능성도 있어.

0727: 임공사
알토리바처럼?
보스가 없으면 어떻게 공략하는 거지.

0728: 마츠카사 원수
애초에 던전을 공략할 수 있다고 누가 말했음?

0729: 코큐
아무도 안 했지.
보스가 있는 던전과 없는 던전이 있는 건 확실하지만.
보스를 해치워도 클리어된다는 보장은 없다는 건가.

0730: 임공사
클리어한 던전을 클리어한 플레이어가 운영하는 시스템이면 재밌
겠는데.

0731: 제키오

그러면 그냥 다른 게임이잖아.

무엇보다 던전 안에 나오는 잡몹은 뭘로 채워?

0732: 임공사

>>0731 파티 멤버.

0733: 코큐

>>0732 블랙 기업인가ㅋ

⋮

⋮

3006: 제키오

마을 발전 속도 너무 빠르지 않아?

이렇게 건물을 마구 지어 봤자 살 사람이 있나?

3007: 임공사

못 들었어?

전이는 일방통행이니까 도시로 돌아갈 때는 가도로 가든 산길로 가든 걸어가야 해.

그런데 튀어 초원은 옆에 리플레가 있으니까 전이한 뒤 바로 다른 곳으로 전이할 수 있어.

지리적으로 비슷한 도시가 또 있으면 그 도시끼리 상호 전이가 가능하다는 말이지.

그런 이유로 플레이어가 엄청 늘어났고, 덩달아 NPC도 늘었어.

다른 나라에서도 같은 조건의 도시는 비슷한 상황이라고 들었는데, 발전 속도는 리플레와 오랄의 펠리치타라는 곳이 압도적이야.

3008: 제키오

처음 들었어.

설마 그거 때문에 주민 등록이 시작됐나?

3009: 코큐

구획 정리를 위해서랬나. 그런 벽보를 봤어.

등록 자체는 플레이어도 할 수 있다는 거 알아?

주민 등록과 체류 등록이 있고, 체류 등록만 해도 대부분 상회에서 소모품 같은 걸 할인해 줘.

여관도 싸지지만, 지금 건설 붐이니까 나중을 생각해서 집을 사도 괜찮을지 몰라.

3010: 제키오

집을 살 돈이 어딨어?

여기 ☆1 던전 스레드야.

3011: 다이나

원글이라고 해야 하나? 그 특수한 입지 조건을 처음 발견한 사람이 세운 스레드를 보면 돈이 있는 머천트 계열 플레이어는 땅이나 건물을 선점하느라 바쁘대.

리플레와 펠리치타는 이미 땅값이 너무 올라서 땅을 빌리는 수밖에 없지만, 미래를 생각하면 리플레나 펠리치타에 가게를 갖고 싶어서 열심히 뛰어다니는 중인가 봐. 게다가 발전 속도만 봐도 이 두 도시는 영주가 적극적으로 돈을 대 주는 게 확실해.

3012: 제키오
그래서 초보 같지 않은 플레이어가 도시에 늘었나.
던전에는 여전히 초짜밖에 없는데 대체 뭔가 했어.
그런데 왜 리플레와 펠리치타만 그렇게 발전한 거야?

3013: 임공사
좋든 나쁘든 구 힐루스가 기대주라서 그렇겠지?
플레이어에게는 나쁜 의미의 주목도 플러스 요소니까 플레이어가 모이는 건 필연이야. 그래서 영주도 눈독을 들인 게 아닐까?
그리고 펠리치타야 뭐 힐루스에서 가까우니까. 이웃 나라잖아.

3014: 마츠카사 원수
전이로 날아갈 뿐이니까 거리는 상관없지 않아?

3015: 다이나
플레이어는 그래도 NPC는 아니잖아.
도시를 발전시키는 건 결국 거기 사는 NPC니까 입지 조건은 중요해.

◆ ◆ ◆

【☆4】페아레 왕국 노이슈로스【던전 개별】

0258: 크랙
떴다ㅏㅏ!!

0259: 세인트 리건
뭐가?

0260: 크랙
노이슈로스에도 드디어 특수 보스가 떴다!

0261: 세인트 리건
엥? 진짜? 도시? 숲?
어떤 보스?

0262: 크랙
도시에!
도시에 어슬렁거리는데 어느샌가 전멸했어.

0263: 세인트 리건
그게 뭐야.
못 봤어?

0264: 크랙
아니, 거의 눈 깜짝할 사이에 네 명이 다 죽었어.
보고 나발이고, 애초에 무슨 일이 일어났는지조차 아무도 모름ㅋ

0265: 써모스
에휴, 쓸모없는 녀석.

0266: 크랙
그래도 징조는 알았어.
도시에서 토막 난 고블린 시체가 보이면 주의해야 할 거야, 아마도.

0267: 세인트 리건
그냥 다른 파티가 했는지도 모르잖아.

0268: 크랙
해체도 안 하고 그냥 버려진 시체야.
게다가 피부도 뼈도 그럭저럭 단단한 그 덩치 고블린이 매끄럽게 토막 나 있어.
플레이어의 무기나 마법으로 가능한 영역이 아니야.

게다가 리스폰한 우리 갑옷도 싹둑 잘려 있었으니까 똑같은 녀석에게 당한 게 틀림없어.

0269: 써모스

갑옷 입어도 의미가 없다고? 장비 파괴? 방어 무시 공격?

어느 쪽이든 힘들겠네.

출현 조건은 뭐야?

0270: 크랙

글쎄, 한 번밖에 안 만나서.

0271: 탓트

도시 중심부에 다가갔어?

아니면 숲에 다가갔어?

0272: 크랙

난 숲에 간 적은 없지만, 숲 중심으로 공략하는 파티는 이미 있잖아.

숲은 상관없을걸?

영주 저택은 가능성이 없진 않을 듯.

숲 공략팀은 영주 저택을 무시하고 숲으로 갔지?

0273: 세인트 리건

그랬지.

그러고 보니 글이 안 보이네. 그 녀석들 지금 공략 중인가?

0274: 써모스

그런데 사고사당했으면서 >>258은 왜 이렇게 신났냐.

심지어 앞으로 원인 불명의 사고사를 당할 가능성도 있는디.

0275: 크랙

그야 여기는 사람이 적잖아!

자극적인 떡밥이 돌면 빡겜러들이 와서 활기가 생기지 않을까 해서.

⋮

⋮

0311: 타쿠마

마레 씨, 죄송합니다.

혹시 보시면 글 남겨 주세요.

0312: 세인트 리건

아, 숲 공략팀 왔다.

마레는 누구야?

0313: 시이타케

방금 우리가 임시로 파티 맺은 솔로.

아니, 오늘만 우연히 솔로였나? 아무튼 무지막지 강한 사람.

예~이! 마레 씨, 보고 있어~? 보고 있으면 연락 줘!

0314: 타쿠마

그 마레 씨한테 거의 업혀서 숲 최심부까지 갔다 왔어.

보스는 역시 숲에 있었어.

영주 저택은 아마 더미일 거야.

0315: 크랙

진짜?

더미라면 잭 더 리퍼 출현 조건은 영주 저택과 관련 없나?

아니면 잭이 영주 저택에 있나?

0316: 코우키

잭은 또 누구야.

뭐, 그 숲 보스의 강력함을 봐선 영주 저택에 뭐가 있다고 해도 페이크 보스겠지만.

0317: 세인트 리건

그래서 어땠어? 그 보스.

0318: 타쿠마

잡몹보다 더 큰 고블린이야.

통나무 크기의 곤봉에 찍혀서 전멸이야. 말 그대로 쥐포가 됐어.

0319: 써모스

듣기만 해도 아프네.

그 짱센 마레 씨라는 사람도 죽음?

0320: 톤보

아니, 원래 우리가 무리하게 부탁해서 안쪽까지 따라와 준 거야.

그때 전투에는 참가하지 않았어.

0321: 세인트 리건

보스 앞에서 헤어졌다고?

0322: 타쿠마

그랬으면 좋았을 텐데, 결국 보스한테 들킬 때까지 같이 있었어.

그 타이밍에 보스한테서 도망치기는 힘들 테니까 아마 우리가 리스폰한 뒤에 혼자서 싸웠겠지.

미리 양해는 구했었지만, 한 번 더 사과하고 감사하고 싶어.

0323: 크랙

그보다 너희는 잭 더 리퍼 못 만났어?

0324: 타쿠마

그게 누군데? 플레이어?

0325: 크랙

아니, 분명 특수한 적. 배회형 보스 같은 거.

도시를 어슬렁거리는데 토막 난 고블린이 여기저기 굴러다니고, 정신을 차리니까 우리도 토막 나 있었어.

0326: 써모스

가뜩이나 인기 없는 지역에 억까 보스까지 등장한 거지.

0327: 코우키

앞쪽 글 읽고 왔다. 그런 게 있었어?

우리는 못 만났어. 아마 그 시간대에는 숲에 있었겠지.

~~마레 씨라면 시간상 만났어도 이상하지 않으려나.~~

아니, 아슬아슬하게 지나칠 타이밍인가?

0328: 시이타케

지나쳤겠지.

글 쓴 시간과 우리가 마레 씨를 만난 시간을 생각하면 도시에서 숲까지 경보로 왔다는 거야.

아무리 그래도 도시에서 고블린과 싸우면서 그건 어렵지 않아?

마레 씨는 마법사니까 싸울 때 쿨타임도 있잖아.

0329: 톤보

그래도 마레 씨는 등에 창 같은 무기도 있었는데.

0330: 코우키

실력은 못 봤잖아. 격투기? 와 단검은 대단했지만.

0331: 크랙

뭐야뭐야, 너희보다 상위 마법사에 근접전도 소화하는 플레이어라고?

진성 빡겜러네! 심지어 귀엽기까지 하다니, 바로 VR 아이돌 등극이야!

노이슈로스의 시대가 왔구만!

0332: 타쿠마

야, 잠깐만. 아무도 외모와 성별은 언급 안 했잖아.

0333: 크랙

너희 글만 봐도 느껴져.

0334: 시이타케

이 자식 예리한데. 징그럽게.

0335: 세인트 리건

지금 도시에 왔는데 잡몹 다 어디 갔냐?

시체밖에 없는데?

0336: 크랙
오, 토막 시체야?!

0337: 세인트 리건
토막이고 나발이고, 상처도 없는 시체.
처음에는 그냥 자는 줄 알았어.

0338: 써모스
정말로? 우리도 잠깐 가 볼까.

0339: 타쿠마
가고 싶지만, 방금 경험치를 잃어서 부담스러운데……

0340: 봉래
타쿠마, 방금 얻은 경험치가 너무 많아서 죽었는데도 출발하기 전
보다 늘었어.

0341: 시이타케
아, 그러네.
오케이, 우리도 가 보자.

0342: 써모스
정말로 시체가 아무 데나 굴러다녀.

오예, 다 털어먹어야지!

0343: 탓트
근데 타쿠마 파티가 출발 선언한 뒤로 아무도 글을 안 적었어?
혹시 이 스레드 주민, 전부 현지에 와 있어?

0344: 타쿠마
잡몹이 한 마리도 없길래 숲까지 뛰어왔어.
숲도 텅 비었네.
시체는 있지만.

0345: 크랙
영주 저택 탐색 완료! 아무것도 없어!
집무실은 어질러진 흔적이 있지만, 시체는 말끔해.
고블린이 의자에 앉아 있어서 뭔가 했는데 잘 보니까 죽었어.

0346: 코우키
무슨 괴담이야? 은근히 무서운데.

0347: 타쿠마
숲 안쪽 보스 구역에도 아무것도 없어……
원래 있었던 통나무집도 사라졌어.

0348: 시이타케

잡몹이 사라졌다는 건 혹시 마레땅이 혼자서 보스를 잡은 거 아냐?
그래서 던전을 공략했으니까 잡몹이 동시에 사라졌다거나.

0349: 톤보

그럼 왜 본인이 없어?

0350: 봉래

……같이 죽었을 수도.

0351: 타쿠마

맙소사…….
마레 씨! 이 스레드 보면 글 남겨 줘!

0352: 세인트 리건

그 플레이어, 정말로 존재하는 거 맞아?
너무 드라마틱해서 운영진이 넣은 NPC 같은데.
나라에 따라서는 귀족 계급이 무식하게 강하다고 들었어.
신분을 숨긴 채 각국을 편력하면서 세상을 바로잡는 귀족 영애
아냐?

0353: 톤보

그건 아냐.

우리가 준 드롭 아이템을 인벤토리에 넣었으니까.

그건 다들 봤어.

0354: 크랙

집단 환각 아님?

0355: 세인트 리건

>>0354 남 말 할 처지냐?

미리 말하는데 네가 본 잭 더 리퍼도 의심스럽거든?

0356: 타쿠마

마레 씨!

혹시 여기 없어, 마레 씨!

0357: 탓트

타쿠마네 파티는 현지에 같이 있으면서 왜 굳이 SNS로 대화하냐?ㅋ

쟤네 사실 안 친함?

0358: 세인트 리건

뭐가 됐건 타쿠마 파티 말이 사실이라면 분명 이게 첫 던전 공략 보고야.

아쉽게도 공략한 본인은 없지만.

그리고 공략한 던전은 모든 마물이 사라져.

이건 돌아오나? 아니면 계속 이대로?

⋮

⋮

0381: 톤보

마레 씨가 보스를 잡고 세 시간쯤 지났나?

다음 몹이 나올 때까지 그 정도 걸리네.

0382: 시이타케

냉정하게 분석할 때냐?

뭐야, 저건?

0383: 코우키

저게 그 잭 더 리퍼? 그런데 맨손이었지?

0384: 크랙

무슨 일 있어?

0385: 타쿠마

보스가 있던 광장 근처를 돌아다니는데 갑자기 처음 보는 마물이 나타나서 전멸했어.

슬림한 근육질에 미라 같은 녀석이야. 키도 크지만, 아슬아슬하게 인간 크기였어.

어쩌면 새로운 보스일지도 몰라.

저번 보스와 비교해서 어느 쪽이 강한지 모르겠네. 확실한 건 두 번 다 일방적으로 죽었다는 거야.

0386: 세인트 리건

일단 던전이 사라지지는 않아서 안심했어.

보스를 해치우면 새로운 보스가 나오는 시스템인가?

◆ ◆ ◆

【☆3】셰이프 왕국 골프 클럽 갱도【던전 개별】

0892: 킹J

왠지 요즘 몹이 많이 나오지 않아? 사냥 효율이 오른 느낌이야.

0893: 스아마

나도 느낌. 스폰율을 조정한 거 아냐?

처음에는 안쪽까지 가지 않으면 몹이 없었는데, 최근에는 얕은 곳에서도 약한 고블린이 나오게 됐어.

0894: 등나무의 왕

조정됐어? 그럼 그건 역시 버그였나.

0895: 스아마

버그 발견함?

지금까지 아무도 발견하지 못했지만, 버그를 보고하면 보상도 준다는 소문이야.

0896: 킹J

아무도 발견하지 못했는데 어떻게 소문이 나?

0897: 등나무의 왕

아니, 고블린이 고블린을 공격하는 광경을 봤거든.

그 뒤에 바로 다른 동료에게 둘러싸여서 몰매 맞고 죽었지만.

그게 버그 아닌가 싶어서.

0898: 스아마

흠, 버그인지 아닌지 애매하네.

다른 동굴에서 고블린이 흘러들었다고 해도 이상할 건 없지 않나?

현실의 야생 동물 무리에서는 가끔 있는 일이라더라.

0899: 킹J

그럴 수 있지. 묘하게 현실성에 집착하니까, 여기 개발진은.

0900: 등나무의 왕

그러게. 듣고 보니까 그 고블린만 분위기가 살짝 달랐던 것 같기도?

0901: 스아마

혹시 모르니까 보고는 해 보지?

0902: 등나무의 왕

됐어. 그때 이후로 본 적도 없고, 평범한 현상이면 창피하잖아.

0903: 킹J

그게 창피한가?

0904: 스아마

수치심의 기준은 사람마다 다르니까.

◆ ◆ ◆

【웰스】던전 공략 보고 스레드

2011: 팜

그거 본 적 있어. 무지 큰 늑대 무리지?

먼저 덤비지는 않지만, 공격하면 반격당해서 무조건 전멸이야.

2012: 몽몽

그것들 던전 몬스터랑도 싸우던데.

아예 상대가 안 돼서 굳이 말하면 던전에서 사냥하는 느낌이었지만.

2013: 하세라

그런 생태계인가?

목격 정보가 웰스밖에 없었나.

2014: 몽몽

아직은 그래.

색도 알록달록하고 비주얼도 멋있어서 만져 보고 싶다고 돌격한 플레이어가 여러 명 피해를 입었어.

2015: 팜

그건 늑대가 피해자 아닌가.

2016: 빔짱

뭐든 간에 특수한 적이야.

힐루스에는 특수한 던전이 많다더니, 웰스는 그 배회형 늑대 몬스터가 명물인가 보네.

2017: 몽몽

개— 배회형— 전설— 색이 다른 몬스터— 윽, 안 좋은 기억이.

2018: 팜

적어도 불 타입은 확정이야.

빨간 털 늑대에게 불탄 적이 있어.

에필로그

던전 경영도 궤도에 오르고, 각자 하고 싶은 일들도 일단락되어 레아, 블랑, 라일라는 오랄 왕성 회의실에 모였다.

"저, 라일라 씨. 이 성에 좀비 한 마리만 둬도 될까요? 하늘을 날아오는 것도 제법 힘들어서요."

"아, 그러네. 나도 부탁할게. 개미든 뭐든 괜찮지만, 블랑이 좀비로 하겠다면 나도 맞출게."

"……혹시 말이야, 너희 내가 미워? 그거 말고도 많잖아, 냄새나지 않는 거! 그리고 『우리』 레아는 오늘도 평범하게 총주교를 목표로 워프했으면서!"

《저항에 성공했습니다.》

"—라일라, 지금 뭐 했어?"

"……딱히 아무것도?"

"……됐어. 나중에 묻지, 뭐. 그보다도 위치 관계나 입지를 고려하면 앞으로 우리가 모일 때는 내가 지배하는 리플레가 좋지 않을까 해."

"리플레…… 오랄에서 가장 가까운 힐루스 도시인가? 그곳을 제압했구나."

"제압은 안 했어. 평화롭게 도시째 지배했을 뿐. 제압한 건 그 옆에 있는 초원."

"그 도시를 구태여 평화롭게 지배한 건 인류 측에서 경제까지 지배하겠다는 속셈인가? 치사하지 않아? 마물 측에서 던전 경영도 하면서."

"피차일반이잖아. 라일라도 다른 영역의 보스라도 지배해서 던전을 경험치 목장으로 만들 꿍꿍이 아니야? 전에 목장 이야기를 했을 때 관심을 보였지?"

"······대화를 전혀 못 따라가겠어. 아, 이 와플 맛있다."

블랑이 대화에서 완전히 소외되고 말았다.

거기서 다과를 칭찬받은 라일라가 반응했다.

"그렇지? 리에주식으로 구워 봤어."

"와플 철판은 어디서 났어? 만들었어?"

"그야 만들 수밖에 없지. 참고로 이벤트 보수로 받은 미스릴제야. 녹도 안 슬고 열전도율도 높아서 완전 편리해. 가볍기도 하고. 마법 친화성도 높으니까 불 속성을 부여하면 그것만으로 조리가 되지 않을까? 시도는 안 해 봤지만."

미스릴의 성질은 처음 들었다. 라일라는 어떻게 조사했을까.

"와, 그래요? 미스릴로도 구워지는구나. 어쩌지. 나도 받긴 했는데 요리를 안 하니까······."

레아는 특별 보수로, 그리고 이 두 사람은 상위 입상 보수로 미스릴 주괴를 받았다.

유명한 마법 금속의 이름을 가졌는데 효과가 고작 그것뿐일 리 없지만, 라일라가 조리 도구로 쓸 정도라면 대단한 금속은 아니었던 걸까? 아다만 어쩌고에 필적하는 성능이라고 생각했건만.

"와플을 다 즐겼다면 이제 본론으로 넘어갈까? 전이 서비스라는 대형 업데이트로부터 3주가 지났어. 이쯤에서 『우리』도 정보 공유나 의견 조율을 하면 어떨까. 나는 진행하던 프로젝트도 일단락됐고, 『우리』 귀염둥이들도 여유가 생기지 않았어?"

"으힉?"

블랑이 두리번거렸다. 또 라일라가 뭔가 했나 보다.

캐묻고 싶지만, 이야기가 진행되지 않으니까 참았다.

이 다과회의 목적은 정보 공유였다. 굳이 이런 장난질을 칠 정도라면 나중에 사정을 설명할 것이다.

아무튼 라일라 말대로 여유가 생겼냐면, 그렇다.

레아의 지배 영역 중에서 플레이어가 방문하는 곳은 구 힐루스 왕도, 라콜린느, 튀어 초원 정도지만, 어느 영역이고 순조롭게 매출을 올리고 있었다.

그 대신 플레이어 사이에 유통되는 고랭크 소재도 늘어났지만, 잉여분은 바로 옆 안전 구역에 대기하는 권속인 NPC 상인이 사들여 던전 외부로 유출되는 양을 최소한으로 억제했다.

리플레의 경제 활성화도 순조로웠다. 성벽도 증설해 편의상 중심가를 제1구, 외곽을 제2구로 나눠 부르며 운영 중이었다.

플레이어 대부분은 상인과 귀족 계급 정도는 아니라도 일반 NPC보다 훨씬 금화를 가졌다. 그 돈 냄새를 맡았는지, 많은 NPC가 리플레로 이주해 왔다. 그리고 NPC가 늘어난 만큼 도시 전체의 활기도 늘었고, 그 활기가 더 많은 이주민을 불러들였다.

힐루스 왕국 멸망이라는 불안 요소는 여전히 사람들의 입방아를 오르내리지만, 큰일이 터지면 오랄 왕국으로 도망치면 된다고 생각하는지, 이민 행렬은 멈출 줄을 몰랐다.

그리고 아무런 연고도 계획도 없으면서 그저 사람이 많으니까 뭐라도 되겠지, 라는 안일한 생각으로 찾아오는 난민도 적지 않았다.

하지만 레아는 그런 자들도 생활할 수 있도록 일자리를 창출했다.

인접 던전인 튀어 초원 외곽에서 시작한 약초 재배였다.

처음에는 리베 대삼림에서 데리고 온 공병 개미에게 돌보게 했지만, 도시에 노동력이 넘친다면 이용하지 않을 이유가 없었다.

알베르트 영주가 추진하는 사업이라는 명목으로 난민들에게 재배와 수확, 처리와 판매를 맡겼다.

던전이라서 그런지 온갖 약초의 성장이 굉장히 빨랐다.

보통은 해충 및 해수, 정확히는 마물 피해가 다발하겠지만, 어차피 레아가 완전히 통제하는 지역이었다. 마물이 이 일대에 접근하지 못하게 명령하면 끝이었다.

원인을 따지고 보면 이 난민들도 레아와 블랑이 여러 도시를 멸망시킨 탓에 발생했다. 그들이 살던 도시는 이미 레아가 지배했고, 거기 있던 주민 대다수도 언데드로 변해 레아의 지배하에 들어왔다. 그렇다면 그들도 레아의 재산이라고 할 수 있었다. 살아 있느냐, 죽었느냐의 차이가 있을 뿐. 따뜻하게 품어주는 것이 도리다.

그런 내용을 간추려 이야기했다.

"—내가 있는 곳은 대충 이런 느낌이야. 이 정도면 대체로 잘 돌아가는 편 아닐까. 그밖에도 몇 가지 진행 중인 안건은 있지만."

"리플레를 지배한 건 전이의 입구와 출구가 가깝기 때문이지?"

"맞아. 같은 조건의 도시가 또 있으면 쌍방향으로 장거리 전이가 가능하니까. 경제적 가치는 헤아릴 수 없어."

"실은 나도 오랄에서 같은 조건의 도시를 손에 넣었어. 펠리치타라는 도시야. 나는 편의상 포털이라고 부르지만. 힐루스 포털을 레아가 지배했으니까 앞으로 이런 모임이 있을 때는 리플레에 모이는게 편하겠어."

"……그래. 그럼 나도 포털이라고 부를게."

"선생님! 무슨 말인지 모르겠어요!"

"포털이라는 건 현관이나 출입구라는 뜻이야."

"말뜻 말고!"

리플레가 가진 특수성과 같은 조건의 도시가 오랄에도 한 군데 있다는 것, 그리고 타국에도 이런 곳이 더 있으리라는 내용을 블랑에게 설명했다.

"와아, 전이가 그렇게 편리해? 『소환』을 잘 사용하면 웬만한 곳은 다 워프할 수 있고 하늘도 날 수 있어서 생각해 본 적도 없어."

"많은 플레이어는 자력으로 워프할 수 없고 하늘도 못 날아."

"그것도 그런가. 워프는 몰라도 하늘을 날아서 쳐들어오면 곤란하긴 해."

"자력으로 워프해도 상당히 곤란하지만. 그보다 라일라 쪽은 잘돼가? 국가 운영 시뮬레이션이든 목장 건설이든."

"그래, 괜찮아. 국가 운영은 너희 던전과 크게 다를 게 없어. 내쪽은 안전 구역이 없어지지 않는 대신 사망 페널티도 그대로지만 말이야. 본래 국가를 운영하는 목적은 국민의 생활이나 행복을 지키기 위해서지만, 그런 건 플레이어인 나와는 관계없어. 그러니까 시스템으로서 마련된 과제는 있지만, 달성해야 할 목표가 애매한 상태지. 그래서 나는 결심했어, 주변 도시를 병합하기로! 단순하게 생각하면 압도적인 군사력으로 강제 병합하는 게 가장 빠르고 편해. 하지만 무력으로 제압해 버리면 본국이 나서서 전면전이 벌어지잖아? 이길 수 있는 나라라면 괜찮지만, 아직은 이기기 힘든 나라도 있어. 그러니까 더 알기 어렵고 평화로운 수단으로 침략하기로 한 거야. 즉, 경제 전쟁이지. 그래도 기존의 세계정세는 모든 나라가 거의 쇄국에 가까운 상태로 각 국가 안에서만 경제 활동이 완결돼. 무역도 없진 않지만, 철저하게 수지를 계산하는 나라도 없고, 있다고 해도 도시 수준에서 손익을 신경 쓰는 영주가 있을까 말까 한 정도야. 그런 고로—."

"길어."

"아, 홍차 더 주세요."

블랑은 완전히 질려서 와플과 홍차에 탐닉했다.

요즘 매일 아침 식사로 과일 타르트와 로열 밀크티를 먹는다고 들었는데, 그렇게 단것만 먹으면서 용케 안 질리는구나 싶었다.

"⋯⋯일단 보름 정도로 오랄 국내의 영주를 전원 『사역』해서 일치단결하는 강고한 국가를 이룩하는 데 힘쓰고, 주변국 도시와 무역을 강화했어. 병행해서 가도를 정비하거나 마물의 영역을 밀어 버려서 무역 위험도를 낮추기도 했고. 그리고 마물 계열 권속을 늘려서 한가할 때는 근처 던전에 침입하라고 지시했어. 제압까지는 하지 않더라도 플레이어를 죽여서 경험치를 벌거나 던전 잡몹을 사냥하는 중이야. 레아가 말한 목장이 그런 거지? 마물의 영역을 밀어 버릴 때는 기사단을 써서 대대적으로 선전하고 오랄이 무역에 힘쓴 다고 어필도 했어. 가도 정비로도 그런 의지를 표출했고, 우선 시험 삼아 거의 무료로 농산물을 뿌리기도 했어. 그 외에는 지배한 마물로 주변 국가의 밭을 공격하거나 한가한 기사단을 도적으로 변장시켜서 식량을 빼앗는 정도? 마물의 영역이 사라지면서 기사단이 필요 없어진 도시도 있으니까 기사에서 파괴 공작원으로 전업했다고 생각해줘."

"중간까지는 잘 몰라도 감탄하면서 들었는데, 마지막이 너무하잖아요!"

"힐루스에서는 하지 마. 그보다 타국 백성을 죽여서 국력을 깎아 먹지는 않는구나?"

"우리는 농업 대국이야. 타국 백성은 살아서 우리 농작물을 사주는 게 이득이니까. 슬프게도 짐승 같은 도적들이 민초를 습격하는 일도 있지만, 죽이지 말라고 당부했으니까 부상만 입히는 선에서 그쳐. 부상자도 목숨만 붙어 있으면 밥은 먹으니까."

라일라가 오랄을 농업 대국이라고 떳떳하게 주장하는 것이 참으로 뻔뻔했다.

지역에 따라서는 힐루스도 농업이 제법 발달했었다. 그런 힐루스의 왕족을 살해하고 국가를 멸망시킨 사람은 다름 아닌 라일라였다.

"아, 농업 대국이면 과일 주세요! 얼마 전에 알았는데 우리 하급 흡혈귀 애들이 왠지 정기적으로 죽는다 싶더니 아사였어요. 생각해 보니까 피를 못 빨고 있더라구요.”

항상 라일라가 잔인하다며 질겁하고 레아도 그런 라일라와 붕어빵이라고 말하지만, 이 발언만으로도 블랑의 엽기성을 엿볼 수 있었다.

아무래도 정상인은 레아뿐인 듯하다.

“……블랑, 아무리 그래도 너무하지 않아? 노동 환경이 가혹한 데도 정도가 있지. 그러다 고소당한다?”

“아니, 좀비 마을 애들은 식사도 필요 없었다구요. 흡혈귀도 그런 줄 알았죠.”

“블랑도 흡혈귀잖아? 자기는 아침부터 과일 타르트에 밀크티를 즐겨 놓고 그런 변명이 통할 것 같아?”

언데드는 기본적으로 먹고 마실 필요가 없지만, 흡혈귀는 달랐다. 그보다도 엄밀하게 말하면 흡혈귀는 언데드가 아닐지도 모르겠다.

결국 에른타르는 오랄에서 정기적으로 과일을 수입하는 것으로 이야기가 마무리됐다.

거리가 상당히 멀어서 일단 마차로 리플레까지 옮기고, 리플레에서 블랑이 『소환』을 이용해 가지고 돌아간다.

그런 이유도 있어서 리플레에 블랑의 권속을 두고 다음부터 이런 모임이 있을 때는 리플레에서 만나기로 했다.

라일라는 오랄의 포털, 펠리치타에서 전이하겠다고 했다.

“아 참. 이미 시도했을지도 모르지만, 자기 권속에게 정신을 옮기고 행동하면 NPC라도 전이 서비스를 이용할 수 있어.”

"그래? NPC는 원칙적으로 사용할 수 없다고 적혀 있었는데."

"원칙이란 대체……."

"원칙적으로는, 이라는 단서가 붙는 건 아닌 경우도 있다는 말이야. 그게 아니면 절대로라고 표현했겠지."

"그럼 얼굴을 숨기고 행동해야 한다는 제약은 없는 거나 마찬가지야. 리플레에 갈 때는 권속의 몸을 빌려서 몰래 가면 된다는 말이지? 체칠리아의 몸이라도 빌릴까."

"그게 몰래야?"

"농담을 모르네, 『우리』 레아는."

《저항에 성공했습니다.》

라일라는 일단 넘어가고, 그게 누구였지, 라는 표정을 지은 블랑에게 오랄의 현재 여왕이라고 알려줬다.

"그리고 인벤토리는 당연히 못 쓰니까 플레이어인 척할 때는 주의해. 인벤토리 권한은 본체에 귀속된 것 같으니까."

블랑에게는 일말의 불안이 있었다.

남 말할 처지는 아니지만, 부주의로 상상도 하지 못한 사태를 일으키지 않는다는 보장도 없었다.

이쯤 하면 현황 보고는 얼추 끝났을까.

와플도 다 어디로 갔는지 거의 남지 않았다.

공복 게이지는 가득 찼지만, 그래도 음식은 먹을 수 있었다.

레아는 말없이 빈 그릇을 라일라에게로 밀었다.

"……알았어, 알았어."

라일라가 메이드에게 접시를 건네고 메이드가 퇴실했다.

"현황 보고는 이 정도면 됐겠지. 이제는 뭔가 유익한 정보가 있으면 공유하고 싶은데, 할 말 있는 사람?"

"나는 방금 중대한 잔기술을 알려줬으니까 됐지?"

"권속이 전이 서비스를 이용하는 방법? 중대한 잔기술이라니까 중요한 건지 사소한 건지 모르겠네."

"앗! 맞다! 그리고 보니 에른타르에 레아네 로봇만큼 단단한 플레이어가 왔었어! 벌써 3주 정도 지났지만."

"말하는 게 너무 늦지 않아? 그리고 알고 있어."

"로봇이 뭐야? 레아, 로봇도 있어? 무슨 소리야?"

◆ ◆ ◆

"다음에 보여줘, 로봇. 약속이야."

"알았다니까 그러네. 그보다 라일라는 무슨 정보 없어?"

"응? 블랑 턴은 지금 그거로 끝이야?"

"응. 뭐, 기대는 안 하니까……."

"엥?"

블랑은 충격을 받았다.

하지만 블랑이 얻는 정보라면 옆에서 돌봐주는 디아스도 알 수 있고, 그건 지금 보고를 통해서도 증명됐다.

종종 백작에게 놀러 가는 모양이지만, 그쪽에서 뭔가 얻어도 디아스가 모른다면 말할 생각이 없는 정보라는 뜻이다.

레아 본인도 그렇지만, 딱히 모든 정보를 밝히라고 강요할 마음은 없었다. 강요하면 블랑은 몰라도 라일라가 따른다는 보장이 없으니까.

"그럼 나는 어떡할까. 솔직히 레아가 준 정보는 대단한 효과가 아니지만, 기밀성은 어마어마하게 높아. 절대로 남에게 알려지면 안 돼. 운영진이 공개한 규칙에 저촉하기도 하고. 그에 필적하는 정보라면…… 음. 그런데 굳이 권속의 몸으로 시스템 메시지를 듣는 건 우연히 할 수 있는 실험이 아니지? 전부터 그게 궁금했어?"

"뭐, 그렇지. 플레이어와의 차이는 그것뿐이라고 지겹도록 말했으니까. 반대로 말하면 그것만 해결하면 사실상 판별이 불가능하지 않을까 했어."

"……차이는 그것뿐이라. 그렇단 말이지? 흐음……."

라일라는 진의를 살피려는 듯한 눈매로 레아를 바라봤다.

NPC가 인벤토리를 비롯해 시스템 관련 기능을 이용할 수 없다는 것은 주지의 사실이었다. 그런데도 차이는 시스템 메시지뿐이라는 설명은 다들 운영진의 기만으로 생각할 것이다.

레아가 그 기만 정보를 옳다는 전제로 이야기한 점이 미심쩍었나 보다.

"……어쩌지. 레아가 너무 귀한 정보를 흘려서 대등한 정보를 제시하지 못하겠는걸."

"……의미심장하게 말하지 말아 줄래?"

"조금 부주의하지 않아? 라고 혼내고 싶지만, 지인끼리 모인 다과회니까 넘어갈까."

"저기, 와플 굽는 틀? 남는 거 없나요? 미스릴 주괴로 교환해 주시면 안 될까요?"

"죄송합니다, 라일라 님께 확인해 봐야 합니다."

대화에 섞이기를 아예 포기한 블랑이 메이드에게 말을 걸고 있었다.

상식적으로는 정신이 멍해지는 교환 비율이지만, 와플 철판도 미스릴로 만들었다. 이상할 건 아무것도 없었다.

"그러고 보니 아까 내가 와플 철판이라고 말했는데, 냉정하게 생각하면 철이 아니구나."

"미스릴이지. 아, 블랑한테 예비품을 줘도 돼. 미스릴 주괴를 주면 또 만들 수 있으니까."

"……탈선했네. 아무튼 라일라는 어떤 멋진 정보를 주려고 그래?"

라일라는 눈을 감고 잠시 고민하는 표정을 보였다.

너무 짧은 시간이라서 그저 그렇게 보였을 뿐인지도 모르나, 정말로 고민할 때도 이렇게 빠르게 결론을 내리고는 하니까 판단이 서지 않았다. 두뇌 회전이 빠르다기보다 결단을 직감에 맡기는 스타일일까. 그런 점은 레아와 정반대였다.

"……좋아, 이렇게 하자! 시스템 메시지는 읽었지? 자주 있는 질문도."

"응."

"안 읽었어요!"

"……그럼 안 읽어도 돼. 그 질문 중에 적이나 아이템의 정보를 볼 수 있는 수단이 필요하다는 내용이 있었지?"

"설마."

"찾았습니다! 그 이름하여 『감정』! 생산 계열의 『안목』, 그리고 교섭 계열의 『간파』를 배우면 해금되는 『진위』와 감각 계열 스킬 『진안(眞眼)』을 모두 습득해야 비로소 해금되는, 보통은 하지 않는 스킬 빌드였어. 이거 습득률이 낮다고 하던데, 애초에 가진 사람이 있긴 할까? 생산과 교섭과 감각을 동시에 올리는 사람이 어디 있어?"

다음에 경험치가 쌓이면 물처럼 쏟아부어 찾을 생각이었는데, 그럴 필요가 없어져서 다행이었다.

그랬다면 원래 필요한 양의 몇 배는 썼을 것이다.

"라일라는 이런 걸 어떻게 찾았어?"

"물론 원래 필요한 경험치의 몇 배나 써서 찾았지. 실험에 사용한 게 기술자라서 아예 맨땅에서 시작하는 것보다는 나았지만. 처음부터 『안목』이 있었거든."

"그, 감정? 이란 스킬은 예를 들면 어떻게 도움이 되죠?"

"오오, 그걸 묻다니, 블랑……. 평화로운 세계에 살고 있구나……."

"예를 들면 처음 싸우는 상대가 어떻게 행동할지, 그리고 자기보다 강한지 약한지 전혀 알 수 없지? 만약 그 상대의 스킬이나 이름, 혹은 종족을 사전에 알면 전투를 유리하게 이끌고 갈 수 있어."

"아하! 상대의 카드를 훔쳐보는 거네요! 그리고 미리 대책을 세우거나, 가능하면 사용하기 전에 그 카드를 파괴하거나! 둘 다 어려우면 줄행랑!"

블랑은 평소에 카드 게임이라도 하는 걸까.

"……블랑은 머리가 좋은 건지 나쁜 건지 모르겠어."

"머리는 좋을 거야. 평소에 쓰지 않을 뿐. 그나저나 라일라가 아까 찔러보던 스킬이 이건가."

고민하는 포즈는 역시 별 의미가 없었나 보다. 아무 말도 하지 않았다면 조만간 레아가 추궁했을 것이다.

바로 전제 스킬을 습득해 『감정』을 해금했다.

"『감정』…… 블랑, 자작이 됐네. 어느새?"

"훔쳐봤어?! 에잇, 질 수 없지! —좋아, 배웠다! 『감정』!"

《저항에 성공했습니다.》

"……얼레?"

"나한테 아무 메시지가 안 나오는 걸 보면 레아한테 썼나? 그리고 저항했나 보네. 이게 문제야. 이 스킬, 저항 판정의 기준이 명시되지 않았어. 여러 버프를 걸어서 능력치를 올리거나 내리면서 실험했는데 도무지 일관되지 않아. 저항해도 이름만 보일 때가 있고 종족까지 보일 때도 있고, 결과가 생각보다 제멋대로야. 그리고 아까부터 은근슬쩍 썼는데 레아 정보는 하나~도 안 보여. 전에 치고받았을 때, 혹시 봐줬어?"

"딱히 봐주지는 않았어. 그냥 내 빌드가 마법 쪽으로 치우쳤을 뿐이야. 육체 쪽 능력치도 올리기는 하지만, 마법만큼은 아니야. 그리고 전혀 은근슬쩍이 아니거든? 다 들켰어."

"정말? 맨손으로 싸우는 편이 무조건 강할 텐데 왜 굳이 마법?"

"……그런 건 도장에서 얼마든지 할 수 있잖아? 게임이니까 현실에서 못 하는 걸 할 거야. 마법도 갈기고 진검 나기나타도 휘두르고."

"나기나타? 만들었어? 앗! 설마 노이슈로스를 공략한 플레이어가 레아였어?! 평범한 플레이어 같았다고 들어서 완전히 배제했었어! 그렇구나, 그랬어. 방금 정보대로 할 수 있다면 그게 레아라고 해도 모순되지 않아. 다행이야, 아는 사람이라서. 위험한 인간이 새로 나타난 줄 알고 경계했잖아."

마레 이야기 같았다. 반응을 보아 이미 인벤토리에 관해서는 들켰다. 마레의 이야기를 하던 스레드에서는 인벤토리 사용을 이유로 마레를 플레이어라고 판단했으니까.

라일라의 성격이라면 공개하지 않을 테고, 다른 플레이어에게 퍼뜨리지 않는다면 크게 상관은 없었다.

"참고로 묻겠는데 달리 사고 친 거 없지?"

"달리? 으음……. 아, 자주 있는 질문의 그거, 스켈레톤이 무슨 뼈냐고 물은 거 나야."

"안 궁금해!"

"어? 재료가 된 마물의 뼈 아니야? 우리 스파르토이는 원래 리저드맨이었어."

"태어날 때부터 스켈레톤일 경우 말이야. 재료가 된 마물이 없는 스켈레톤."

"잠깐, 태어날 때부터 스켈레톤? 언데드인데 태어난다는 게 무슨 말이야……?"

"블랑 네 이야기잖아. 원래 스켈레톤이었다면서."

"블랑이 대화에 끼면 단숨에 블랑의 시공으로 빨려 들어가는 기분이야. 이 느슨한 분위기도 나쁘진 않지만. 아, 맞다. 블랑한테 묻고 싶은 게 있었어. 너희 세력에 아잘레아 자매 있잖아, 그 흡혈귀 계통 애들. 그 애들은 원래 흡혈귀였는데 잡은 거야? 아니면 다른 무언가에서 전생했어? 휴먼이랑 똑같이 생겨서 쓰기 편해 보이니까 나도 같은 부하를 가지고 싶어."

현재 라일라의 수하에는 비행할 수 있는 유닛이 없었다.

새나 새 마물이라면 근처에서 잡으면 되지만, 지능이 높은 인간형에 비행이 가능하면 활용도가 몇 단계는 뛰어오른다.

"오오! 드디어 제 이야기를 들을 마음이 생겼네요! 아잘레아랑 마젠타랑 카마인 말이죠! 그 애들은 원래 묘지에 있던 박쥐예요. 그걸 잔뜩 잡아서 제 피로 전생시켰어요."

"잔뜩 잡았구나. 그럼 다른 애도 있어?"

"다른 애?"

"응? 잔뜩 잡은 거 아니야? 보통은 세 명― 세 마리를 잔뜩이라고 표현하지 않잖아?"

"아! 그런 뜻. 잡은 건 아홉 마리였고 세 마리씩 합체해서 모르몬 한 명이 됐어요. 지금도 박쥐로 변신하면 세 마리로 나뉘어요. 각자 원래 LP를 3분의 1씩 나눠 가지는 것 같고―."

"뭐?!"

"그게 뭐야?!"

생물이 합체한다? 그냥 넘길 수 없는 발언이었다.

전생처럼 상위 개체로 변화하는 현상은 단일 개체로만 이루어진다고 생각했고, 실제로 지금까지 한 전생은 모두 그랬다.

"……이상하네. 나름대로 비장의 카드를 꺼냈는데, 내 『감정』 정보가 갑자기 평범해 보여."

"나는 라일라한테만 가치 있는 정보밖에 못 꺼냈는데."

"상상도 못 한 반응! 뭐야? 뭐가 이상해?"

"······아니, 이상하지는 않아. 고마워, 블랑."

"그럼그럼. 블랑이 준 정보가 대단해서 그래."

만약 정말로 마물이 합체할 수 있어도 우선 조합을 생각하고 여러 모로 시도해 봐야 한다.

설마 모든 종족이 가능할 리는 없다. 휴먼이나 엘프가 몇 명 모여서 하나의 무언가로 변한다니, 소름 끼치기 짝이 없다.

"그래도 블랑의 부하 중에는 좀비도 많았고, 그걸 전부 전생시켜서 하급 흡혈귀로 만들었댔지? 좀비는 합체할 수 없나? 아니면 방법이 박쥐와 다른가?"

"으음, 글쎄? 방법이 관계있는지는 모르겠지만, 모르몬은 아홉 마리를 전부 한 번에 전생시켰을 거야. 그랬더니 여자애 세 명이 생겨서 나도 깜짝 놀랐어. 하지만 좀비들은 줄을 세우고 한 명씩 했어. 피를 쓰는 전생은 LP 소비가 막심해서 말이야, 한꺼번에 하려고 했더니 주위에서 뜯어말렸어."

즉, 특정 종족에게 거의 동시에 아이템을 사용해서 조건을 만족하면 여러 캐릭터를 하나로 융합해 전생시킬 수 있다는 말이다.

흡혈귀의 피가 가진 효과거나 그것을 흡혈귀와 관련 있는 박쥐에게 사용했기 때문에 일어난 특수 케이스일 가능성도 있지만, 현자의 돌로 대체할 수 있을 가능성도 없진 않다.

하지만 눈에 보이지 않는 정보가 많은 이 게임에서 아이템만이 조건이라고도 생각하기 어려웠다.

예를 들어 「흡혈귀가 흡혈귀의 피를 사용해서 부하를 전생시킬 경우」 같은 조건이 붙어 있을지도 모른다.

그밖에도 합체할 수 있을 만한 종족을 꼽자면 언데드 외에 마법 생물이나 골렘도 충분히 가능성이 있다.

그것을 다른 수단으로 재현하려면 어떻게 해야 할까.

융합, 이라는 이미지로 생각하면 역시 『연금』의 『위대한 작업』이 유력하다. 그것을──.

"뭘 그렇게 골똘히 생각해? 짐작 가는 거라도 있어?"

"……아니, 딱히?"

"거짓말 정말 못한다."

"이건 나도 거짓말인 줄 알겠다……. 생각난 게 있으면 보여 줘~. 잘은 모르지만, 내 정보가 제법 좋았다며? 그 답례로!"

"끄으으."

레아도 상당히 중요한 정보를 누출했건만.

하지만 그게 블랑에게 가치 없는 정보라면 의미가 없다.

"……그냥 아이디어가 떠올랐을 뿐이야. 될지 안 될지 모르고, 무슨 반응이 일어나도 그게 캐릭터 합체로 이어질지는 몰라."

"그래도 검증해 볼 생각이었지? 그걸 우리한테 보여 주기만 하면 돼. 봐, 실질적으로 레아의 손실은 제로야."

실질적 제로는 제로가 아닌 경우가 대부분이다.

하지만 분하게도, 이 정도는 인정해도 된다고 생각하는 아슬아슬한 라인인 것도 사실이었다.

"봐도 되지만, 해설은 안 할 거야. 그래도 괜찮다면."

"그거면 돼."

"아, 이거 알아. 그렇게 말하면서 물어보면 결국 알려 주는 거지?

이걸 무슨 데레라고 하더라?"

블랑의 말은 무시하고 앞으로 걸어갔다.

동석은 허가했지만, 그렇다면 장소가 중요해진다.

"어디서 하면 좋을까? 여기서 해도 되지만, 초대형 부하도 부를지 모르니까 건물 안에서는 힘들 거야."

"얼마나 커? 정 안 되면 안뜰을 써도 되는데."

"이 왕성 정도인가. 넘어지면 왕성이 무너질걸."

"큰 것도 정도가 있지!"

실험은 결국 토레 숲에서 하게 됐다.

레아는 권속 곁으로 직접 날아가면 되지만, 다른 두 명이 이동할 방법을 생각해야 했다.

"토레 숲은 전이 목록에 ☆5으로 등록돼 있을 테니까 이 도시 용병 조합에서 날아가면 돼. 아무도 안 오고 안전 구역이 어디 있는지도 조사하지 않았지만, 마중 갈 수 있으면 갈게."

"갈 수 있으면 간다는 사람 중에 오는 사람 못 봤어."

"네, 선생님! 전이는 어떻게 해요?"

"용병 조합에 전이 전용 비석이 있어. 가 보면 알아. 라일라는 평범하게 얼굴만 가리면 되지? 블랑도…… 얼굴만 가리면 되려나. 안색이 창백하고 눈도 빨갛지만, 그 정도는 평범한 플레이어 중에도 있을 테니까 입만 벌리지 않으면 문제없겠지."

"입만 다물면 미인인데, 같은 소리를?!"

"미인이라고는 안 했어. 입을 벌리면 송곳니가 보여서 그래. 지금은 성격 이야기를 한 게 아니야."

"어휴, 다행이다~."

지금은 안 했지만, 앞으로도 하지 않겠다고는 하지 않았다.

레아는 두 사람보다 한발 앞서 토레 숲으로 왔다.

오랄 왕성에서 들은 블랑의 이야기, 그리고 앞으로 할 검증에 관해서 생각했다.

여러 개체가 모여서 강력한 하나의 개체로 전생한다는 것은 생각하지도 못했다.

바로는 상상하기 힘들지만, 산호초나 해파리처럼 현실에도 그런 특성을 가진 생물은 있다. 불가능한 이야기는 아니다.

박쥐가 가능하다면 더 큰 생물이라도 가능성은 있다. 조합에 따라서는 기존의 재앙급 존재를 초월하는 마물을 만들 수 있을지도 모른다.

마법 생물인 엘더 록 골렘 울루루라면 그 조건에서도 비교적 자유로울 것 같았다. 어쩌면 단순히 전생할 뿐 아니라 완전히 새로운 방식으로 강화할 가능성도……

"—후후. 상상만 해도 즐겁네, 이거."

　오랜만에 뵙겠습니다. 2권으로부터 다섯 달 만이군요. 읽어 주셔
서 감사합니다. 권수가 늘어날수록 페이지가 늘어나는 가운데, 고
정 가격제로 기획해 주시는 카도카와 BOOKS 님께 그저 감사드릴
뿐입니다.

　2권 후기에서는 동인 활동을 하던 대학 시절 이야기를 하려다가
페이지가 부족해서 하지 못했었죠. 3권에서는 공간을 다섯 페이지
나 받았으니까 동인 활동을 포함해 제가 학창 시절에 학업 외에 어
떤 일을 했는지 이야기해 볼까 합니다.

　관심이 없으신 분은 마지막 단락의 광고&스페셜 땡스까지 건너
뛰셔도 무방합니다.

　우선 라이트 노벨을 좋아하는 중학생이었던 시절. 저는 과학부였
고, 특별히 공적이나 실적을 남길 마음은 없었지만, 정기적으로 지
자체(였는지 아닌지 까먹었지만 어떤 기관)에서 의뢰하는 생물 분포
조사를 도왔습니다. 소액이나마 보수도 있어서 자진해서 참여했죠.

　그 후 진학한 고등학교에는 비슷한 부가 없었습니다. 그래서 취미
대로 미술부에 들어갔어요. 당시부터 저는 오타쿠라서 그림 그리기
에 관심이 있었거든요. 다만, 그다지 적극적으로 미술부 활동에 참

여하지는 않았습니다. 제가 그리고 싶었던 만화 같은 그림이나 일러스트는 부에서 과제로 내주는 수채화나 유화와 방향성이 너무 다르기 때문, 이라고 당시라면 말했겠지만, 지금 생각해 보면 과제에 진지하지 못하고 노력하지 못하는 자신을 인정하기 싫어서 지어낸 변명이네요.

사실 함께 입부한 제 친구는 유화로 멋지게 애니 캐릭을 그렸습니다. 그 친구와는 고등학교 졸업 후, 동인 서클을 만들고 동인지를 제작해 여름, 겨울 코믹 마켓에 참가하게 되죠. 먼저 언급한 동인 활동이란 이겁니다. 그 친구는 마침 제가 본 작품의 서적화 제안을 받았을 무렵, 감히 결혼해 버렸습니다. 아니, 그게 뭐 잘못됐다는 건 아니지만요.

참고로 동인 서클은 세 명으로 활동했는데, 다른 한 멤버가 1권 작가 근황에 적은 타코야키 가게 주인입니다. 정확히 말하면 타코야키도 파는 붕어빵 가게 주인이죠. 이 친구는 저처럼 독신이니까 착한 친구예요. 아직까지는 말이죠.

대학에 들어간 저는 동인 활동에 병행해 대학 동아리 활동을 하고 싶었습니다. 그것도 기존의 동아리에 들어가지 않고 직접 처음부터 동아리를 만들어서요.

직접 동아리를 만들려면 이 대학에서 동아리 활동이란 어떤 것인지, 어떤 동아리가 있는지를 조사해야 한다고 생각했습니다. 그래서 우선 한 동아리의 설명회에 참가했죠. 그 설명을 듣고 목표로 하는 동아리의 비전을 세우려고 한 겁니다.

그 설명회에서 저는 어떤 선배와 만났습니다. 결과적으로 저는 직접 동아리를 만든다는 야망을 접고 이때 설명회를 들은 동아리에 들어가게 되는데, 그 선배가 없었다면 아마 그러지 않았을 테죠.

그 선배는 한마디로 하면, 광인이었습니다.

객관적으로 보면 동아리 부장이면서 실무는 부부장 이하에게 떠넘기고, 학업 성적도 시원찮으며, 학점이 위험한 강의는 동아리 친구의 노트를 고스란히 베껴 시험에 임하는 등 무릇 인간으로서 매력을 느끼기 힘든 인물이었죠. 외모도 5대5 가르마에 도수 높은 안경을 쓰고 매일 체크무늬 셔츠와 청바지를 입고 다니는, 전형적인 오타쿠 그 자체였어요. 여름에는 국방 무늬 반다나까지 묶고요. 품행은 불량한 것까지는 아니지만, 아르바이트로 성 같은 호텔(은어)에 출근하려고 신호등이 없는 큰길에서 중앙 분리대를 뛰어넘어 무작정 달려 버리는 등 사회 통념상 칭찬받기 힘든 행위도 서슴지 않는 성격이었습니다. 자신을 「대장」이라고 부르라고 하면서 대체 무슨 부대의 장인지는 전혀 모르는, 그 조금, 중2병 같은 구석도 있었고요.

하지만 동아리 내에서 그 사람의 인망은 압도적이었습니다.

실무를 넘겨받은 부부장 이하도 그의 지시니까 불평하면서도 기꺼이 일했습니다. 노트를 빌려준 친구도 그랬어요. 대학의 일부 교원들도 신뢰했죠.

그에게는 대학생이라고 생각하기 힘든, 가히 천재적인 연설과 발표 능력이 있었습니다. 그리고 부하에게 일을 떠넘기는 것도 언뜻 아무것도 아닌 것처럼 보이나, 사람에게 맞춰 일을 배정하는 것은 학생이 쉽게 할 수 있는 일이 아닙니다. 행사 당일 예기치 않은 문제가 발생해도 누구보다 능수능란하게 처리했죠.

게임으로 비유하면 그는 「통솔」이나 「카리스마」만 S급이고 그 외에는 전부 E급 같은 극단적인 캐릭터였습니다. 대장이라는 특이한 호칭은 금방 제 마음에 정착했죠.

나와 나이 차이도 별로 나지 않는데 어떻게 이런 사람이 있을까. 그렇게 생각한 저는 대장을 존경하고 언젠가 그를 뛰어넘겠다는 마음을 품은 채 동아리에 들어갔습니다. 그를 뒤쫓으며 지낸 1년은 지금 제 인격 형성에 크나큰 영향을 미쳤다고 생각합니다. 함께 지내면 지낼수록 「이거 광인이네」라며 새로운 발견을 하고는 했지만, 제 존경심은 조금도 줄어들지 않았습니다.

그 사람이 졸업한 후, 저는 동아리 부장이 되어 그 후 3년 동안 부장으로 일했습니다. 재학 중인 대학이 마침 2년제에서 4년제로 바뀌던 과도기여서 대장은 2년 만에 졸업했고, 저는 2년째부터 4년째까지 부장이었죠. 대장의 세 배나 되는 기간을 부장으로 일하고, 4년제로 전환 이후 첫 채용 내정자로서 후배들 앞에서 연설 같은 것도 했지만, 그 사람을 넘을 수 있었는지는 모르겠습니다.

당시 저에 대해서 지금의 제가 할 수 있는 말은, 빨리 내정에 뽑혔다고 안일하게 회사를 정하지 말라는 것뿐입니다. 지금 저는 그 회사가 아닌 다른 곳에서 근무하고 있습니다. 처음 다닌 회사는 제가 그만둔 뒤로 외부에서 부른 컨설턴트 같은 전무에게 회사를 빼앗겨 사장실이 남자 탈의실로 쫓겨나는 재미난 이벤트가 있었다고 합니다. 기왕 입사한 김에 조금만 더 남아 있을걸.

대학 동아리 선배 중에는 그밖에도 목장갑을 조몰락거려 현실적

403

인 남성기 오브제를 몇 초 만에 만들어 내는 분이나 팔아도 될 만큼 풍선 아트가 특기인 분, 성대모사를 무지무지 잘하는 근육질 형, 졸업 후 레이싱 모델이 된 누나 등 다양한 분이 계셨지만, 대장과 비교하면 역시 인상이 약하다는 느낌을 지울 수 없습니다.

이미 연락할 방법이 없어서 대장이 지금 어디서 뭘 하는지 모르겠지만, 만약 어디선가 이 책을 찾아 후기를 읽고 「내 얘기잖아!」라며 놀란다면, 그때 비로소 저는 한 가지 재주로는 대장을 넘어섰다고 당당하게 말할 수 있을 것 같습니다.

물론 작가 선배님들 사이에 대장이 껴 있으면 제 패배지만요. 그때는 한 수 부탁드립니다.

아, 맞다!(뜬금포)

2권 띠지에서 소개했지만, 『황금의 경험치』가 만화로 만들어지게 됐습니다. 드라드라 플랫♭에서 10월 19일부터 연재가 시작됩니다. 이번 권이 발매되고 바로 뒤겠네요.

시모츠키 시오 선생님의 손으로 치밀하고 박력 넘치게 그려진 『황금의 경험치』는 오직 드라드라 플랫♭에서만 보실 수 있습니다!

마지막으로 일러스트를 담당하신 fixro2n 님. 이번에도 감사합니다. 특정 재해 캐릭의 가슴을 깎도록 지시한 범인은 접니다. 담당 편집자님은 원망하지 말아 주세요.

교정 담당자님. 평소보다 수정할 부분이 조금 많다고 생각하실지 모르겠으나, 이건 3권부터 던전 랭크로 아라비아 숫자를 쓰게 된

탓…… 아, 아닙니다. 수고를 끼쳐 죄송합니다. 항상 신세만 지고 있네요.

그리고 이 책이 출판되도록 힘써 주신 모든 분께 진심으로 감사의 말씀 전합니다.

하라준

황금의 경험치 3

초판 1쇄 발행 2024년 11월 20일

지은이_ Harajun
일러스트_ fixro2n
옮긴이_ 김장준

발행인_ 최원영
본부장_ 장혜경
편집장_ 김승신
편집진행_ 권세라 · 최혁수 · 김경민 · 최정민
편집디자인_ 양우연
국제업무_ 박진해 · 조은지 · 남궁명일
관리 · 영업_ 김민원 · 조은걸

펴낸곳_ (주)디앤씨미디어
등록_ 2002년 4월 25일 제20-260호
주소_ 서울특별시 구로구 디지털로32길 30 코오롱디지털타워빌란트 1301-1308호
전화_ 02-333-2513(대표)
팩시밀리_ 02-333-2514
이메일_ lnovellove@naver.com
ㄴ노벨 공식 카페_ http://cafe.naver.com/lnovel11

OGON NO KEIKENCHI Vol.3 TOKUTEI SAIGAI SEIBUTSU 「MAO」 MEIKYU MAKAIZO UPDATE
ⓒHarajun, fixro2n 2023
First published in Japan in 2023 by KADOKAWA CORPORATION, Tokyo.
Korean translation rights arranged with KADOKAWA CORPORATION, Tokyo.

ISBN 979-11-278-7930-3 04830
ISBN 979-11-278-7518-3 (세트)

값 11,000원

© 2022 by Nabeshiki, Kawaguchi
EARTH STAR Entertainment Co.,Ltd

나는 모든 것을 【패리】한다 1~5권

나베시키 지음 | 카와구치 일러스트 | 김성래 옮김

재능 없는 소년.
그렇게 불리며 양성소를 떠났던 남자 노르는
홀로 한결같이 방어 기술 【패리】의 수행에 열중하며 살았다.
그러던 어느 날, 마물에게 습격당한 왕녀를 구하게 되며
운명의 톱니바퀴는 뜻밖의 방향으로 돌기 시작한다.
밑바닥 랭크의 모험가임에도 불구하고 왕녀의 교육자로 발탁되었는데…….
본인이 지닌 공전절후의 능력을 아직껏 노르 혼자만이 알지 못한다…….

무자각의 최강은 위기에 빠진 왕국을 구원할 수 있는가?

춘하추동 대행자 새벽의 사수

아카츠키 카나 지음 | 스오우 일러스트 | 송재희 옮김

계절은 어떻게 찾아오는가?
그 물음에 사람들은 이렇게 답한다.
「사계의 대행자」가 신들에게 받은 권능으로
춘하추동을 가져오기 때문이라고.
그러면 아침과 밤은?
마찬가지로 사람들은 말한다.
「무의 사수」가 하늘에 화살을 쏘고,
그 화살이 아침과 밤의 장막을 찢는다고.
레이메이 20년, 『야마토』에 한 소녀가 있었다.
신직을 뜻하는 성을 가진 후게키 일족의 후손,
대행자와 마찬가지로 신의 일을 맡은 자.
야마토에 아침을 가져오는 「새벽의 사수」.
소녀 카야는 오늘도 백성들 틈에 섞여 학교에 다닌다.
미모의 청년을 거느린 그녀가
야마토에 단 한 명뿐인 『아침』임을, 아무도 모른다.

BOOKS

라이트노벨의 새로운 빛! L북스의 신간은 매월 20일에 발매됩니다. http://cafe.naver.com/lnovel11

스파이 교실 1~9권, 단편집 1~4권

타케마치 지음 | 토마리 일러스트 | 송재희 옮김

아지랑이 팰리스 공동생활 규칙.
하나, 일곱 명이 협력하여 생활할 것.
하나, 외출 시에는 진심으로 놀 것.
하나, 온갖 수단으로 나를 쓰러뜨릴 것.

—각국이 스파이로 그림자 전쟁을 벌이는 세계.
임무 성공률 100%, 그러나 성격에 난점이 있는 뛰어난 스파이, 클라우스는
사망률 90%를 넘는 「불가능 임무」 전문 기관 「등불」을 창설한다.
하지만 선출된 멤버는 실전 경험이 없는 소녀 일곱 명.
독살, 함정, 미인계— 임무를 달성하기 위해 소녀들에게 남은 유일한 수단은
클라우스를 속여 이기는 것이다!

1대7 스파이 심리전! 통쾌한 스파이 판타지!!

라이트노벨의 새로운 빛! L북스의 신간은 매월 20일에 발매됩니다. http://cafe.naver.com/lnovel11

거미입니다만, 문제라도? 1~16, EX 1~2권

바바 오키나 지음 | 키류 츠카사 일러스트 | 김성래 옮김

분명히 여고생이었을 텐데 정신을 차리고 보니
「나」는 본 적도 없는 곳에서 《거미》라는 괴물로 전생해버렸다?!
어미 거미의 동족 포식을 피해 도망쳤지만 방황 끝에 도착한 곳은 괴물들의 소굴.
독개구리, 왕뱀, 거대 늑대, 심지어 용까지 설치고 다니는 최악의 던전.
힘없는 조그만 거미인 「나」는 이곳에서 무사히 살아갈 수 있을 것인가……?
으악, 되도 않는 소리는 작작 하란 말이야!
나를 이런 상황으로 몰아넣은 놈 누구야! 당장 튀어나와!!

**수많은 인터넷 독자들이 응원하는
거미양의 서바이벌 생활, 당당히 개막!**

블레이드&바스타드 1~3권

카규 쿠모 지음 | so-bin 일러스트 | 김성래 옮김

아무도 공략한 적 없는 《미궁》 깊은 곳에서 발견된
^{던전}
존재하지 않아야 하는 모험가의 시체—.
^{솔로}
소생했지만 기억을 잃어버린 남자 이알마스는 단독으로 《미궁》에 진입해서
모험가의 시체를 회수하는 나날을 보내고 있었다.
^{카도르토}
《소생》이 성공하든 실패해서 재가 되든 개의치 않고
대가를 요구하는 모습을 멸시하면서도 실력은 인정해주는 모험가들.
이처럼 재투성이로 살아가는 이알마스의 일상은
괴멸된 모험가 파티의 유일한 생존자,
^{가비지}
「잔반」이라고 불리는 소녀 검사와의 만남을 계기로 변화를 맞이한다!

카규 쿠모와 so-bin이 선보이는 다크 판타지, 등장!!

헬 모드 1~4권

하무오 지음 | 모 일러스트 | 김성래 옮김

"로그아웃 중에도 저절로 레벨이 올라? 이건 쉬운 게임을 넘어 방치 게임이잖아!"
야마다 켄이치는 절망했다. 열심히 플레이하던 온라인 게임은 서비스 종료.
몇만 시간을 쏟아부어 파고들 가치가 있는 작품은 거의 살아남지 못했다.
"어디 보자……. 끝나지 않는 게임에 당신을 초대합니다, 라고?"
그런 켄이치가 우연히 검색하게 된 타이틀 없는 수수께끼의 온라인 게임.
난이도 설정 화면에서 망설이지 않고
최고 난이도 「헬 모드」를 선택했더니 이세계의 농노로 전생해버렸다!
농노 소년 「알렌」으로 전생한 그는 미지의 직업 「소환사」를 능숙하게 다루며
공략본도 없는 이세계에서 최강으로 향하는 길을 더듬더듬 걸어 나아가는데—.